21世纪高等院校信息与通信工程规划教材

21st Century University Planned Textbooks of Information and Communication Engineering

梁龙学 主编

李峰 邸敬 吴小红 陈占林 编著

数字电子技术

Digital Electronic Technique

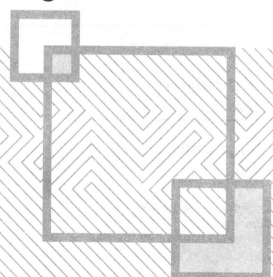

人民邮电出版社

北京

高校系列

图书在版编目（CIP）数据

数字电子技术 / 梁龙学主编；李峰等编著. -- 北
京：人民邮电出版社，2010.9
21世纪高等院校信息与通信工程规划教材
ISBN 978-7-115-23302-8

Ⅰ. ①数… Ⅱ. ①梁… ②李… Ⅲ. ①数字电路—电
子技术—高等学校—教材 Ⅳ. ①TN79

中国版本图书馆CIP数据核字(2010)第150191号

内 容 提 要

本书是根据兰州交通大学电信学院电子技术教研室多年来的教学实践经验，并结合新的课程体系和教学内容改革的需要而编写的数字电子技术教材。本书力求简明、实用，每章内容不仅层次清楚，而且语言生动形象，好学易记。全书共 8 章，内容包括逻辑代数基础、门电路、组合逻辑电路、触发器、时序逻辑电路、脉冲信号的产生和变换、半导体存储器及数—模转换和模—数转换等。为便于对各章内容总体的理解与掌握，章前有提要，章末有小结，并配有数量和难易程度适中的习题。

本书通俗易懂、深入浅出，着重学生分析问题、解决问题能力的培养，便于自学。本书可作为高校（尤其是工科类院校）电子信息、通信工程、计算机应用、自动控制及自动化，以及其他相近专业的本、专科的教学用书，也可作为其他专业师生及电子工程技术人员的参考书。

21 世纪高等院校信息与通信工程规划教材

数字电子技术

♦ 主　编　梁龙学
　　编　著　李　峰　邸　敬　吴小红　陈占林
　　责任编辑　滑　玉
　　执行编辑　董　楠
♦ 人民邮电出版社出版发行　　北京市崇文区夕照寺街 14 号
　　邮编　100061　　电子函件　315@ptpress.com.cn
　　网址　http://www.ptpress.com.cn
　　大厂聚鑫印刷有限责任公司印刷
♦ 开本：787×1092　1/16
　　印张：17.25　　　　　　　　2010 年 9 月第 1 版
　　字数：420 千字　　　　　　2010 年 9 月河北第 1 次印刷

ISBN 978-7-115-23302-8

定价：30.00 元

读者服务热线：**(010)67170985**　印装质量热线：**(010)67129223**
反盗版热线：**(010)67171154**

本书是为了适应普通高等工科院校电子信息类专业面向 21 世纪教学改革的需要而编写的。

数字电子技术基础为电类专业实践性和实用性均很强的技术基础课程之一，同模拟电子技术基础一道构成了学生知识体系的"硬件"基础，是所有电类专业学生必须重点掌握的专业基础课程。随着"轻专业，重基础"教学改革的进行，本课程在人才培养中的作用就显得更加重要。

本书既适用"先模拟后数字"的教学体系，也适用"模拟数字同时进行"的教学体系。

编写本书的基本思想如下。

• 从"电子技术基础课程"的定位出发，既要满足教学内容的需要，又要具有一定的实用性。充分体现了工科院校专业基础教学"保基础、重应用、少而精"的特点。全书内容安排可以满足 80 学时、64 学时和 48 学时等不同学时的教学要求。

• "活"是数字电子技术的灵魂。理解记忆、活学活用，是学好以及今后用好数字电子技术的关键。本书在编写风格上充分体现了这一点。

• 本书在编写时还很注重概念以及由原理电路到实际应用电路（集成电路）的过渡，使学生不但"知其然"，而且"知其所以然"。这样不仅有利于学生对知识的理解和掌握，而且对学生工程应用能力和创新能力的培养亦大有裨益。

• 强调理论与工程实践相结合。本书选编了较多的例题和应用实例。为了加强对课堂知识的理解与掌握，各章都配有一定数量的习题。

• 在内容的叙述和顺序安排上，力求删繁就简，深入浅出，通俗易懂。考虑到不同专业、不同学时教学内容和课堂安排上的差异，有些章节为选学内容，教学时可根据实际需要加以取舍。

本书共 8 章，由梁龙学主编。其中第 1 章、第 7 章由邸敬编写，第 2 章由李峰编写，第 3 章、第 8 章由梁龙学编写，第 4 章、第 6 章由陈占林编写，第 5 章及附录由吴小红编写。在编写过程中得到了兰州理工大学技术工程学院的大力支持，王瑞祥和谢黎明不辞辛劳地审阅了全书，并对原稿提出了许多建设性的意见；任宗义在本书大纲的制订与编写过程中，提出了很多宝贵的修改意见。在此一并表示衷心的感谢。

由于编者水平有限，书中难免存在缺点和错误，敬请读者批评指正。

编 者
2010 年 7 月

目　录

第 **1** 章 逻辑代数基础

逻辑代数是分析和设计数字电路的基本数学工具，它的基本和常用运算也是数字电路要实现的重要操作。本章首先介绍了数制与码制，其次介绍了逻辑代数的基本公式、常用公式和重要规则，然后讲述逻辑函数及其表示方法，最后介绍了如何应用公式法和卡诺图法化简逻辑函数。

1.1 概述

1.1.1 数字量和模拟量

在观察自然界中形形色色的物理量时不难发现，尽管它们的性质各异，但就其变化规律和特点而言，不外乎两大类。

其中一类物理量的变化在时间上和数量上都是离散的。也就是说，它们的变化在时间上是不连续的，总是发生在一系列离散的瞬间。这一类物理量叫做数字量，用数字量表示的信号叫做数字信号，把工作在数字信号下的电子电路叫做数字电路。

例如，一件事的是与非，一个开关的闭合与断开，一盏电灯的亮与灭等，均只有两种状态，可用 0 和 1 来分别表示。在这样的二值逻辑中，变量的取值只有 0 和 1 两种，没有第三种可能。显然这一类的物理量无论在时间上还是在数量上都是不连续的，故为数字量。

另一类物理量的变化在时间上及数值上均是连续的。这一类物理量叫做模拟量，用模拟量表示的信号叫做模拟信号，把工作在模拟信号下的电子电路称为模拟电路。

例如，热敏传感器在工作时输出的电压信号就属于模拟信号，因为在任何情况下被测温度都不可能发生跳变，所以测得的电压信号无论在时间上还是在数量上都是连续的。而且，这个电压信号在连续变化过程中的任何一个取值都有具体的物理意义，即表示某一时刻被测物体的温度。

1.1.2 数制和码制

1. 数制

用数字量表示物理量的大小时，仅用一位数码往往不够用，因此经常需要用进位计数的方法由多位数码表示。人们把多位数码中每一位的构成方法以及从低位到高位的进位规则称为数制。

在数字电路中经常使用的计数进制除了十进制以外，还有二进制和十六进制。

（1）十进制

十进制是人们在日常生活和工作中最常使用的进位计数制，可谓是人类共同的"数学语言"。在十进制数中，每一位有 $0\sim9$ 十个数码，所以计数的基数是 10。超过 9 的数必须用多位数表示，其中低位和相邻高位之间的关系是"逢十进一"，故称为十进制。例如

$$256.75 = 2\times10^2 + 5\times10^1 + 6\times10^0 + 7\times10^{-1} + 5\times10^{-2}$$

所以任意一个十进制数 D 均可展开为

$$D = \sum k_i \times 10^i \tag{1-1}$$

其中 k_i 是第 i 位的系数，它可以是 $0\sim9$ 这 10 个数码中的任何一个。若整数部分的位数是 n，小数部分的位数为 m，则 i 包含从 $n-1$ 到 0 的所有正整数和从 -1 到 $-m$ 的所有负整数。

若以 N 取代式（1-1）中的 10，即可得到任意进制（N 进制）数展开式的普遍形式

$$D = \sum k_i N^i \tag{1-2}$$

式中 i 的取值与式（1-1）的规定相同。N 称为计数的基数，k_i 为第 i 位的系数，N^i 称为第 i 位的权。

（2）二进制

目前在数字电路中广泛应用的是二进制计数方法，可谓是机器（或数字电路）的"数学语言"。在二进制数中，每一位仅有 0 和 1 两个可能的数码，所以计数基数为 2。低位和相邻高位间的进位关系是"逢二进一"，故称为二进制。

根据式（1-2），任何一个二进制数均可展开为

$$D = \sum k_i 2^i \tag{1-3}$$

并可计算出它所表示的十进制数的大小。例如

$$(101.11)_2 = 1\times2^2 + 0\times2^1 + 1\times2^0 + 1\times2^{-1} + 1\times2^{-2}$$
$$= (5.75)_{10}$$

上式中分别使用下脚注的 2 和 10 表示括号里的数是二进制和十进制数。有时也用 B（Binary）和 D（Decimal）代替 2 和 10 这两个脚注。

（3）十六进制

二进制的最大优点就是容易用电路来识别及实现，但不便于书写及表示，于是出现了二进制的缩写形式（八进制、十六进制等），其中最常用的为十六进制。

十六进制数的每一位有十六个不同的数码，分别用 $0\sim9$、A（10）、B（11）、C（12）、D（13）、E（14）、F（15）表示。因此，任意一个十六制数均可展开为

$$D = \sum k_i 16^i \tag{1-4}$$

并由此式计算出它所表示的十进制数值。例如

$$(2A.7F)_{16} = 2\times16^1 + 10\times16^0 + 7\times16^{-1} + 15\times16^{-2}$$
$$= (42.4960937)_{10}$$

式中的下脚注 16 表示括号里的数是十六进制，有时也用 H（Hexadecimal）代替这个脚注。

由于目前在微型计算机中普遍采用 8 位、16 位和 32 位二进制并行运算，而 8 位、16 位和 32 位的二进制数可以用 2 位、4 位和 8 位的十六进制数表示，因而用十六进制符号书写程序十分简便。

2. 数制转换

前边已经讲过，二进制数、十进制数分别为机器及人类的"数学语言"，二者之间就不可避免地需要进行相互转换。

（1）二—十转换

把二进制数转换为等值的十进制数称为二—十转换。转换时只要将二进制数按权展开，然后把所有各项的数值按十进制相加，就可以得到等值的十进制数了。例如

$$(1011.01)_2 = 1 \times 2^3 + 0 \times 2^2 + 1 \times 2^1 + 1 \times 2^0 + 0 \times 2^{-1} + 1 \times 2^{-2}$$
$$= (11.25)_{10}$$

（2）十—二转换

十—二转换就是把十进制数转换成等值的二进制数。可分以下 3 种情况讨论。

① 纯整数的转换——除 2 取余倒排法。假定十进制整数为 $(S)_{10}$，等值的二进制数为 $(k_n k_{n-1} \cdots k_0)_2$，则依式（1-3）可知

$$(S)_{10} = k_n 2^n + k_{n-1} 2^{n-1} + \cdots + k_1 2^1 + k_0 2^0$$
$$= 2(k_n 2^{n-1} + k_{n-1} 2^{n-2} + \cdots + k_1) + k_0 \tag{1-5}$$

上式表明，若将 $(S)_{10}$ 除以 2，则得到的商为 $k_n 2^{n-1} + k_{n-1} 2^{n-2} + \cdots + k_1$，而余数即 k_0。

同理，可将式（1-5）除以 2 得到的商写成

$$k_n 2^{n-1} + k_{n-1} 2^{n-2} + \cdots + k_1 = 2(k_n 2^{n-2} + k_{n-1} 2^{n-3} + \cdots + k_2) + k_1 \tag{1-6}$$

由式（1-6）不难看出，若将 $(S)_{10}$ 除以 2 所得的商再次除以 2，则所得余数即 k_1。

依次类推，反复将每次得到的商再除以 2，就可求得二进制数的每一位了。

注意： 在写取转换结果（即取余）时的顺序为先下后上。

例如，将 $(173)_{10}$ 化为二进制数可如下进行

```
2 | 173 ············· 余数 =1=k₀
2 |  86 ············· 余数 =0=k₁
2 |  43 ············· 余数 =1=k₂
2 |  21 ············· 余数 =1=k₃
2 |  10 ············· 余数 =0=k₄
2 |   5 ············· 余数 =1=k₅
2 |   2 ············· 余数 =0=k₆
2 |   1 ············· 余数 =1=k₇
      0
```

故 $(173)_{10} = (10101101)_2$。

② 纯小数的转换——乘 2 取整顺排法。若 $(S)_{10}$ 是一个十进制的小数，对应的二进制小数为 $(0.k_{-1} k_{-2} \cdots k_{-m})_2$，则据式（1-3）可知

$$(S)_{10} = k_{-1} 2^{-1} + k_{-2} 2^{-2} + \cdots + k_{-m} 2^{-m}$$

将上式两边同乘以 2 得到

$$2(S)_{10} = k_{-1} + (k_{-2} 2^{-1} + k_{-3} 2^{-2} + \cdots + k_{-m} 2^{-m+1}) \tag{1-7}$$

式（1-7）说明，将小数 $(S)_{10}$ 乘以 2 所得乘积的整数部分即 k_{-1}。

同理，将乘积的小数部分再乘以 2 又可得到

$$2(k_{-2}2^{-1} + k_{-3}2^{-2} + \cdots + k_{-m}2^{-m+1}) = k_{-2} + (k_{-3}2^{-1} + \cdots + k_{-m}2^{-m+2}) \tag{1-8}$$

亦即乘积的整数部分就是 k_{-2}。

依次类推，将每次乘 2 后所得乘积的小数部分再乘以 2，便可求出二进制小数的每一位。

例如，将 $(0.8125)_{10}$ 化为二进制小数可如下进行

$$
\begin{array}{r}
0.8125 \\
\times \qquad 2 \\
\hline
1.6250 \quad\cdots\cdots\cdots\cdots\cdots 整数部分 = 1 = k_{-1} \\
0.6250 \\
\times \qquad 2 \\
\hline
1.2500 \quad\cdots\cdots\cdots\cdots\cdots 整数部分 = 1 = k_{-2} \\
0.2500 \\
\times \qquad 2 \\
\hline
0.5000 \quad\cdots\cdots\cdots\cdots\cdots 整数部分 = 0 = k_{-3} \\
0.5000 \\
\times \qquad 2 \\
\hline
1.0000 \quad\cdots\cdots\cdots\cdots\cdots 整数部分 = 1 = k_{-4}
\end{array}
$$

故 $(0.8125)_{10} = (0.1101)_2$。

需要注意的是，取整的顺序为自上而下，与纯整数的转换写取顺序正好相反。

③ 既有整数又有小数的转换——分别进行转换。如

$$(173.8125)_{10} = (10101101.1101)_2$$

首先将整数部分（173）和小数部分（0.8125）分别转换为对应的二进制数，再把两个转换结果合写在一起即可。

(3) 二—十六转换

把二进制数转换成等值的十六进制数称为二—十六转换。

由于 4 位二进制数恰好有 16 个状态，而把这 4 位二进制数看作一个整体时，它的进位输出又正好是逢十六进一，所以只要从低位到高位将每 4 位二进制数分为一组并代之以等值的十六进制数，即可得到对应的十六进制数。

例如，将 $(01001111.10110011)_2$ 化为十六进制数时可得

$$(0100，1111.1011，0011)_2$$
$$\downarrow \qquad \downarrow \qquad \downarrow \qquad \downarrow$$
$$= (\quad 4 \qquad F. \quad B \qquad 3 \quad)_{16}$$

简言之，就是以小数点为基准，整数部分向左、小数部分向右每 4 位为一组，不足部分补零，再转化为对应的十六进制数即可。

(4) 十六—二转换

十六—二转换是指把十六进制数转换成等值的二进制数。转换时只需将十六进制数的每一位用等值的 4 位二进制数代替就行了。

例如，将 $(8FA.C6)_{16}$ 化为二进制数时得到

$$(\quad 8 \qquad F \qquad A. \quad C \qquad 6\quad)_{16}$$
$$\downarrow \qquad \downarrow \qquad \downarrow \qquad \downarrow \qquad \downarrow$$
$$= (1000 \quad 1111 \quad 1010. \quad 1100 \quad 0110)_2$$

（5）十六进制数与十进制数的转换

在将十六进制数转换为十进制数时，可根据式（1-4）将各位按权展开后相加求得。在将十进制数转换为十六进制数时，可以先转换成二进制数，然后再将得到的二进制数转换为等值的十六进制数即可。

3. 码制

不同的数码不仅可以表示数量的大小，而且还能用来表示不同的事物。在后一种情况下，这些数码不再表示数值的大小，只是表示不同事物的代码。

例如在举行长跑比赛时，为便于识别运动员，通常给每个运动员编一个号码。显然，这些号码仅仅表示不同的运动员，已失去了数量大小的含意。

为便于记忆和处理，在编制代码时总要遵循一定的规则，这些规则就叫码制。如用 4 位二进制数来表示 1 位十进制数的编码方法称为二—十进制代码，简称 BCD（Binary Coded Decimal）代码。BCD 代码是一种十分重要的码制，在数字电路中应用广泛。

由于有多种实现方法，故 BCD 码种类很多。表 1-1 中列出了几种常见的 BCD 代码，它们的编码规则各不相同。

表 1-1　　　　　　　　　　　　　几种常见的 BCD 代码

十进制数＼编码种类	8421 码	余 3 码	2421 码	5421 码	余 3 循环码
0	0000	0011	0000	0000	0010
1	0001	0100	0001	0001	0110
2	0010	0101	0010	0010	0111
3	0011	0110	0011	0011	0101
4	0100	0111	0100	0100	0100
5	0101	1000	1011	1000	1100
6	0110	1001	1100	1001	1101
7	0111	1010	1101	1010	1111
8	1000	1011	1110	1011	1110
9	1001	1100	1111	1100	1010
权	8421		2421	5421	

8421 码是 BCD 代码中最常用的一种。在这种编码方式中每一位二值代码的 1 都代表一个固定数值，把每一位的 1 代表的十进制数加起来，得到的结果就是它所代表的十进制数码。由于代码中从左到右每一位的 1 分别表示 8、4、2、1，所以把这种代码叫做 8421 码。每一位的 1 代表的十进制数称为这一位的权。8421 码中每一位的权是固定不变的，它属于恒权代码。

余 3 码的编码规则与 8421 码不同，如果把每一个余 3 码看作 4 位二进制数，则它的数值要比它所表示的十进制数码多 3，故而将这种代码叫做余 3 码。

余 3 码不是恒权代码。如果试图把每个代码视为二进制数，并使它等效的十进制数与所表示的代码相等，那么代码中每一位的 1 所代表的十进制数在各个代码中是不能固定的。

2421 码是一种恒权代码。从左到右每一位的 1 分别表示 2、4、2、1，即它们的权分别为 2、4、2、1。

5421 码是另一种恒权代码。从左到右每一位的权分别为 5、4、2、1。

需要指出的是，2421 码和 5421 码的编码方案都不是唯一的，表 1-1 只列出了一种编码方案。如 5421BCD 码中的数码 5，既可以用 1000 表示，也可以用 0101 表示。

余 3 循环码（又称格雷码）是一种变权码，每一位的 1 在不同代码中并不代表固定的数值。它的主要特点是相邻的两个代码之间仅有一位的状态不同。

1.2 逻辑代数中的 3 种基本运算

1849 年，英国数学家乔治·布尔（George Boole）首先提出了描述客观事物逻辑关系的数学方法——布尔代数。后来，由于布尔代数被广泛地应用于解决开关电路和数字逻辑电路的分析与设计上，所以也把布尔代数叫做开关代数或逻辑代数。本章所讲的逻辑代数就是布尔代数在二值逻辑电路中的应用。

逻辑代数中常用大写字母表示变量，这种变量称为逻辑变量。在二值逻辑中，每个逻辑变量的取值只有 0 和 1 两种可能。这里的 0 和 1 已不再表示数量的大小，只代表两种不同的逻辑状态。如开关的闭合与断开、灯的亮与灭、电平的高与低等。

逻辑代数的基本运算有**与、或、非** 3 种。为便于理解它们的含意，可用以下电路模型来比拟。

图 1-1 中给出了 3 个指示灯的控制电路。在图 1-1（a）电路中，只有当两个开关同时闭合时，指示灯才会亮；在图 1-1（b）电路中，只要有任何一个开关闭合，指示灯就亮；而在图 1-1（c）电路中，开关断开时灯亮，开关闭合时灯反而不亮。

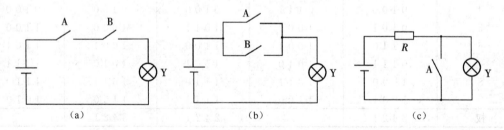

图 1-1　用于说明**与、或、非**定义的电路

如果把开关闭合作为条件（或导致事物结果的原因），把灯亮作为结果，那么图 1-1 中的 3 个电路代表了 3 种不同的因果关系。

图 1-1（a）的例子表明，只有决定事物结果的条件全部具备时，结果才发生。这种因果关系叫做逻辑**与**，或者叫逻辑乘。可简记为：条件全具备，结果才发生。

图 1-1（b）的例子表明，在决定事物结果的诸条件中只要有任何一个条件满足，结果就会发生。这种因果关系叫做逻辑**或**，也叫做逻辑加。可记为：条件具备，结果就发生。

图 1-1（c）的例子表明，条件具备了，结果反而不会发生；条件不具备，结果却发生。这种因果关系叫做逻辑**非**，也叫做逻辑求反。可记为：条件具备，结果不发生。

若以 A、B 表示开关的状态，并以 1 表示开关闭合，以 0 表示开关断开；以 Y 表示指示灯的状态，并以 1 表示灯亮，以 0 表示不亮，则可以列出以 0、1 表示的**与、或、非**逻辑关系的图表，如表 1-2、表 1-3 和表 1-4 所示。这种图表叫做逻辑真值表，简称为真值表。

表 1-2 与逻辑运算的真值表			表 1-3 或逻辑运算的真值表			表 1-4 非逻辑运算的真值表	
A	B	Y	A	B	Y	A	Y
0	0	0	0	0	0	0	1
0	1	0	0	1	1	1	0
1	0	0	1	0	1		
1	1	1	1	1	1		

在逻辑代数中，把**与、或、非**看作是逻辑变量 A、B 间的 3 种最基本的逻辑运算，并以"·"表示**与**运算，以"＋"表示**或**运算，以变量上边加"－"表示**非**运算。因此，A 和 B 进行**与**逻辑运算时可写成

$$Y = A \cdot B \tag{1-9}$$

A 和 B 进行**或**逻辑运算时可写成

$$Y = A + B \tag{1-10}$$

对 A 进行**非**逻辑运算时可写成

$$Y = \overline{A} \tag{1-11}$$

同时，把实现**与**逻辑运算的单元电路叫做**与**门，把实现**或**逻辑运算的单元电路叫做**或**门，把实现**非**逻辑运算的单元电路叫做**非**门（也叫做反相器）。

与、或、非逻辑运算还可以用图 1-2 所示的图形符号来表示。这些图形符号也用于表示相应的门电路。图中上边一行是目前国家标准规定的符号，下边一行是常见于国外一些书刊和资料上的符号。

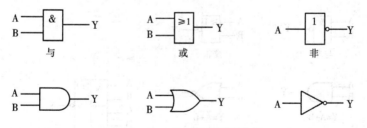

图 1-2 与、或、非的图形符号

实际的逻辑问题往往比**与、或、非**复杂得多，不过它们都可以用**与、或、非**的组合来实现。最常见的复合逻辑运算有**与非、或非、与或非、异或、同或**等。表 1-5～表 1-9 给出了这些复合逻辑运算的真值表。图 1-3 是它们的图形逻辑符号和运算符号。

由表 1-5 可见，将 A、B 先进行**与**运算，然后将结果求反，最后得到的即 A、B 的**与非**运算结果。因此，可以把**与非**运算看作是**与**运算和**非**运算的组合。图 1-3 中图形符号上的小圆圈表示**非**运算。

在**与或非**逻辑中，A、B 之间以及 C、D 之间都是**与**的关系，只要 A、B 或 C、D 任何一组同时为 1，输出 Y 就是 0。只有当每一组输入都不全是 1 时，输出 Y 才是 1。

表 1-5 与非逻辑的真值表

A	B	Y
0	0	1
0	1	1
1	0	1
1	1	0

表 1-6 或非逻辑的真值表

A	B	Y
0	0	1
0	1	0
1	0	0
1	1	0

表 1-7 与或非逻辑的真值表

A	B	C	D	Y
0	0	0	0	1
0	0	0	1	1
0	0	1	0	1
0	0	1	1	0
0	1	0	0	1
0	1	0	1	1
0	1	1	0	1
0	1	1	1	0
1	0	0	0	1
1	0	0	1	1
1	0	1	0	1
1	0	1	1	0
1	1	0	0	0
1	1	0	1	0
1	1	1	0	0
1	1	1	1	0

表 1-8 异或逻辑的真值表

A	B	Y
0	0	0
0	1	1
1	0	1
1	1	0

表 1-9 同或逻辑的真值表

A	B	Y
0	0	1
0	1	0
1	0	0
1	1	1

与非

或非

$Y=\overline{A \cdot B}$

$Y=\overline{A+B}$

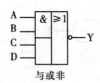
与或非

异或

同或

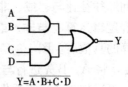
$Y=\overline{A \cdot B+C \cdot D}$

$Y=A \oplus B$

$Y=A \odot B$

图 1-3 复合逻辑的图形符号和运算符号

异或是这样一种逻辑关系：当 A、B 不同时，输出 Y 为 1；而 A、B 相同时，输出 Y 为 0。异或也可以用与、或、非的组合表示。

$$A \oplus B = A \cdot \overline{B} + \overline{A} \cdot B \tag{1-12}$$

同或和异或正相反，当 A、B 相同时，Y 等于 1；A、B 不同时，Y 等于 0。同或也可以写成与、或、非的组合形式。

$$A \odot B = A \cdot B + \overline{A} \cdot \overline{B} \tag{1-13}$$

而且，由表 1-8 和表 1-9 可见，异或和同或互为反运算，即

$$A \oplus B = \overline{A \odot B}; A \odot B = \overline{A \oplus B} \tag{1-14}$$

为简化书写，允许将 A · B 简写成 AB，略去逻辑相乘的运算符号"·"。

1.3　逻辑代数的基本公式和常用公式

1.3.1　基本公式

表 1-10 给出了逻辑代数的基本公式．这些公式也叫布尔恒等式。

式（1）、式（2）、式（11）和式（12）给出了变量与常量间的运算规则。

式（3）和式（13）是同一变量的运算规律，也叫重叠律。

式（4）和式（14）表示变量与它的反变量之间的运算规律，也称互补律。

式（5）和式（15）为交换律，式（6）和式（16）为结合律，式（7）和式（17）为分配律。

式（8）和式（18）是著名的德·摩根（De·Morgan）定理，亦称反演律。在逻辑函数的化简和变换中经常要用到这一对公式。

表 1-10　　　　　　　　　　　　**逻辑代数的基本公式**

序号	公　式	序号	公　式
		10	$\overline{1}=0$; $\overline{0}=1$
1	$0 \cdot A = 0$	11	$1 + A = 1$
2	$1 \cdot A = A$	12	$0 + A = A$
3	$A \cdot A = A$	13	$A + A = A$
4	$A \cdot \overline{A} = 0$	14	$A + \overline{A} = 1$
5	$A \cdot B = B \cdot A$	15	$A + B = B + A$
6	$A \cdot (B \cdot C) = (A \cdot B) \cdot C$	16	$A + (B+C) = (A+B) + C$
7	$A \cdot (B+C) = A \cdot B + A \cdot C$	17	$A + B \cdot C = (A+B) \cdot (A+C)$
8	$\overline{A \cdot B} = \overline{A} + \overline{B}$	18	$\overline{A+B} = \overline{A} \cdot \overline{B}$
9	$\overline{\overline{A}} = A$		

式（9）表明，一个变量经过两次求反运算之后还原为其本身，所以该式又称还原律。

式（10）是对 0 和 1 求反运算的规则，它说明 0 和 1 互为求反的结果。

这些公式的正确性可以用列真值表的方法加以验证。如果等式成立，那么将任何一组变量的取值代入公式两边所得的结果应该相等。因此，等式两边所对应的真值表也必然相同。

[例 1-1]　　用真值表证明表 1-10 中式（17）的正确性。

解：已知表 1-10 中的式（17）为

$$A + B \cdot C = (A+B) \cdot (A+C)$$

将 A、B、C 所有可能的取值组合逐一代入上式的两边，算出相应的结果，即得到表 1-11 的真值表。可见，等式两边对应的真值表相同，故等式成立。

表 1-11 　　　　　　　　　　　　**式 (17) 的真值表**

A	B	C	B·C	A+B·C	A+B	A+C	(A+B) · (A+C)
0	0	0	0	0	0	0	0
0	0	1	0	0	0	1	0
0	1	0	0	0	1	0	0
0	1	1	1	1	1	1	1
1	0	0	0	1	1	1	1
1	0	1	0	1	1	1	1
1	1	0	0	1	1	1	1
1	1	1	1	1	1	1	1

1.3.2　若干常用公式

表 1-12 中列出了几个常用公式。这些公式是利用基本公式导出的。直接运用这些导出公式可以给化简逻辑函数的工作带来很大方便。

现将表 1-12 中的各式证明如下。

1. 式 (21)　A+A·B=A

证：　$A+A·B=A·(1+B)=A·1=A$

上式说明在两个乘积项相加时，若其中一项以另一项为因子，则该项是多余的，可以删去。

2. 式 (22)　$A+\overline{A}·B=A+B$

证：　$A+\overline{A}·B=(A+\overline{A})·(A+B)=1·(A+B)=A+B$

这一结果表明，两个乘积项相加时，如果一项取反后是另一项的因子，则该因子是多余的，可以消去。

3. 式 (23)　$A·B+A·\overline{B}=A$

证：　$A·B+A·\overline{B}=A·(B+\overline{B})=A·1=A$

表 1-12 　　**若干常用公式**

序　号	公　式
21	$A+A·B=A$
22	$A+\overline{A}·B=A+B$
23	$A·B+A·\overline{B}=A$
24	$A·(A+B)=A$
25	$A·B+\overline{A}·C+B·C=A·B+\overline{A}·C$
	$A·B+\overline{A}·C+BCD=A·B+\overline{A}·C$
26	$A·\overline{A·B}=A·\overline{B};\ \overline{A}·\overline{AB}=\overline{A}$

这个公式的含意是当两个乘积项相加时，若它们分别包含 B 和 $\overline{B}$ 两个因子而其他因子相同，则两项定能合并，且可将 B 和 $\overline{B}$ 两个因子消去。

4. 式 (24)　$A·(A+B)=A$

证：　$A·(A+B)=A·A+A·B=A+A·B$

$$=A \cdot (1+B) =A \cdot 1=A$$

该式说明，变量 A 和包含 A 的和相乘时，其结果等于 A，即可以将和消掉。

5. 式 (25)　$A \cdot B+\overline{A} \cdot C+B \cdot C=A \cdot B+A \cdot C$

证：

$$
\begin{aligned}
A \cdot B+\overline{A} \cdot C+B \cdot C &=A \cdot B+\overline{A} \cdot C+B \cdot C \cdot (A+\overline{A}) \\
&=A \cdot B+\overline{A} \cdot C+A \cdot B \cdot C+\overline{A} \cdot B \cdot C \\
&=A \cdot B \cdot (1+C) +\overline{A} \cdot C \cdot (1+B) \\
&=A \cdot B+\overline{A} \cdot C
\end{aligned}
$$

这个公式说明，若两个乘积项中分别包含 A 和 $\overline{A}$ 两个因子，而这两个乘积项的其余因子组成第三个乘积项时，则第三个乘积项是多余的，可以消去。

该公式可形象地称为"去尾公式"，要会灵活使用，因为有时还需将该公式倒过来使用。

推论：　$A \cdot B+\overline{A} \cdot C+B \cdot C \cdot D=A \cdot B+\overline{A} \cdot C$

证：

$$
\begin{aligned}
A \cdot B+\overline{A} \cdot C+B \cdot C \cdot D &\overset{倒用}{=\!=\!=} (A \cdot B+\overline{A} \cdot C+B \cdot C) +B \cdot C \cdot D \\
&=A \cdot B+\overline{A} \cdot C+B \cdot C \cdot (1+D) \\
&=A \cdot B+\overline{A} \cdot C+B \cdot C \\
&\overset{正用}{=\!=\!=} A \cdot B+\overline{A} \cdot C
\end{aligned}
$$

6. 式 (26)　$A \cdot \overline{A \cdot B}=A \cdot \overline{B}; \ \overline{A} \cdot \overline{A \cdot B}=\overline{A}$

证：　$A \cdot \overline{A \cdot B}=A \cdot (\overline{A}+\overline{B}) =A \cdot \overline{A}+A \cdot \overline{B}=A \cdot \overline{B}$

上式说明，当 A 和一个乘积项的非相乘，且 A 为乘积项的因子时，则 A 这个因子可以消去。

$$\overline{A} \cdot \overline{A \cdot B} = \overline{A} \cdot (\overline{A}+\overline{B}) = \overline{A} \cdot \overline{A}+\overline{A} \cdot \overline{B} = \overline{A} \cdot (1+\overline{B}) = \overline{A}$$

此式表明，当 $\overline{A}$ 和一个乘积项的非相乘，且 A 为乘积项的因子时，其结果就等于 $\overline{A}$。

从以上的证明可以看到，这些常用公式都是从基本公式导出的结果。当然，还可以推导出更多的常用公式。

实际上，除了式（22）和式（25）外，其他公式是不用记的，可一眼看出或很快推出。

1.4　逻辑代数的 3 个重要规则

1. 代入规则

在任何一个逻辑等式中，如果等式两边所有出现某一变量的地方，都代之以一个函数，则等式仍然成立。这个规则称为代入规则。

代入规则在推导公式中用处很大。因为将已知等式中某一变量用任意一个函数代替后，就得到了新的等式，从而大大扩大了公式的应用范围。

［例 1-2］　用代入规则证明德·摩根定理也适用于多变量的情况。

解：已知二变量的德·摩根定理为

$$\overline{A+B}=\overline{A} \cdot \overline{B} \ 及 \ \overline{A \cdot B}=\overline{A}+\overline{B}$$

现以（B+C）代入左边等式中 B 的位置，同时以（B·C）代入右边等式中 B 的位置，于是得到

$$\overline{A+(B+C)} = \overline{A} \cdot \overline{(B+C)} = \overline{A} \cdot \overline{B} \cdot \overline{C}$$

$$\overline{A \cdot (B \cdot C)} = \overline{A} + \overline{(B \cdot C)} = \overline{A} + \overline{B} + \overline{C}$$

为了书写方便，除了乘法运算的"·"可以省略以外，对一个乘积项或逻辑式求反时，乘积项或逻辑式外边的括号也可以省略。

此外，在对复杂的逻辑式进行运算时，仍需遵守与普通代数一样的运算规则，即先算括号内，再与（逻辑乘），最后或（逻辑加）。

2. 反演规则

对于任意一个逻辑式 Y，若对其进行符号变换（即将所有的"·"换成"＋"，"＋"换成"·"）、常量变换（0 换成 1，1 换成 0）、变量变换（原变量换成反变量，反变量换成原变量），则得到的结果就是 $\overline{Y}$。这个规则叫做反演规则。

反演规则是反演律的推广。换言之，德·摩根定理只是它的一个特例。

反演规则的意义在于：利用它可以很方便地求出一个逻辑函数的反函数。

在使用反演规则时还需注意遵守以下两个规则。

（1）仍需遵守"先括号、再与、最后或"的运算优先次序。

（2）不属于单个变量上的反号应保留不变，即长非号（即非号下有两个或以上变量的非号）不变。

［例 1-3］ 已知 Y＝A（B＋C）＋CD，求 $\overline{Y}$。

解： 根据反演规则可写出

$$\overline{Y} = (\overline{A} + \overline{B}\,\overline{C})(\overline{C} + \overline{D})$$
$$= \overline{A}\,\overline{C} + \overline{B}\,\overline{C} + \overline{A}\,\overline{D} + \overline{B}\,\overline{C}\,\overline{D}$$
$$= \overline{A}\,\overline{C} + \overline{B}\,\overline{C} + \overline{A}\,\overline{D}$$

如果利用基本公式和常用公式进行运算，也能得到同样的结果，但是要麻烦得多。

［例 1-4］ 若 $Y = \overline{\overline{\overline{A\overline{B} + C} + D} + \overline{C}}$，求 $\overline{Y}$。

解： 依据反演规则可直接写出

$$\overline{Y} = \overline{\overline{\overline{(\overline{A} + B)\overline{C}} \cdot \overline{D}} \cdot C}$$

3. 对偶规则

对于任何一个逻辑式 Y，若对其进行符号变换（即将"·"换成"＋"，"＋"换成"·"）、常量变换（0 换成 1，1 换成 0），则得到一个新的逻辑式 Y′，这个 Y′就叫做 Y 的对偶式。或者说 Y 和 Y′互为对偶式。

不难发现，在写一个逻辑式的对偶式时，比写它的反函数只是少了一个变量变换而已。

若两逻辑式相等，则它们的对偶式也相等，这就是对偶规则。

例如，若 Y＝A（B＋C），则 Y′＝A＋BC；

若 $Y = \overline{AB + \overline{CD}}$，则 $Y' = \overline{(A+B)\ (\overline{C}+\overline{D})}$；

若 $Y = AB + \overline{C} + D$，则 $Y' = (A+B)\ \overline{C}D$。

为了证明两个逻辑式相等，也可以通过证明它们的对偶式相等来完成，因为有些情况下证明它们的对偶式相等更加容易。

对偶规则的意义在于：使需要证明的公式减少一半。

[例 1-5]　试证明表 1-10 中的式（17）即

$$A + BC = (A+B)(A+C)$$

解：首先写出等式两边的对偶式，得到

$$A(B+C) \text{ 和 } AB+AC$$

根据乘法分配律可知，这两个对偶式是相等的，亦即 $A(B+C) = AB+AC$。由对偶规则即可确定原来的两式也一定相等，于是式（17）得到证明。

如果仔细分析一下表 1-10 就能够发现，其中的公式（1）和（11）、（2）和（12）、（3）和（13）、（4）和（14）、（5）和（15）、（6）和（16）、（7）和（17）、（8）和（18）皆互为对偶式。因此，只要能证明公式（1）～（8）成立，则公式（11）～（18）无须另作证明。

1.5　逻辑函数及其表示方法

1.5.1　逻辑函数

从上面讲过的各种逻辑关系中可以看到，如果以逻辑变量作为输入，以运算结果作为输出，那么当输入变量的取值确定之后，输出的取值便随之而定。因此，输出与输入之间乃是一种函数关系。这种函数关系称为逻辑函数，写作

$$Y = F(A,B,C,\cdots)$$

由于变量和输出（函数）的取值只有 0 和 1 两种状态，所以我们所讨论的都是二值逻辑函数。

任何一个具体的因果关系都可以用一个逻辑函数描述。例如，图 1-4 是一个举重裁判电路，就可以用一个逻辑函数描述它的逻辑功能。

比赛规则规定，在一名主裁判和两名副裁判中，必须有两人以上（而且必须包括主裁判）认定运动员的动作合格，试举才算成功。比赛时主裁判掌握着开关 A，两名副裁判分别掌握着开关 B 和 C。当运动员举起杠铃时，裁判认为动作合格了就合上开关，否则不合。显然，指示灯 Y 的状态（亮与暗）是开关 A、B、C 状态（合上与断开）的函数。

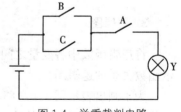

图 1-4　举重裁判电路

若以 1 表示开关闭合，0 表示开关断开；以 1 表示灯亮，以 0 表示灯暗，则指示灯 Y 是开关 A、B、C 的二值逻辑函数，即

$$Y = F(A,B,C)$$

1.5.2　逻辑函数的表示方法

常用的逻辑函数表示方法有逻辑真值表（简称真值表）、逻辑函数式（也称逻辑式或函数式）、逻辑图和卡诺图等。这一节只介绍前面 3 种方法，用卡诺图表示逻辑函数的方法将在后面作专门介绍。

1. 逻辑真值表

写出输入变量所有的取值组合并算出每种取值组合下对应的函数值所得到的表格，称为真值表。

仍以图 1-4 的举重裁判电路为例，根据电路的工作原理不难看出，只有 A = 1，同时 B、C 至少有一个为 1 时 Y 才等于 1，于是可列出图 1-4 的真值表，如表 1-13 所示。

表 1-13   图 1-4 电路的真值表

输　　入			输　　出
A	B	C	Y
0	0	0	0
0	0	1	0
0	1	0	0
0	1	1	0
1	0	0	0
1	0	1	1
1	1	0	1
1	1	1	1

2. 逻辑函数式

把输出与输入之间的逻辑关系写成与、或、非等运算的组合式，即逻辑代数式，就得到了所需的逻辑函数式。

在图 1-4 电路中，根据对电路功能的要求和与、或的逻辑定义，"B 和 C 中至少有一个合上"可以表示为（B+C），"同时还要求合上 A"则应写作 A·（B+C）。因此得到的输出逻辑函数式为

$$Y = A(B+C) \tag{1-15}$$

3. 逻辑图

将逻辑函数中各变量之间的与、或、非等逻辑关系用图形符号表示出来，就可以画出表示函数关系的逻辑图。

为了画出表示图 1-4 电路功能的逻辑图，只要用逻辑运算的图形符号代替式（1-15）中的代数运算符号便可得到图 1-5 所示的逻辑图。

4. 各种表示方法间的互相转换

既然同一个逻辑函数可以用 3 种不同的方法描述，那么这 3 种方法之间必能互相转换。经常用到的转换方式有以下几种。

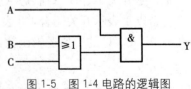

图 1-5 图 1-4 电路的逻辑图

（1）由真值表写出逻辑函数式

为便于理解转换的原理，先讨论一个具体的例子。

［例 1-6］ 已知一个判奇电路的真值表如表 1-14 所示，试写出它的逻辑函数式。

表 1-14　　　　　　　　　　　　　　　　例 1-6 的函数真值表

A	B	C	Y
0	0	0	0
0	0	1	1·········→$\overline{A}\,\overline{B}C$
0	1	0	1·········→$\overline{A}B\overline{C}$
0	1	1	0
1	0	0	1·········→$A\overline{B}\overline{C}$
1	0	1	0
1	1	0	0
1	1	1	1·········→ABC

解：由真值表可见，只有当 A、B、C 3 个输入变量中有奇数个 1 时，Y 才为 1。因此，在输入变量取值为以下 3 种情况时，Y 将等于 1：

$$A = 0,B = 0,C = 1$$
$$A = 0,B = 1,C = 0$$
$$A = 1,B = 0,C = 0$$
$$A = 1,B = 1,C = 1$$

而当 A=0、B=0、C=1 时，必然使乘积项 $\overline{A}\,\overline{B}C=1$；当 A=0、B=1、C=0 时，必然使乘积项 $\overline{A}B\overline{C}=1$；当 A=1、B=0、C=0 时，必然使 $A\overline{B}\overline{C}=1$；当 A=1、B=1、C=1 时，必然使 $ABC=1$，因此 Y 的逻辑函数应当等于这 4 个乘积项之和，即

$$Y = \overline{A}\,\overline{B}C + \overline{A}B\overline{C} + A\overline{B}\overline{C} + ABC$$

通过［例 1-6］可以总结出从真值表写出逻辑函数式的一般方法，这就是

① 找出真值表中使逻辑函数 Y=1 的那些输入变量取值的组合。

② 每组输入变量取值的组合对应一个乘积项，其中取值为 1 的写入原变量，取值为 0 的写入反变量。

③ 将这些乘积项相加，即得 Y 的逻辑函数式。

（2）从逻辑式列出真值表

将输入变量取值的所有组合状态逐一代入逻辑式求出函数值，列成表，即可得到真值表。

［例 1-7］　已知逻辑函数 $Y = A + \overline{B}C + \overline{A}B\overline{C}$，求它对应的真值表。

解：将 A、B、C 的各种取值逐一代入 Y 式中计算，将计算结果列表，即得表 1-15 的真值表。初学时为避免差错可先将 $\overline{B}C$、$\overline{A}B\overline{C}$ 两项算出，然后将 A、$\overline{B}C$ 和 $\overline{A}B\overline{C}$ 相加求出 Y 的值。

表 1-15　　　　　　　　　　　　　　　　例 1-7 的真值表

A	B	C	$\overline{B}C$	$\overline{A}B\overline{C}$	Y
0	0	0	0	0	0
0	0	1	1	0	1
0	1	0	0	1	1
0	1	1	0	0	0
1	0	0	0	0	1
1	0	1	1	0	1
1	1	0	0	0	1
1	1	1	0	0	1

（3）从逻辑式画出逻辑图

用图形符号代替逻辑式中的运算符号，就可以画出逻辑图了。

［例1-8］ 已知逻辑函数为 $Y = \overline{A} + \overline{B}C + \overline{A}\overline{B}C + C$，画出对应的逻辑图。

解：将式中所有的**与**、**或**、**非**运算符号用图形符号代替，并依据运算优先顺序把这些图形符号连接起来，就得到了图1-6的逻辑图。

（4）从逻辑图写出逻辑式

从输入端到输出端逐级写出每个图形符号对应的逻辑式，就可以得到对应的逻辑函数式了。

［例1-9］ 已知函数的逻辑图如图1-7所示，试求它的逻辑函数式。

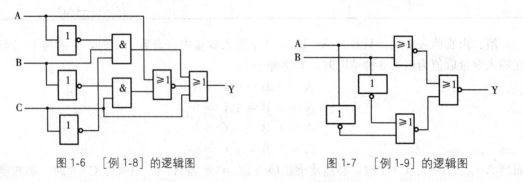

图 1-6 ［例 1-8］的逻辑图   图 1-7 ［例 1-9］的逻辑图

解：从输入端 A、B 开始逐个写出每个图形符号输出端的逻辑式，得到 $Y = \overline{\overline{A+B} + \overline{\overline{A}+\overline{B}}}$。将该式变换后可得

$$Y = \overline{\overline{A+B} + \overline{\overline{A}+\overline{B}}} = (A+B)(\overline{A}+\overline{B})$$
$$= A\overline{B} + \overline{A}B = A \oplus B$$

可见，输出 Y 和 A、B 间是**异或**逻辑关系。

1.6 逻辑函数的公式化简法

1.6.1 逻辑函数的最简表达式

在进行逻辑运算时常常会看到，同一个逻辑函数可以写成不同的逻辑式，而这些逻辑式的繁简程度又相差甚远。逻辑式越简单，它所表示的逻辑关系越明显，同时也有利于用最少的电子器件实现这个逻辑函数。因此，经常需要通过化简的手段找出逻辑函数的最简形式。

一个逻辑函数的最简表达式，常按照式中变量之间运算关系不同，分成最简**与或**式、最简**与非—与非**式、最简**或与**式、最简**或非—或非**式、最简**与或非**式5种常见形式。对应地，可用5类门电路来分别实现。

1. 最简与或式

定义：乘积项的个数最少，每个乘积项中相乘的变量个数也最少的**与或**表达式，叫做最简**与或**表达式。

例如：

$$Y = AB + \overline{A}C + BC + BCD \tag{1-16a}$$
$$= AB + \overline{A}C + BC \tag{1-16b}$$
$$= AB + \overline{A}C \tag{1-16c}$$

显然，在函数 Y 的各个**与或**表达式中，式（1-16c）是最简的，因为它符合最简**与或**表达式的定义。

2. 最简与非—与非式

定义：非号最少，每个非号下面相乘的变量个数也最少的**与非—与非**式，叫做最简**与非—与非**表达式。

注意：单个变量上面的非号不算，因为已将其当成反变量。

在最简**与或**表达式的基础上，两次取反，再用摩根定理去掉下面的反号，便可得到函数的最简**与非—与非**表达式。

[**例 1-10**]　写出函数 $Y = AB + \overline{A}C$ 的最简**与非—与非**式。

解：
$$Y = \overline{\overline{AB + \overline{A}C}}$$
$$= \overline{\overline{AB} \cdot \overline{\overline{A}C}} \qquad (1\text{-}17)$$

式（1-17）就是函数 Y 的最简**与非—与非**表达式。

3. 最简或与式

定义：括号个数最少，每个括号中相加的变量的个数也最少的**或与**式，叫做最简**或与**表达式。

在反函数最简**与或**表达式的基础上，取反，再用摩根定理去掉反号，便可得到函数的最简**或与**表达式。当然，在反函数的最简**与或**表达式的基础上，也可用反演规则，直接写出函数的最简**或与**式。

[**例 1-11**]　写出函数 $Y = AB + \overline{A}C$ 的最简**或与**式。

解：
$$\overline{Y} = \overline{A}\,\overline{C} + A\overline{B}$$
$$Y = \overline{\overline{Y}} = \overline{\overline{A}\,\overline{C} + A\overline{B}}$$
$$= \overline{\overline{A}\,\overline{C} \cdot \overline{A\overline{B}}}$$
$$= (A + C) \cdot (\overline{A} + B) \qquad (1\text{-}18)$$

式（1-18）就是函数 Y 的最简**或与**表达式。

4. 最简或非—或非式

定义：非号个数最少，非号下面相加变量的个数也最少的**或非—或非**式，叫做最简**或非—或非**表达式。

在最简**或非**式的基础上，两次取反，再用摩根定理去掉下面的反号，所得到的便是函数的最简**或非—或非**表达式。

[**例 1-12**]　写出函数 $Y = AB + \overline{A}C$ 的最简**或非—或非**式。

解：
$$Y = AB + \overline{A}C$$
$$= (A + C)(\overline{A} + B)$$
$$= \overline{\overline{(A + C)(\overline{A} + B)}}$$
$$= \overline{\overline{A + C} + \overline{\overline{A} + B}} \qquad (1\text{-}19)$$

式（1-19）就是函数 Y 的最简**或非—或非**表达式。

5. 最简与或非式

定义：在非号下面相加的乘积项的个数最少，每个乘积项中相乘的变量个数也最少的**与或非式**，叫做最简与或非表达式。

在最简**或非—或非式**的基础上，用摩根定理去掉大反号下面的小反号，便可得到函数的最简**与或非**表达式。当然，在反函数最简**与或式**基础上，直接取反亦可。

［例 1-13］ 写出函数 $Y = AB + \overline{A}C$ 的最简**与或非**式。

解：
$$Y = AB + \overline{A}C$$
$$= \overline{\overline{A + C} + \overline{\overline{A} + B}}$$
$$= \overline{\overline{A}\,\overline{C} + A\overline{B}} \qquad\qquad (1\text{-}20)$$

式（1-20）就是函数 Y 的最简**与或非**表达式。

从上面各种最简式的介绍中，不难发现，只要得到了函数的最简**与或式**，再用摩根定理进行适当变换，就可以获得其他几种类型的最简式。因此，下面要讲解的公式化简法和图形化简法，所说明的都是如何在**与或式**的基础上，获得最简**与或**表达式的方法。至于给定函数的表达式不是**与或式**时，则只需要用公式和定理，便可将其展开、变换成**与或式**即可。在展开、变换过程中，能化简的理所当然地应顺便化简。

1.6.2 常用的公式化简方法

公式化简法的原理就是反复使用逻辑代数的基本公式和常用公式消去函数式中多余的乘积项和多余的因子，以求得函数式的最简形式。

公式化简法没有固定的步骤。现将经常使用的方法归纳如下。

1. 并项法

利用表 1-12 中的公式 $AB + A\overline{B} = A$ 可以将两项合并为一项，并消去 B 和 $\overline{B}$ 这一对因子。而且，根据代入定理可知，A 和 B 都可以是任何复杂的逻辑式。

［例 1-14］ 试用并项法化简下列逻辑函数
$$Y_1 = A\,\overline{\overline{B}CD} + A\overline{B}CD$$
$$Y_2 = A\overline{B} + ACD + \overline{A}\,\overline{B} + \overline{A}CD$$
$$Y_3 = \overline{A}B\overline{C} + A\overline{C} + \overline{B}\,\overline{C}$$
$$Y_4 = BCD + BC\overline{D} + B\overline{C}\,\overline{D} + BCD$$

解：
$$Y_1 = A(\overline{\overline{\overline{B}CD}} + \overline{B}CD) = A$$
$$Y_2 = A(\overline{B} + CD) + \overline{A}(\overline{B} + CD) = \overline{B} + CD$$
$$Y_3 = \overline{A}B\overline{C} + (A + \overline{B})\overline{C} = (\overline{A}B)\overline{C} + (\overline{\overline{A}B})\overline{C} = \overline{C}$$
$$Y_4 = B(\overline{C}D + C\overline{D}) + B(\overline{C}\,\overline{D} + CD)$$
$$= B(C \oplus D) + B(\overline{C \oplus D}) = B$$

2. 吸收法

利用表 1-12 中的公式 A＋AB＝A 可将 AB 项消去。A 和 B 同样也可以是任何一个复杂的逻辑式。

[**例 1-15**] 试用吸收法化简下列逻辑函数

$$Y_1 = (\overline{\overline{AB} + C})ABD + AD$$

$$Y_2 = AB + AB\overline{C} + ABD + AB(\overline{C} + \overline{D})$$

$$Y_3 = A + \overline{\overline{A} \cdot \overline{BC}}(\overline{A} + \overline{B}\,\overline{C} + D) + BC$$

解：

$$Y_1 = [(\overline{\overline{AB} + C})B]AD + AD = AD$$

$$Y_2 = AB + AB[\overline{C} + D + (\overline{C} + \overline{D})] = AB$$

$$Y_3 = (A + BC) + (A + BC)(\overline{A} + \overline{B}\,\overline{C} + D) = A + BC$$

3. 消项法

利用表 1-12 中的公式 $AB + \overline{A}C + BC = AB + A\overline{C}$ 及 $AB + \overline{A}C + BCD = AB + \overline{A}C$ 将 BC 或 BCD 消去。其中 A、B、C、D 都可以是任何复杂的逻辑式。

[**例 1-16**] 用消项法化简下列逻辑函数

$$Y_1 = AC + A\overline{B} + \overline{B} + \overline{C}$$

$$Y_2 = A\overline{B}CD + \overline{A}\overline{B}E + \overline{A}CDE$$

$$Y_3 = \overline{A}\,\overline{B}C + ABC + \overline{A}B\overline{D} + A\overline{B}\,\overline{D} + \overline{A}BC\overline{D} + BC\overline{D}\,\overline{E}$$

解：

$$Y_1 = AC + A\overline{B} + \overline{B}\,\overline{C} = AC + \overline{B}\,\overline{C}$$

$$Y_2 = (A\overline{B})CD + (\overline{A\overline{B}})E + (CD)(E)\overline{A}$$

$$= A\overline{B}CD + \overline{A\overline{B}}E$$

$$Y_3 = (\overline{A}\,\overline{B} + AB)C + (\overline{A}B + A\overline{B})\overline{D} + BC\overline{D}(\overline{A} + \overline{E})$$

$$= (\overline{A \oplus B})C + (A \oplus B)\overline{D} + C\overline{D}[B(\overline{A} + \overline{E})]$$

$$= (\overline{A \oplus B})C + (A \oplus B)\overline{D}$$

4. 消因子法

利用表 1-12 中的公式 $A + \overline{A}B = A + B$ 可将 $\overline{A}B$ 中的 $\overline{A}$ 消去。A、B 均可以是任何复杂的逻辑式。

[**例 1-17**] 试利用消因子法化简下列逻辑函数

$$Y_1 = \overline{B} + ABC$$

$$Y_2 = A\overline{B} + B + \overline{A}B$$

$$Y_3 = AC + \overline{A}D + \overline{C}D$$

解：

$$Y_1 = \overline{B} + ABC = \overline{B} + AC$$

$$Y_2 = A\overline{B} + B + \overline{A}B = A + B + \overline{A}B = A + B$$

$$Y_3 = AC + \overline{A}D + \overline{C}D = AC + (\overline{A} + \overline{C})D = AC + \overline{AC}D$$

$$= AC + D$$

5. 配项法

可分 3 种情况讨论：

(1) 根据基本公式中的 $A + A = A$ 可以在逻辑函数式中重复写入某一项，有时能获得更加简单的化简结果。

[例 1-18]　试化简逻辑函数 $Y = \overline{A}B\overline{C} + \overline{A}BC + ABC$。

解：若在式中重复写入 $\overline{A}BC$，则可得到

$$Y = (\overline{A}B\overline{C} + \overline{A}BC) + (\overline{A}BC + ABC)$$
$$= \overline{A}B(\overline{C} + C) + BC(A + \overline{A})$$
$$= \overline{A}B + BC$$

（2）根据基本公式中的 $A + \overline{A} = 1$ 可以在函数式中的某一项上乘以 $(A + \overline{A})$，然后拆成两项分别与其他项合并，有时能得到更加简单的化简结果。

[例 1-19]　试化简逻辑函数 $Y = A\overline{B} + \overline{A}B + B\overline{C} + \overline{B}C$。

解：利用配项法可将 Y 写成

$$Y = A\overline{B} + \overline{A}B(C + \overline{C}) + B\overline{C} + (A + \overline{A})\overline{B}C$$
$$= A\overline{B} + \overline{A}BC + \overline{A}B\overline{C} + B\overline{C} + A\overline{B}C + \overline{A}\,\overline{B}C$$
$$= (A\overline{B} + A\overline{B}C) + (B\overline{C} + \overline{A}B\overline{C}) + (\overline{A}BC + \overline{A}\,\overline{B}C)$$
$$= A\overline{B} + B\overline{C} + \overline{A}C$$

（3）利用"去尾"公式 $AB + \overline{A}C + BC = AB + \overline{A}C$，在函数**与或**表达式中加上"尾巴"，以消去更多的乘积项，从而得到最简**与或**式。可形象地称为"加尾去尾"法。

[例 1-20]　化简函数 $Y = A\overline{C} + \overline{B}C + \overline{A}C + B\overline{C}$

解：在函数式中，根据 $\overline{A}C + B\overline{C} = \overline{A}C + B\overline{C} + \overline{A}B$，加上乘积项 $\overline{A}B$，用 $\overline{A}B$ 与 $A\overline{C}$、$\overline{B}C$ 分别结合，利用"去尾"公式便可分别消去 $B\overline{C}$ 和 $\overline{A}C$。

$$Y = A\overline{C} + \overline{B}C + (\overline{A}C + B\overline{C} + \overline{A}B)$$
$$= A\overline{C} + \overline{A}B + \overline{B}C + \overline{A}C + B\overline{C}$$
$$= A\overline{C} + \overline{A}B + \overline{B}C$$

还有一种方法就是利用 $A\overline{C} + \overline{B}C = A\overline{C} + \overline{B}C + A\overline{B}$ 加上 $A\overline{B}$ 消去 $A\overline{C}$ 和 $\overline{B}C$，读者不妨做一下。虽然所得结果形式不同，但二者是完全等价的。只有逻辑代数才会存在这一现象。

[例 1-21]　化简函数 $Y = \overline{A}B + AC + \overline{B}\,\overline{C} + A\overline{B} + \overline{A}\,\overline{C} + BC$

解：由 $\overline{A}B + AC$ 配合可消去 BC，由 $A\overline{B} + \overline{B}\,\overline{C}$ 可消去 $\overline{A}\,\overline{C}$，由 $AC + \overline{B}\,\overline{C}$ 可消去 $A\overline{B}$，从而得到 Y 的最简**与或**式。

$$Y = \overline{A}B + AC + \overline{B}\,\overline{C} + A\overline{B} + \overline{A}\,\overline{C} + BC$$
$$= \overline{A}B + AC + \overline{B}\,\overline{C}$$

当然也可用后 3 项配合消去前 3 项，得到 $Y = A\overline{B} + \overline{A}\,\overline{C} + BC$，读者不妨一试。

在化简复杂的逻辑函数时，往往需要灵活、交替地综合运用上述方法，才能得到最后的化简结果。

[例 1-22]　化简逻辑函数

$$Y = AC + \overline{B}C + B\overline{D} + C\overline{D} + A(B + \overline{C}) + \overline{A}BC\overline{D} + A\overline{B}DE$$

解：$Y = AC + \overline{B}C + B\overline{D} + C\overline{D} + A(B + \overline{C}) + \overline{A}BC\overline{D} + A\overline{B}DE$

$= AC + \overline{B}C + B\overline{D} + C\overline{D} + A\overline{B}\overline{C} + A\overline{B}DE$……根据 $A + AB = A$，消去 $\overline{A}BC\overline{D}$

$= AC + \overline{B}C + B\overline{D} + C\overline{D} + A + A\overline{B}DE$……根据 $A + \overline{A}B = A + B$，消去 $A\overline{B}\overline{C}$ 中的 $\overline{B}\overline{C}$ 因子

$= A + \overline{B}C + B\overline{D} + C\overline{D}$……根据 $A + AB = A$，消去 AC 和 $A\overline{B}DE$

$= A + \overline{B}C + B\overline{D}$……根据 $AB + \overline{A}C + BC = AB + \overline{A}C$，消去 $C\overline{D}$

1.6.3 逻辑函数的两种标准形式

在讲述逻辑函数的标准形式之前，先介绍一下最小项和最大项的概念，然后再介绍逻辑函数的"最小项之和"及"最大项之积"这两种标准形式。

1. 最小项和最大项

(1) 最小项

在 n 变量逻辑函数中，若 m 为包含 n 个因子的乘积项，而且这 n 个变量均以原变量或反变量的形式在 m 中出现且只出现一次，则称 m 为该组变量的最小项。

例如，A、B、C 3 个变量的最小项有 $\overline{A}\,\overline{B}\,\overline{C}$、$\overline{A}\,\overline{B}\,C$、$\overline{A}B\overline{C}$、$\overline{A}BC$、$A\overline{B}\,\overline{C}$、$A\overline{B}C$、$AB\overline{C}$、$ABC$ 共 8 个（即 2^3 个）。n 变量的最小项共有 2^n 个。

输入变量的每一组取值都使一个对应的最小项的值等于 1。例如在三变量 A、B、C 的最小项中，当 A=1、B=0、C=1 时，$A\overline{B}C=1$。如果把 $A\overline{B}C$ 的取值 101 看作一个二进制数，那么它所表示的十进制数就是 5。为了今后使用的方便，将 $A\overline{B}C$ 这个最小项记作 m_5。按照这一约定，就得到了三变量最小项的编号表，如表 1-16 所示。

表 1-16　　三变量最小项的编号表

最　小　项			使最小项为 1 的变量取值			对应的十进制数	编　　号
			A	B	C		
$\overline{A}$	$\overline{B}$	$\overline{C}$	0	0	0	0	m_0
$\overline{A}$	$\overline{B}$	C	0	0	1	1	m_1
$\overline{A}$	B	$\overline{C}$	0	1	0	2	m_2
$\overline{A}$	B	C	0	1	1	3	m_3
A	$\overline{B}$	$\overline{C}$	1	0	0	4	m_4
A	$\overline{B}$	C	1	0	1	5	m_5
A	B	$\overline{C}$	1	1	0	6	m_6
A	B	C	1	1	1	7	m_7

根据同样的道理，我们把 A、B、C、D 这 4 个变量的 16 个最小项记作 $m_0 \sim m_{15}$。

从最小项的定义出发可以证明它具有如下的重要性质。

① 在输入变量的任何取值下必有一个最小项，而且仅有一个最小项的值为 1。

② 全体最小项之和为 1。

③ 任意两个最小项的乘积为 0。

④ 具有相邻性的两个最小项之和可以合并成一项并消去一对因子。

若两个最小项只有一个因子不同，则称这两个最小项具有相邻性。例如，$\overline{A}B\overline{C}$ 和 $AB\overline{C}$ 两个最小项仅第一个因子不同，所以它们具有相邻性。这两个最小项相加时定能合并成一项并将一对不同的因子消去

$$\overline{A}B\overline{C} + AB\overline{C} = (\overline{A} + A)B\overline{C} = B\overline{C}$$

(2) 最大项

在 n 变量逻辑函数中，若 M 为 n 个变量之和，而且这 n 个变量均以原变量或反变量的形式在 M 中出现且只出现一次，则称 M 为该组变量的最大项。

例如，三变量 A、B、C 的最大项有 $(\overline{A}+\overline{B}+\overline{C})$、$(\overline{A}+\overline{B}+C)$、$(\overline{A}+B+\overline{C})$、$(\overline{A}+B+$

C)、$(A+\overline{B}+\overline{C})$、$(A+\overline{B}+C)$、$(A+B+\overline{C})$、$(A+B+C)$ 共 8 个（即 2^3 个）。对于 n 个变量则有 2^n 个最大项。可见，n 变量的最大项数目和最小项数目是相等的。

输入变量的每一组取值都使一个对应的最大项的值为 0。例如在三变量 A、B、C 的最大项中，当 A=1、B=0、C=1 时，$(\overline{A}+B+\overline{C})=0$。若将使最大项为 0 的 ABC 取值视为一个二进制数，并以其对应的十进制数给最大项编号，则 $(\overline{A}+B+\overline{C})$ 可记作 M_5。由此得到的三变量最大项编号表如表 1-17 所示。

表 1-17　　　　　　　　　　　　　　三变量最大项的编号表

最　大　项	使最大项为 0 的变量取值			对应的十进制数	编　　号
	A	B	C		
$A+B+C$	0	0	0	0	M_0
$A+B+\overline{C}$	0	0	1	1	M_1
$A+\overline{B}+C$	0	1	0	2	M_2
$A+\overline{B}+\overline{C}$	0	1	1	3	M_3
$\overline{A}+B+C$	1	0	0	4	M_4
$\overline{A}+B+\overline{C}$	1	0	1	5	M_5
$\overline{A}+\overline{B}+C$	1	1	0	6	M_6
$\overline{A}+\overline{B}+\overline{C}$	1	1	1	7	M_7

根据最大项的定义同样也可以得到它的主要性质，这就是：

① 在输入变量的任何取值下必有一个最大项，而且只有一个最大项的值为 0。

② 全体最大项之积为 0。

③ 任意两个最大项之和为 1。

④ 只有一个变量不同的两个最大项的乘积等于各相同变量之和。

如果将表 1-16 和表 1-17 加以对比则可发现，最大项和最小项之间存在如下关系

$$M_i = \overline{m_i} \text{ 或 } m_i = \overline{M_i}$$

也就是说相同编号的最大项和最小项是互非的。

例如，$m_0 = \overline{A}\,\overline{B}\,\overline{C}$，则 $\overline{m_0} = \overline{\overline{A}\,\overline{B}\,\overline{C}} = A+B+C = M_0$

2. 逻辑函数的最小项之和形式——标准与或式

利用基本公式 $A+\overline{A}=1$ 可以把任何一个逻辑函数化为最小项之和的标准形式，也称标准与或式。这种标准形式在逻辑函数的化简以及计算机辅助分析和设计中得到了广泛的应用。

例如，给定逻辑函数为

$$Y = AB\overline{C} + BC$$

则可化为

$$Y = AB\overline{C} + (A+\overline{A})BC = AB\overline{C} + ABC + \overline{A}BC = m_3 + m_6 + m_7$$
$$= \sum_i m_i (i = 3,\ 6,\ 7)$$

有时也简写成 $\sum m(3,\ 6,\ 7)$ 或 $\sum(3,\ 6,\ 7)$ 的形式。

[例 1-23]　将逻辑函数 $Y = A\overline{B}\,\overline{C}D + \overline{A}CD + AC$ 展开为最小项之和的形式。

解：　　　$Y = A\overline{B}\,\overline{C}D + \overline{A}(B+\overline{B})CD + A(B+\overline{B})C$

$$= A\bar{B}\bar{C}D + \bar{A}BCD + \bar{A}\,\bar{B}CD + ABC(D+\bar{D}) + A\bar{B}C(D+\bar{D})$$

$$= A\bar{B}\bar{C}D + \bar{A}BCD + \bar{A}\,\bar{B}CD + ABCD + ABC\bar{D} + A\bar{B}CD + A\bar{B}C\bar{D}$$

$$= \sum_i m_i(i = 3,7,9,10,11,14,15)$$

3. 逻辑函数的最大项之积形式——标准或与式

可以证明，任何一个逻辑函数都可以化成最大项之积的标准形式，也称标准或与式。

上面已经证明，任何一个逻辑函数皆可化为最小项之和的形式。同时，从最小项的性质又知道全部最小项之和为 1。由此可知，若给定逻辑函数为 $Y = \sum m_i$，则 $\sum m_i$ 以外的那些最小项之和必为 $\bar{Y}$，即

$$\bar{Y} = \sum_{k \neq i} m_k \tag{1-21}$$

故得到

$$Y = \overline{\sum_{k \neq i} m_k} \tag{1-22}$$

利用反演定理可将上式变换为最大项乘积的形式

$$Y = \prod_{k \neq i} \overline{m_k}$$

$$= \prod_{k \neq i} M_k \tag{1-23}$$

这就是说，如果已知逻辑函数为 $Y = \sum m_i$ 时，定能将 Y 化成编号为 i 以外的那些最大项的乘积。

[例 1-24] 试将逻辑函数 $Y = AB\bar{C} + BC$ 化成最大项之积的标准形式。

解：前面已经得到了它的最小项之和形式为

$$Y = \sum_i m_i \qquad (i = 3,6,7)$$

根据式（1-23）可得

$$Y = \prod_{k \neq i} M_k = M_0 \cdot M_1 \cdot M_2 \cdot M_4 \cdot M_5$$

$$= (A+B+C) \cdot (A+B+\bar{C}) \cdot (A+\bar{B}+C) \cdot (\bar{A}+B+C) \cdot (\bar{A}+B+\bar{C})$$

1.7 逻辑函数的卡诺图化简法

前边所讲的公式化简法虽然简单、快捷，但需要一定的技巧，而且化简结果是否最简有时也不好判断。本节讨论的卡诺图化简法则要直观、简明得多，但它仅限于不多于 5 变量的逻辑函数的化简。

1.7.1 逻辑函数的卡诺图表示法

1. 表示最小项的卡诺图

将 n 变量的全部最小项各用一个小方块表示，并使具有逻辑相邻性的最小项在几何位置上也相邻地排列起来，所得到的图形叫做 n 变量最小项的卡诺图。因为这种表示方法是由美

国工程师卡诺（Karnaugh）首先提出的，所以把这种图形叫做卡诺图。

图 1-8 中画出了 2 到 5 变量最小项的卡诺图。

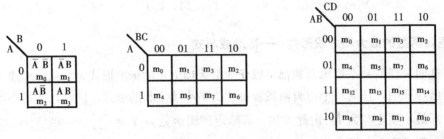

(a) 2 变量(A、B)最小项的卡诺图　　(b) 3 变量(A、B、C)最小项的卡诺图　　(c) 4 变量(A、B、C、D)最小项的卡诺图

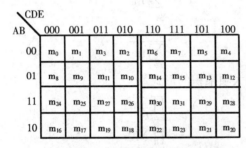

(d) 5 变量(A、B、C、D、E)最小项的卡诺图

图 1-8　2 到 5 变量最小项的卡诺图

图形两侧标注的 0 和 1 表示使对应小方格内的最小项为 1 的变量取值。同时，这些 0 和 1 组成的二进制数所对应的十进制数大小也就是对应的最小项的编号。

为了保证图中几何位置相邻的最小项在逻辑上也具有相邻性，这些数码不能按自然二进制数从小到大地顺序排列，而必须按图中的方式排列，以确保相邻的两个最小项仅有一个变量是不同的。

从图 1-8 的卡诺图上还可以看到，处在任何一行或一列两端的最小项也仅有一个变量不同，所以它们也具有逻辑相邻性。因此，从几何位置上应当把卡诺图看成是上下、左右闭合的图形。

在变量数大于、等于 5 以后，仅仅用几何图形在两维空间的相邻性来表示逻辑相邻性已经不够了。例如在图 1-8 (d) 的 5 变量最小项的卡诺图中，除了几何位置相邻的最小项具有逻辑相邻性以外，以图中双竖线为轴左右对称位置上的两个最小项也具有逻辑相邻性。

2. 用卡诺图表示逻辑函数

既然任何一个逻辑函数都能表示为若干最小项之和的形式，那么自然也就可以设法用卡诺图来表示任意一个逻辑函数。具体的方法是首先把逻辑函数化为最小项之和的形式，然后在卡诺图上与这些最小项对应的位置上填入 1，在其余的位置上填入 0，就得到了表示该逻辑函数的卡诺图。也就是说，任何一个逻辑函数都等于它的卡诺图中填入 1 的那些最小项之和。

[例 1-25]　用卡诺图表示逻辑函数

$$Y = \overline{A}\,\overline{B}\,\overline{C}D + \overline{A}BD + ACD + A\overline{B}$$

解： 首先将 Y 化为最小项之和的形式

$$Y = \overline{A}\,\overline{B}\,\overline{C}D + \overline{A}B(C + \overline{C})\overline{D} + A(B + \overline{B})CD + A\overline{B}(C + \overline{C})(D + \overline{D})$$

$$= \overline{A}\,\overline{B}\,\overline{C}D + \overline{A}BC\overline{D} + \overline{A}B\overline{C}\,\overline{D} + ABCD + A\overline{B}CD + A\overline{B}\overline{C}D + A\overline{B}C\overline{D} + A\overline{B}\,\overline{C}\,\overline{D}$$

$$= m_1 + m_4 + m_6 + m_8 + m_9 + m_{10} + m_{11} + m_{15}$$

画出 4 变量最小项的卡诺图，在对应于函数式中各最小项的位置上填入 1，其余位置上填入 0，就得到如图 1-9 所示的 Y 的卡诺图。

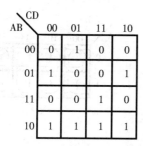

图 1-9　例 1-25 的卡诺图

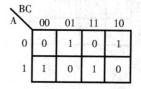

图 1-10　例 1-26 的卡诺图

[例 1-26]　已知逻辑函数的卡诺图如图 1-10 所示，试写出该函数的逻辑式。

解： 因为函数 Y 等于卡诺图中填入 1 的那些最小项之和，所以有

$$Y = A\overline{B}\,\overline{C} + \overline{A}\,\overline{B}C + ABC + \overline{A}B\overline{C}$$

1.7.2　用卡诺图化简逻辑函数

利用卡诺图化简逻辑函数的方法称为卡诺图化简法或图形化简法。化简时依据的基本原理就是具有相邻性的最小项可以合并，并消去不同的因子。由于在卡诺图上几何位置相邻与逻辑上的相邻性是一致的，因而从卡诺图上能直观地找出那些具有相邻性的最小项，并将其合并化简。

1. 合并最小项的规则

（1）若两个最小项相邻构成两格圈，则可两项并一项，同时消去一变量。合并后的结果中只剩下公共因子。

在图 1-11（a）和图 1-11（b）中画出了两个最小项相邻的几种可能情况。例如图（a）中 $\overline{A}BC$（m_3）和 ABC（m_7）相邻，故可合并为

$$\overline{A}BC + ABC = (\overline{A} + A)BC = BC$$

合并后将 A 和 $\overline{A}$ 一对因子消掉了，即消去了 A 变量，只剩下公共因子 B 和 C。

（2）若四个最小项相邻构成四格圈，则可四项并一项，同时消去两变量。合并后的结果中只包含公共因子。

例如在图 1-11（d）中，$\overline{A}B\overline{C}D$（$m_5$）、$\overline{A}BCD$（$m_7$）、$AB\overline{C}D$（$m_{13}$）和 $ABCD$（m_{15}）相邻，故可合并。合并后得到

$$\overline{A}B\overline{C}D + \overline{A}BCD + AB\overline{C}D + ABCD$$

$$= \overline{A}BD(C + \overline{C}) + ABD(C + \overline{C})$$

$$= BD(A + \overline{A}) = BD$$

可见，合并后消去了 A、$\overline{A}$ 和 C、$\overline{C}$ 两对因子，即消去了 A 和 C 两个变量，只剩下四个最小项的公共因子 B 和 D。

（3）若八个最小项相邻构成八格圈，则可八项并一项，同时消去三变量。合并后的结果中只包含公共因子。

例如在图 1-11（e）中，上边两行的八个最小项是相邻的，可将它们合并为一项 $\overline{A}$。其他的因子都被消去了。

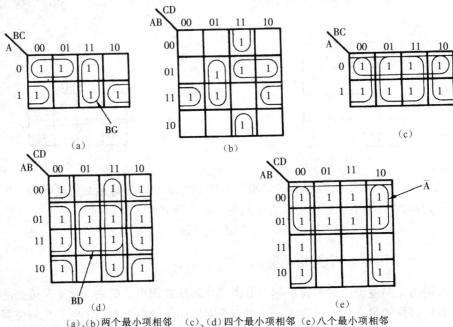

(a)、(b)两个最小项相邻　(c)、(d)四个最小项相邻　(e)八个最小项相邻

图 1-11　最小项相邻的几种情况

可见，相邻项越多，且为 2^n 个（$n=1，2，\cdots，5$），则消去的变量也越多（n 个），且 2^n 个最小项可合并为一项（由这些最小项的公共因子构成）。

2. 卡诺图化简法的步骤

用卡诺图化简逻辑函数时可按如下步骤进行。

（1）将函数化为最小项之和的形式。

（2）画出表示该逻辑函数的卡诺图。

（3）找出可以合并的最小项。

（4）选取化简后的乘积项。写出最简**与或**表达式。

3. 卡诺图化简应遵循的原则

（1）圈要尽可能地少。因为圈越少，与项（乘积项）的个数越少。

（2）圈要尽可能地大。因为圈越大，消去的变量越多。

（3）每个圈至少要有一个"新面孔"——未被其他圈圈过的项。否则该圈所得到的与项为多余项。

（4）一般情况下，应先圈八格组，后圈四格组，再圈二格组，但有特例。即要优先照顾"困难户"——只有一个相邻项的项。

[例 1-27]　　用卡诺图化简法将下式化简为最简**与—或**函数式

$$Y = A\overline{C} + \overline{A}C + B\overline{C} + \overline{B}C$$

解：首先画出表示函数 Y 的卡诺图，如图 1-12 所示。

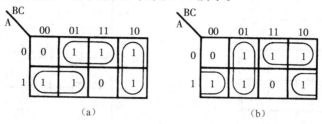

图 1-12　例 1-27 的卡诺图

事实上，在填写 Y 的卡诺图时，并不一定要将 Y 化为最小项之和的形式。例如，式中的 $A\overline{C}$ 一项包含了所有含有 $A\overline{C}$ 因子的最小项，而不管另一个因子是 B 还是 $\overline{B}$。从另外一个角度讲，也可以理解为 $A\overline{C}$ 是 $AB\overline{C}$ 和 $A\overline{B}\overline{C}$ 两个最小项相加合并的结果。因此，在填写 Y 的卡诺图时可以直接在卡诺图上所有对应 A＝1、C＝0 的空格里填入 1。按照这种方法，就可以省去将 Y 化为最小项之和这一步骤了。

其次，需要找出可以合并的最小项。将可能合并的最小项用线圈出。由图 1-12（a）和（b）可见，有两种可取的合并最小项的方案。如果按图 1-12（a）的方案合并最小项，得到

$$Y = A\overline{B} + \overline{A}C + B\overline{C}$$

而按图 1-12（b）的方案合并最小项，则得到

$$Y = A\overline{C} + \overline{B}C + \overline{A}B$$

两个化简结果都符合最简**与—或**式的标准。

此例说明，有时一个逻辑函数的化简结果可能不是唯一的。

[例 1-28]　　用卡诺图化简法将下式化为最简**与—或**逻辑式

$$Y = ABC + AB D + A\overline{C}D + \overline{C}\,\overline{D} + \overline{A}B\overline{C} + \overline{A}C\overline{D}$$

解：首先画出 Y 的卡诺图，如图 1-13 所示。然后把可能合并的最小项圈出，并按照前面所述的原则选择化简**与—或**式中的乘积项。由图可见，应将图中下边两行的 8 个最小项合并，同时将左、右两列最小项合并，于是得到

$$Y = A + \overline{D}$$

从图 1-13 中可以看到，A 和 $\overline{D}$ 中重复包含了 m_8、m_{10}、m_{12} 和 m_{14} 这 4 个最小项。但据 $A+A=A$ 可知，在合并最小项的过程中允许重复使用函数式中的最小项，以利于得到更简单的化简结果。

[例 1-29]　　已知某函数 Y 的卡诺图如图 1-14 所示，试写出其最简**与—或**逻辑式。

解：若按由大到小的优先级顺序，则应先四格组，再二格组，但是四格组中的四个最小项均被重复圈过，其所得的与项 BD 也就是多余项了。故应先圈四个二格组（即要优先照顾"困难户"——m_1、m_6、m_{12}、m_{11}），这样中间四项全被圈过，就不能再圈四格组了。于是得到

$$Y = AB\overline{C} + \overline{A}\,\overline{C}D + \overline{A}BC + ACD$$

读者不妨用公式法验证一下。

另外，还要补充说明一个问题。在以上的 3 个例子中，我们都是通过合并卡诺图中的 1 来求得化简结果的。但有时也可以通过合并卡诺图中的 0 先求出 $\overline{Y}$ 的化简结果，然后再将

$\overline{Y}$ 求反而得到 Y。

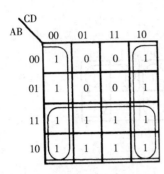

图 1-13 例 1-28 的卡诺图

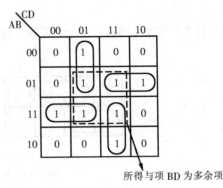

所得与项 BD 为多余项

图 1-14 例 1-29 的卡诺图

这种方法所依据的原理我们已在介绍式（1-21）时讲过。因为全部最小项之和为 1，所以若将全部最小项之和分成两部分，一部分（卡诺图中填入 1 的那些最小项）之和记作 Y，则根据 $Y+\overline{Y}=1$ 可知，其余一部分（卡诺图中填入 0 的那些最小项）之和必为 $\overline{Y}$。

在多变量逻辑函数的卡诺图中，当 0 的数目远小于 1 的数目时，采用合并 0 的方法有时会比合并 1 来得简单。例如，在图 1-13 的卡诺图中，如果将 0 合并，则可立即写出

$$\overline{Y}=\overline{A}D, \qquad Y=\overline{\overline{Y}}=\overline{\overline{A}D}=A+\overline{D}$$

与合并 1 得到的化简结果一致。

此外，在需要将函数化为最简的**与或非**式时，采用合并 0 的方式最为适宜，因为得到的结果正是**与或非**形式。如果要求得到 $\overline{Y}$ 的化简结果，则采用合并 0 的方式就更简便了。

总之，两种化简方法各有优缺点，要根据需要选用。卡诺图法化简直观、简明，但有局限性，多于 5 个变量的逻辑函数只能用公式法化简。公式法适用于所有逻辑函数化简，但需要一定技巧，且有时化简结果是否最简不好判断。

*1.8 具有约束项的逻辑函数及其化简

1.8.1 约束项、任意项和逻辑函数式中的无关项

在分析某些具体的逻辑函数时，经常会遇到这样一种情况，即输入变量的取值不是任意的。人们把对输入变量取值所加的限制称为约束；把具有约束的变量称为约束项。

例如，8421BCD 码就不能出现 1010、1011、1100、1101、1110 及 1111 这 6 个代码，即要限制这些输入变量的取值在编制十进制数的代码时不能出现，用逻辑表达式表示就是它们对应的最小项恒等于 0。这样，约束条件可以表示为

$$\begin{cases} A\overline{B}C\overline{D}=0 \\ A\overline{B}CD=0 \\ AB\overline{C}\,\overline{D}=0 \\ AB\overline{C}D=0 \\ ABC\overline{D}=0 \\ ABCD=0 \end{cases}$$

或写为 $A\overline{B}C\overline{D}+A\overline{B}CD+AB\overline{C}\,\overline{D}+AB\overline{C}D+ABC\overline{D}+ABCD=0$

还可进一步简写为

$$\sum d\,(10,\ 11,\ 12,\ 13,\ 14,\ 15)=0$$

把这样的等式叫做约束条件，而把这些恒等于 0 的最小项叫做约束项。

有时还会遇到另外一种情况，就是在输入变量的某些取值下函数值是 1 还是 0 都可以，而且并不影响电路的功能。这些变量的取值对应的那些最小项称为任意项。

在存在约束项的情况下，由于约束项的值始终等于 0，所以既可以把约束项写进逻辑函数式中，也可以把约束项从函数式中删掉，而不影响函数值。同样，既可以把任意项写入函数式中，也可以不写进去，因为输入变量的取值使这些任意项为 1 时，函数值是 1 还是 0 无所谓。

因此，又把约束项和任意项统称为逻辑函数式中的无关项。这里所说的无关是指是否把这些最小项写入逻辑函数式无关紧要，可以写入也可以不写。

既然可以认为无关项包含于函数式中，也可以认为不包含在函数式中，那么在卡诺图中对应的位置上就可以填入 1，也可以填入 0。为此，在卡诺图中用×（或∅）表示无关项。在化简逻辑函数时，利用它可以化简就认为它是 1，对化简没有帮助就认为它是 0。

1.8.2　无关项在化简逻辑函数中的应用

在化简具有无关项的逻辑函数时，若能合理地利用这些无关项，可使逻辑函数得到最简。

合并最小项时，究竟把卡诺图上的×作为 1（即认为函数式中包含了这个最小项）还是作为 0（即认为函数式中不包含这个最小项）对待，应根据实际化简的需要而定。

[例 1-30]　化简具有约束的逻辑函数

$$Y=\overline{A}\,\overline{B}\,\overline{C}D+\overline{A}BCD+AB\overline{C}\,\overline{D}$$

给定约束条件为

$$\overline{A}\,\overline{B}CD+\overline{A}BCD+AB\overline{C}\,\overline{D}+A\overline{B}\,\overline{C}D+ABCD+ABC\overline{D}+\overline{A}BC\overline{D}=0$$

解： 如果不利用约束项，则 Y 已无法化简。但适当地加进一些约束项以后，可以得到

$$Y=(\overline{A}\,\overline{B}\,\overline{C}D+\underbrace{\overline{A}\,\overline{B}CD}_{约束项})+(\overline{A}BCD+\underbrace{\overline{A}B\overline{C}D}_{约束项})$$
$$+(AB\overline{C}\,\overline{D}+\underbrace{AB\overline{C}D}_{约束项})+(\underbrace{AB C\overline{D}}_{约束项}+\underbrace{AB CD}_{约束项})$$
$$=(\overline{A}\,\overline{B}D+\overline{A}BD)+(A\overline{C}\,\overline{D}+ACD)$$
$$=\overline{A}D+A\overline{D}$$

可见，合理地利用约束项，可使逻辑函数得到进一步化简。但是用公式法化简，在确定该写入哪些约束项时尚不够直观。

如果改用卡诺图化简法，则只要将表示 Y 的卡诺图画出，就能从图上直观地判断对这些约束项应如何取舍。

图 1-15 是 [例 1-30] 的逻辑函数的卡诺图。从图上不难看出，为了得到最大的相邻最小项的矩形组合，应取约束项 m_3、m_5 为 1，与 m_1、m_7 组成一个矩形组。同时取约束项 m_{10}、m_{12}、m_{14} 为 1，与 m_8 组成一个矩形组。将两组相邻的最小项合并后得到的化简结果与上面推演的结果相同。卡诺图中没有被圈进去的约束项（m_9 和 m_{15}）是当作 0 对待的。

[例 1-31]　试化简逻辑函数

$$Y=\overline{A}CD+\overline{A}BC\overline{D}+AB\,\overline{C}\,\overline{D}$$

已知约束条件为

$$\overline{A}\overline{B}\overline{C}D+\overline{A}BCD+ABC\overline{D}+A\overline{B}C\overline{D}+ABC\overline{D}+ABCD=0$$

解：画出函数 Y 的卡诺图，如图 1-16 所示。

由图可见，若认为其中的约束项 m_{10}、m_{12}、m_{14} 为 1，而约束项 m_{11}、m_{13}、m_{15} 为 0，则可将 m_4、m_6、m_{12} 和 m_{14} 合并为 $\overline{B}D$，将 m_8、m_{10}、m_{12} 和 m_{14} 合并为 $A\overline{D}$，将 m_2、m_6、m_{10} 和 m_{14} 合并为 $C\overline{D}$，于是得到

$$Y = \overline{B}D + A\overline{D} + C\overline{D}$$

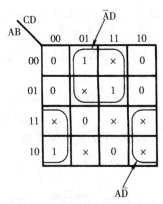

图 1-15　例 1-30 的卡诺图

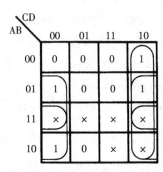

图 1-16　例 1-31 的卡诺图

[例 1-32]　试化简逻辑函数

$$Y = \sum m(0,1,4,6,9,13)$$

已知约束条件为

$$m_2 + m_3 + m_5 + m_7 + m_{10} + m_{11} + m_{15} = 0$$

解：画出函数 Y 的卡诺图，如图 1-17 所示。

由图可见，若将约束项 m_2、m_3、m_5、m_7、m_{11}、m_{15} 看作为 1，而将约束项 m_{10} 看作为 0，则可构成两个八格组，经化简合并分别得到 $\overline{A}$ 和 D 的化简结果。于是得到

$$Y = \overline{A} + D$$

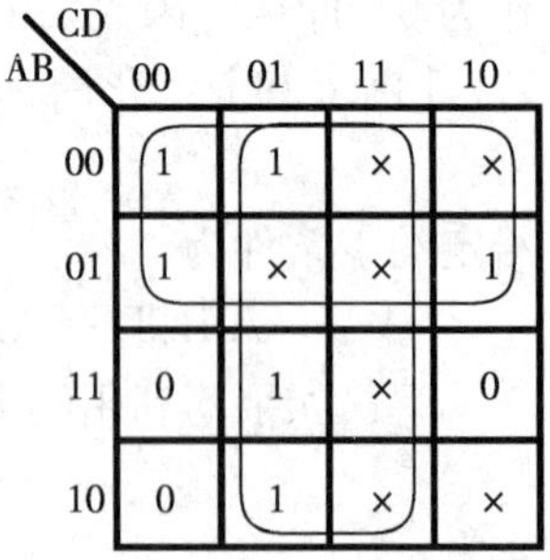

图 1-17　例 1-32 的卡诺图

小　　结

本章介绍了 3 部分内容：逻辑代数的公式和定理，逻辑函数的表示方法和逻辑函数的化简方法。

为了进行逻辑运算，必须熟练掌握表 1-10 中的基本公式。至于表 1-12 中的常用公式，完全可以由基本公式导出。尽管如此，掌握尽可能多的常用公式仍然是十分有益的，因为直接引用这些公式能大大提高运算速度。

逻辑函数常用的表示方法有 4 种，即真值表、逻辑函数式、逻辑图和卡诺图。这 4 种方法之间可以任意地互相转换。根据具体的使用情况，可以选择最适当的一种方法表示所研究的逻辑函数。

逻辑函数的化简是本章的重点。本章先后介绍了两种化简方法——公式化简法和卡诺图化简法。公式化简法的优点是它的使用不受任何条件的限制，但在化简一些复杂的逻辑函数时不仅需要熟练地运用各种公式和定理，而且需要有一定的运算技巧和经验。

卡诺图化简方法的优点是简单、直观，而且有一定的化简步骤可循。初学者容易掌握这种方法，而且化简过程中也不容易出错。然而在逻辑变量超过 5 个以上时，则无法使用此法。

最后还要说明一点，在设计实际的数字系统时，为了减少所用器件的数目，往往不限于使用单一逻辑功能的门电路。这时希望得到的最简逻辑式可能既不是单一的与或式，也不是单一的与非式，而是一种混合的形式。因此，究竟将函数式化成什么形式最为有利，还要根据选用的门电路类型而定。

习　　题

[题 1.1]　将下列二进制数转换为等值的十六进制数和等值的十进制数。

(1) $(10010101)_2$；　　　　　　(2) $(1111101)_2$；

(3) $(0.01010111)_2$；　　　　　(4) $(111.001)_2$。

[题 1.2]　将下列十六进制数化为等值的二进制数和等值的十进制数。

(1) $(7E)_{16}$；　　　　　　　　(2) $(3D.5E)_{16}$；

(3) $(8F.1F)_{16}$；　　　　　　 (4) $(10.00)_{16}$。

[题 1.3]　将下列十进制数转换成等效的二进制和等效的十六进制数。要求二进制数保留小数点后 4 位有效数字。

(1) $(17)_{10}$；　　　　　　　　(2) $(127)_{10}$；

(3) $(0.39)_{10}$；　　　　　　　(4) $(25.7)_{10}$。

[题 1.4]　比较下列各数，找出最大数和最小数。

(1) $(302)_8$；　(2) $(F8)_{16}$；　(3) $(1001001)_2$；　(4) $(105)_{10}$；　(5) $(2210)_3$。

[题 1.5]　试完成下列十进制数对应的 BCD 码转换。

(1) $(42.3)_{10}$ = (　　　　　　　　　)$_{8421码}$

　　　　　 = (　　　　　　　　　)$_{5421码}$

　　　　　 = (　　　　　　　　　)$_{余3码}$

(2) $(928.67)_{10}$ = (　　　　　　　　　　　　　)$_{5421码}$

　　　　　　 = (　　　　　　　　　　　　　)$_{5421码}$

　　　　　　 = (　　　　　　　　　　　　　)$_{5421码}$

　　　　　　 = (　　　　　　　　　　　　　)$_{余3循环码}$

[题 1.6]　已知逻辑函数 Y 的真值表如表题 1.6，试写出 Y 的逻辑函数式。

表题 1.6

A	B	C	Y
0	0	0	1
0	0	1	1
0	1	0	0
0	1	1	0
1	0	0	1
1	0	1	1
1	1	0	0
1	1	1	1

[**题 1.7**]　写出图题 1.7 中逻辑电路的逻辑函数式。

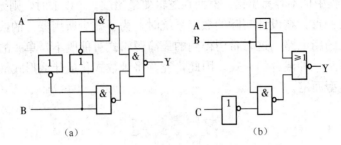

(a)　　　　　　　　　　　　(b)

图题 1.7

[**题 1.8**]　列出逻辑函数 $Y = \overline{A}B + \overline{B}\,\overline{C} + AC\overline{D}$ 的真值表。

[**题 1.9**]　利用公式和定理证明下列等式。

(1) $\overline{A + BC + D} = \overline{A} \cdot (\overline{B} + \overline{C}) \cdot \overline{D}$

(2) $\overline{AB + \overline{A}\,\overline{B} + \overline{C}} = \overline{A \oplus B} \cdot C$

(3) $A + \overline{\overline{A}\,(B + C)} = A + \overline{B}\,\overline{C}$

(4) $\overline{A}\,\overline{B} + \overline{A}B + A\overline{B} + AB = 1$

[**题 1.10**]　已知逻辑函数的真值表如表题 1.10（a）、（b），试写出对应的逻辑函数式。

表题 1.10（a）

A	B	C	Y
0	0	0	0
0	0	1	1
0	1	0	1
0	1	1	0
1	0	0	1
1	0	1	0
1	1	0	0
1	1	1	1

表题 1.10（b）

A	B	C	D	Y
0	0	0	0	0
0	0	0	1	0
0	0	1	0	0
0	0	1	1	1
0	1	0	0	0
0	1	0	1	0
0	1	1	0	1
0	1	1	1	1
1	0	0	0	0
1	0	0	1	0
1	0	1	0	0
1	0	1	1	1
1	1	0	0	1
1	1	0	1	1
1	1	1	0	1
1	1	1	1	1

[**题 1.11**]　试证明下列异或运算公式。

(1) $A \oplus 0 = A$

(2) $A \oplus 1 = \overline{A}$

(3) $A \oplus A = 0$

(4) $A \oplus \overline{A} = 1$

(5) $(A \oplus B) \oplus C = A \oplus (B \oplus C)$

(6) $A \oplus B \oplus C = A \odot B \odot C$

[题 1.12] 用逻辑代数的基本公式和常用公式将下列逻辑函数化为最简与或形式，然后再化为最简与非—与非式、最简或非—或非式及最简与或非式。

(1) $Y = A \overline{B} C + \overline{A} + B + \overline{C}$

(2) $Y = A \overline{B} + B + \overline{A} B$

(3) $Y = \overline{\overline{A} B C} + A \overline{B}$

(4) $Y = A \overline{B} C D + A B D + A \overline{C} D$

(5) $Y = A \overline{B} (\overline{A} C D + \overline{A D} + \overline{B} \overline{C}) (\overline{A} + B)$

[题 1.13] 写出下列函数的对偶式及反函数的表达式。

(1) $Y = A B + C$

(2) $Y = (A + B C) \overline{C} D$

(3) $Y = \overline{(\overline{A} + \overline{B})} (\overline{A} + C) A C + B C$

(4) $Y = \overline{A \overline{B} C} + \overline{C} D (A C + B D)$

[题 1.14] 写出图题 1.14 中各逻辑图的逻辑函数式，并化简为最简与或式。

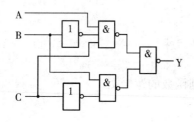
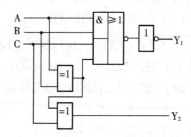

图题 1.14

[题 1.15] 将下列各函数式化为标准与或式。

(1) $Y = \overline{A} B C + A C + \overline{B} C$

(2) $Y = A \overline{B} \overline{C} D + B C D + \overline{A} D$

(3) $Y = A + B + C D$

(4) $Y = A B + \overline{\overline{B C} \ (\overline{C + D})}$

(5) $Y = L \overline{M} + M \overline{N} + N \overline{L}$

[题 1.16] 将下列各式化为标准或与式。

(1) $Y = (A + B) (\overline{A} + \overline{B} + \overline{C})$

(2) $Y = A \overline{B} + C$

(3) $Y = \overline{A} B \overline{C} + \overline{B} C + A \overline{B} C$

(4) $Y = B C \overline{D} + C + \overline{A} D$

(5) $Y (A, B, C) = \sum (m_1, m_2, m_4, m_6, m_7)$

[题 1.17] 用卡诺图化简法将下列函数化为最简与或式。

(1) $Y = A \overline{B} \overline{C} + B D + C D + A B C + A C D + A C D$

(2) $Y = A\overline{B} + \overline{A}C + \overline{B}C + \overline{C}D$

(3) $Y = \overline{A}\,\overline{B} + B\overline{C} + \overline{A} + \overline{B} + ABC$

(4) $Y = \overline{A}\,\overline{B} + AC + \overline{B}C$

(5) $Y = A\overline{B}\,\overline{C} + \overline{A}\,\overline{B} + AD + C + BD$

(6) $Y(A, B, C) = \sum(m_0, m_1, m_2, m_5, m_6, m_7)$

(7) $Y(A, B, C) = \sum(m_1, m_3, m_5, m_7)$

(8) $Y(A, B, C) = \sum(m_1, m_4, m_7)$

(9) $Y(A, B, C, D) = \sum(m_0, m_1, m_2, m_5, m_8, m_9, m_{10}, \dot{m}_{12}, m_{14})$

(10) $Y(A, B, C, D) = \sum(m_0, m_1, m_2, m_3, m_4, m_6, m_8, m_9, m_{10}, m_{11}, m_{14})$

[题 1.18] 化简下列逻辑函数（方法不限）。

(1) $Y = A\overline{B} + \overline{A}C + \overline{C}\,\overline{D} + D$

(2) $Y = \overline{A}(C\overline{D} + \overline{C}D) + B\overline{C}D + A\overline{C}D + \overline{A}C\overline{D}$

(3) $Y = \overline{(\overline{A} + \overline{B})}\,D + (\overline{A}\,\overline{B} + BD)\,\overline{C} + \overline{A}CBD + \overline{D}$

[题 1.19] 证明下列逻辑恒等式（方法不限）。

(1) $A\overline{B} + B + \overline{A}B = A + B$

(2) $(A + \overline{C})(B + D)(B + \overline{D}) = AB + B\overline{C}$

(3) $\overline{\overline{(A + B + \overline{C})}\,\overline{CD}} + \overline{(B + \overline{C})(A\overline{B}D + \overline{B}\overline{C})} = 1$

(4) $A\overline{B} + \overline{A}B + BC = A\overline{B} + AC + \overline{A}B$

[题 1.20] 试画出用与非门和反相器实现下列函数的逻辑图。

(1) $Y = AB + BC + AC$

(2) $Y = (\overline{A} + B)(A + \overline{B})C + \overline{B}C$

(3) $Y = \overline{A}\overline{B}\overline{C} + A\,\overline{B}C + \overline{A}BC$

(4) $Y = A\,\overline{BC} + \overline{(A\overline{B} + \overline{A}\,\overline{B} + BC)}$

[题 1.21] 什么叫约束项？什么叫任意项？什么叫逻辑函数式中的无关项？

[题 1.22] 对于互相排斥的一组变量 A、B、C、D、E（即任何情况下 A、B、C、D、E）不可能有两个或两个以上同时为 1，试证明 $A\overline{B}\,\overline{C}\,\overline{D}\,\overline{E} = A$，$\overline{A}B\,\overline{C}\,\overline{D}\,\overline{E} = B$，$\overline{A}\,\overline{B}C\,\overline{D}\,\overline{E} = C$，$\overline{A}\,\overline{B}\,\overline{C}D\,\overline{E} = D$，$\overline{A}\,\overline{B}\,\overline{C}\,\overline{D}E = E$。

[题 1.23] 写出图题 1.23 所示各函数的最简与或式。

[题 1.24] 将下列函数化为最简与或式。

(1) $Y = \overline{A} + C + \overline{D} + \overline{A}\,\overline{B}C\,\overline{D} + A\,\overline{B}CD$，给定约束条件为 $A\overline{B}C\overline{D} + A\overline{B}CD + AB\overline{C}\,\overline{D} + AB\overline{C}D + ABC\overline{D} + ABCD = 0$。

(2) $Y = C\overline{D}(A \oplus B) + \overline{A}B\overline{C} + \overline{A}\,\overline{C}D$，给定约束条件为 $AB + CD = 0$。

(3) $Y = (A\overline{B} + B)C\overline{D} + \overline{(A + B)}\,\overline{(\overline{B} + C)}$，给定约束条件为 $ABC + ABD + ACD + BCD = 0$。

(4) $Y(A, B, C, D) = \sum(m_3, m_5, m_6, m_7, m_{10})$，给定约束条件为 $m_0 + m_1 + m_2 + m_4 + m_8 = 0$。

(5) $Y(A, B, C, D) = \sum(m_2, m_3, m_7, m_8, m_{11}, m_{14}) + \sum\varphi(0, 5, 10, 15)$。

(6) $Y(A, B, C) = \sum(m_0, m_1, m_2, m_4) + \sum d(3, 5, 6, 7)$。

(a)

A\BC	00	01	11	10
0	1	0	0	1
1	1	0	1	1

(b)

A\BC	00	01	11	10
0	1	1	1	1
1	0	1	1	0

(c)

A\BC	00	01	11	10
0	0	0	0	0
1	1	1	1	0

(d)

AB\CD	00	01	11	10
00	1	1	1	1
01	1	1	0	0
11	0	0	0	0
10	1	0	1	1

(e)

AB\CD	00	01	11	10
00	1	0	0	1
01	1	1	1	1
11	1	0	0	1
10	1	0	0	1

(f)

AB\CD	00	01	11	10
00	0	0	0	1
01	0	0	1	1
11	0	1	1	1
10	1	1	1	1

(g)

AB\CD	00	01	11	10
00	1	1	0	1
01	0	1	1	1
11	1	1	1	0
10	1	0	1	1

(h)

AB\CD	00	01	11	10
00	0	1	1	1
01	1	1	0	1
11	1	0	1	1
10	1	1	1	0

(i)

AB\CD	00	01	11	10
00	0	0	1	1
01	0	1	1	1
11	1	1	1	0
10	1	1	0	0

(j)

AB\CD	00	01	11	10
00	1	1	1	1
01	1	0	0	1
11	1	0	0	1
10	1	1	1	1

(k)

AB\CD	00	01	11	10
00	0	1	1	0
01	1	1	1	1
11	1	1	1	1
10	0	1	1	0

(l)

AB\CD	00	01	11	10
00	1	0	0	1
01	0	1	1	0
11	0	1	1	0
10	1	0	0	1

图题 1.23

<big>第<big><big>2</big></big>章</big> 门电路

本章系统讲述数字电路的基本逻辑单元——门电路。

主要有 3 个方面的内容：一是半导体二极管、三极管和 MOS 管的开关特性，它们是构成各种门电路的基本元件；二是分立元件门电路，作为认识门电路的入门；三是集成门电路，包括集成 TTL 门电路和集成 CMOS 门电路两大类。作为实用电路，集成门电路是本章的重点，其中反相器是典型，有关器件电气特性方面的知识，主要都通过反相器为例进行说明。

2.1 概述

1. 门电路的概念

用以实现基本逻辑运算和复合逻辑运算的单元电路，通称为门电路。例如，实现与运算的称为与门，实现或运算的称为或门，实现非运算的称为非门（也称作反相器）。类似地，也就有与非门、或非门、与或非门、异或门等能实现复合逻辑运算的门电路。

2. 逻辑变量与开关元件

在二值逻辑中，逻辑变量的取值不是 0 就是 1，是一种二值变量。在数字电路中，与之对应的是电子开关的两种状态：导通和截止。二极管、三极管和 MOS 管，均是可构成这种电子开关的基本元件。

3. 高、低电平与正、负逻辑

在电子电路中，常用高、低电平分别表示二值逻辑的 1 和 0 两种逻辑状态。

高、低电平是两种状态，是两个不同的可以明显区分的电压范围。如图 2-1 所示，为人们通常讨论和使用的 TTL 高、低电平示意图，其中 2.4~5V 范围内的电压，都叫做高电平，用 V_H 表示；而 0~0.8V 范围内的电压，都称为低电平，用 V_L 表示。

在数字电路中，用 1 表示高电平，用 0 表示低电平，则称为正逻辑赋值，简称正逻辑。反之，用 0 表示高电平，用 1 表示低电平，则称为负逻辑。若无特殊说明，本书均采用正逻辑。

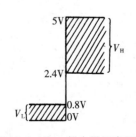

图 2-1 高、低电平示意图

2.2 半导体二极管、三极管和 MOS 管的开关特性

2.2.1 半导体二极管的开关特性

由于半导体二极管具有单向导电性，即外加正向电压时导通，外加反向电压时截止，所以它相当于一个受外加电压极性控制的开关。

1. 静态特性

由图 2-2 可知，硅半导体二极管具有下列静态开关特性。

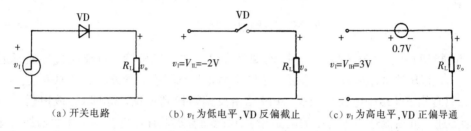

(a) 开关电路　　　　　(b) v_I 为低电平，VD 反偏截止　　　(c) v_I 为高电平，VD 正偏导通

图 2-2　硅二极管开关电路及其直流等效电路

（1）导通条件及导通时的特点

当外加正向电压使 $V_D > 0.7\mathrm{V}$ 时，二极管导通，而且一旦导通，就可近似地认为 $V_D \approx 0.7\mathrm{V}$ 不变，如同一个具有 $0.7\mathrm{V}$ 压降的闭合了的开关。当 $v_I = V_{IH}$ 很大时，也可近似地认为 $v_o \approx V_{IH}$，即忽略二极管导通压降。

（2）截止条件及截止时的特点

当外加电压使 $V_D < 0.5\mathrm{V}$ 时，二极管截止，而且一旦截止之后，就近似地认为 $I_D \approx 0$，如同一个断开了的开关。

2. 动态特性

（1）二极管的电容效应

① 势垒电容 C_B。二极管中的 PN 结里有空间电荷存在，从而在 PN 结交界处形成势垒区，其电荷量的多少是受外加电压影响的。当外加电压改变时，PN 结里面的电荷量也随之改变，这种现象与电容的作用类似，并用电容 C_B 表示，称为势垒电容。

② 扩散电容 C_D。当二极管外加正向电压时，P 区中的多子（空穴）和 N 区的多子（自由电子）在越过 PN 结后，并不是立即全部复合掉，而是在 PN 结两边积累起来，形成一定的浓度梯形分布，靠近 PN 结边界处浓度高，离边界越远浓度越低。即在 PN 结边界两边，因扩散运动而积累了电荷，且电荷量与外加电压成正比。这种现象也与电容的作用相似，称为扩散电容，并用 C_D 表示。

C_B 和 C_D 的存在，极大地影响了二极管的动态特性，无论是导通还是截止，伴随着 C_B、C_D 的充、放电过程，都要经过一段延迟时间才能完成。

（2）二极管的开关时间

① 简单二极管开关电路及 v_I 和 i_D 的波形（见图 2-3）。

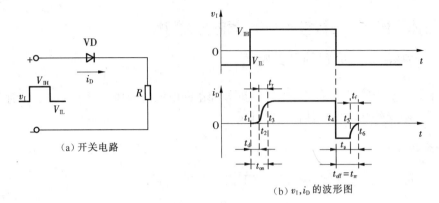

图 2-3 二极管开关电路及波形

② 开通时间 t_{on}。当输入电压 v_{I} 由 V_{IL} 跳变到 V_{IH} 时，二极管 VD 要经过导通延迟时间 $t_{\mathrm{d}} = t_2 - t_1$，上升时间 $t_{\mathrm{r}} = t_3 - t_2$ 之后，才能由截止状态转换到导通状态。原因是：当 v_{I} 正跳变时，只有当 PN 结中电荷量减少，PN 结由反偏转换到正偏，亦即 C_{D} 放电后，二极管 VD 才会导通。此后流过二极管中的电流 i_{D} 也只能随着扩散存储电荷的增加而增加，即随着 C_{D} 的充电而增大，并逐步达到稳态值 $I_{\mathrm{D}} = (V_{\mathrm{IH}} - V_{\mathrm{D}})/R$。所以半导体二极管的开通时间为：$t_{\mathrm{on}} = t_{\mathrm{d}} + t_{\mathrm{r}}$。

③ 关断时间 t_{off}。当输入电压 v_{I} 由 V_{IH} 跳变到 V_{IL} 时，二极管 VD 经过存储时间 $t_{\mathrm{s}} = t_5 - t_4$、下降时间（也叫渡越时间）$t_{\mathrm{f}} = t_6 - t_5$ 之后，才会由导通状态转换到截止状态。t_{s} 是存储电荷消散时间，t_{f} 是 PN 结由正偏到反偏，PN 结中电荷量逐渐增加到截止状态下稳态值时的时间，也即 C_{D} 放电、C_{B} 充电的时间。关断时间 t_{off} 也叫做反向恢复时间，常用 t_{rr} 表示。

由于半导体二极管的开通时间 t_{on} 比关断时间 t_{off} 短得多，故一般情况下可忽略不计，而只考虑反向恢复时间。一般开关二极管的反向恢复时间也只有几个纳秒。

2.2.2 半导体三极管的开关特性

1. 静态特性

图 2-4 给出的是一个最简单的硅半导体三极管开关电路。输入电压为 v_{I}，其低电平 $V_{\mathrm{IL}} = -2\mathrm{V}$，高电平 $V_{\mathrm{IH}} = 3\mathrm{V}$。

显然该电路有别于模拟电路中所讲的放大电路，即基极未加直流偏置电压，发射结正偏与否，亦即三极管导通与否取决于输入电压 v_{I} 的值。

必须明确的是，在数字电路中，半导体三极管不是工作在截止区，就是工作在饱和区，而放大区仅仅是一种稍瞬即逝的过渡状态。

在图 2-4 中，不难看出，当 $v_{\mathrm{I}} = V_{\mathrm{IL}} = -2\mathrm{V}$ 时，三极管截止，$i_{\mathrm{B}} \approx 0$，$i_{\mathrm{C}} \approx 0$，$v_{\mathrm{o}} \approx V_{\mathrm{CC}} = 12\mathrm{V}$。

当 $v_{\mathrm{I}} = V_{\mathrm{IL}} = 3\mathrm{V}$ 时，三极管是导通的，基极电流

$$i_{\mathrm{B}} = \frac{v_{\mathrm{I}} - v_{\mathrm{BE}}}{R_{\mathrm{B}}} = \frac{3 - 0.7}{2.3}\mathrm{mA} = 1\mathrm{mA}$$

临界饱和时的基极电流

$$I_{BS} = \frac{I_{CS}}{\beta} = \frac{V_{CC} - V_{CES}}{R_C \beta} \approx \frac{V_{CC}}{\beta R_C} = \frac{12}{100 \times 2} mA = 0.06 mA$$

I_{CS}是半导体三极管饱和导通时的集电极电流；V_{CES}是三极管饱和导通时集电极到发射极的电压降，对于开关管，总是小于或等于$0.3V$，即$V_{CES} \leqslant 0.3V$。由估算结果可知，i_B远大于I_{BS}，所以三极管为深度饱和状态，故$v_o = V_{CES} \leqslant 0.3V$。

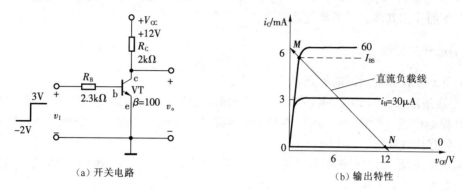

（a）开关电路 　　　　　　　　　（b）输出特性

图 2-4　三极管开关电路及输出特性

一般把i_B与I_{BS}之比q叫作饱和深度，即$q = \dfrac{i_B}{I_{BS}}$。该电路$q = \dfrac{1}{0.06} \approx 16.6$。

综上所述，半导体三极管具有下列静态开关特性。

（1）饱和导通条件及饱和时的特点

饱和导通条件：$i_B > I_{BS} \approx \dfrac{V_{CC}}{R_C \beta}$

饱和导通时的特点：由输入特性和输出特性知道，对硅半导体三极管来说，饱和导通后$V_{BE} \approx 0.7V$，$V_{CE} = V_{CES} \leqslant 0.3V$，如同闭合了的开关，其等效电路如图 2-5（a）所示。

（2）截止条件及截止时的特点

截止条件：$v_{BE} < V_{TH} = 0.5V$，V_{TH}为死区电压。

截止时的特点：$i_B \approx 0$，$i_C \approx 0$，如同断开的开关，其等效电路见图 2-5（b）。

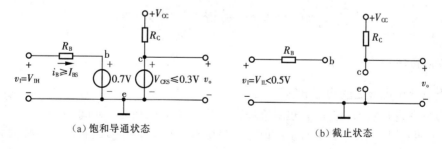

（a）饱和导通状态 　　　　　　　　　（b）截止状态

图 2-5　硅三极管直流等效电路

2. 动态特性

半导体三极管和二极管一样，在开关过程中也存在电容效应，都伴随着相应电荷的建立与消散过程，故也对应地有开通时间t_{on}和关断时间t_{off}，这里不再赘述。

必须指出的是：半导体开关时间的存在，必然影响开关电路的工作速度。

开关三极管，如 NPN 型 3DK 系列，其开关时间 t_{on}、t_{off} 都是在几十纳秒左右。

2.2.3 MOS 管的开关特性

MOS 管是金属-氧化物-半导体场效应管（Metal-Oxide-Semiconductor Field Effect Transistor）的简称。下面介绍其静态开关特性及动态特性。

1. 静态开关特性

（1）导通条件和导通时的特点

① 导通条件：以 N 沟道 MOS 管为例，当栅源电压 v_{GS} 大于其开启电压 V_{TN} 时，MOS 管将工作在导通状态。在数字电路中，MOS 管导通时，一般都工作在可变电阻区，其导通电阻 R_{ON}，只有几百欧姆，很小。

② 导通时的特点：MOS 管导通之后，如同一个具有一定导通电阻 R_{ON} 的闭合开关，其等效电路如图 2-6（c）所示。

（2）截止条件和截止时的特点

① 截止条件：$v_{GS} < V_{TN}$。

② 截止时的特点：$i_D = 0$，MOS 管如同断开了的开关，如图 2-6（b）所示。

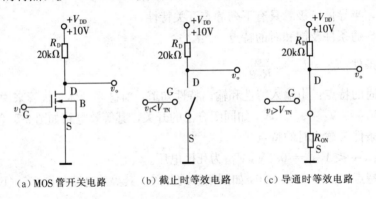

（a）MOS 管开关电路　　　（b）截止时等效电路　　　（c）导通时等效电路

图 2-6　MOS 管开关电路及直流等效电路

2. 动态特性

MOS 管 3 个电极之间均有电容存在。

MOS 管在进行状态转换时，也对应地存在开通时间 t_{on} 和关断时间 t_{off}。

需要说明的是，MOS 管电容上的电压不能突变，而且其导通电阻比三极管饱和电阻要大得多，R_D 也比 R_C 大，所以其开通及关断时间比三极管长，即其动态特性较差。

2.3　分立元件门电路

2.3.1　二极管与门

最简单的与门可用二极管和电阻组成。图 2-7 为二输入的与门电路。图中 A、B 为两个输入变量，Y 为输出变量。

设 $V_{CC} = 5V$，A、B 输入端的高低电平分别为 $V_{IH} = 3V$、$V_{IL} = 0V$，二极管 VD_1、VD_2 的导通电压 $V_D = 0.7V$。由图可见，A、B 中只要有一个是低电平 0V，则必有一个二极管导通，使 Y 为 0.7V。只有 A、B 同时为高电平 3V 时，Y 才为 3.7V。将输入与输出逻辑电平的关系列表，即得表 2-1。

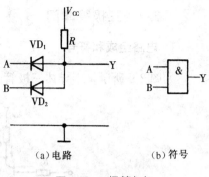

(a) 电路　　　　(b) 符号

图 2-7　二极管与门

若规定 3V 以上为高电平，用逻辑 1 表示；0.7V 以下为低电平，用逻辑 0 表示，则可得到表 2-2 的逻辑真值表。

表 2-1	图 2-7 电路的逻辑电平	
A/V	B/V	Y/V
0	0	0.7
0	3	0.7
3	0	0.7
3	3	3.7

表 2-2	图 2-7 电路的真值表	
A	B	Y
0	0	0
0	1	0
1	0	0
1	1	1

2.3.2　二极管或门

最简单的或门电路如图 2-8 所示。

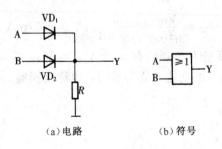

(a) 电路　　　　(b) 符号

图 2-8　二极管或门

显然，只有当 A、B 同时为低电平时，输出才为 0V；只要 A、B 中有一个为高电平，输出就是 2.3V。相应地可列出其电平真值表及逻辑真值表，见表 2-3 及表 2-4。

表 2-3	图 2-8 电路的逻辑电平	
A/V	B/V	Y/V
0	0	0
0	3	2.3
3	0	2.3
3	3	2.3

表 2-4	图 2-8 电路的真值表	
A	B	Y
0	0	0
0	1	1
1	0	1
1	1	1

2.3.3 三极管非门

1. 电路组成和符号

如图 2-9 所示是半导体三极管的电路和符号。

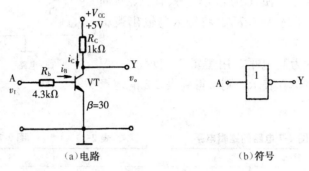

(a)电路   (b)符号

图 2-9 半导体三极管非门

v_I 是输入信号电压，其低电平为 0V，高电平为 5V；v_o 为输出信号电压；V_{CC} 为电源电压。

2. 工作原理

（1）当 $v_I = V_{IL} = 0V$ 时，三极管 VT 显然是截止的，故 $i_B = 0$、$i_C = 0$，从而 $v_o = V_{OH} = V_{CC} = 5V$。

（2）当 $v_I = V_{IH} = 5V$ 时

$$i_B = \frac{V_{IH} - V_{BE}}{R_b} = \frac{5 - 0.7}{4.3}\text{mA} = 1\text{mA}$$

$$I_{BS} \approx \frac{V_{CC}}{\beta R_C} = \frac{5}{30 \times 1}\text{mA} = 0.17\text{mA}$$

由于 $i_B > I_{BS}$，所以 VT 饱和导通，有 $v_o = V_{OL} = V_{CES} \leqslant 0.3V$。

可见该电路实现了逻辑非的功能，故为非门，也称反相器。

2.3.4 MOS 管非门

1. 电路组成和符号

如图 2-10 所示，为 N 沟道增强型 MOS 管构成的非门电路。

v_I 是输入电压，其低电平为 0V，高电平为 10V；v_o 是输出电压；V_{DD} 是电源电压。

2. 工作原理

（1）当 $v_I = V_{IL} = 0V$ 时，由于 $v_{GS} = V_{IL} = 0V$，小于开启电压 $V_{TN} = 2V$，故 MOS 管是截止的，即 $v_o = V_{OH} = V_{DD} = 10V$。

（2）当 $v_I = V_{IH} = 10V$ 时，由于 v_{GS} 大于 V_{TN}，MOS 管导通且工作在可变电阻区，导通

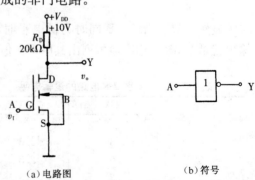

(a)电路图   (b)符号

图 2-10 MOS 管非门

电阻很小，只有几百欧，故 $v_。= V_{OL} = \dfrac{V_{DD}}{R_{ON} + R_D} \approx 0V$。

可见该 MOS 管构成的电路也为非门电路。

2.4 TTL 集成门电路

分立元件门电路虽然电路结构简单，但存在着电平偏移及驱动能力差等缺陷，故实践中很少采用。本节所介绍的集成 TTL 门电路和下一节所介绍的集成 MOS 门电路为集成门电路中最常用的两种类型。

TTL 门电路（Transistor-Transistor Logic）为晶体管-晶体管-逻辑门电路的简称。在 TTL 集成电路中，门电路是基础，反相器是典型。

2.4.1 TTL 反相器的电路结构和工作原理

1. 电路结构

如图 2-11 所示，是 TTL 反相器的典型电路，由 3 部分组成。

（1）输入级。由 VT_1、R_1、VD_1 组成。其中 VD_1 为输入钳位二极管，它既可抑制输入端可能出现的负向干扰脉冲，又可防止输入电压为负时 VT_1 的发射极电流过大，起到过流保护作用。

（2）中间级。由 VT_2、R_2、R_3 组成。VT_2 集电极驱动 VT_4，发射极驱动 VT_5。

（3）输出级。由 VT_4、VT_5、VD_2 及 R_4 组成。VD_2 的作用是在 VT_5 饱和导通时，确保 VT_4 可靠地截止。

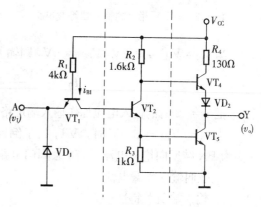

图 2-11 TTL 反相器的典型电路

2. 工作原理

设 $V_{CC} = 5V$，$V_{IH} = 3.4V$，$V_{IL} = 0.2V$，$\beta = 20$。

（1）当 $v_I = V_{IL}$ 时，VT_1 的发射结必然导通，导通后 VT_1 的基极电位被钳位在 $v_{B1} = V_{IL} + V_{ON} = 0.9V$，$VT_1$ 的集电结及 VT_2、VT_5 因不满足偏置条件而均截止。VT_4、VD_2 必然导通，若忽略 R_2 上的压降，则 $v_。= 5V - 0.7V - 0.7V = 3.6V$，即输出为高电平 V_{OH}。

（2）当 $v_I = V_{IH}$ 时，若无 VT_2 存在，则应有 $v_{B1} = V_{IH} + V_{ON} = 4.1V$。

实际上，由于 v_{B1} 的高电位，使 VT_1 的集电结，VT_2、VT_5 的发射结均正偏，从而使 v_{B1} 被钳位在 2.1V。这样 VT_1 实际上处于倒置状态，i_{B1} 全部流入 VT_2 基极，使 VT_2 饱和导通，进而使 VT_4 也饱和导通，故 $v_。= V_{CES} \leqslant 0.3V$，即输出为低电平 V_{OL}。

可见该电路实现了非门功能，即 $Y = \overline{A}$。

2.4.2 TTL 反相器的静态特性和动态特性

为了正确地处理门电路与门电路、门电路与其他电路之间的连接问题，必须了解门电路的输入和输出端特性。由于反相器电路具有代表性，可作为典型。下面就以它为例从静态特性和动态特性两个角度予以介绍。

1. TTL 反相器的静态特性

可从输入特性、输出特性及电压传输特性 3 个方面进行分析。

（1）输入特性

输入端等效电路如图 2-12 所示。

① 输入伏安特性

反映输入电流 i_I 和电压 v_I 关系的曲线叫做输入伏安特性曲线，简称为输入伏安特性，如图 2-13 所示。

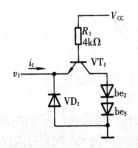

图 2-12　TTL 反相器的输入端等效电路

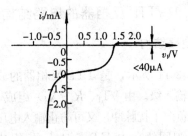

图 2-13　TTL 反相器的输入特性

当 $v_I = V_{IL} = 0.2\text{V}$，$V_{CC} = 5\text{V}$，则输入低电平电流为

$$I_{IL} = -\frac{V_{CC} - v_{BE1} - V_{IL}}{R_1} \approx 1\text{mA}$$

把 $v_I = 0$ 时的输入电流称作输入端短路电流 I_{IS}。在作近似计算时，常用 I_{IS} 近似代替 I_{IL}。

当 $v_I = V_{IH} = 3.4\text{V}$ 时，VT_1 处于倒置状态，发射结反偏，故高电平输入电流 I_{IH} 很小（实为 PN 结反向饱和电流）。74 系列门电路，每个输入端的 I_{IH} 值在 $40\mu\text{A}$ 以下。

I_{IH} 也叫输入端漏电流。

② 输入端负载特性

在实际工作中，有时也需要在输入端和地之间接入电阻，如图 2-14 所示。由图 2-14 可知，由于 VT_1 发射极电流流过 R_P，必然会在 R_P 上产生压降，从而形成输入端电压 v_I。而且 R_P 越大，v_I 也就越高。图 2-15 的曲线给出了 v_I 随 R_P 变化的规律，即输入端负载特性。

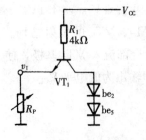

图 2-14　TTL 反相器的输入端经电阻接地时的等效电路

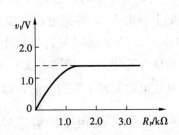

图 2-15　TTL 反相器的输入端负载特性

显然 $v_I = \dfrac{R_P}{R_1 + R_P}(V_{CC} - v_{BE1})$。

实际上，要使反相器工作在导通状态，从而 $v_o \leqslant 0.3V$，R_P 只需大于 $2.5k\Omega$ 就可以了。因此，人们常把 $2.5k\Omega$ 叫做 TTL 反相器电路的开门电阻，并用 R_{on} 表示。

同样，只要 $R_P < 0.7k\Omega$，反相器就会截止，输出高电平。人们常把 $0.7k\Omega$ 称为反相器的关门电阻，并用 R_{off} 表示。

综上所述，当 $R_i > R_{on}$ 时，输入端相当于悬空，即加高电平，反相器导通，输出逻辑 0；当 $R_i < R_{off}$ 时，输入端相当于短路接地，即加低电平，反相器截止，输出逻辑 1。

（2）输出特性

① 高电平输出特性

当 $v_o = V_{OH}$ 时，图 2-11 电路中的 VT_4 和 VD_2 导通，VT_5 截止，输出端等效电路可画成图 2-16 的形式。VT_4 工作在射极输出状态，电路的输出电阻很小。其关系曲线如图 2-17 所示，在 $|i_L| < 5mA$ 范围内，V_{OH} 变化很小，在 $|i_L| > 5mA$ 后 V_{OH} 下降较快。

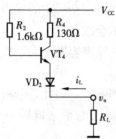

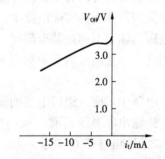

图 2-16 TTL 反相器高电平输出等效电路　　　　图 2-17 TTL 反相器高电平输出特性

这时电流的实际方向是由反相器流向负载的，人们把这时的负载形象地称为拉电流负载。

② 低电平输出特性

当输出为低电平时，VT_4 管截止，VT_5 管饱和导通，输出等效电路如图 2-18 所示。由于 VT_5 饱和导通时 c、e 间电阻很小（约在 10Ω 以内），所以 i_L 增加时，V_{OL} 会略有增加。图 2-19 为低电平输出特性曲线。

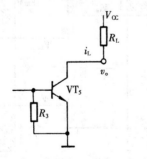

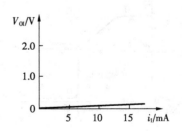

图 2-18 TTL 反相器低电平输出等效电路　　　　图 2-19 TTL 反相器低电平输出特性

这时电流是由负载流向反相器的，人们把这时的负载称为灌电流负载。

（3）电压传输特性

① 特性曲线分析

图 2-11 反相器电路输出电压 v_o 与输入电压 v_I 之间的关系曲线，称为电压传输特性，如图 2-20 所示。

AB 段：$v_I < 0.6V$，$v_{B1} < 1.3V$，VT_2、VT_5 截止而 VT_4 导通，输出为高电平。这一段称为截止区。

BC 段：$0.7V < v_I < 1.3V$，VT_2 导通而 VT_5 依旧截止。这时 VT_2 工作在放大区，随着 v_I 的升高，v_{c2} 和 v_o 线性地下降。这一段称为线性区。

CD 段：当 v_I 增加到接近 $1.4V$ 并继续增加时，VT_5 也开始导通，从而 v_o 迅速地下降到低电平。故这一段称为转折区。

转折区中点对应的输入电压称作反相器的门槛电压或阈值电压，用 V_{TH} 表示，这里 $V_{TH} = 1.4V$。

DE 段：v_I 继续升高时，v_o 不再变化，进入饱和区。

② 输入端噪声容限

从电压传输特性可以看出在保证输出为低（或高）电平不变的前提下，输入电压允许有一定的波动范围。体现在实际电路中，就是输入信号电压有时会混杂一定的噪声电压，只要这个噪声电压的幅度不超过某个限度，输出端的逻辑状态就不会改变。

我们把这个不允超过的界限称为噪声容限。显然，电路的噪声容限越大，其抗干扰能力就越强。

在数字电路中，前一级门电路的输出就是后一级门电路的输入，因此，分析噪声容限实际上就是讨论输出电平（指前一级门电路的 V_{OH}、V_{OL}）与输入电平（指后一级门电路的 V_{IH}、V_{IL}）之间的电平匹配关系。

图 2-21 给出了噪声容限定义的示意图。其中 V_{OHmin} 表示输出为高电平时的下限值，V_{OLmax} 表示输出为低电平时的上限值；同样地 V_{IHmin}、V_{ILmax} 分别表示输入信号的两个极限值。

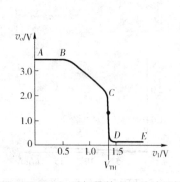

图 2-20 TTL 反相器的电压传输特性

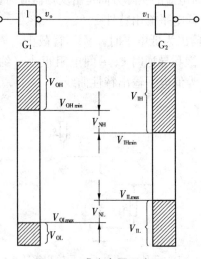

图 2-21 噪声容限示意图

对于 74 系列门电路，它们的典型值为：$V_{OHmin} = 2.4V$，$V_{OLmax} = 0.4V$，$V_{IHmin} = 2.0V$，$V_{ILmax} = 0.8V$，故可得：$V_{NH} = V_{OHmin} - V_{IHmin} = 0.4V$，$V_{NL} = V_{ILmax} - V_{OLmax} = 0.4V$。

V_{NH} 反映了当前级（G_1 门）输出高电平（即 G_2 的输入）为最小值时，允许叠加在其上的负向噪声电压的最大值。简言之，V_{NH} 就是反映输入信号为高电平时（对 G_2 门），电路抑制负向干扰的最大能力。V_{NL} 则为输入为低电平时，电路抑制正向干扰的最大能力。

2. TTL 反相器的动态特性

（1）传输延迟时间

在 TTL 电路中，由于二极管、三极管在进行状态转换时均需一定的时间，而且由于 PN 结等的电容效应影响，会使波形边沿变差，如图 2-22 所示。

通常把输出电压波形滞后于输入电压波形的时间叫做传输延迟时间。把输出由高电平变为低电平时的传输延迟时间记为 t_{PHL}，而由低电平变为高电平的传输延迟时间记为 t_{PLH}。这些参数均可从产品手册上查到。

（2）交流噪声容限

由于 TTL 电路中三极管的开关时间和分布电容的充、放电过程，当输入信号变化时，必须有足够的变化幅度和作用时间才能使输出状态改变。

实际上，由于绝大多数 TTL 门电路的传输延迟时间都在 50ns 以内，所以当输入脉冲的宽度达到微秒数量级时，在信号作用的时间内电路已达到稳态，可将输入信号按直流信号处理。

（3）电源的动态尖峰电流

当 v_I 由 V_{IL} 跳变到 V_{IH} 时，i_{CC} 会略有过冲。但是，当 v_I 由 V_{IH} 跳变为 V_{IL} 时，电路在状态转换期间，会出现很大的电源动态尖峰电流。因为在 $v_I = V_{IH}$ 时，VT_2、VT_5 饱和，尤其是 VT_5，其饱和程度很深，当 v_I 由 V_{IH} 跳变到 V_{IL} 时，VT_2 会很快截止，使 VT_3、VD 导通，而 VT_5 还来不及退出饱和状态，于是由 V_{CC} 经 R_4、VT_3、VD、VT_5 构成了低阻通路。在这种情况下，电源电流 i_{CC} 要出现很大的尖峰，如图 2-23 所示。

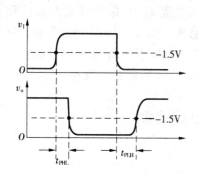

图 2-22　TTL 反相器的动态电压波形

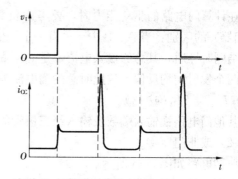

图 2-23　TTL 反相器的电源动态尖峰电流

2.4.3　其他类型的 TTL 门电路

1. 其他逻辑功能的门电路

除反相器外，门电路的定型产品还有与门、或门、与非门、或非门、与或非门和异或门等常见门电路。

尽管它们逻辑功能各异，但它们输入端、输出端的电路结构形式及相关参数均与反相器基本相同，故前面所讲的反相器的输入、输出特性及其他特性对这些门电路均同样适用。

（1）与非门

在图 2-11 中，只要将 VT_1 改为多发射极的三极管，并给每一个发射极接一个保护二极管，即可构成与非门电路。

图 2-24 为二与非的门电路。

显然，只要 A、B 中有一个为低电平，则 VT_1 必有一个发射结导通，并将 VT_1 的基极电位钳位在 0.9V（若 $V_{IL}=0.2V$），使 VT_2、VT_5 均截止，输出为高电平 V_{OH}。只有 A、B 同时为高电平时，VT_2、VT_5 才能同时导通，并使输出为低电平 V_{OL}。

可见，该电路实现了与非功能，即 $Y=\overline{A \cdot B}$

多发射极三极管的结构及等效电路如图 2-25 所示。

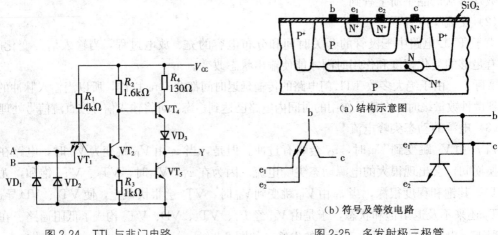

图 2-24 TTL 与非门电路   图 2-25 多发射极三极管

在计算门电路的驱动能力时，要考虑负载门的输入电流 I_{IL} 和 I_{IH}。注意与非门和非门（反相器）的区别：当 A、B 中至少有一个为低时，无论 A（B）对应的发射结导通还是两个发射结同时导通，其总的输入电流都是 i_{B1}，故与反相器没有区别；而当 A、B 同时为高时，由于两个发射结均反偏，故此时总的漏电流为二者之和，为反相器漏电流的 2 倍，即 $I_{IH}=I_{IH1}+I_{IH2}=2I_{I1}$（或 I_{I2}）。

其他门电路视输入端数及输入级三极管的导通情况以此类推。

（2）或非门

典型电路如图 2-26 所示。

由图可见，二或非门可看作是在反相器的基础上，再并接一套输入级和中间级电路（由 VT_1'、R_1' 及 VT_2' 等构成）而得。

显然，只有 A、B 同时为低电平时，VT_2、VT_2' 才同时截止，使 VT_5 截止、VT_4 导通，输出为高电平；否则，A、B 中至少有一个为高电平时，VT_5 必然导通，使输出为低电平。故实现了或非功能 $Y=\overline{A+B}$。

（3）与或非门

将前述变换同时进行：①VT_1 改为多发射极三极管；②增加输入级和中间级电路的套数。即可得到任意组合的与或非门。

图 2-27 为四输入的与或非门，其逻辑关系为 $Y=\overline{A \cdot B+C \cdot D}$。

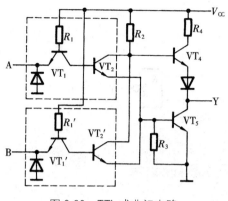

图 2-26 TTL 或非门电路

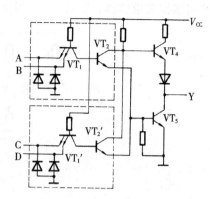

图 2-27 TTL 与或非门电路

（4）与门、或门、与或门

在前述电路（与非门、或非门、与或非门）的基础上，相应地增加一级非门（反相器），即可得到与门、或门及与或门。显然，它们的电路要比同类非门复杂，且增加了一级门电路的延迟时间。

从以上对各类门电路的结构及原理的介绍可以看出，反相器是门电路中最基本的结构形式，为典型电路。弄清了反相器的特性与参数，其他门电路的特性及参数自然也就容易理解并掌握了。

2. 集电极开路门和三态门

（1）集电极开路门

前述门电路输出级为推拉式结构，具有输出电阻低的优点，但在使用时有一定的局限性。

首先，它们的输出端不能直接并联使用。由图 2-28 可见，若一个门输出为高电平而另一个门输出为低电平，则输出端并联后必然有很大的负载电流同时流过这两个门的输出级，从而可能使门电路损坏。

其次，电源一经确定，输出的高电平也就确定了，无法满足不同负载对输出电平不同要求的需要。

为了克服上述局限性，采取的措施就是把输出级改为集电极开路的形式，做成集电极开路的门电路（Open Collector Gate），简称 OC 门。

图 2-29 给出了 OC 门的电路结构和符号。

注意，这种门电路在工作时，需要外接电源和电阻。只要电阻阻值和电源电压数值选择得当，就能做到既保证输出高、低电平符合要求，又能保证输出三极管的负载电流不至过大。

图 2-30 为两个 OC 结构的与非门输出并联的例子。

像 Y_1、Y_2 一样将各个门的输出端直接连在一起作为总输出的连接方式，称为"线与"。在逻辑图中用方框表示。因为 $Y = Y_1 \cdot Y_2 = \overline{A \cdot B} \cdot \overline{C \cdot D} = \overline{AB + CD}$，所以将两个 OC 结构的与非门线与连接即可得到与或非的逻辑功能。

由于 VT_5 和 VT_5' 同时截止时输出的高电平为 $V_{OH} = V'_{CC}$，而 V'_{CC}

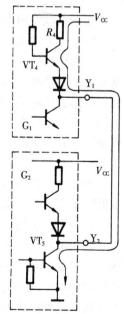

图 2-28 推拉式输出级并联的情况

的大小可根据要求选择，就可得到所需的 V_{OH} 值。

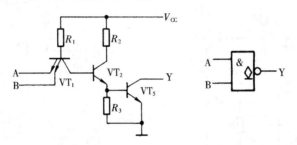

图 2-29　集电极开路与非门的电路和图形符号

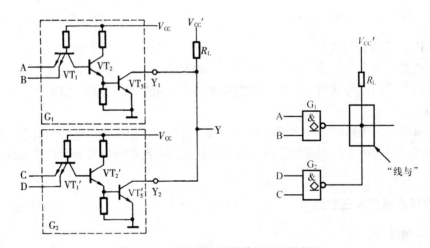

图 2-30　OC 门输出并联的接法及逻辑图

至于负载电阻 R_L，可利用相关公式计算，选择合适值即可。

（2）三态输出门

三态输出门（Three-State Output Gate，简称 TS 门）又称三态门，是在普通门电路的基础上附加控制电路而构成的。图 2-31 给出了三态门的电路结构及图形符号。其中图 2-31（a）电路的控制端 EN 为高电平时，P 点为高电平，二极管 VD 截止，电路实际上就是二与非门。而当 EN 为低电平时，P 点为低电平，VT_5 截止。同时二极管 VD 导通，VT_4 的基极被钳位在 0.7V，使 VT_4 截止。由于 VT_4、VT_5 同时截止，所以输出呈高阻状态。这样输出端就有 3 种可能出现的状态：高阻态、0 态、1 态。故称这类门电路为三态门。

图 2-31（b）电路与图 2-31（a）相似，只是在 $\overline{EN}$＝0 时电路处于工作状态，称为控制端低电平有效的三态门。图 2-31（a）为高电平有效的三态门。

在一些复杂的数字系统（如微机、单片机）中，为了减少各个单元电路之间连线的数目，希望能在同一条线上分时传递若干个门电路的输出信号。这时可采用图 2-32 所示的连接方式。图中 $G_1 \sim G_n$ 均为三态与非门。只要在工作时控制各个门的控制端轮流有效，且在任何时刻仅有一个有效，就可以把各个门的输出信号轮流送到公共的传输线——总线上而互不干扰。这种接线方式称为总线结构。

三态门还可用作单输入、单输出的总线驱动器，而且输入与输出有同相和反相两种类型。

用三态门还能实现数据的双向传输。在图 2-33 中，当 EN＝1 时，G_1 工作而 G_2 为高阻态，数据 D_0 经 G_1 反相后送到总线上。当 EN＝0 时，G_2 工作而 G_1 为高阻态，来自总线的数据经 G_2 反相后由 $\overline{D_1}$ 送出。

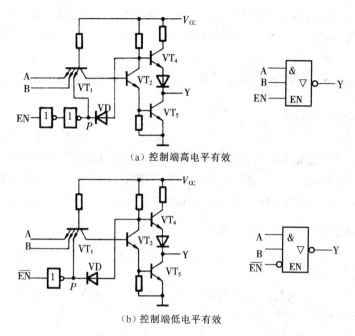

（a）控制端高电平有效

（b）控制端低电平有效

图 2-31　三态输出门的电路图和图形符号

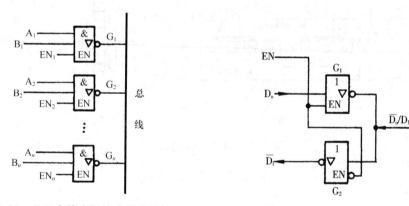

图 2-32　用三态输出门接成总线结构　　　图 2-33　用三态输出门实现数据的双向传输

2.4.4　TTL 电路的改进系列

TTL 门电路是基本的逻辑单元，是构成各种 TTL 电路的基础，共有 4 个系列。

（1）74 是标准系列，前述 TTL 门电路均属这个系列，其典型电路——与非门的平均传输延迟时间 $t_{pd} = 10ns$，平均功耗 $\overline{P} = 10mW$。

（2）74H 为高速系列，是在 74 系列基础上改进得到的，其典型与非门的平均传输延迟时间 $t_{pd} = 6ns$，平均功耗 $\overline{P} = 22mW$。

（3）74S 为肖特基系列，是在 74H 系列的基础上改进得到的。不仅采用了具有抗饱和能力的肖特基三极管，而且在电路结构上也作了更新，其典型与非门的平均延迟时间 $t_{pd} =$

3ns，平均功耗 $\overline{P} = 19\text{mW}$。

（4）74LS 为低功耗肖特基系列，在 74S 系列的基础上，一方面大幅度地增加电路中各个电阻的阻值，同时用肖特基二极管电路作输入级，而且在电路的连接方面也作了改进，从而比较好地解决了速度与功耗的矛盾，典型与非门的平均延迟时间 $t_\text{pd} = 9\text{ns}$，平均功耗 $\overline{P} = 2\text{mW}$，其延迟功耗积（$t_\text{pd} \times P$）最小，约为 74 系列的五分之一、74H 系列的七分之一、74S 系列的三分之一。74LS 系列产品具有最佳的综合性能，是 TTL 集成电路的主流，应用最广。

2.5 集成 CMOS 门电路

集成 CMOS 门电路都是用 P 沟道增强型 MOS 管和 N 沟道增强型 MOS 管，按照互补对称的形式组合而成的，并因此而得名。这类电路具有电压控制、功耗极低、连接方便等一系列优点，故在实践中得到了广泛的应用。在 CMOS 集成电路中，同样地，门电路是基础，反相器是典型。

2.5.1 CMOS 反相器的工作原理

1. 电路结构

CMOS 反相器的基本电路结构形式如图 2-34 所示，其中 VT_1 为 P 沟道增强型 MOS 管，VT_2 为 N 沟道增强型 MOS 管。

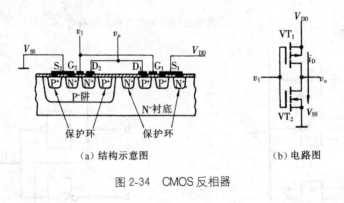

（a）结构示意图　　（b）电路图

图 2-34　CMOS 反相器

2. 工作原理

若 VT_1 的开启电压 $V_{\text{GS(th)P}} = -2\text{V}$，$\text{VT}_2$ 的开启电压 $V_{\text{GS(th)N}} = 2\text{V}$，同时取 $V_{\text{DD}} = 10\text{V}$，则：

当 $v_\text{I} = V_{\text{IL}} = 0$ 时，$v_{\text{GS1}} = -10\text{V} < V_{\text{GS(th)P}}$，$v_{\text{GS2}} = 0\text{V} < V_{\text{GS(th)N}}$，故 VT_1 导通且导通内阻很小，VT_2 截止，内阻很高（可达 $10^8\Omega$ 以上）。因此，输出为高电平 V_{OH}，且 $V_{\text{OH}} \approx V_{\text{DD}} = 10\text{V}$。

当 $v_\text{I} = V_{\text{IH}} = V_{\text{DD}}$ 时，则有 $v_{\text{GS1}} = 10\text{V} - 10\text{V} = 0\text{V} > V_{\text{GS(th)P}}$，$v_{\text{GS2}} = 10\text{V} - 0\text{V} = 10\text{V} > V_{\text{GS(th)N}}$，故 VT_1 截止，VT_2 导通，输出为低电平 V_{OL}，且 $V_{\text{OL}} \approx 0\text{V}$。

可见该电路实现了逻辑非的功能。

2.5.2 CMOS 反相器的静态特性和动态特性

1. 静态特性

（1）输入特性

由于 MOS 管栅极与衬底之间存在着以 SiO_2 为介质的输入电容，而绝缘层又非常薄，极易被击穿（耐压约 100V），故必须采取保护措施。

图 2-35 为两种常用的保护电路。在 CC4000 系列 CMOS 器件中，多采用图 2-35（a）电路。VD_1、VD_2 正向导通电压约 $0.5 \sim 0.7V$，用 V_{DF} 表示；反向击穿电压在 30V 左右。$R_S = 1.5 \sim 2.5k\Omega$，$C_1$、$C_2$ 为栅极等效输入电容。

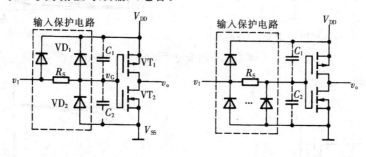

(a) CC4000 系列的输入保护电路　　　(b) 74HC 系列的输入保护电路

图 2-35　CMOS 反相器的输入保护电路

在正常工作时，由于 v_I 只在 $0V \sim V_{DD}$ 变化，保护二极管均处在截止状态，保护电路不工作。若 v_I 高于 $V_{DD} + V_{DF}$ 或低于 $-V_{DF}$ 时，相应保护二极管导通，从而将输入至栅极的电压被限制在 $-V_{DF} \sim (V_{DD} + V_{DF})$ 的范围内，因此不会发生 SiO_2 介质被击穿的现象。

MOS 管输入特性如图 2-36（a）所示。从某种意义上讲，该输入特性所反映的，实际上是输入保护电路的特性。

图 2-36（b）是另一种常见于 74HC 系列 CMOS 器件的保护电路的输入特性。

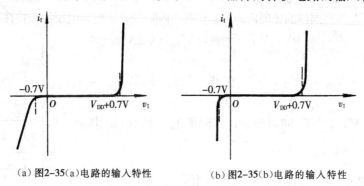

(a) 图2-35(a)电路的输入特性　　　(b) 图2-35(b)电路的输入特性

图 2-36　CMOS 反相器的输入特性

（2）输出特性

① 低电平输出特性

当 $v_I = V_{IH}$ 时，$v_o = V_{OL}$，VT_1 截止，VT_2 导通，这时负载电流 I_{OL} 流入反相器，人们形象地把这时的负载称为灌电流负载。

图 2-37 为 CMOS 反相器输出为低电平时的工作状态和对应的低电平输出特性。

② 高电平输出特性

当 $v_I = V_{IL}$ 时，$v_o = V_{OH}$，VT_1 导通，VT_2 截止。电路的工作状态及对应的高电平输出特性如图 2-38 所示。

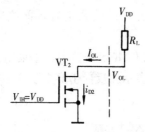

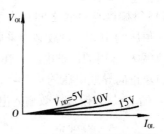

（a）$v_0=V_{OL}$ 时 CMOS 反相器的工作状态 　　（b）CMOS 反相器的低电平输出特性

图 2-37　CMOS 反相器低电平输出状态及输出特性

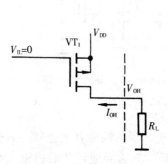

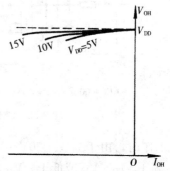

（a）$v_o=V_{OH}$ 时 CMOS 反相器的工作状态 　　（b）CMOS 反相器的低电平输出特性

图 2-38　CMOS 反相器高电平输出状态及输出特性

由于这时电流 I_{OH} 实际上是从门电路流向负载的，人们称为拉电流负载。

（3）电压传输特性和电流传输特性

若 VT_1、VT_2 具有同样的导通内阻 R_{ON} 和截止内阻 R_{OFF}，则其电压传输特性如图 2-39 所示。

AB 段：$v_I = V_{IL} = 0V$，VT_1 导通，VT_2 截止，$v_o = V_{OH} \approx V_{DD}$。

CD 段：$v_I = V_{IH} = V_{DD}$，VT_1 截止，VT_2 导通，$v_o = V_{OL} \approx 0V$。

在 BC 段，VT_1、VT_2 同时导通，其阈值电压取 BC 的中点，则得 $V_{TH} \approx \dfrac{1}{2}V_{DD}$。

从图 2-39 曲线上可以看出，CMOS 反相器不仅阈值电压高（$\dfrac{1}{2}V_{DD}$），而且可以调节；转折区的变化率很大。因此它

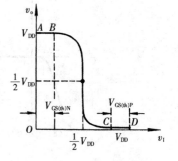

图 2-39　电压传输特性

更接近于理想的开关特性。这样的传输特性使 CMOS 反相器获得了更大的输入端噪声容限，也就是说 CMOS 电路比 TTL 电路的抗干扰能力更强。

图 2-40 为漏极电流随输入电压变化的曲线，即所谓电流传输特性。

在 AB 段和 CD 段，因为总有一个管子导通，一个管子截止，故流过 VT_1、VT_2 的漏极电流 i_D 几乎为零。

而在 BC 段，由于 VT_1、VT_2 同时导通，有电流 i_D 流过 VT_1、VT_2，而且在 $v_I = \dfrac{1}{2}V_{DD}$ 处 i_D 最大。故在使用这类器件时，应避免工作电流长期处在 BC 段，以免因功耗过大而损坏。

（4）输入端噪声容限

国产 CC4000 系列 CMOS 电路性能指标中规定，在输出高、低电平的变化在不大于 $10\%V_{DD}$ 的前提下，输入高、低电平允许的最大变化量为 V_{NH} 和 V_{NL}。测试结果表明，$V_{NH} = V_{NL} \geqslant 30\%V_{DD}$。

显然 CMOS 反相器的输入端噪声容限要比 TTL 电路高得多，而且其噪声容限是可通过适当提高 V_{DD}（常取 10V）的方法来提高的，这也比 TTL 电路只能为固定的值（$V_{NH} = V_{NL} = 0.4V$）要优越得多。

图 2-41 画出了 V_{DD} 不同时 CMOS 反相器的电压传输特性。

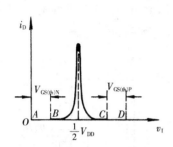

图 2-40　CMOS 反相器的电流传输特性

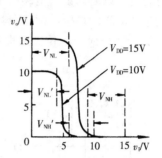

图 2-41　不同 V_{DD} 下 CMOS 反相器的噪声容限

2. 动态特性

（1）传输延迟时间

虽然 MOS 管在开关过程中不发生载流子的聚集和消散，但由于集成电路内部电阻、电容的存在及负载电容的影响，输出电压的变化仍然滞后于输入电压的变化，产生延迟。

另外，由于 CMOS 反相器输出电阻与 V_{IH} 大小有关，而通常 $V_{IH} \approx V_{DD}$，所以传输延迟时间也与 V_{DD} 有关，这点与 TTL 电路不同。

其定义与 TTL 相同，见图 2-42。

（2）交流噪声容限

与 TTL 电路相似，当噪声电压作用时间小于等于 CMOS 传输延迟时间时，输入噪声容限将明显提高。交流噪声容限也受电源电压和负载电容的影响。图 2-43 表明了在 R_L 不变的情况下 V_{DD} 对交流噪声容限影响的大致趋势。

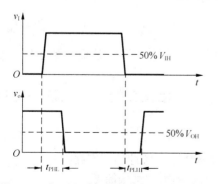

图 2-42　CMOS 反相器传输延迟时间的定义

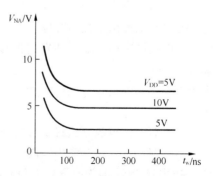

图 2-43　CMOS 反相器的交流噪声容限

（3）动态功耗

在状态转换过程中，CMOS 反相器的瞬态电流很大，从而产生所谓动态功耗，其大小与 V_{DD}、v_I 的频率、负载电容 C_L 的容量等因素有关，且成正比。CMOS 反相器静态功耗很小，在常温下仅有几个微瓦，可忽略。

2.5.3 其他类型的 CMOS 门电路

1. 其他逻辑功能的 CMOS 门电路

为简明起见，以后讨论门电路时不再画出输入端保护电路。

两 P 沟道 MOS 管并接，两 N 沟道 MOS 串接（简称 P 并 N 串）即得图 2-44 所示的 CMOS 与非门。类似地，P 串 N 并即得图 2-45 所示的 CMOS 或非门。

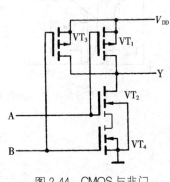

图 2-44　CMOS 与非门

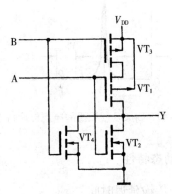

图 2-45　CMOS 或非门

它们的工作原理，请读者自己分析一下。

利用与非门、或非门和反相器，很容易地又可组成与门、或门、与或非门、异或门等，这里不再详述。

通过前边的介绍，大家可以发现，CMOS 门电路在电路结构上要比 TTL 门电路简明很多，更便于集成。

2. 带缓冲级的 CMOS 门电路

图 2-44 和图 2-45 所示的 CMOS 与非门、或非门电路，从输出端看，其结构是不对称的，而这种不对称会带来两个问题。

（1）使电路的输出特性不对称；

（2）使电路的电压传输特性发生偏移，阈值电压不再是 $0.5V_{DD}$，从而导致了噪声容限的下降。

不难想象，随着输入端数目的增加，电路结构的不对称程度会变大，因而带来的问题会更突出。

一个比较有效的解决办法就是加缓冲器。

在基本电路的输入端和输出端附加上反相器，便构成了带缓冲的门电路。

图 2-46 和图 2-47 即为改进后的与非门、或非门的结构图和结构简图。

很显然，这些带缓冲的门电路，其输入特性和输出特性与反相器完全相同，这不仅改善了电路的电气特性，同时也给使用者带来了极大的方便。

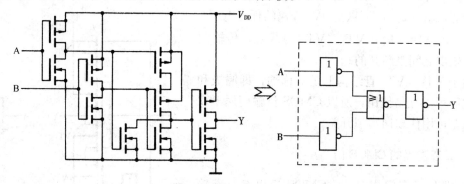

图 2-46　带缓冲级的 CMOS 与非门电路

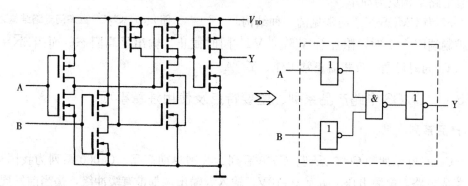

图 2-47　带缓冲级的 CMOS 或非门电路

3. 漏极开路门（OD 门）

同 TTL 电路中的 OC 门一样，CMOS 门的输出电路结构也可以做成漏极开路的形式，以用于输出电平转换及实现线与逻辑功能。

图 2-48 为 CC40107 双 2 输入的与非缓冲/驱动器的逻辑图。

4. CMOS 传输门

利用 P 沟道和 N 沟道 MOS 管的互补性，可构成如图 2-49 所示的 CMOS 传输门。它与 CMOS 反相器一样，也是构成各种逻辑电路的一种基本单元电路。

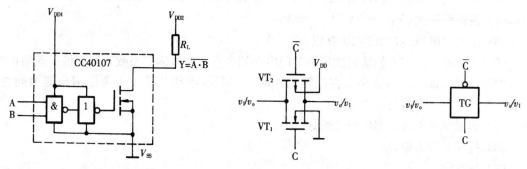

图 2-48　漏极开路输出的与非门 CC40107　　　　图 2-49　CMOS 传输门的电路结构和逻辑符号

当 C=1，$\overline{C}$=0，即 C 端为高电平 V_{DD}、$\overline{C}$ 端为低电平 0V 时，VT_1、VT_2 均导通，即传输门导通，$v_o = v_I$。v_I 可以是 0V～V_{DD} 的任意电压。反之 C=0，$\overline{C}$=1 时，VT_1、VT_2 均截上，传输门输入、输出之间是断开的。

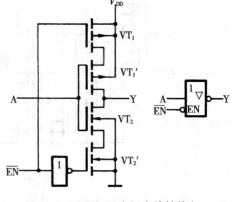

由于 VT_1、VT_2 管结构上是对称的，即漏极和源极之间可以互易使用，所以 CMOS 传输门属于双向器件，可用作双向模拟开关。

5. 三态输出的 CMOS 门

与 TTL 三态门相对应，CMOS 门也有三态输出门，且电路结构更为简单。

图 2-50 为 CMOS 三态门常见的一种结构。

图 2-50　CMOS 三态门电路结构之一

当控制端 $\overline{EN}$=1 时，附加管 VT'_1、VT'_2 同时截止，输出呈高阻态。而当 $\overline{EN}$=0 时，VT'_1、VT'_2 同时导通，反相器正常工作，$Y=\overline{A}$。

2.5.4　CMOS 电路产品系列、主要特点及使用注意事项

1. 产品系列

（1）CC4000 系列和 C000 系列。C000 系列为我国早期产品。C4000 系列为我国标准的 CMOS 集成电路，电源电压 V_{DD} 为 3～18V，输入、输出端都带有缓冲级，是当前发展最快，应用最普遍的 CMOS 器件。

（2）高速 CMOS 即 HCMOS 集成电路。一般 CMOS 电路工作速度较低，标准门的传输延迟时间在 100ns 左右，而高速 CMOS 逻辑门已缩短到 9ns。

2. 主要特点

CMOS 集成电路有以下优点。

（1）功耗极低。如在 V_{DD}＝5V 时，门电路的功耗只有几个 μW，即使中规模集成电路，其功耗也不超过 100μW。

（2）电源电压范围宽。如 CC4000 系列，V_{DD}＝3～18V。

（3）抗干扰能力强。输入端噪声容限，典型值可达 $0.45V_{DD}$，保证值不小于 $0.3V_{DD}$。

（4）逻辑摆幅大，$V_{OL} \approx 0V$，$V_{OH} \approx V_{DD}$。

（5）输入电阻极高，可达 $10^8 \Omega$ 以上。

（6）扇出能力强。人们常把能带同类门电路的个数，叫做扇出系数，其数值反映扇出能力（即带负载门能力）的大小。在低频工作时，CMOS 电路几乎可不考虑扇出能力问题，高频工作时，扇出系数与频率有关。

（7）集成度可很高，温度稳定性好。

（8）抗辐射能力强。

（9）成本低。

主要缺点：对静电非常敏感，易被静电击穿。

3. 使用注意事项

（1）注意输入端的静电防护。保存时，用金属材料包装；在组装、调试电路时，注意人体、电烙铁、仪表等均应良好接地。

（2）注意输入电路的过流保护。CMOS 电路输入端的保护二极管所能承受的最大电流为 1mA。所以，在可能出现过大瞬态输入电流时，应串接输入保护电阻。

（3）注意电源电压极性、防止输出端短路。CMOS 电路的电源电压，切记不能把极性接反，否则保护二级管很快就会因过流而损坏。

电路输出端既不能和电源短接，也不能和地短接，否则输出级的 MOS 管会因过流而损坏。

小　　结

本章首先介绍了开关元件及分立元件门电路，使大家对门电路有一个感性的认识。

其次介绍了集成门电路。集成门电路是本章学习的重点，而且在学习时应将重点放在门电路的外部特性上。外部特性包含两个内容：一个是输出与输入间的逻辑关系，即所谓逻辑功能；另一个是外部的电气特性，包括电压传输特性、输入特性、输出特性和动态特性等。虽然也讲到了有关集成电路内部结构和工作原理等内容，但那只是为了帮助读者加深对器件外部特性的理解，以便应用好这些特性。

TTL 和 CMOS 门电路的电气特性均是通过反相器为例来作具体说明的，这些参数及特性的分析方法对同类电路也都通用。这里讲的通用，是指基本概念和方法，而具体参数的数值是很容易从元器件手册查到的。

至于它们的改进产品，只要有所了解就可以了。

习　　题

［题 2.1］　在图题 2.1 所示电路中，VD_1、VD_2 均为硅二极管，导通时压降 $V_D = 0.7V$。在下列几种情况下，用内阻为 $20kΩ/V$ 的万用表测 B 端和 Y 端的电压，试问各应为多少伏？

（1）A 端接 0.3V，B 端悬空；

（2）A 端接 10V，B 端悬空；

（3）A 端接 5kΩ 电阻，B 端悬空；

（4）A 端接 5V，B 端接 5kΩ 电阻；

（5）A 端接 2kΩ 电阻，B 端接 5V。

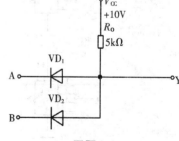

图题 2.1

［题 2.2］　指出图题 2.2 中各门电路的输出是什么状态（高电平、低电平或高阻态）。已知这些门电路为 74 系列 TTL 门电路。

［题 2.3］　图题 2.3 中各门电路的输出是高电平还是低电平？已知它们为 CC4000 系列 CMOS 电路。

［题 2.4］　在图题 2.4 中，各个 CMOS 集成门电路的输入端 1、2、3 均为多余输入端。问：在下列 8 种接法中，哪个接得对，哪个接得不对，为什么？

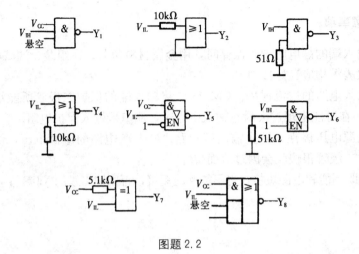

图题 2.2

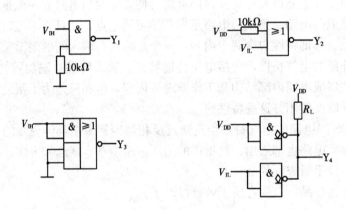

图题 2.3

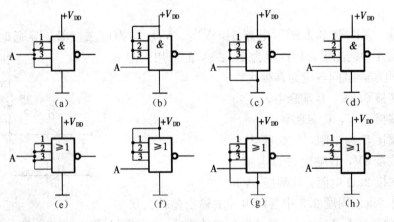

图题 2.4

[题 2.5] 图题 2.5 所示均是 CMOS 门电路，试写出各自输出信号表达式，并根据图题 2.5 (e)给定波形画出各个输出信号的波形。

[题 2.6] 指出在图题 2.6 所示各电路中，能实现 $Y=\overline{AB+CD}$ 的电路。

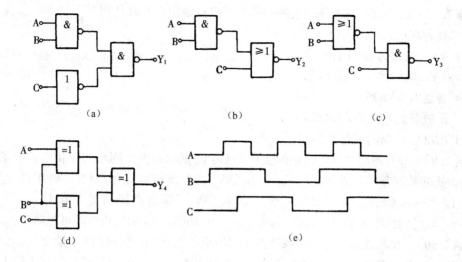

图题 2.5

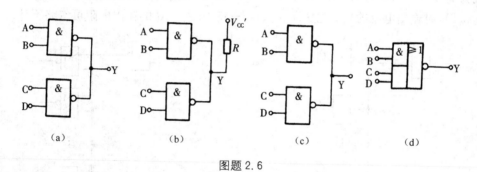

图题 2.6

[**题 2.7**]　用 4 个四输入 OC 门输出线与后驱动 8 个 TTL 与非门。电路如图题 2.7 所示。设 OC 门参数如下：$I_{OH} \leqslant 500\mu A$，$I_{OL} = 48mA$。TTL 门参数为：$I_{IS} = 1.6mA$，$I_{IH} = 20\mu A$，$V_{IL} = 0.5V$，$V_{IH} = 2.8V$。试确定 R_L 的取值范围。

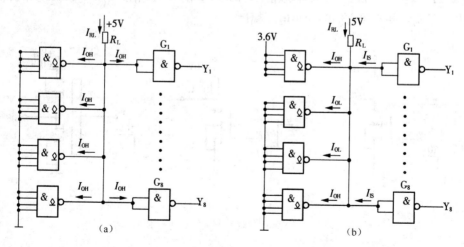

图题 2.7

[**题 2.8**]　试说明下列各种门电路中哪些可以将输出端并联使用?

(1) 具有推拉式输出级的 TTL 电路;

(2) TTL 电路的 OC 门;

(3) TTL 电路的三态输出门;

(4) 普通的 CMOS 门;

(5) 漏极开路输出的 CMOS 门;

(6) CMOS 电路的三态输出门。

[**题 2.9**]　计算图题 2.9 电路中的反相器 G_M 能驱动多少个同样的反相器。要求 G_M 输出的高、低电平符合 $V_{OH} \geqslant 3.2V$, $V_{OL} \leqslant 0.25V$。所有反相器均为 74LS 系列 TTL 电路,输入电流 $I_{IL} \leqslant -0.4mA$, $I_{IH} \leqslant 20\mu A$。$V_{OL} \leqslant 0.25V$ 时输出电流的最大值 $I_{OL(max)} = 8mA$, $V_{OH} \geqslant 3.2V$ 时输出电流的最大值为 $I_{OH(max)} = -0.4mA$。G_M 的输出电阻可忽略不计。

[**题 2.10**]　在图题 2.10 由 74 系列或非门组成的电路中,试求门 G_M 能驱动多少个同样的或非门。要求 G_M 输出的高低电平满足 $V_{OH} \geqslant 3.2V$, $V_{OL} \leqslant 0.4V$。或非门每个输入端的输入电流为 $I_{IL} \leqslant -1.6mA$, $I_{IH} \leqslant 40\mu A$。$V_{OL} \leqslant 0.4V$ 时输出电流的最大值为 $I_{OL(max)} = 16mA$, $V_{OH} \geqslant 3.2V$ 时输出电流的最大值为 $I_{OH(max)} = -0.4mA$。G_M 的输出电阻可忽略不计。

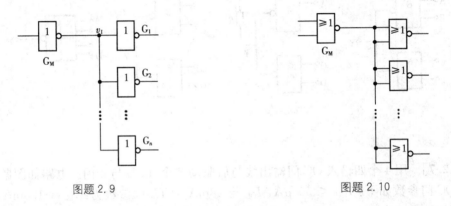

图题 2.9　　　　　　　　　　　　图题 2.10

[**题 2.11**]　在图题 2.11 所示各电路中,MOS 管的导通电阻 $R_{ON} = 500\Omega$,分析估算各自的输出电压 v_o,并比较它们的输出电压幅度。

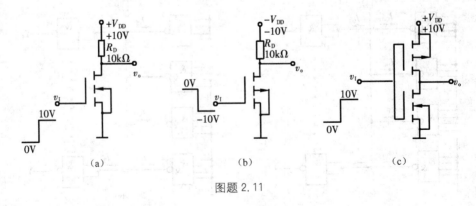

图题 2.11

[**题 2.12**]　说明图题 2.12 所示各个 CMOS 门电路输出端的逻辑状态,写出相应输出信

号的逻辑表达式。

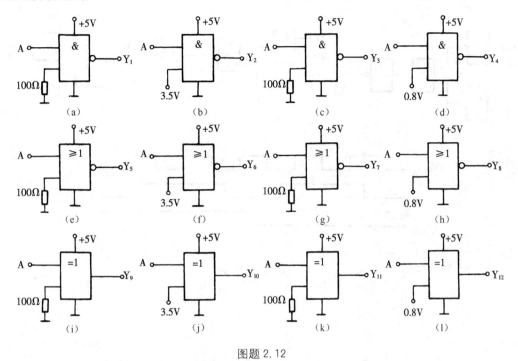

图题 2.12

[**题 2.13**] 分析图题 2.13 所示的 CMOS 电路，哪些能正常工作？哪些不能？写出能正常工作的电路输出信号逻辑表达式。

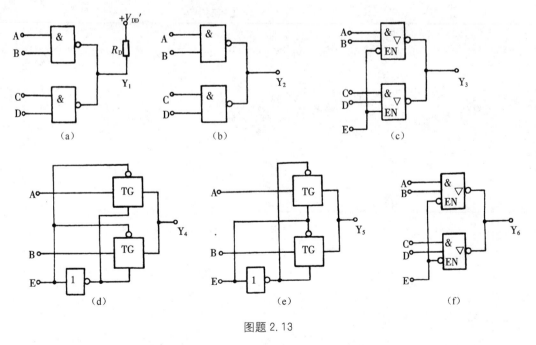

图题 2.13

[**题 2.14**]* 试画出图题 2.14（a）～（c）所示各电路输出信号的波形图。输入信号 A、

B、C 的波形见图题 2.14（d）。

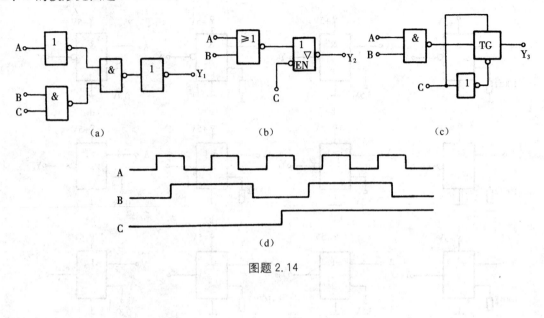

（a）　　　　　　　　　　（b）　　　　　　　　　　（c）

（d）

图题 2.14

第 **3** 章 组合逻辑电路

本章重点介绍了组合逻辑电路的特点以及组合逻辑电路的分析方法和设计方法。

首先讲述组合逻辑电路的共同特点及其一般的分析方法及设计方法，然后介绍常用的各种中规模集成组合逻辑电路的工作原理和使用方法。最后，着重从物理概念上说明竞争—冒险现象及其成因，并扼要地介绍消除竞争—冒险现象的常用方法。

3.1 概述

按输出状态是否与电路原来的状态有关，可把数字电路分为两大类：组合逻辑电路和时序逻辑电路。

组合逻辑电路（Combinational Logic Circuit）就是电路输出状态只取决于该时刻各路输入信号的组合，而与电路原来的状态无关，体现的是一种输入信号的组合逻辑，故称为组合逻辑电路。图 3-1 是组合逻辑电路的一般框图，它可用如下的逻辑函数来描述：

图 3-1 组合逻辑电路的框图

$$
\left.
\begin{aligned}
Y_1 &= F_1(A_1, A_2, \cdots, A_n) \\
Y_2 &= F_2(A_1, A_2, \cdots, A_n) \\
&\vdots \\
Y_m &= F_m(A_1, A_2, \cdots, A_n)
\end{aligned}
\right\}
\tag{3-1}
$$

式中 A_1，A_2，$\cdots$，A_n 为输入变量，Y_1，Y_2，$\cdots$，Y_m 为输出变量。

组合逻辑电路具有如下特点。

（1）输出、输入之间没有反馈延迟通路。

（2）电路中不含记忆单元。

3.2 组合逻辑电路的分析

3.2.1 分析方法及步骤

组合逻辑电路的分析，就是已知逻辑电路图确定其逻辑功能。

其分析步骤为：

（1）根据给定的逻辑电路，写出输出函数的逻辑表达式，并化简。

（2）根据已写出的输出函数的逻辑表达式，列出真值表。

（3）根据逻辑表达式或真值表，判断电路的逻辑功能。

注：对于以集成组合逻辑器件构成的组合逻辑电路，在分析时可根据器件的逻辑功能及连接方法写出电路的逻辑表达式或列出真值表，再判断电路的逻辑功能。

3.2.2 分析方法举例

[**例 3-1**]　分析图 3-2 所示组合逻辑电路的功能。

解：由电路图 3-2 可列出逻辑函数式为

$$Y = \overline{\overline{AB} \cdot \overline{BC} \cdot \overline{AC}} = AB + BC + AC \tag{3-2}$$

由函数式（3-2）可列出电路的真值表如表 3-1 所示。从真值表可以看出，三个输入变量中，当有两个或两个以上的输入变量取值为 1 时，输出 $Y=1$，否则 $Y=0$。因此，该电路实际上是对输入变量为"1"的个数的多少进行判断，"多数"为 1 时，输出 $Y=1$。如果将 A、B、C 分别看作三人对某一提案进行表决，"1"表示赞成，"0"表示反对；将 Y 看作对该提案的表决结果，"1"表示提案获得通过，"0"表示提案未获得通过，则该电路便实现了一种按照少数服从多数原则进行投票表决的功能。因此可以判断，该电路是一种"三人表决电路"。

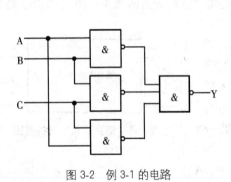

图 3-2　例 3-1 的电路

表 3-1　例 3-1 的真值表

A	B	C	Y
0	0	0	0
0	0	1	0
0	1	0	0
0	1	1	1
1	0	0	0
1	0	1	1
1	1	0	1
1	1	1	1

[**例 3-2**]　一个双输入端、双输出端的组合逻辑电路如图 3-3 所示，分析该电路的功能。

解：由逻辑图写出逻辑表达式，并进行化简和变换。

$$\left. \begin{array}{l} Z_1 = \overline{AB} \\ Z_2 = \overline{A \cdot \overline{AB}} \\ Z_3 = \overline{B \cdot \overline{AB}} \end{array} \right\} \tag{3-3}$$

$$S = \overline{Z_2 \cdot Z_3} = \overline{Z_2} + \overline{Z_3} = A \cdot \overline{AB} + B \cdot \overline{AB}$$

$$\quad = A(\overline{A} + \overline{B}) + B(\overline{A} + \overline{B})$$

$$\quad = A\overline{B} + \overline{A}B = A \oplus B \tag{3-4}$$

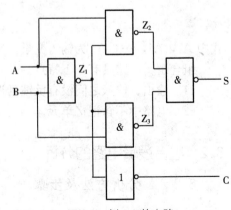

图 3-3　例 3-2 的电路

$$C = \overline{Z_1} = AB \tag{3-5}$$

由逻辑表达式列真值表，如表 3-2 所示。

分析真值表可知，A、B 都是 0 时，S 为 0，C 也为 0；当 A、B 有一个为 1 时，S 为 1，C 为 0；当 A、B 都是 1 时，S 为 0，C 为 1。这符合两个 1 位二进制数相加的原则，即 A、B 为两个加数，S 是它们的和，C 是向高位的进位。这种电路可用于实现两个 1 位二进制数的相加，实际上它是运算器中的基本单元电路，称为半加器。

对于比较简单的组合逻辑电路，有时也可用画波形图的方法进行分析。为避免出错，通常是根据输入波形，逐级画出输出波形，最后根据逻辑图的输出端与输入端波形之间的关系确定功能。

用画波形图的分析法对例 3-2 进行分析，结果如图 3-4 所示。

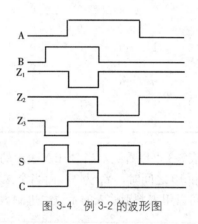

图 3-4 例 3-2 的波形图

表 3-2 例 3-2 的真值表

输	入	输	出	输	入	输	出
A	B	S	C	A	B	S	C
0	0	0	0	1	0	1	0
0	1	1	0	1	1	0	1

[例 3-3] 分析图 3-5 所示组合逻辑电路的功能，指出该电路的用途。

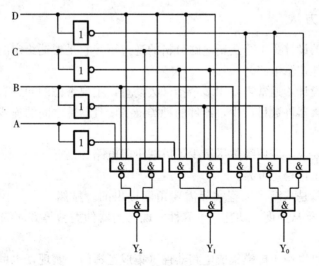

图 3-5 例 3-3 的电路

解：根据给出的逻辑图可写出 Y_2、Y_1、Y_0 和 D、C、B、A 之间的逻辑函数式

$$Y_2 = \overline{\overline{DC} \cdot \overline{DBA}} = DC + DBA$$
$$Y_1 = \overline{\overline{DCB} \cdot \overline{D\overline{C}\,\overline{B}} \cdot \overline{D\overline{C}\,\overline{A}}} = \overline{D}CB + D\overline{C}\,\overline{B} + D\overline{C}\,\overline{A} \tag{3-6}$$
$$Y_0 = \overline{\overline{D}\,\overline{C} \cdot \overline{\overline{D}\,\overline{B}}} = \overline{D}\,\overline{C} + \overline{D}\,\overline{B}$$

从上面的逻辑函数式中还不能立刻看出这个电路的逻辑功能和用途。为此可由式 3-6 列出真值表如表 3-3 所示。

表 3-3　　　　　　　　　　**例 3-3 的真值表**

输　　入				输　　出			输　　入				输　　出		
D	C	B	A	Y_2	Y_1	Y_0	D	C	B	A	Y_2	Y_1	Y_0
0	0	0	0	0	0	1	1	0	0	0	0	1	0
0	0	0	1	0	0	1	1	0	0	1	0	1	0
0	0	1	0	0	0	1	1	0	1	0	0	1	0
0	0	1	1	0	0	1	1	0	1	1	1	0	0
0	1	0	0	0	0	1	1	1	0	0	1	0	0
0	1	0	1	0	0	1	1	1	0	1	1	0	0
0	1	1	0	0	1	0	1	1	1	0	1	0	0
0	1	1	1	0	1	0	1	1	1	1	1	0	0

由表 3-3 可以看到,当 DCBA 表示的二进制数小于或等于 5 时,Y_0 为 1;当这个二进制数在 6 和 10 之间时,Y_1 为 1;而当个二进制数大于或等于 11 时,Y_2 为 1。可见,这个逻辑电路可以用来判别输入的 4 位二进制数数值的范围。

3.3 组合逻辑电路的设计

3.3.1 设计方法

组合逻辑电路的设计是组合逻辑电路分析的逆过程,它是根据给定的逻辑功能,设计出实现这些功能的最佳逻辑电路。

工程上的最佳设计,通常需要用多个指标去衡量,主要考虑的问题有以下几个方面。

(1) 所用的逻辑器件数目最少,器件的种类最少,且器件之间的连线最简单。这样的电路称"最小化"电路。

(2) 满足速度要求,应使级数尽量少,以减少门电路的延迟。

(3) 功耗小,工作稳定可靠。

上述"最小化"是从满足工程实际需要角度提出的。显然,"最小化"电路不一定是"最佳化"电路,必须从速度、功耗、可靠性、现有的器件类型等方面综合考虑才能设计出最佳电路。

组合逻辑电路可以用小规模集成电路器件(集成逻辑门)实现,也可以用中规模集成电路器件或大规模集成电路如存储器、可编程逻辑器件来实现。

组合逻辑电路的设计一般可按以下步骤进行。

(1) 进行逻辑抽象。将文字描述的逻辑命题转换成真值表的过程叫逻辑抽象,这是十分重要的一步。首先要分析事件的因果关系，确定输入、输出变量；然后用二值逻辑的 0、1 两种状态分别对输入、输出变量进行逻辑赋值；最后根据输出与输入之间的逻辑关系列出真值表。

（2）根据真值表和选用逻辑器件的类型，写出相应的逻辑函数表达。当采用集成逻辑门设计时，为了获得最简单的设计结果，应将逻辑函数表达式化简，并变换为与逻辑门电路相对应的最简式。

（3）当采用集成组合逻辑器件设计时，则不用将逻辑函数式进行化简，而只需将其变换成与所用器件的输出函数表达式相同或相似的形式即可。

（4）画出逻辑电路图。

下面以集成逻辑门电路为例来介绍组合逻辑电路的设计方法。

3.3.2 设计举例

[例 3-4] 设计一个监视交通信号灯工作状态的逻辑电路。每一组信号灯由红、黄、绿三盏灯组成，正常工作情况下，任何时刻必有一盏灯点亮，而且只允许有一盏灯点亮。当出现其他灯亮的状态时，电路为故障状态，这时要求发出故障信号。

解：（1）首先进行逻辑抽象。取红、黄、绿三盏灯的状态为输入变量，分别用 R、A、G 表示，并规定灯亮时为"1"，不亮时为"0"。取故障信号为输出变量，以 Z 表示，并规定正常工作状态下 Z 为"0"，发生故障时 Z 为"1"。

根据题意可列出逻辑真值表如表 3-4 所示。

（2）写出逻辑函数式。由表 3-4 知

$$Z = \overline{R}\,\overline{A}\,\overline{G} + \overline{R}AG + R\overline{A}G + RA\overline{G} + RAG \tag{3-7}$$

（3）选定器件类型为小规模集成门电路。

（4）将式（3-7）化简后得到

$$Z = \overline{R}\,\overline{A}\,\overline{G} + RA + RG + AG \tag{3-8}$$

（5）根据式（3-8）的化简结果画出逻辑电路图，如图 3-6 所示。

由于式（3-8）为最简与-或表达式，所以只有在使用与门和或门组成电路时才得到最简单的电路。如果要求用其他类型的门电路来组成这个逻辑电路，则式（3-8）亦需相应地改变。

例如，若要求全部用与非门组成这个逻辑电路时，就应当将函数式化为最简与非-与非表达式。这种形式通常可以通过将与-或表达式两次求反得到。在上例中，将式（3-8）两次求反后得到

表 3-4 例 3-4 的逻辑真值表

R	A	G	Z
0	0	0	1
0	0	1	0
0	1	0	0
0	1	1	1
1	0	0	0
1	0	1	1
1	1	0	1
1	1	1	1

$$Z = \overline{\overline{\overline{R}\,\overline{A}\,\overline{G} + RA + RG + AG}}$$
$$= \overline{\overline{\overline{R}\,\overline{A}\,\overline{G}} \cdot \overline{RA} \cdot \overline{RG} \cdot \overline{AG}} \tag{3-9}$$

根据式（3-9）即可画出全部用与非门和反相器组成的逻辑电路，如图 3-7 所示。

[例 3-5] 某厂有 A、B、C 三个车间和 Y、Z 两台发电机。如果一个车间开工，启动 Z 发电机即可满足使用要求；如果两个车间同时开工，启动 Y 发电机即可满足使用要求；如果三个车间同时开工，则需要同时启动 Y、Z 两台发电机才能满足使用要求。试用与非门和异或门两种逻辑门设计一个供电控制电路，使电力负荷达到最佳匹配。

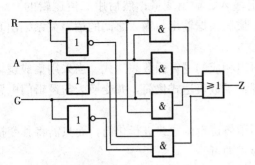

图 3-6　例 3-4 电路的逻辑图之一

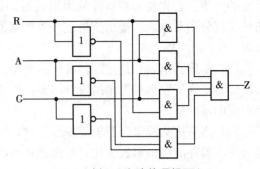

图 3-7　例 3-4 电路的逻辑图之二

解：用"0"表示该厂车间不开工或发电机不工作，用"1"表示该厂车间开工或发电机工作。为使电力负荷达到最佳匹配，应该根据车间的开工情况即负荷情况，来决定两台发电机的启动与否。因此，在此供电控制电路中，A、B、C 是输入变量，Y、Z 是输出变量。由此列出电路的真值表如表 3-5 所示。

表 3-5 例 3-5 的真值表

A	B	C	Y	Z	A	B	C	Y	Z
0	0	0	0	0	1	0	0	0	1
0	0	1	0	1	1	0	1	1	0
0	1	0	0	1	1	1	0	1	0
0	1	1	1	0	1	1	1	1	1

由真值表可写出 Y、Z 的输出函数表达式为

$$Y = \overline{AB + BC + AC} = \overline{\overline{AB} \cdot \overline{BC} \cdot \overline{AC}} \tag{3-10}$$

$$Z = \overline{A}\,\overline{B}C + \overline{A}B\,\overline{C} + A\overline{B}\,\overline{C} + ABC = A \oplus B \oplus C \tag{3-11}$$

用与非门和异或门实现的供电控制电路如图 3-8 所示。

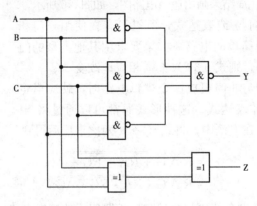

图 3-8　例 3-5 的电路

3.3.3　逻辑门多余输入端的处理

当设计过程中逻辑门有多余输入端时，一般可按照以下方法进行处理。

（1）与门、与非门及与或非门（即与类门）：不用的输入端通常接电源 V_{CC} 或高电平（逻辑 1）端；

（2）或门、或非门（即或类门）：不用的输入端通常可接地或低电平（逻辑 0）端；

（3）另外需要注意的是，TTL 逻辑门不用的输入端可以悬空，相当于接逻辑 1，但容易引入干扰；CMOS 逻辑门不用的输入端不可以悬空，必须进行适当连接。

3.4 常用 MSI 组合逻辑器件

集成逻辑门是组合逻辑电路的基本部件，所有组合逻辑器件都是在逻辑门的基础上集成的。按照集成规模的不同，数字集成电路通常划分为小规模集成电路 SSI（Small Scale Integration Circuit）、中规模集成电路 MSI（Medium Scale Integration Circuit）、大规模集成电路 LSI（Large Scale Integration Circuit）和超大规模集成电路 VLSI（Very Large Scale Integration Circuit）。对于双极型数字集成电路，一般是按照每块芯片内集成的逻辑门数目来划分集成规模的；对于单极型数字集成电路，一般是按照每块芯片内集成的元件数目来划分集成规模的。数字集成电路的规模划分见表 3-6。

表 3-6 　　　　　　　　　　　　　数字集成电路的规模划分

种　　类	SSI	MSI	LSI	VLSI
双极型	10 个门以下	10～100 个门	100～1 000 个门	1 000 个门以上
单极型	100 个元件以下	100～1 000 个元件	1 000～10 000 个元件	10 000 个元件以上

常用组合逻辑器件有编码器、译码器、数据选择器、加法器、数值比较器 5 大类，每一类又可进一步细分。它们在实践中得到了广泛的应用，故必须灵活掌握。

本节内容是按照基本概念、原理电路、实用电路的介绍顺序进行阐述的。前两者是基础，后者是经过改进后集成化的实用电路（即集成器件）。

下边就对编码器、译码器、数据选择器、加法器及数值比较器进行详细的讨论。

3.4.1 编码器

编码是指用字母、数字、符号等表示特定对象的过程。如电报码、运动员号码、身份证号码的编排等。

本书所讨论的编码是一种狭义的编码，为二进制编码——即用二进制代码表示特定对象（这里为输入信号）的过程。

能够实现编码功能的电路称为编码器（Encoder）。它可分为普通编码器和优先编码器两种。

1. 普通编码器

每一个输入信号均有且只有一个二进制代码与之对应的编码器称为普通编码器。

[例 3-6] 试设计一个 8 线—3 线编码器。

解：（1）首先进行逻辑抽象。取 $I_0 \sim I_7$ 为 8 个输入变量，并规定其值为"1"表示该根输入线有效（即有输入信号）；为"0"表示无信号。输出对应 3 位二进制码，可分别用 Y_2、

Y_1、Y_0 表示。对应编码真值表（简称编码表）如表 3-7 所示。

表 3-7　　　　　　　　例 3-6 编码表

I_0	I_1	I_2	I_3	I_4	I_5	I_6	I_7	Y_2	Y_1	Y_0
1	0	0	0	0	0	0	0	0	0	0
0	1	0	0	0	0	0	0	0	0	1
0	0	1	0	0	0	0	0	0	1	0
0	0	0	1	0	0	0	0	0	1	1
0	0	0	0	1	0	0	0	1	0	0
0	0	0	0	0	1	0	0	1	0	1
0	0	0	0	0	0	1	0	1	1	0
0	0	0	0	0	0	0	1	1	1	1

"有效"在全书中是个非常重要的概念，常用于对输入信号、输出信号以及控制信号进行定义及表达。

所谓"有效"，简言之就是起作用，或表示有信号（输入或输出）。按起作用的电平不同，在实际应用中又将端口或信号分为高有效和低有效两种，并分别用原字母（如 I_0）及字母上加一（如 $\overline{I_0}$）表示，以示区别。

注意：对于一个具体的实际电路对应的每一个端口，要么低有效，要么高有效，是确定的。

（2）写出逻辑表达式。由表 3-7 知，$I_0 \sim I_7$ 为一种特殊变量，人们称之为互斥变量——即在任意时刻，每次最多只能有一个信号有效。为此表 3-7 可进一步简化为表 3-8。

可见：$Y_2 = I_7 + I_6 + I_5 + I_4$

$\qquad Y_1 = I_7 + I_6 + I_3 + I_2$

$\qquad Y_0 = I_7 + I_5 + I_3 + I_1$

（3）画出逻辑图（见图 3-9）。

表 3-8　　例 3-6 简化编码表

输　入	输　出		
($I_0 \sim I_7$)	Y_2	Y_1	Y_0
I_0	0	0	0
I_1	0	0	1
I_2	0	1	0
I_3	0	1	1
I_4	1	0	0
I_5	1	0	1
I_6	1	1	0
I_7	1	1	1

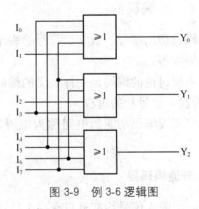

图 3-9　例 3-6 逻辑图

2. 优先编码器

由于普通编码器在任意时刻，只能对一路信号进行编码，不允许两个或以上的输入信号同时存在（有效）的情况出现，即编码器对输入信号有限制（约束），这给实际使用带来了不便。为此人们提出了优先编码的概念。

能实现优先编码的器件称为优先编码器。它允许多路信号同时输入，但编码器只对输入信号中优先级别最高的进行编码。

[**例 3-7**]　一车站停有特快、直快、普快 3 列列车等候发车。请求发车用 1 表示，车站同意发车为 1。试设计车站相应的调度逻辑图。

解：（1）进行逻辑抽象。用 $I_{特}$、$I_{直}$、$I_{普}$ 作为 3 个输入变量；用 $Y_{特}$、$Y_{直}$、$Y_{普}$ 作为输出变量。根据优先级别很容易可画出优先编码真值表（简称优先编码表）如表 3-9 所示。

（2）写出逻辑表达式。显然：

$$Y_{特} = I_{特}$$
$$Y_{直} = \overline{I_{特}} I_{直}$$
$$Y_{普} = \overline{I_{特}}\ \overline{I_{直}} I_{普}$$

（3）画出逻辑图。图中 $Y_{特}$ 未经过逻辑门，表明特快优先级别最高，只要司机发出发车请求，车站立即放行。

表 3-9　　　例 3-7 优先编码表

$I_{特}$	$I_{直}$	$I_{普}$	$Y_{特}$	$Y_{直}$	$Y_{普}$
1	×	×	1	0	0
0	1	×	0	1	0
0	0	1	0	0	1

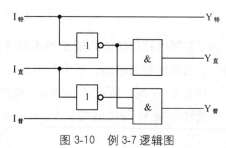

图 3-10　例 3-7 逻辑图

实践应用中，除了上述天然具有优先级别的优先编码器之外，还有一种优先编码器（如 BCD 优先编码器），输入信号（即 0～9 十个数字）本身并无优先级别之分，只是按"大数优先"或"小数优先"人为地规定了它们的优先级别而设计出来的。规定不同，设计出来的逻辑图自然不同，但均能实现 BCD 码的编码功能。

3. MSI 8 线—3 线优先编码器

在前述普通编码器及优先编码器基础上，人们将门电路简化并增加一些控制端，即可得到集成编码器。

（1）8 线—3 线优先编码器

图 3-11 为 8 线—3 线优先编码器 74LS148 的逻辑图。如果不考虑由门 G_1、G_2 和 G_3 构成的附加控制电路，则编码器电路只有图中虚线框以内的这一部分。

从图 3-10 写出的输出逻辑式为

$$
\left.
\begin{aligned}
\overline{Y}_2 &= \overline{(I_4 + I_5 + I_6 + I_7) \cdot S} \\
\overline{Y}_1 &= \overline{(I_2 \overline{I}_4 \overline{I}_5 + I_3 \overline{I}_4 \overline{I}_5 + I_6 + I_7) \cdot S} \\
\overline{Y}_0 &= \overline{(I_1 \overline{I}_2 \overline{I}_4 \overline{I}_6 + I_3 \overline{I}_4 \overline{I}_6 + I_5 \overline{I}_6 + I_7) \cdot S}
\end{aligned}
\right\}
\tag{3-12}
$$

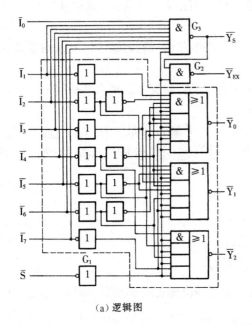

(a) 逻辑图

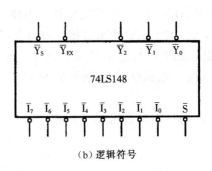

(b) 逻辑符号

图 3-11 74LS148 的逻辑图和逻辑符号

为了扩展电路的功能和增加使用的灵活性，在 74LS148 的逻辑电路中附加了由门 G_1、G_2 和 G_3 组成的控制电路。其中 $\overline{S}$ 为选通输入端，只有在 $\overline{S}=0$ 的条件下，编码器才能正常工作；而在 $\overline{S}=1$ 时，所有的输出端均被锁在高电平。

选通输出端 $\overline{Y}_S$ 和扩展端子 $\overline{Y}_{EX}$ 用于扩展编码功能。由图可得

$$\overline{Y}_S = \overline{\overline{I}_0 \overline{I}_1 \overline{I}_2 \overline{I}_3 \overline{I}_4 \overline{I}_5 \overline{I}_6 \overline{I}_7 \cdot S} \tag{3-13}$$

上式表明，只有当所有的编码输入端都是高电平（即没有编码输入），而且 $S=1$ 时，$\overline{Y}_S$ 才是低电平。因此，$\overline{Y}_S$ 的低电平输出信号表示"电路工作，但无编码输入"。

从图 3-11 可以写出

$$\overline{Y}_{EX} = \overline{\overline{\overline{I}_0 \overline{I}_1 \overline{I}_2 \overline{I}_3 \overline{I}_4 \overline{I}_5 \overline{I}_6 \overline{I}_7 \cdot S} \cdot S}$$
$$= \overline{(I_0 + I_1 + I_2 + I_3 + I_4 + I_5 + I_6 + I_7) \cdot S} \tag{3-14}$$

式（3-14）说明只要任何一个编码输入端有低电平信号输入，且 $S=1$，$\overline{Y}_{EX}$ 即为低电平。因此，$\overline{Y}_{EX}$ 的低电平输出信号表示"电路工作，而且有编码输入"。

根据式（3-12）、（3-13）和（3-14）可以列出表 3-10 所示的 74LS148 的功能表。

表 3-10 74LS148 的功能表

输　　　　入									输　　出				
S	$\overline{I}_0$	$\overline{I}_1$	$\overline{I}_2$	$\overline{I}_3$	$\overline{I}_4$	$\overline{I}_5$	$\overline{I}_6$	$\overline{I}_7$	$\overline{Y}_2$	$\overline{Y}_1$	$\overline{Y}_0$	$\overline{Y}_S$	$\overline{Y}_{EX}$
1	×	×	×	×	×	×	×	×	1	1	1	1	1
0	1	1	1	1	1	1	1	1	1	1	1	0	1
0	×	×	×	×	×	×	×	0	0	0	0	1	0
0	×	×	×	×	×	×	0	1	0	0	1	1	0

S	输　入								输　出				
	$\bar{I}_0$	$\bar{I}_1$	$\bar{I}_2$	$\bar{I}_3$	$\bar{I}_4$	$\bar{I}_5$	$\bar{I}_6$	$\bar{I}_7$	$\bar{Y}_2$	$\bar{Y}_1$	$\bar{Y}_0$	$\bar{Y}_S$	$\bar{Y}_{EX}$
0	×	×	×	×	×	0	1	1	0	1	0	1	0
0	×	×	×	×	0	1	1	1	0	1	1	1	0
0	×	×	×	0	1	1	1	1	1	0	0	1	0
0	×	×	0	1	1	1	1	1	1	0	1	1	0
0	×	0	1	1	1	1	1	1	1	1	0	1	0
0	0	1	1	1	1	1	1	1	1	1	1	1	0

从表（3-10）可以看出，编码器输入信号均为低电平（0）有效，且 $\bar{I}_7$ 的优先权最高，$\bar{I}_6$ 次之，$\bar{I}_0$ 最低。编码输出信号 $\bar{Y}_2$、$\bar{Y}_1$ 和 $\bar{Y}_0$ 则为二进制反码输出，将其取反就可得到原码输出。选通输入端（使能输入端）$\bar{S}$、使能输出端 $\bar{Y}_S$ 以及扩展输出端（片优先编码输出端）$\bar{Y}_{EX}$ 是为了便于使用而设置的 3 个控制端。

当 $\bar{S}=1$ 时，编码器不工作，编码输出 $\bar{Y}_2$、$\bar{Y}_1$ 和 $\bar{Y}_0$ 及 $\bar{Y}_{EX}$、$\bar{Y}_S$ 全为 1（真值表第 1 行），所有的输出端被封锁在高电平。

当 $\bar{S}=0$ 时，编码器工作。如果没有有效的编码输入信号需要的编码，$\bar{Y}_2$、$\bar{Y}_1$、$\bar{Y}_0$ 仍然全为 1，但 $\bar{Y}_S$、$\bar{Y}_{EX}$ 为 0、1（真值表第 2 行）。如果有有效的编码输入信号需要的编码，则按输入的优先级别对优先权最高的一个有效输入信号进行编码，且 $\bar{Y}_S$、$\bar{Y}_{EX}$ 为 1、0（真值表第 3～10 行）。例如，当 $\bar{I}_7$ 为 0 时，无论 $\bar{I}_6$～$\bar{I}_0$ 为何值，电路总是对 $\bar{I}_7$ 进行编码，其输出为"7"的二进制码"111"的反码"000"；当 $\bar{I}_7$ 的输入信号为 1 而 $\bar{I}_6$ 为 0 时，不管其他编码输入为何值，都对 $\bar{I}_6$ 进行编码，输出为"6"的二进制"110"的反码"001"。

可见，扩展输出端（片选优先编码输出端）$\bar{Y}_{EX}$ 和使能输出端 $\bar{Y}_S$ 的输出值说明了 74LS148 的工作状态。$\bar{Y}_S\bar{Y}_{EX}=11$ 说明编码器不工作；$\bar{Y}_S\bar{Y}_{EX}=01$ 说明编码器工作，但没有有效的编码输入信号需要的编码；$\bar{Y}_{EX}\bar{Y}_S=10$ 说明编码器工作，且对优先权最高的有效编码输入信号进行编码。利用这些特点，可以方便地实现优先编码器的扩展。

（2）二—十进制优先编码器

二—十进制优先编码器 74LS147 如图 3-12 所示，它将 $\bar{I}_0$～$\bar{I}_9$ 10 个输入信号分别编成 10 个 BCD 代码，在 $\bar{I}_0$～$\bar{I}_9$ 10 个输入信号中 $\bar{I}_9$ 的优先权最高，$\bar{I}_0$ 优先权最低。

由图 3-12 可得

$$\left. \begin{aligned} \bar{Y}_3 &= \overline{I_8 + I_9} \\ \bar{Y}_2 &= \overline{I_7\bar{I}_8\bar{I}_9 + I_6\bar{I}_8\bar{I}_9 + I_5\bar{I}_8\bar{I}_9 + I_4\bar{I}_8\bar{I}_9} \\ \bar{Y}_1 &= \overline{I_7\bar{I}_8\bar{I}_9 + I_6\bar{I}_8\bar{I}_9 + I_3\bar{I}_4\bar{I}_5\bar{I}_8\bar{I}_9 + I_2\bar{I}_4\bar{I}_5\bar{I}_8\bar{I}_9} \\ \bar{Y}_0 &= \overline{I_9 + I_7\bar{I}_8\bar{I}_9 + I_5\bar{I}_6\bar{I}_8\bar{I}_9 + I_3\bar{I}_4\bar{I}_6\bar{I}_8\bar{I}_9 + I_1\bar{I}_2\bar{I}_4\bar{I}_6\bar{I}_8\bar{I}_9} \end{aligned} \right\} \tag{3-15}$$

从式（3-15）可见，表达式与 $\bar{I}_0$ 无关，所以 74LS147 无 $\bar{I}_0$ 输入端。由（3-15）式可得 74LS147 的真值表如表 3-11 所示。由表可知，编码器输出也是反码形式的 BCD 码。

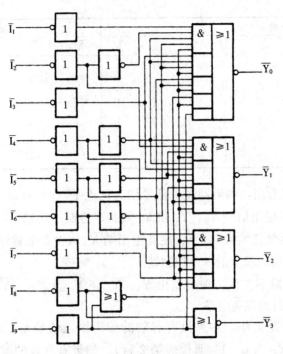

图 3-12　74LS147 的逻辑图

表 3-11　　　　　　　　　　　　**74LS147 的真值表**

输　入									输　出			
$\overline{I}_1$	$\overline{I}_2$	$\overline{I}_3$	$\overline{I}_4$	$\overline{I}_5$	$\overline{I}_6$	$\overline{I}_7$	$\overline{I}_8$	$\overline{I}_9$	$\overline{Y}_3$	$\overline{Y}_2$	$\overline{Y}_1$	$\overline{Y}_0$
1	1	1	1	1	1	1	1	1	1	1	1	1
×	×	×	×	×	×	×	×	0	0	1	1	0
×	×	×	×	×	×	×	0	1	0	1	1	1
×	×	×	×	×	×	0	1	1	1	0	0	0
×	×	×	×	×	0	1	1	1	1	0	0	1
×	×	×	×	0	1	1	1	1	1	0	1	0
×	×	×	0	1	1	1	1	1	1	0	1	1
×	×	0	1	1	1	1	1	1	1	1	0	0
×	0	1	1	1	1	1	1	1	1	1	0	1
0	1	1	1	1	1	1	1	1	1	1	1	1

4. 编码器的扩展

用两片 74LS148 级联扩展实现的 16 线—4 线优先编码器如图 3-13 所示。它有 16 个编码信号输入端 $\overline{A}_{15} \sim \overline{A}_0$ 和 4 个编码输出端 $Z_3 \sim Z_0$。片（2）的编码信号输入端 $\overline{I}_0 \sim \overline{I}_7$，作为 $\overline{A}_0 \sim \overline{A}_7$ 输入，输出 $\overline{Y}_S$ 作为电路总的使能输出端 Z_S；片（1）的编码信号输入端 $\overline{I}_0 \sim \overline{I}_7$ 作为 $\overline{A}_8 \sim \overline{A}_{15}$ 输入，$\overline{S}$ 端固定接 0，处于随时可以编码的工作状态，而输出 $\overline{Y}_S$ 接片（2）的 $\overline{S}$ 输入端，控制片（2）的工作。片（1）的 $\overline{Y}_{EX}$ 输出为 Z_3，两片的 $\overline{Y}_2$ 相与为 Z_2，两片的 $\overline{Y}_1$ 相与为 Z_1，两片的 $\overline{Y}_0$ 相与为 Z_0。下面分析其工作原理。

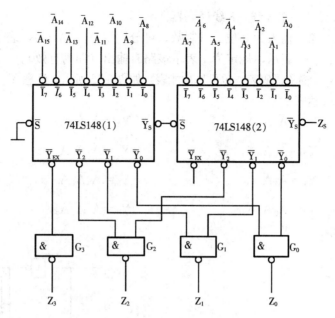

图 3-13　16 线—4 线优先编码器

从图 3-13 可知，当 $\overline{A}_{15} \sim \overline{A}_8$ 中任一输入端为低电平时，例如 $\overline{A}_{11} = 0$，则片（1）的 $\overline{Y}_{EX} = 0$，$Z_3 = 1$，$\overline{Y}_2 \overline{Y}_1 \overline{Y}_0 = 100$，同时片（1）的 $\overline{Y}_S = 1$，将片（2）封锁，使它的输出 $\overline{Y}_2 \overline{Y}_1 \overline{Y}_0 = 111$。于是在输出得到了 $Z_3 Z_2 Z_1 Z_0 = 1011$。如果 $\overline{A}_{15} \sim \overline{A}_8$ 中同时有几个输入端为低电平，则只对其中优先权最高的一个信号编码。

当 $\overline{A}_{15} \sim \overline{A}_8$ 全部为高电平（没有编码输入信号）时，片（1）的 $\overline{Y}_S = 0$，故片（2）的 $\overline{S} = 0$，处于编码工作状态，对 $\overline{A}_7 \sim \overline{A}_0$ 输入的低电平信号中优先权最高的一个进行编码。例如 $\overline{A}_5 = 0$，则片（2）的 $\overline{Y}_2 \overline{Y}_1 \overline{Y}_0 = 010$。而此时片（1）的 $\overline{Y}_{EX} = 1$，$Z_3 = 0$。片（1）的 $\overline{Y}_2 \overline{Y}_1 \overline{Y}_0 = 111$。于是在输出得到了 $Z_3 Z_2 Z_1 Z_0 = 0101$。

通过上面的讨论可知，图 3-13 电路可将 $\overline{A}_0 \sim \overline{A}_{15}$ 16 个低电平输入信号编为 $0000 \sim 1111$ 16 个 4 位二进制代码。其中 $\overline{A}_{15}$ 的优先权最高，$\overline{A}_0$ 的优先权最低。

3.4.2　译码器

译码是编码的逆过程，其作用正好与编码相反，如图 3-14 所示。它是将输入代码转换成特定的输出信号，恢复代码的"本意"。在数字电路中，能够实现译码功能的器件称为译码器（Decoder）。译码器分为全译码器和部分译码器两大类。设译码器有 n 位译码输入和 m 个译码输出信号。若 $m = 2^n$，则该译码器称为全译码器；若 $m < 2^n$，则称为部分译码器。全译码器也称二进制译码器。部分译码器常用的有码制变换译码器和数字显示译码器两种。

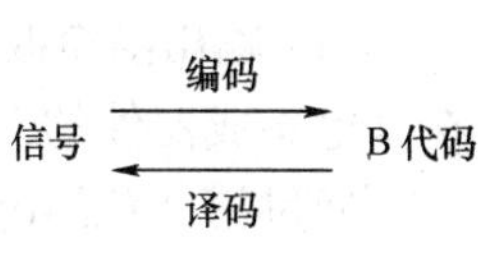

图 3-14　编码 / 译码
关系图

1. 二进制译码器

二进制译码器是一种最基本的译码器，在实践中应用非常广泛，必须很好地掌握。

[例3-8] 试设计一个 3 线—8 线译码器。

解：（1）逻辑抽象。输入为 3 位二进制数，可分别用 A_2、A_1、A_0 表示；输出为 8 路输出信号，分别用 $Y_0 \sim Y_7$ 表示，规定为 1 表示该路有输出（即高有效）。

列出译码真值表（简称译码表，也可称功能表）如表 3-12 所示。注意 $Y_0 \sim Y_7$ 为互斥变量。

（2）写出逻辑表达式。

$$Y_0 = \overline{A_2}\,\overline{A_1}\,\overline{A_0} \qquad\qquad Y_1 = \overline{A_2}\,\overline{A_1}\,A_0$$

$$Y_2 = \overline{A_2}\,A_1\,\overline{A_0} \qquad\qquad Y_3 = \overline{A_2}\,A_1\,A_0$$

$$Y_4 = A_2\,\overline{A_1}\,\overline{A_0} \qquad\qquad Y_5 = A_2\,\overline{A_1}\,A_0$$

$$Y_6 = A_2\,A_1\,\overline{A_0} \qquad\qquad Y_7 = A_2\,A_1\,A_0$$

（3）画出逻辑图。

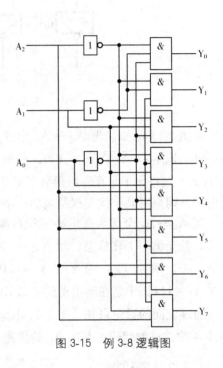

图 3-15 例 3-8 逻辑图

表 3-12　　　　　例 3-8 译码表

A_2	A_1	A_0	输　　出
0	0	0	Y_0
0	0	1	Y_1
0	1	0	Y_2
0	1	1	Y_3
1	0	0	Y_4
1	0	1	Y_5
1	1	0	Y_6
1	1	1	Y_7

上述电路为原理电路，实践中人们进行改进即得到集成译码器 74LS138，如图 3-16 所示。下面介绍两个改进措施。

（1）输出门全改为与非门，可大大简化电路，只是输出信号变为了低有效而已。这一点在其他集成器件的设计中也得到了应用。

通过第 2 章门电路的学习大家已经知道与非、或非及与或非等从逻辑运算的角度要比与、或及与或复杂，但在实际实现相应逻辑功能的电路（即逻辑图）中却恰恰相反。因为带"非"的门电路简单，容易实现，而与门、或门及与或门是在与非门、或非门及与或非门的基础上加上一个非门（即反相器）实现的。

比如上述原理电路的输出门（与门）只要改为与非门，电路即可大大简化（每一路输出少用一个非门），同时减小了门电路的功耗及信号的延迟时间，而带来的变化不过是输出由原来的高有效变为低有效而已，并用字母 $\overline{Y_0} \sim \overline{Y_7}$ 表示。

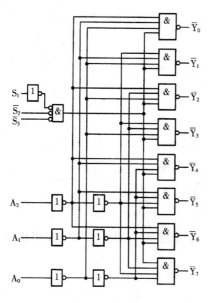

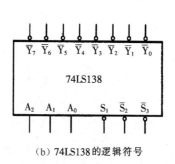

(b) 74LS138 的逻辑符号

(a) 74LS138 的逻辑图

图 3-16　74LS138 的逻辑图和逻辑符号

　　(2) 增加了 3 个使能端。增加 S_1、$\overline{S_2}$、$\overline{S_3}$ 3 个使能端(有的书上用 E_1、$\overline{E_2}$、$\overline{E_3}$ 表示，取自英文 enable——使……能够)。此举可大大提高集成译码器的使用及扩展灵活性。

　　74LS138 是用 TTL 与非门组成的 3 线—8 线译码器，它的逻辑图、逻辑符号如图 3-16 所示，它的功能表如表 3-13 所示。由图可知，该译码器有 3 个输入端 A_2、A_1、A_0。它们共有 8 种状态的组合，即可译出 8 个输出信号 $\overline{Y}_0 \sim \overline{Y}_7$，故该译码器称为 3 线—8 线译码器。该译码的主要特点是，设置了 S_1、$\overline{S_2}$ 和 $\overline{S_3}$ 3 个使能输入端。由功能表可知，当 S_1 为 1，且 $\overline{S_2}$ 和 $\overline{S_3}$ 均为 0 时 $(\overline{S_2}+\overline{S_3}=0)$，$G_S$ 门输出为高电平 $(S=1)$，译码器处于工作状态。否则，译码器被禁止，所有的输出端被封锁在高电平，见表 3-13 第 1、2 行，所以将 S_1，$\overline{S_2}$ 和 $\overline{S_3}$ 3 个使能输入端也叫片选输入端，利用片选端口控制可以很方便地扩展译码器的功能。

表 3-13　　　　　　　　　　　　　　　　　　74LS138 的功能表

输　入					输　出							
S_1	$\overline{S_2}+\overline{S_3}$	A_2	A_1	A_0	$\overline{Y}_0$	$\overline{Y}_1$	$\overline{Y}_2$	$\overline{Y}_3$	$\overline{Y}_4$	$\overline{Y}_5$	$\overline{Y}_6$	$\overline{Y}_7$
0	$\times$	$\times$	$\times$	$\times$	1	1	1	1	1	1	1	1
$\times$	1	$\times$	$\times$	$\times$	1	1	1	1	1	1	1	1
1	0	0	0	0	0	1	1	1	1	1	1	1
1	0	0	0	1	1	0	1	1	1	1	1	1
1	0	0	1	0	1	1	0	1	1	1	1	1
1	0	0	1	1	1	1	1	0	1	1	1	1
1	0	1	0	0	1	1	1	1	0	1	1	1
1	0	1	0	1	1	1	1	1	1	0	1	1
1	0	1	1	0	1	1	1	1	1	1	0	1
1	0	1	1	1	1	1	1	1	1	1	1	0

当附加控制门 G_S 的输出为高电平（S＝1）时，可写出逻辑函数式为

$$\left.\begin{aligned}
\overline{Y}_0 &= \overline{\overline{A}_2\overline{A}_1\overline{A}_0} = \overline{m}_0\\
\overline{Y}_1 &= \overline{\overline{A}_2\overline{A}_1 A_0} = \overline{m}_1\\
\overline{Y}_2 &= \overline{\overline{A}_2 A_1\overline{A}_0} = \overline{m}_2\\
\overline{Y}_3 &= \overline{\overline{A}_2 A_1 A_0} = \overline{m}_3\\
\overline{Y}_4 &= \overline{A_2\overline{A}_1\overline{A}_0} = \overline{m}_4\\
\overline{Y}_5 &= \overline{A_2\overline{A}_1 A_0} = \overline{m}_5\\
\overline{Y}_6 &= \overline{A_2 A_1\overline{A}_0} = \overline{m}_6\\
\overline{Y}_7 &= \overline{A_2 A_1 A_0} = \overline{m}_7
\end{aligned}\right\}$$

(3-16)

由上式可以看出，$\overline{Y}_0 \sim \overline{Y}_7$ 是 $A_2 A_1 A_0$ 这 3 个变量的全部最小项的译码输出，所以也称这种译码器为最小项译码器。

2. 码制变换译码器

顾名思义，它是实现不同码制之间变换的一种译码器。如同英译汉、汉译英，所以从这个意义上讲把它称为编码器也未尝不可。如二—十进制译码器（即 BCD 译码器）、不同 BCD 码之间进行转换的译码器（比如将 8421BCD 码转换为 2421BCD 码）等。

BCD 译码器的功能是将 10 个 BCD 码（即对应的 4 位二进制数）译成 10 个对应的输出信号（即 0～9 十个数字）。图 3-17 是二—十进制译码器 74LS42 的逻辑图和逻辑符号。

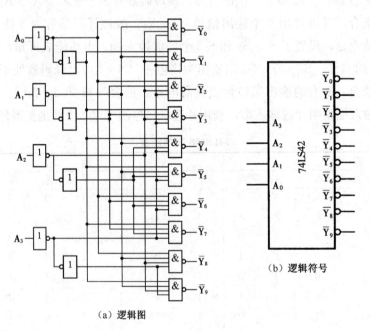

图 3-17　74LS42 的逻辑图和逻辑符号

根据逻辑图可得

$$\overline{Y}_0 = \overline{\overline{A}_3\overline{A}_2\overline{A}_1\overline{A}_0}$$
$$\overline{Y}_1 = \overline{\overline{A}_3\overline{A}_2\overline{A}_1 A_0}$$
$$\overline{Y}_2 = \overline{\overline{A}_3\overline{A}_2 A_1\overline{A}_0}$$
$$\overline{Y}_3 = \overline{\overline{A}_3\overline{A}_2 A_1 A_0}$$
$$\overline{Y}_4 = \overline{\overline{A}_3 A_2\overline{A}_1\overline{A}_0}$$
$$\overline{Y}_5 = \overline{\overline{A}_3 A_2\overline{A}_1 A_0} \qquad (3\text{-}17)$$
$$\overline{Y}_6 = \overline{\overline{A}_3 A_2 A_1\overline{A}_0}$$
$$\overline{Y}_7 = \overline{\overline{A}_3 A_2 A_1 A_0}$$
$$\overline{Y}_8 = \overline{A_3\overline{A}_2\overline{A}_1\overline{A}_0}$$
$$\overline{Y}_9 = \overline{A_3\overline{A}_2\overline{A}_1 A_0}$$

电路的功能表如表 3-14 所示，其输出为低电平有效。

表 3-14　　　　　　　　　　　　　**74LS42 的功能表**

序号	输入				输出									
	A_3	A_2	A_1	A_0	$\overline{Y}_0$	$\overline{Y}_1$	$\overline{Y}_2$	$\overline{Y}_3$	$\overline{Y}_4$	$\overline{Y}_5$	$\overline{Y}_6$	$\overline{Y}_7$	$\overline{Y}_8$	$\overline{Y}_9$
0	0	0	0	0	0	1	1	1	1	1	1	1	1	1
1	0	0	0	1	1	0	1	1	1	1	1	1	1	1
2	0	0	1	0	1	1	0	1	1	1	1	1	1	1
3	0	0	1	1	1	1	1	0	1	1	1	1	1	1
4	0	1	0	0	1	1	1	1	0	1	1	1	1	1
5	0	1	0	1	1	1	1	1	1	0	1	1	1	1
6	0	1	1	0	1	1	1	1	1	1	0	1	1	1
7	0	1	1	1	1	1	1	1	1	1	1	0	1	1
8	1	0	0	0	1	1	1	1	1	1	1	1	0	1
9	1	0	0	1	1	1	1	1	1	1	1	1	1	0
伪码	1	0	1	0	1	1	1	1	1	1	1	1	1	1
	1	0	1	1	1	1	1	1	1	1	1	1	1	1
	1	1	0	0	1	1	1	1	1	1	1	1	1	1
	1	1	0	1	1	1	1	1	1	1	1	1	1	1
	1	1	1	0	1	1	1	1	1	1	1	1	1	1
	1	1	1	1	1	1	1	1	1	1	1	1	1	1

对于 BCD 代码以外的伪码（即 1010～1111，6 个代码），$\overline{Y}_0 \sim \overline{Y}_9$ 均无低电平信号产生，译码器拒绝"翻译"。所以这个电路结构具有拒绝伪码的功能。

3. 数字显示译码器

数字显示译码器不仅能够把二进制代码"翻译"出来，而且还能够驱动发光二极管（LED）、荧光数码管、液晶数码管（LCD）等显示器件将其直观地显示出来。在各类显示器件中，目前使用最为广泛的是由发光二极管构成的七段显示数码管。

（1）七段显示数码管的原理

发光二极管是一种半导体显示器件，其基本结构是由磷化镓、砷化镓或磷砷化镓等材料构成的 PN 结。当 PN 结外加正向电压时，P 区的多数载流子——空穴向 N 区扩散，N 区的多数载流子——电子向 P 区扩散，在扩散过程中电子和空穴复合时会释放能量，并发出一定波长的可见光。

将七个发光二极管按一定的方式连接在一起，就构成了七段显示数码管，图 3-18（a）、（b）表示七段数字显示器利用不同发光段的组合显示 0～15 等阿拉伯数字。有些数码管还在其右下角处增设了一个小数点，形成了所谓的八段显示数码管。

七段显示数码管有共阴极和共阳极两种连接方式，如图 3-18（c）和 3-18（d）所示，其中 a～g 接显示译码器的译码输出端。注意，使用共阴极数码管时，译码器的输出端应为高电平有效；使用共阳极数码管时，译码器的输出端应为低电平有效。

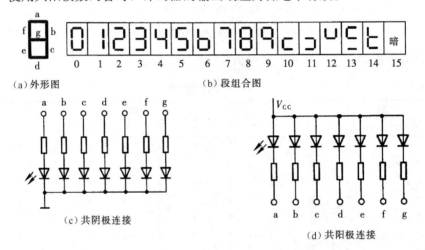

图 3-18　七段数字显示器发光段组合图和等效电路图

（2）七段显示译码器 7448

七段显示数码管的驱动信号 a～g 来自于七段显示译码器。一种能配合共阴极七段显示数码管（如 BS21A）工作的七段显示译码器/驱动器 7448 的逻辑符号及真值表分别如图 3-19 和表 3-15 所示。

表 3-15　　　　　　　　　　　　　　　七段显示译码器 7448 的真值表

N_10 数字	输 入						入/出	输 出							显示 字形
	$\overline{LT}$	$\overline{RBI}$	A_3	A_2	A_1	A_0	$\overline{BI}/\overline{RBO}$	a	b	c	d	e	f	g	
0	1	1	0	0	0	0	1	1	1	1	1	1	1	0	0
1	1	×	0	0	0	1	1	0	1	1	0	0	0	0	1
2	1	×	0	0	1	0	1	1	1	0	1	1	0	1	2
3	1	×	0	0	1	1	1	1	1	1	1	0	0	1	3
4	1	×	0	1	0	0	1	0	1	1	0	0	1	1	4
5	1	×	0	1	0	1	1	1	0	1	1	0	1	1	5
6	1	×	0	1	1	0	1	0	0	1	1	1	1	1	6

续表

N₁0 数字	输 入						入/出	输 出							显示 字形
	$\overline{LT}$	$\overline{RBI}$	A_3	A_2	A_1	A_0	$\overline{BI}/\overline{RBO}$	a	b	c	d	e	f	g	
7	1	×	0	1	1	1	1	1	1	1	0	0	0	0	⊓
8	1	×	1	0	0	0	1	1	1	1	1	1	1	1	8
9	1	×	1	0	0	1	1	1	1	1	0	0	1	1	9
10	1	×	1	0	1	0	1	0	0	0	1	1	0	1	⊏
11	1	×	1	0	1	1	1	0	0	1	1	0	0	1	⊃
12	1	×	1	1	0	0	1	0	1	0	0	0	1	1	∪
13	1	×	1	1	0	1	1	1	0	0	1	0	1	1	⊏
14	1	×	1	1	1	0	1	0	0	0	1	1	1	1	⊏
15	1	×	1	1	1	1	1	0	0	0	0	0	0	0	暗
灭灯	×	×	×	×	×	×	0	0	0	0	0	0	0	0	（灭）
灭0	1	0	0	0	0	0	0	0	0	0	0	0	0	0	（灭）
试灯	0	×	×	×	×	×	1	1	1	1	1	1	1	1	8

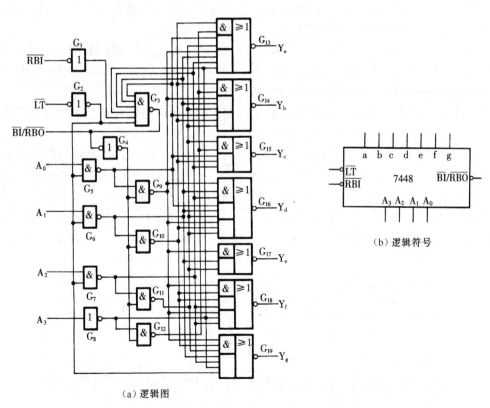

（a）逻辑图

（b）逻辑符号

图 3-19　7448 的逻辑图和逻辑符号

其中，A_3、A_2、A_1、A_0 为译码器的译码输入端，a～g 为译码器的译码输出端；$\overline{BI}/$

$\overline{\text{RBO}}$为译码器的灭灯输入/动态灭 0 输出端，$\overline{\text{RBI}}$为译码器的动态灭 0 输入端，$\overline{\text{LT}}$为译码器的试灯输入端，它们是为了便于使用而设置的控制端。

① 正常译码显示：从表 3-15 可见，只要$\overline{\text{LT}}$、$\overline{\text{RBI}}$和$\overline{\text{BI}}$输入均为高电平，7448 就可对译码输入为 0 的二进制码 0000 进行译码（表中第 1 行），并产生显示 0 所需的七段显示码。而只要$\overline{\text{LT}}$和$\overline{\text{BI}}$输入均为高电平，7448 就可对译码输入为十进制数 1～15 的二进制码 0001～1111 进行译码（表中第 2～16 行），并产生显示 1～15 所需的七段显示码（其中 10～14 用特殊符号显示，15 灭）。

② 灭灯输入 BI（Blanking Input）：从表 3-15 的倒数第 3 行可以看出，当$\overline{\text{BI}}$输入低电平时，不管其他输入端为何值，a～g 均输出低电平，数码管所有发光段都不亮，因此将$\overline{\text{BI}}$称为灭灯输入。不需要显示时，利用这一功能使数码管熄灭，可以降低显示系统的功耗。如果对$\overline{\text{BI}}$进行控制，则可以实现闪烁显示和联动显示。

③ 试灯输入$\overline{\text{LT}}$（Lamp Test Input）：从表 3-15 的最后一行可以看出，当$\overline{\text{BI}}$端输入高电平（不灭灯）时，如果$\overline{\text{LT}}$输入低电平，则输出 a～g 全部为高电平，数码管七段全亮。利用这一功能可以检测数码管七个发光段的好坏，因此将$\overline{\text{LT}}$称为试灯输入。

④ 动态灭 0 输入$\overline{\text{RBI}}$（Ripple Blanking Input）：从表 3-15 的倒数第 2 行可以看出，当$\overline{\text{LT}}$为高电平（不试灯）且$\overline{\text{BI}}/\overline{\text{RBO}}$不作为输入端使用（不外加输入信号）时，若$\overline{\text{RBI}}$输入为低电平且译码输入为 0 的二进制码 0000，译码器将产生全 0 输出，使数码管全灭，不显示 0 字型；而对于非 0 编码，$\overline{\text{BI}}/\overline{\text{RBO}}$不外加输入信号相当于接 1，译码器照常译码显示（见正常译码显示）。这称为动态灭 0，$\overline{\text{RBI}}$也因此称为动态灭 0 输入。动态灭 0 常用于输入数字为 0 而又不需要显示 0 的场合，例如整数前的 0 和小数末尾的 0。

⑤ 动态灭 0 输出$\overline{\text{RBO}}$（Ripple Blanking Output）：从表 3-15 的倒数第 2 行还可看出，当 7448 译码器译码输入为 0000 且灭 0 时，$\overline{\text{BI}}/\overline{\text{RBO}}$端作为动态灭 0 输出端$\overline{\text{RBO}}$使用，$\overline{\text{RBO}}$输出 0，用以指示该片 7448 正处于灭 0 状态。

将$\overline{\text{RBI}}$和$\overline{\text{RBO}}$配合使用，可以实现多位十进制数码显示器整数前和小数后灭 0 控制，如图 3-20 所示。图中 7448 的$\overline{\text{RBI}}$端接法如下：整数部分除最高位接 0（灭 0）、最低位接 1（不灭 0）外，其余各位均接受高位的$\overline{\text{RBO}}$输出信号，进行灭 0 控制；小数部分除最高位接 1（不灭 0）、最低位接 0（灭 0）外，其余各位均接受低位的$\overline{\text{RBO}}$输出信号，进行灭 0 控制。这样，整数部分只有在高位是 0 而且被熄灭时，低位才有灭 0 输入信号；小数部分只有在低位是 0 而且被熄灭时，高位才有灭 0 输入信号，从而实现了多位十进制数码显示器整数前和小数后的灭 0 控制（小数点前后第 1 位均不需要灭 0，即允许显示 0.0）。例如，8 位输入数为 0089.0600，显示系统显示数字为 89.06，完全符合数字的书写习惯。

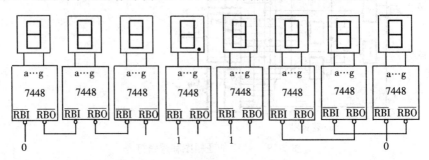

图 3-20　具有灭 0 控制功能的八位数码显示系统

用 7448 可以直接驱动共阴极的半导体数码管。如果数码管所需电流大于 2mA，可采用图 3-21 连接方法。只需适当选择 R 值，即可满足驱动要求。

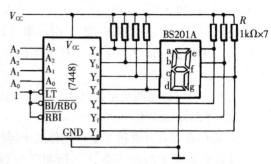

4. 译码器的扩展与应用

（1）译码器的扩展

利用译码器的使能端，可以对译码器的规模进行扩展。例如 3 线—8 线译码器 74LS138 有 3 个使能输入端，其中 S_1 是高电平使能，$\overline{S_2}$ 和 $\overline{S_3}$ 是低电平使能。合理使用这些使能输入端，不附加任何电路即可扩展其译码功能，构成 4

图 3-21　用 7448 驱动 BS201 的连接方法

线—16 线译码器、5 线—32 线译码器、6 线—64 线译码器，甚至更多线的译码器。

［例 3-9］ 试用两片 3 线—8 线译码器 74LS138 组成 4 线—16 线译码器，将输入的 4 位二进制代码 $D_3D_2D_1D_0$ 译成 16 个独立的低电平信号 $\overline{Z_0} \sim \overline{Z_{15}}$。

解： 由图 3-16 可见，74LS138 仅有 3 个地址输入端 A_2、A_1、A_0。如果想对 4 位二进制代码译码，则需利用一个附加控制端（S_1、$\overline{S_2}$、$\overline{S_3}$ 当中的一个）作为第 4 个地址输入端。

将第（1）片 74LS138 的 $\overline{S_2}$ 和 $\overline{S_3}$ 作为它的第 4 个地址输入端（同时令 $S_1=1$），取第（2）片的 S_1 作为它的第 4 个地址输入端（同时令 $\overline{S_2}=\overline{S_3}=0$），取两片的 $A_2=D_2$、$A_1=D_1$、$A_0=D_0$，并将第（1）片的 $\overline{S_2}$ 和 $\overline{S_3}$ 接 $\overline{D_3}$，将第（2）片的 S_1 接 D_3，如图 3-22 所示，于是得到两片 74LS138 的输出分别为

$$\left.\begin{aligned}
\overline{Z_0} &= \overline{\overline{D_3}\,\overline{D_2}\,\overline{D_1}\,\overline{D_0}} \\
\overline{Z_1} &= \overline{\overline{D_3}\,\overline{D_2}\,\overline{D_1}\,D_0} \\
&\vdots \\
\overline{Z_7} &= \overline{\overline{D_3}\,D_2\,D_1\,D_0}
\end{aligned}\right\} \tag{3-18}$$

$$\left.\begin{aligned}
\overline{Z_8} &= \overline{D_3\,\overline{D_2}\,\overline{D_1}\,\overline{D_0}} \\
\overline{Z_9} &= \overline{D_3\,\overline{D_2}\,\overline{D_1}\,D_0} \\
&\vdots \\
\overline{Z_{15}} &= \overline{D_3\,D_2\,D_1\,D_0}
\end{aligned}\right\} \tag{3-19}$$

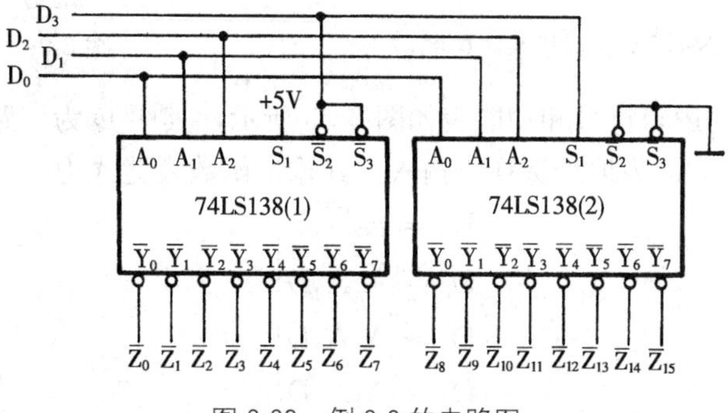

图 3-22　例 3-9 的电路图

式（3-18）表明，当 $D_3 = 0$ 时，第（1）片 74LS138 工作而第（2）片 74LS138 禁止，将 $D_3 D_2 D_1 D_0$ 的 0000～0111 这 8 个代码译成 $\overline{Z}_0 \sim \overline{Z}_7$ 8 个低电平信号。式（3-19）表明，当 $D_3 = 1$ 时，第（2）片 74LS138 工作，第（1）片 74LS138 禁止，将 $D_3 D_2 D_1 D_0$ 的 1000～1111 这 8 个代码译成 $\overline{Z}_8 \sim \overline{Z}_{15}$ 8 个低电平信号。这样就用两个 3 线—8 线译码器扩展成为一个 4 线—16 线的译码器。

同理，也可以用两个带控制端的 4 线—16 线译码器接成一个 5 线—32 线译码器。

（2）译码器的应用

① 译码器可在计算机系统中用作地址译码器

计算机系统中的众多器件（例如寄存器、存储器）和外设（例如键盘、显示器、打印机等）接口都通过统一的地址总线（Address Bus，AB）、数据总线（Data Bus，DB）和控制总线（Control Bus，CB）与 CPU 相连，如图 3-23 所示。其中，$\overline{RD}$、$\overline{WR}$ 分别为 CPU 的读、写控制输出信号，$\overline{OE}$、$\overline{WR}$ 分别为器件的读、写控制输入信号，CS 为器件的片选输入信号，均为低电平有效。当 CPU 需要与某一器件（或设备）传送数据时，总是首先将该器件（或设备）的地址码送往地址总线，经译码器对地址译码后，选中需要的器件（或设备），然后才在 CPU 与选中的器件（或设备）之间传送数据。未被选中的器件（或设备）尽管物理上也与 CPU 相连，但由于未被选中，一般处于高阻状态，不会与 CPU 传送数据。存储器内部的单元寻址也是由片内的地址译码器完成的，n 位地址线可以寻址 2^n 个存储单元。

② 可用译码器实现数据分配器

数据分配器（Demultiplexer/Data Distributor）又称多路分配器（DEMUX），是将一路输入数据分配给多路数据输出中的某一路输出的一种组合逻辑电路。它的作用相当于多个输出的单刀多掷开关。其示意图如图 3-24 所示。

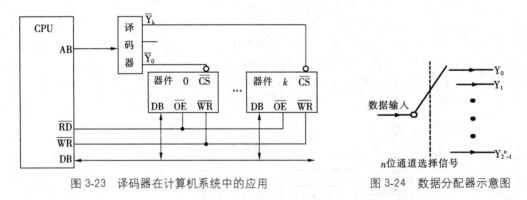

图 3-23　译码器在计算机系统中的应用　　　　图 3-24　数据分配器示意图

四路数据分配器的逻辑符号和功能表如图 3-25 所示，其中 D 为一路数据输入，$D_0 \sim D_3$ 为四路数据输出，A_1、A_0 为地址选择码输入。其输出函数表达式为

$$\left.\begin{aligned}
D_0 &= \overline{A}_1 \overline{A}_0 D \\
D_1 &= \overline{A}_1 A_0 D \\
D_2 &= A_1 \overline{A}_0 D \\
D_3 &= A_1 A_0 D
\end{aligned}\right\} \tag{3-20}$$

从数据分配器的功能表和输出表达式容易看出，数据分配器和译码器非常相似。将译码

器进行适当连接，就可以实现数据分配器的功能。正因为如此，市场上只有译码器产品而没有数据分配器产品。当需要数据分配器时，可以用译码器改接而成。

用 74LS138 译码器实现四路数据分配器的电路连接如图 3-26 所示，功能表如表 3-16 所示。译码器一直处于工作状态（也可受使能信号控制），数据输入 D 接译码器的译码输入端的最高位 A，且 $S_1=1$、$\overline{S}_2=\overline{S}_3=0$，地址选择码 A_1、A_0 接译码器的译码输入端的低两位 A_1、A_0。数据分配器的输出端可以根据数据分配器的定义从表 3-16 中确定。例如，当 $A_1A_0=10$ 时，四路数据分配器中 $D_2=D$。观察表 3-16 可知，$A_1A_0=10$ 时 $\overline{Y}_2$ 与 D 一致，$\overline{Y}_6$ 与 D 相反，因此 $\overline{Y}_2=D_2$、$\overline{Y}_6=\overline{D}_2$。

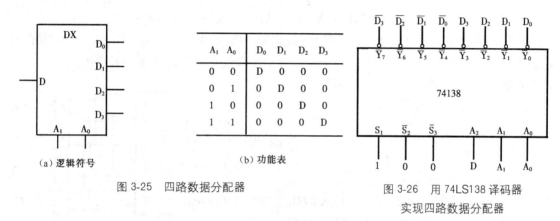

图 3-25　四路数据分配器

（a）逻辑符号　　　　（b）功能表

图 3-26　用 74LS138 译码器
实现四路数据分配器

表 3-16　　　　　　　　　　**74LS138 实现四路数据分配器**

A_2	A_1	A_0	$\overline{Y}_7$	$\overline{Y}_6$	$\overline{Y}_5$	$\overline{Y}_4$	$\overline{Y}_3$	$\overline{Y}_2$	$\overline{Y}_1$	$\overline{Y}_0$
（D	A_1	A_0）	（$\overline{D}_3$	$\overline{D}_2$	$\overline{D}_1$	$\overline{D}_0$	D_3	D_2	D_1	D_0）
0	0	0	1	1	1	1	1	1	1	0
0	0	1	1	1	1	1	1	1	0	1
0	1	0	1	1	1	1	1	0	1	1
0	1	1	1	1	1	1	0	1	1	1
1	0	0	1	1	1	0	1	1	1	1
1	0	1	1	1	0	1	1	1	1	1
1	1	0	1	0	1	1	1	1	1	1
1	1	1	0	1	1	1	1	1	1	1

③ 用译码器设计组合逻辑电路

由图 3-16 和式（3-16）可知，当控制端 $S=1$ 时，若将 A_2、A_1、A_0 作为 3 个输入逻辑变量，则 8 个输出端给出的就是这 3 个输入变量的全部最小项 $\overline{m}_0 \sim \overline{m}_7$，利用附加的门电路将这些最小项适当地组合起来，便可产生任何形式的三变量组合逻辑函数。

同理，由于 n 位二进制译码器的输出给出了 n 变量的全部最小项，因而用 n 变量二进制译码器和或门（当译码器的输出为原函数 $\overline{m}_0 \sim \overline{m}_{2^n}$ 时）或者与非门（当译码器的输出为反函数 $\overline{m}_0 \sim \overline{m}_{2^n}$ 时）定能获得任何形式输入变量数不大于 n 的组合逻辑函数。

[例 3-10]　试利用 3 线—8 线译码器 74LS138 设计一个多输出的组合逻辑电路。输出的逻辑函数式为

$$Z_1 = A\overline{C} + \overline{A}BC + A\overline{B}C$$
$$Z_2 = BC + \overline{A}\,\overline{B}C$$
$$Z_3 = \overline{A}B + A\overline{B}C$$
$$Z_4 = \overline{A}B\overline{C} + \overline{B}\,\overline{C} + ABC$$

(3-21)

解： 首先将式（3-21）给定的逻辑函数化为最小项之和的形式，得到

$$Z_1 = AB\overline{C} + A\overline{B}\,\overline{C} + \overline{A}BC + A\overline{B}C = m_3 + m_4 + m_5 + m_6$$
$$Z_2 = ABC + \overline{A}BC + \overline{A}\,\overline{B}C = m_1 + m_3 + m_7$$
$$Z_3 = \overline{A}BC + \overline{A}B\overline{C} + A\overline{B}C = m_2 + m_3 + m_5$$
$$Z_4 = \overline{A}B\overline{C} + A\overline{B}\,\overline{C} + \overline{A}\,\overline{B}\,\overline{C} + ABC = m_0 + m_2 + m_4 + m_7$$

(3-22)

由图 3-16 和式（3-16）可知，只要令 74LS138 的输入 $A_2 = A$、$A_1 = B$、$A_0 = C$，则它的输出 $\overline{Y}_0 \sim \overline{Y}_7$ 就是式（3-22）中的 $\overline{m}_0 \sim \overline{m}_7$。由于这些最小项是以反函数形式给出的，所以还需要把 $Z_1 \sim Z_4$ 变换为 $\overline{m}_0 \sim \overline{m}_7$ 的函数式：

$$Z_1 = \overline{\overline{m}_3 \cdot \overline{m}_4 \cdot \overline{m}_5 \cdot \overline{m}_6}$$
$$Z_2 = \overline{\overline{m}_1 \cdot \overline{m}_3 \cdot \overline{m}_7}$$
$$Z_3 = \overline{\overline{m}_2 \cdot \overline{m}_3 \cdot \overline{m}_5}$$
$$Z_4 = \overline{\overline{m}_0 \cdot \overline{m}_2 \cdot \overline{m}_4 \cdot \overline{m}_7}$$

(3-23)

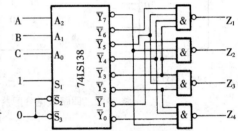

图 3-27　例 3-10 的电路

式（3-23）表明，只需在 74LS138 的输出端附加 4 个与非门，即可得到 $Z_1 \sim Z_4$ 的逻辑电路。电路的接法如图 3-27 所示。

如果译码器的输出为原函数形式（$m_0 \sim m_7$），则只要把图 3-27 中的与非门换成或门就行了。

3.4.3　数据选择器

1. 数据选择器的逻辑功能

数据选择器（Multiplexer/Data Selector，简称 MUX），是一种能从多路输入数据中选择一路数据输出的组合逻辑电路，它的作用相当于多个输入的单刀多掷开关，其示意图如图 3-28 所示。

目前常用的数据选择器有 2 选 1、4 选 1、8 选 1 和 16 选 1 等多种类型。

2 选 1 数据选择器的逻辑符号及真值表如图 3-29 所示，其中 D_1、D_0 是两路数据输入，A_0 为地址选择码输入，Y 为数据选择器的输出。从真值表可见，当 $A_0 = 0$ 时。选择 D_0 输出；当 $A_0 = 1$ 时，选择 D_1 输出。由此不难写出它的输出函数表达式为

$$Y = \overline{A}_0 D_0 + A_0 D_0$$

(3-24)

4 选 1 数据选择器的逻辑符号及真值表如图 3-30 所示，其中，D_0、D_1、D_2、D_3 是 4 路数据输入，A_1、A_0 为地址选择码输入，Y 为数据选择器的输出。将地址选择码转换为十进制数，就是要选择的一路数据 D 的序号下标。由此不难写出 4 选 1 的输出函数表达式为

$$Y = \overline{A}_1\overline{A}_0 D_0 + \overline{A}_1 A_0 D_1 + A_1\overline{A}_0 D_2 + A_1 A_0 D_3$$

(3-25)

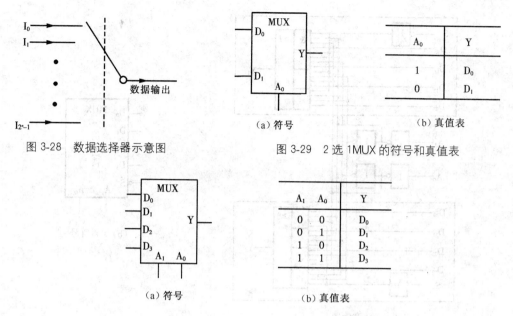

图 3-28 数据选择器示意图

图 3-29 2 选 1MUX 的符号和真值表

图 3-30 4 选 1MUX 的符号和真值表

2. 集成数据选择器

常用的集成数据选择器种类很多，有 4 位 2 选 1 集成块 74LS157、双 4 选 1 集成块 74LS153/74LS253、8 选 1 集成块 74LS151（74LS152）和 16 选 1 集成块 74LS150。下面只介绍 74LS153 和 74LS151。其他集成数据选择器可查阅集成电路手册。

（1）双 4 选 1 数据选择器 74LS153

双 4 选 1 数据选择器 74LS153 的逻辑图、逻辑符号如图 3-31 所示，真值表如表 3-17 所示（一片 74LS153 包含两个 4 选 1）。从图中可见，它和 4 选 1 的一般符号相比，多了一个选通使能端 $\overline{S}$。当 $\overline{S}=1$ 时，74LS153 不工作，输出 Y 为 0；当 $\overline{S}=0$ 时，74LS153 正常工作。因此

$$Y = [\overline{A}_1\overline{A}_0D_0 + \overline{A}_1A_0D_1 + A_1\overline{A}_1D_2 + A_1A_0D_3]S \tag{3-26}$$

表 3-17　　　　　　　　　　　　　　**74LS153 的真值表**

$\overline{S}$	A_1	A_0	Y
1	×	×	0
0	0	0	D_0
0	0	1	D_1
0	1	0	D_2
0	1	1	D_3

例如在图 3-31 上边一个电路中，当 $\overline{S}_1=0$、$A_1A_0=10$ 时，$Y_1=D_{12}$，故输入数据中的 D_{12} 被选中，并出现在输出端 Y_1。

（2）8 选 1 数据选择器 74LS151

8 选 1 数据选择器 74LS151 的逻辑图、逻辑符号如图 3-32 所示，真值表如表 3-18 所示。从图中可见，它有 8 个数据输入端 $D_7 \sim D_0$，3 个地址选择码输入端 A_2、A_1、A_0，一个低电平有效的选通使能端 $\overline{S}$。由于具有互补输出 Y 和 $\overline{Y}$，因此使用特别方便。

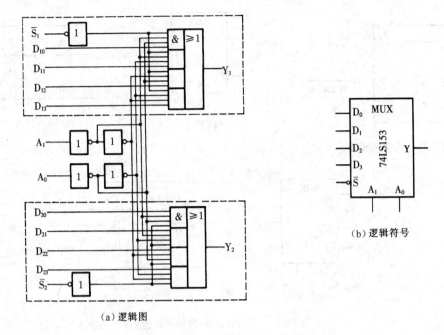

（a）逻辑图

图 3-31 74LS153 的逻辑图和逻辑符号

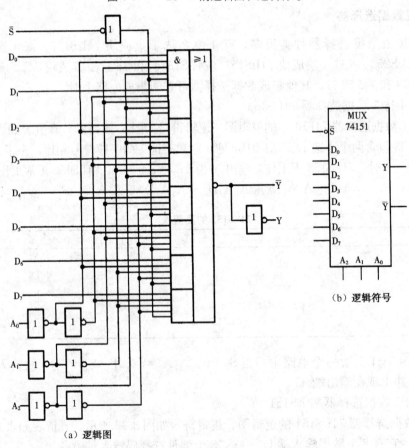

（a）逻辑图

图 3-32 74LS151 的逻辑图和逻辑符号

表 3-18 　　　　　　　　　　　　　**74LS151 的功能表**

| 输　　　　入 | | | | 输　　　出 | |
| 使　能 | 选　　　择 | | | | |
$\overline{S}$	A_2	A_1	A_0	Y	$\overline{Y}$
1	×	×	×	0	1
0	0	0	0	D_0	$\overline{D_0}$
0	0	0	1	D_1	$\overline{D_1}$
0	0	1	0	D_2	$\overline{D_2}$
0	0	1	1	D_3	$\overline{D_3}$
0	1	0	0	D_4	$\overline{D_4}$
0	1	0	1	D_5	$\overline{D_5}$
0	1	1	0	D_6	$\overline{D_6}$
0	1	1	1	D_7	$\overline{D_7}$

输出 Y 的表达式为

$$Y = \sum_{i=0}^{7} m_i D_i \tag{3-27}$$

式中 m_i 为 A_2、A_1、A_0 的最小项。

例如，当 $A_2 A_1 A_0 = 010$ 时，根据最小项性质，只有 m_2 为 1，其余各项为 0，故得 $Y = D_2$，只有 D_2 被传送到输出端。

3. 数据选择器的扩展与应用

(1) 数据选择器的扩展

在通用集成电路中，厂家生产的最大规模的数据选择器是 16 选 1。如果需要更大规模的数据选择器，必须进行通道扩展。

用两片 16 选 1 数据选择器和一片 2 选 1 数据选择器扩展成 32 选 1 的数据选择器电路如图 3-33 所示。由图中可见，当 $\overline{S} = 1$ 时，各片 MUX 都不工作，输出 Y 为 0。当 $\overline{S} = 0$ 时，各片 MUX 均工作。如果此时 $A_4 = 0$，则 $Y = Y_0$，根据 $A_3 \sim A_0$ 从 $D_{15} \sim D_0$ 中选择一路输出；如果此时 $A_4 = 1$，则 $Y = Y_1$，根据 $A_3 \sim A_0$ 从 $D_{31} \sim D_{16}$ 中选择一路输出。因此，该电路实现了 32 选 1 的功能。

(2) 数据选择器的应用

① 用数据选择器设计组合逻辑电路

用具有 n 位地址输入的数据选择器，可以产生任何形式输入变量数不大于 $n+1$ 的组合逻辑函数。

［例 3-11］ 用 4 选 1 数据选择器实现逻辑函数 $F = A\overline{B}C + \overline{A}C + A\overline{C}D$。

解： 观察函数 $F = A\overline{B}C + \overline{A}C + A\overline{C}D$ 可以看出，F 的各个与项均包含变量 A、C，因此，用 A、C 作地址选择码是合适的，将 F 作如下变形

$$
\begin{aligned}
F &= A\overline{B}C + \overline{A}C + A\overline{C}D \\
&= \overline{A}C + A\overline{C}D + AC\overline{B} \\
&= \overline{A}\,\overline{C} \cdot 0 + \overline{A}C \cdot 1 + A\overline{C}D + AC \cdot \overline{B}
\end{aligned}
\tag{3-28}
$$

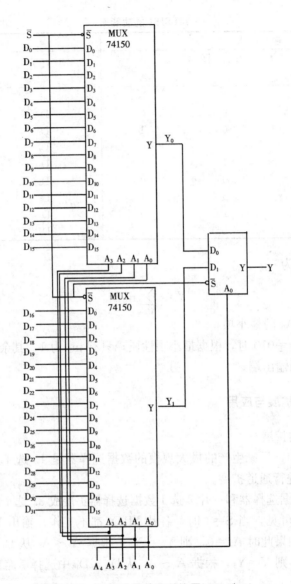

图 3-33 数据选择器的通道扩展（32 选 1）

将式（3-28）与 4 选 1 的逻辑表达式（3-25）进行比较可见，地址选择码 $A_1 A_0 = AC$，数据输入分别为 $D_0 = 0$、$D_1 = 1$、$D_2 = D$、$D_3 = \overline{B}$，由此画出实现电路如图 3-34 所示。

[例 3-12] 试用 8 选 1 数据选择器 74LS152 产生 3 变量逻辑函数

$$Z = \overline{A}\,\overline{B}\,\overline{C} + AC + \overline{A}\,BC \tag{3-29}$$

解：8 选 1 数据选择器有 3 位地址输入（$n=3$）、8 个数据输入端。它能产生任何形式的 4 变量以下的逻辑函数，所以能产生式（3-29）的 3 变量逻辑函数。

74LS152 的逻辑图如图 3-35 虚线框内部分所示，74LS152 输出 $\overline{Y}$ 的函数式为

$$\overline{Y} = \overline{(\overline{A_2}\,\overline{A_1}\,\overline{A_0})D_0 + (\overline{A_2}\,\overline{A_1}A_0)D_1 + (\overline{A_2}A_1\overline{A_0})D_2 + (\overline{A_2}A_1A_0)D_3}$$
$$\overline{+ (A_2\overline{A_1}\,\overline{A_0})D_4 + (A_2\overline{A_1}A_0)D_5 + (A_2A_1\overline{A_0})D_6 + (A_2A_1A_0)D_7} \tag{3-30}$$

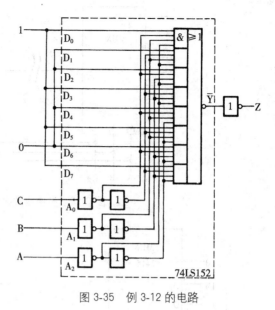

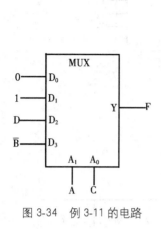

图 3-34 例 3-11 的电路

图 3-35 例 3-12 的电路

将式（3—29）化成与式（3—30）对应的形式得到

$$\overline{Z} = \overline{\overline{A}\,\overline{B}\,\overline{C} + AC + \overline{A}BC}$$

$$= \overline{(\overline{A}\,\overline{B}\,\overline{C}) \cdot 1 + (\overline{A}\,\overline{B}C) \cdot 0 + (\overline{A}\,B\,\overline{C}) \cdot 0 + (\overline{A}BC) \cdot 1}$$

$$\overline{+ (A\,\overline{B}\,\overline{C}) \cdot 0 + (A\,\overline{B}C) \cdot 1 + (A\,B\,\overline{C}) \cdot 0 + (ABC) \cdot 1} \qquad (3\text{-}31)$$

将以上两式（3-30）、（3-31）对照一下可知，只要令数据选择器的输入为

$$A_2 = A$$
$$A_1 = B$$
$$A_0 = C$$
$$D_0 = D_3 = D_5 = D_7 = 1$$
$$D_1 = D_2 = D_4 = D_6 = 0$$

则数据选择器的输出就是 $\overline{Z}$，经反相器后即得所需要的逻辑函数 Z。电路接法如图 3-35 所示。

② 用作多路数字开关

数据选择器本身的功能就是根据地址选择码从多路输入数据中选择一路输出。因此，数据选择器可用作多路数字开关，实现路由选择。与数据分配器结合使用，可以实现时分多路数据通信。例如，发送端由 MUX 将各路数据分时送到公共传输线上，接收端再由分配器将公共传输线上的数据适时分配到相应的输出端，而两者的地址输入都是同步控制的，其示意图如图 3-36 所示。

③ 实现数据并/串转换

利用数据选择器和计数器，可以将并行输入数据转换为串行数据输出。图 3-37 就是一个可将 8 位二进制并行数据转换为串行数据的电路。八进制计数器周而复始地产生 000～111 三位地址码输出，使数据选择器能够依次地选择 $D_0 \sim D_7$ 输出。

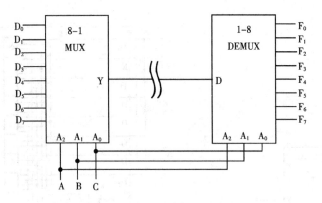

图 3-36　多通道数据分时传送

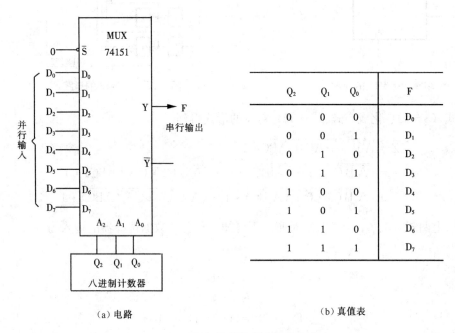

（a）电路　　　　　　　　　　　（b）真值表

图 3-37　8 位并/串联转换电路和真值表

3.4.4　加法器

加法器（Adder）是一种算术运算电路，其基本功能是实现两个二进制数的加法运算。计算机 CPU 中的运算器，本质上就是一种既能完成算术运算又能完成逻辑运算的单元电路，简称算术逻辑单元（Arithmetic Logical Unit，ALU），其原理与这里介绍的加法器完全相同。

1. 半加器

不考虑低位来的进位，只对两个 1 位二进制数相加的运算称为半加。实现半加运算的电路叫做半加器（Half Adder），简称 HA。

根据半加器的逻辑功能可以列出半加器的真值表，如表 3-19 所示。其中 A、B 是两个加数，

表 3-19		半加器真值表	
被加数 A	加数 B	和数 S	进位数 C
0	0	0	0
0	1	1	0
1	0	1	0
1	1	0	1

S 是相加的和，C 是向高位的进位。

由表 3-19 可得半加器的输出逻辑函数表达式为

$$S = \overline{A}B + A\overline{B} = A \oplus B$$
$$C = AB$$

(3-32)

可见，半加器是由一个异或门和一个与门组成，如图 3-38 所示。

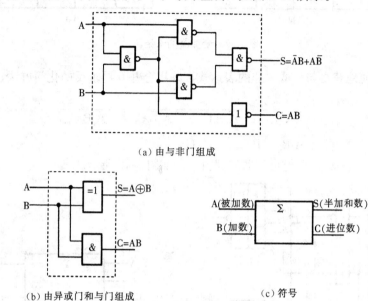

（a）由与非门组成

（b）由异或门和与门组成

（c）符号

图 3-38 半加器

2. 全加器

全加器能进行加数、被加数和低位来的进位信号相加，并根据求和结果给出该位的进位信号。实现全加运算功能的逻辑部件叫做全加器（Full Adder），简称 FA。在多位数加法运算时，除最低位外，其他各位都需要考虑低位送来的进位。

根据全加器的功能，可列出它的真值表，如表 3-20 所示。其中 A_i 和 B_i 分别是被加数及加数，C_{i-1} 为相邻低位来的进位数，S_i 为本位和数（称为全加和），C_i 为向相邻高位的进位数。

表 3-20　　　　　　　　　　　　　　　　　全加器真值表

A_i	B_i	C_{i-1}	S_i	C_i
0	0	0	0	0
0	0	1	1	0
0	1	0	1	0
0	1	1	0	1
1	0	0	1	0
1	0	1	0	1
1	1	0	0	1
1	1	1	1	1

为了求出 S_i 和 C_i 的逻辑表达式，首先分别画出 S_i 和 C_i 的卡诺图，如图 3-39 所示。

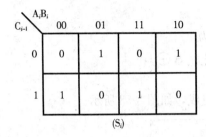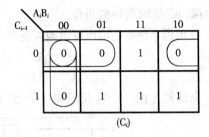

图 3-39　全加器的卡诺图

为了比较方便地获得与—或—非的表达式，采用合并 0 再求反的化简方法，则全加器的表达式

$$S_i = \overline{\overline{A_i}\overline{B_i}\overline{C_{i-1}} + \overline{A_i}B_iC_{i-1} + A_i\overline{B_i}C_{i-1} + A_iB_i\overline{C_{i-1}}} \tag{3-33}$$

$$C_i = \overline{\overline{A_i}\overline{B_i} + \overline{B_i}\overline{C_{i-1}} + \overline{A_i}\overline{C_{i-1}}} \tag{3-34}$$

由式（3-33）、（3-34）可得全加器的逻辑图，如图 3-40 所示。

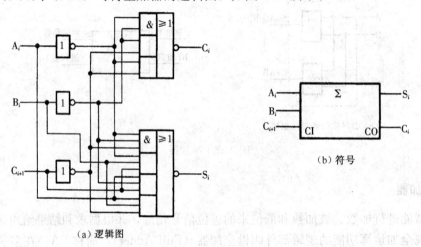

（a）逻辑图　　　　　　　　　　　（b）符号

图 3-40　全加器

3. 多位加法器

（1）串行进位加法器

两个多位数相加时，每一位都是带进位相加的。例如，有两个 4 位二进制数 $A_3A_2A_1A_0$ 和 $B_3B_2B_1B_0$ 相加，可以采用两片内含两个全加器或一片内含 4 个全加器的集成电路组成，其原理如图 3-41 所示。由图可以看出，每 1 位的进位信号送给下 1 位作为输入信号，因此，任 1 位的加法运算必须在低 1 位的运算完成之后才能进行，这种进位方式称为串行进位。这种加法器的逻辑电路比较简单，但它的运算速度不高。

（2）超前进位加法器

由于串行进位加法器的速度受到进位信号的限制，可采用超前进位加法器。74LS283 是一种典型的 MSI4 位超前进位加法器，其逻辑图和逻辑符号如图 3-42 所示。

下面先介绍超前进位的概念，再介绍集成加法器的逻辑功能。

① 超前进位的概念

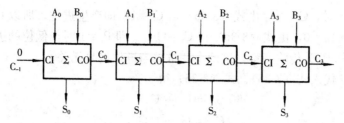

图 3-41 4 位串行进位加法器

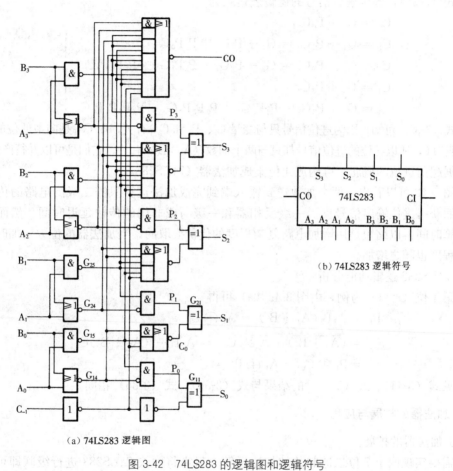

（a）74LS283 逻辑图

（b）74LS283 逻辑符号

图 3-42 74LS283 的逻辑图和逻辑符号

由表 3-20 得 S_i 和 C_i 的表达式为

$$S_i = \overline{A_i}\,\overline{B_i}C_{i-1} + \overline{A_i}B_i\overline{C_{i-1}} + A_i\overline{B_i}\,\overline{C_{i-1}} + A_iB_iC_{i-1}$$

$$= \overline{(A_i \oplus B_i)}C_{i-1} + (A_i \oplus B_i)\overline{C_{i-1}} = A_i \oplus B_i \oplus C_{i-1} \tag{3-35}$$

$$C_i = \overline{A_i}B_iC_{i-1} + A_i\overline{B_i}C_{i-1} + A_iB_i\overline{C_{i-1}} + A_iB_iC_{i-1}$$

$$= A_iB_i + (A_i \oplus B_i)C_{i-1} \tag{3-36}$$

（或 $C_i = \overline{A_i}B_iC_{i-1} + A_i\overline{B_i}C_{i-1} + A_iB_i\overline{C_{i-1}} + A_iB_iC_{i-1} = A_iB_i + (A_i + B_i)C_{i-1}$ ）

令

$$\left. \begin{array}{l} G_i = A_iB_i \\ P_i = A_i \oplus B_i\,(\text{或 } P_i = A_i + B_i) \end{array} \right\} \tag{3-37}$$

当 $A_i=B_i=1$ 时，$G_i=1$，由式（3-36）得 $C_i=1$，即产生进位，所以 G_i 称为产生变量。若 $P_i=1$，则 $A_i \cdot B_i=0$，由式（3-36）得 $C_i=C_{i-1}$，即 $P_i=1$ 时，低位的进位能传送到高位的进位输出端，称 P_i 为传输变量。这两个变量都与进位信号无关。

将式（3-37）代入式（3-35）、式（3-36）得

$$\left.\begin{array}{l} S_i = P_i \oplus C_{i-1} \\ C_i = G_i + P_i C_{i-1} \end{array}\right\} \tag{3-38}$$

由式（3-38），各位进位信号的逻辑表达式为

$$\left.\begin{array}{l} C_0 = G_0 + P_0 C_{-1} \\ C_1 = G_1 + P_1 C_0 = G_1 + P_1 G_0 + P_1 P_0 C_{-1} \\ C_2 = G_2 + P_2 C_1 = G_2 + P_2 G_1 + P_2 P_1 G_0 + P_2 P_1 P_0 C_{-1} \\ C_3 = G_3 + P_3 C_2 \\ \quad = G_3 + P_3 G_2 + P_3 P_2 G_1 + P_3 P_2 P_1 G_0 + P_3 P_2 P_1 P_0 C_{-1} \end{array}\right\} \tag{3-39}$$

由式（3-39）可知，因为进位信号只与变量 G_i、P_i 和 C_{-1} 有关，而 C_{-1} 是向最低位的进位信号，其值为 0，所以各位的进位信号都只与两个加数（A_i、B_i）有关，它们是可以并行产生的。

根据超前进位的概念，可构成 4 位集成加法器（74LS283）。

从图 3-42 可以看出，两个加数送到输入端到完成加法运算只需二级门电路的传输延迟时间，而获得进位输出信号仅需一级反相器和一级与或非门的传输延迟时间。然而必须指出，运算时间得以缩短是用增加电路复杂程度的代价换取的。当加法器的位数增加时，电路的复杂程度也随之增加。

② 74LS283 逻辑功能分析

以第 1 位（$i=1$）为例，由图 3-42（a）可得

$$P_1 = \overline{A_1 B_1}(A_1 + B_1) = A_1 \oplus B_1 \tag{3-40}$$

$$C_0 = \overline{\overline{(A_0 + B_0)} + \overline{A_0 B_0} \ \overline{C_{-1}}} = A_0 B_0 + (A_0 + B_0) C_{-1} \tag{3-41}$$

$$S_1 = P_1 \oplus C_0 = A_1 \oplus B_1 \oplus C_0 \tag{3-42}$$

可见式（3-41）、式（3-42）的结果与式（3-36）、式（3-35）相同。

4. 加法器的扩展与应用

（1）加法器的扩展

如需要实现两个 7 位二进制数的加法运算，只需将两快 74LS283 进行级联即可，其逻辑图如图 3-43 所示。

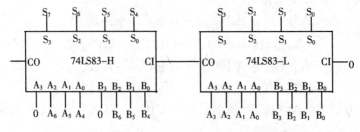

图 3-43　7 位二进制数加法器

注：连接成 7 位加法运算时，须将高位集成块的多余输出端 A_3、B_3 接 0，低位集成块

的 CI 端接 0。

（2）加法器的应用

[**例 3-13**]　用 74LS283 将 BCD 码的 8421 码转换成余 3 码。

解：以 8421 码为输入、余 3 码为输出，可列出代码转换电路的逻辑真值表，如表 3-21 所示。

仔细观察一下表 3-21 不难发现，$Y_3 Y_2 Y_1 Y_0$ 和 DCBA 所代表的二进制数始终相差 0011，即十进制数的 3。故可得

$$Y_3 Y_2 Y_1 Y_0 = DCBA + 0011 \tag{3-43}$$

其实这也正是余 3 代码的特征。根据式（3-43），用一片 4 位加法器 74LS283 便可接成要求的代码转换电路，如图 3-44 所示。

表 3-21　　　　例 3-13 的真值表

输		入		输		出	
D	C	B	A	Y_3	Y_2	Y_1	Y_0
0	0	0	0	0	0	1	1
0	0	0	1	0	1	0	0
0	0	1	0	0	1	0	1
0	0	1	1	0	1	1	0
0	1	0	0	0	1	1	1
0	1	0	1	1	0	0	0
0	1	1	0	1	0	0	1
0	1	1	1	1	0	1	0
1	0	0	0	1	0	1	1
1	0	0	1	1	1	0	0

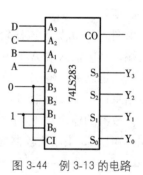

图 3-44　例 3-13 的电路

3.4.5　数值比较器

数值比较器（Compartor）是对两个位数相同的无符号二进制数进行数值比较并判定大小关系的算术运算电路。与加法器有半加器和全加器一样，比较器也有半比较器（Half Comparator）和全比较器（Full Comparator）之分。所谓半比较器，是指只能对两个 1 位二进制数进行比较而不考虑低位比较结果的一类比较器。所谓全比较器，是指不仅能对两个 1 位二进制数进行比较，而且考虑低位比较结果的一类比较器。

1. 1 位数值比较器

1 位数比较器是多位比较器的基础。当 A 和 B 都是 1 位数时，它们只能取 0 或取 1 两种值。这时有 3 种可能：

（1）A＞B（即 A＝1、B＝0），则 A $\overline{B}$＝1。故可以用 A $\overline{B}$ 作为 A＞B 的输出信号 $F_{A>B}$。

（2）A＜B（即 A＝0、B＝1），则 $\overline{A}$B＝1，故可以用 $\overline{A}$B 作为 A＜B 的输出信号 $F_{A<B}$。

（3）A＝B，则 A⊙B＝1，故可以用 A⊙B 作为 A＝B 的输出信号 $F_{A=B}$。

由此可写出 1 位数值比较器的真值表，如表 3-22 所示。

表 3-22   **1 位数值比较器真值表**

输 入		输 出		
A	B	$F_{A>B}$	$F_{A<B}$	$F_{A=B}$
0	0	0	0	1
0	1	0	1	0
1	0	1	0	0
1	1	0	0	1

由表 3-22 可得如下逻辑式

$$
\begin{aligned}
F_{A>B} &= A\overline{B} \\
F_{A=B} &= \overline{A}\,\overline{B} + AB = A \odot B \\
F_{A<B} &= \overline{A}B
\end{aligned}
\right\}
\qquad (3\text{-}44)
$$

由逻辑关系式（3-44）可画出 1 位数值比较器的逻辑电路图，如图 3-45 所示。

2. MSI 4 位二进制比较器 74LS85

74LS85 集成比较器的逻辑图、逻辑符号如图 3-46所示。

由图 3-46 可见，该比较器有 11 个输入端，3 个输出端，其中输入端 $A_3 \sim A_0$、$B_3 \sim B_0$ 接两个待比较的 4 位二进制数；输出端 $F_{A>B}$、$F_{A=B}$、$F_{A<B}$ 是 3 个

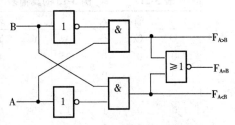

图 3-45　1 位数值比较器的逻辑图

比较结果；$I_{A>B}$、$I_{A=B}$、$I_{A<B}$ 是 3 个级联输入端，当扩大待比较的二进制数的位数时，可将低位比较器的输出端 $F_{A>B}$、$F_{A=B}$、$F_{A<B}$ 分别接到高位比较器的 $I_{A>B}$、$I_{A=B}$、$I_{A<B}$ 3 个级联输入端。74LS85 集成比较器的功能表如表 3-23 所示。

表 3-23   **74LS85 的功能表**

比较器输入				级 联 输 入			输 出		
A_3, B_3	A_2, B_2	A_1, B_1	A_0, B_0	$I_{A>B}$	$I_{A<B}$	$I_{A=B}$	$F_{A>B}$	$F_{A<B}$	$F_{A=B}$
$A_3 > B_3$	×	×	×	×	×	×	1	0	0
$A_3 < B_3$	×	×	×	×	×	×	0	1	0
$A_3 = B_3$	$A_2 > B_2$	×	×	×	×	×	1	0	0
$A_3 = B_3$	$A_2 < B_2$	×	×	×	×	×	0	1	0
$A_3 = B_3$	$A_2 = B_2$	$A_1 > B_1$	×	×	×	×	1	0	0
$A_3 = B_3$	$A_2 = B_2$	$A_1 < B_1$	×	×	×	×	0	1	0
$A_3 = B_3$	$A_2 = B_2$	$A_1 = B_1$	$A_0 > B_0$	×	×	×	1	0	0
$A_3 = B_3$	$A_2 = B_2$	$A_1 = B_1$	$A_0 < B_0$	×	×	×	0	1	0
$A_3 = B_3$	$A_2 = B_2$	$A_1 = B_1$	$A_0 = B_0$	1	0	0	1	0	0
$A_3 = B_3$	$A_2 = B_2$	$A_1 = B_1$	$A_0 = B_0$	0	1	0	0	1	0
$A_3 = B_3$	$A_2 = B_2$	$A_1 = B_1$	$A_0 = B_0$	0	0	1	0	0	1

由表 3-23 可以看出：

输出 $F_{A>B}=1$（即 A 大于 B）的条件是：最高位 $A_3 > B_3$，或者最高位相等而次高位 $A_2 > B_2$，或者最高位和次高位均相等而次低位 $A_1 > B_1$，或者高 3 位相等而最低位 $A_0 > B_0$，或者 4 位均相等而低位比较器来的输入 $I_{A>B}=1$。

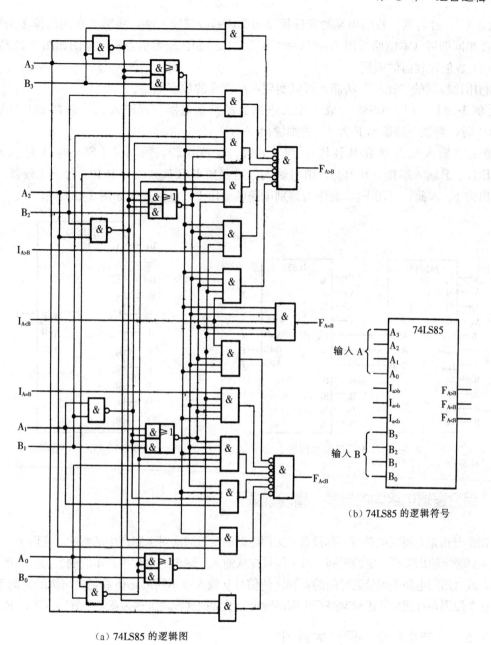

（a）74LS85 的逻辑图

（b）74LS85 的逻辑符号

图 3-46 74LS85 的逻辑电路和逻辑符号

输出 $F_{A=B}=1$ 的条件是：$A_3=B_3$，$A_2=B_2$，$A_1=B_1$，$A_0=B_0$，且级联输入 $I_{A=B}$ 端为 1。
输出 $F_{A<B}=1$ 的条件请读者自己分析。
若仅对 4 位数进行比较时，只需将级联入端 $I_{A>B}=I_{A<B}=0$，$I_{A=B}=1$ 即可完成。

3. 数值比较器的扩展与应用

（1）数值比较器的扩展
若用 2 块 74LS85 构成 7 位二进制比较器，则只需将第 1 块的级联输入端 $I_{A>B}=I_{A<B}=$

0、$I_{A=B}=1$，并将其比较输出端对应连接至第 2 块的级联输入端，将第 2 块的高位多余输入端连接相同即可（本电路采用 $A_3=B_3=0$）。7 位二进制比较器的逻辑电路图如图 3-47 所示。

（2）数值比较器的应用

利用比较器的"比较"功能，可以实现一些特殊的数字电路。

[例 3-14]　用 74LS85 构成 4 位二进制数的判别电路。当输入二进制数 $B_3B_2B_1B_0>$ (1010) 时，判别电路输出 F 为 1，否则输出 F 为 0。

解：将输入二进制数 $B_3B_2B_1B_0$ 与 (1001) 进行比较，可将 74LS85 的 A 输入端接 $B_3B_2B_1B_0$，B 输入端接 (1001)，则当输入二进制数 $B_3B_2B_1B_0>$ (1010) 时，比较器 $F_{A>B}$ 端输出为 1。因此，可用 $F_{A>B}$ 端作为判别电路的输出 F，电路连接如图 3-48 所示。

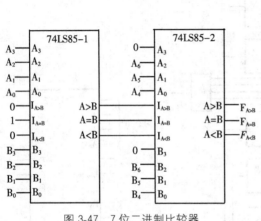

图 3-47　7 位二进制比较器

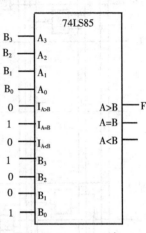

图 3-48　例 3-14 的电路

3.5　组合逻辑电路中的竞争—冒险现象

前面分析组合逻辑电路时，都没有考虑门电路的延迟时间对电路产生的影响。实际上，从信号输入到稳定输出需要一定的时间。由于信号在从输入到输出的过程中，不同的通路，门的级数不同，或者因门电路平均延迟时间的差异，使信号从输入经不同通路传输到输出级的时间不同。由于这个原因，可能会使逻辑电路产生错误输出。通常把这种现象称为竞争—冒险（Race Risk）。

3.5.1　产生竞争—冒险的原因

首先来分析图 3-49 所示电路的工作情况，以建立竞争—冒险的概念。在图 3-49 (a) 中，与门 G_2 的输入是 A 和 $\overline{A}$ 两个互补信号。由于 G_1 的延迟，$\overline{A}$ 的下降沿要滞后于 A 的上升沿，因此在很短的时间间隔内，G_2 的两个输入端都会出现高电平，致使它的输出出现一个高电平窄脉冲（按逻辑设计要求不应该出现的干扰脉冲），如图 3-49 (b) 所示。与门 G_2 的两个输入信号分别经由 G_1 端和 A 端两个路径在不同的时刻到达的现象，通常称为竞争，由此而产生输出干扰脉冲的现象称为冒险。

下面进一步分析组合逻辑电路产生竞争—冒险的原因。设有一个逻辑电路如图 3-50 (a) 所示，其工作波形如图 3-50 (b) 所示。它的输出逻辑表达式为 $Y=AC+B\overline{C}$。由此式可知，当 A 和 B 都为 1 时，Y＝1，与 C 的状态无关。但是，由图 3-50 （b）可以看出，在 C 由 1 变 0 时，$\overline{C}$ 由 0 变 1 有一延迟时间，在这个时间间隔内，G_2 和 G_3 的输出 AC 和 $B\overline{C}$ 同时为 0，从而使输出 Y 出现一负跳变的窄脉冲（Y 出现了 1—0—1 的变化），即冒险现象。这是产生竞争—冒险的原因之一（其他原因这里不作详述）。

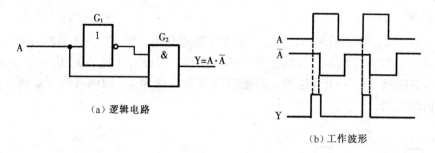

（a）逻辑电路 （b）工作波形

图 3-49 产生正跳变脉冲的竞争冒险

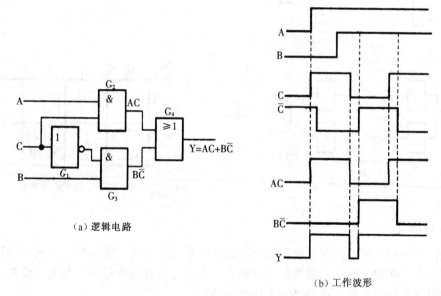

（a）逻辑电路 （b）工作波形

图 3-50 产生负跳变脉冲的竞争冒险

由以上分析可知，当电路中存在由反相器产生的互补信号，且在互补信号的状态发生变化时可能出现冒险现象。

3.5.2 竞争—冒险的判别方法

1. 代数法

如果输出端门电路的两个输入信号 A 和 $\overline{A}$ 是输入变量 A 经过两个不同的传输途径而来的，如图 3-51 所示，那么当输入变量 A 的状态发生突变时，输出端便有可能产生尖峰脉冲。因此，只要输出端的逻辑函数在一定条件下能简化成

$$Y = A + \overline{A}$$

$$Y = A \cdot \overline{A}$$

则可判定存在竞争—冒险。

如果图 3-51 电路的输出端是或非门、与非门，同样也存在竞争—冒险。这时的输出应能写成 $Y=\overline{A+\overline{A}}$ 或者 $Y=\overline{A \cdot \overline{A}}$ 的形式。

2. K 图法

如果两卡诺圈相切，而相切处又未被其他卡诺圈包围，则可能发生冒险现象。如某逻辑电路的卡诺图如图 3-52 所示，该图上两卡诺圈相切，当输入变量 ABC 由 111 变为 011 时，Y 从一个卡诺圈进入另一个卡诺圈，若把圈外函数值视为 0，则函数值可能按 1—0—1 变化，从而出现毛刺。

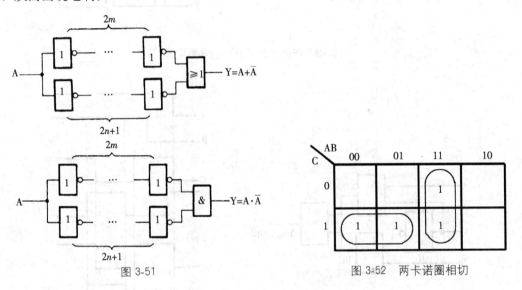

图 3-51   图 3-52　两卡诺圈相切

3. 实验法

两个以上的输入变量同时变化引起的功能冒险难以用上述方法判断。因而发现冒险现象最有效的方法是实验。利用示波器仔细观察在输入信号各种变化情况下的输出信号，发现毛刺则分析原因并加以消除，这是经常采用的办法。

3.5.3　冒险现象的消除

1. 电容滤波法

由于竞争冒险而产生的尖峰脉冲一般都很窄（多在几十纳秒以内），所以只要在输出端并接一个很小的滤波电容 C ，如图 3-53 所示，就足以把尖峰脉冲的幅度削弱至门电路的阈值电压以下。在 TTL 电路中，C 的数值通常在几十至几百皮法的范围内。

这种方法的优点是简单易行。但是，因输出门存在输出电阻，在输出端并联电容后，增加了输出电压波形的上升时间和下降时间，使波形变坏。

2. 加选通信号

加选通信号，避开毛刺。毛刺仅发生在输入信号变化的瞬间，因此在这段时间内先将门封住，待电路进入稳态后，再加选通脉冲选取输出结果。该方法简单易行，但选通信号的作用时间和极性等一定要合适。如图 3-54 所示的那样，在组合电路中的输出门的一个输入端，加入一个选通信号后，尽管可能有冒险发生，但是输出端却不会反映出来，因为当险象发生时，选通信号的低电平将输出门封锁了，有效地消除了竞争—冒险。

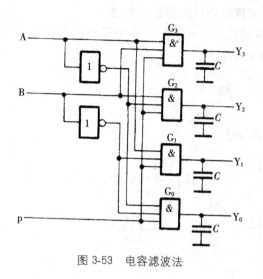

图 3-53　电容滤波法

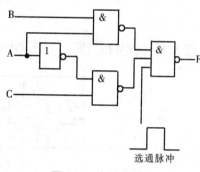

选通脉冲

图 3-54　加选通信号

3. 增加冗余项消除逻辑冒险

例如，对于图 3-52 所示的卡诺圈，在其 K 图上两卡诺圈相切处加一个卡诺圈，如图 3-55所示。其函数表达式为

$$Y = AB + \overline{A}C + BC \tag{3-45}$$

式（3-45）中增加了一个冗余项 BC，冗余项是简化函数时应舍弃的多余项，但为了电路工作可靠又需加上它。可见，最简化设计不一定都是最佳的。

以上 3 种方法各有特点。增加冗余项适用范围有限；加滤波电容是实验调试阶段常采取的应急措施；加选通脉冲则是行之有效的方法。目前许多 MSI 器件都备有使能（选通控制）端，为加选通信号消除毛刺提供了方便。

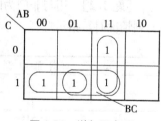

图 3-55　增加冗余项

小　结

1. 组合逻辑电路的特点是任何时刻的输出都由该时刻的输入信号确定。

2. 组合逻辑电路分析就是已知逻辑电路，确定其逻辑功能。分析步骤是：写出各输出端的逻辑表达式—化简和变换逻辑表达式—列出真值表—确定功能。

3. 组合逻辑电路设计就是已知组合电路功能，设计出具体电路。步骤是：逻辑抽象—列出真值表—写出逻辑函数表达式（或填写卡诺图）—逻辑化简和变换—画出逻辑图。

4. 常用的中规模组合逻辑器件包括编码器、译码器、数据选择器、数值比较器、加法器等。除了掌握这些组合逻辑器件的基本功能外，还要学会利用它们的使能端、控制端进行级联及功能扩展，从而在实践中方便、灵活地运用它们。

5. 在常用 MSI 组合逻辑器件中，加法器、译码器和数据选择器使用最为广泛。要求理解它们的逻辑功能，了解它们的应用领域，掌握它们的使用方法，尤其要掌握用加法器实现特殊代码转换的方法，用译码器和数据选择器实现组合逻辑函数的方法。

6. 竞争—冒险是组合逻辑电路中存在的客观现象，在实际工作中需要注意。要求了解竞争—冒险的概念、种类以及它们的识别和消除方法。

习　题

[题 3.1]　试分析图题 3.1 所示电路的逻辑功能。

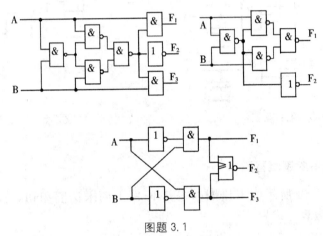

图题 3.1

[题 3.2]　用与非门为医院设计一个血型配对指示器，当供血和受血血型不符合表题 3.2 所列情况时，指示灯亮。

表题 3.2

供 血 血 型	受 血 血 型
A	A, AB
B	B, AB
AB	AB
O	A, B, AB, O

[题 3.3]　用与非门设计 4 变量的多数表决电路。当输入变量 A、B、C、D 有 3 个或 3 个以上为 1 时，输出为 1，输入为其他状态时输出为 0。

[题 3.4]　有一水箱由大、小两台水泵 M_L 和 M_S 供水，如图题 3.4 所示。水箱中设置了 3 个水位检测元件 A、B、C。水面低于检测元件时，检测元件给出高电平；水面高于检测元件时，检测元件给出低电平。现要求当水位超过 C 点时水泵停止工作；水位低于 C 点而高于 B 点时 M_S 单独工作；水位低于 B 点而高于 A 点时 M_L 单独

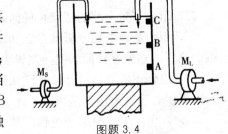

图题 3.4

工作；水位低于 A 点时 M_L 和 M_S 同时工作。试用门电路设计一个控制两台水泵的逻辑电路，要求电路尽量简单。

[题 3.5]　设计一个多输出的逻辑网络，它的输入是 8421BCD 码，它的输出定义为

(1) Y_1：检测到输入数字能被 4 整除。

(2) Y_2：检测到输入数字大于或等于 3。

(3) Y_3：检测到输入数字小于 7。

[题 3.6]　某医院有一、二、三、四号病室 4 间，每室设有呼叫按钮，同时在护士值班室内对应地装有一号、二号、三号、四号 4 个指示灯。

现要求当一号病室的按钮按下时，无论其他病室的按钮是否按下，只有一号灯亮。当一号病室的按钮没有按下而二号病室的按钮按下时，无论三、四号病室的按钮是否按下，只有二号灯亮。当一、二号病室的按钮都未按下而三号病室的按钮按下时，无论四号病室的按钮是否按下，只有三号灯亮。只有在一、二、三号病室的按钮均未按下而按下四号病室的按钮时，四号灯才亮。试用优先编码器 74LS148 和门电路设计满足上述控制要求的逻辑电路，给出控制 4 个指示灯状态的高、低电平信号。

[题 3.7]　试画出用 3 线—8 线译码器 74LS138（见图 3-16）和门电路产生如下多输出逻辑函数的逻辑图。

$$Y_1 = AC$$
$$Y_2 = \overline{A}BC + A\,\overline{B}\,\overline{C} + BC$$
$$Y_3 = \overline{B}\,\overline{C} + AB\overline{C}$$

[题 3.8]　写出图题 3.8 中 Z_1、Z_2、Z_3 的逻辑函数式，并化简为最简的与—或表达式。（译码器 74LS42 的逻辑图见图 3-17）

[题 3.9]　画出用 4 线—16 线译码器 74LS154 和门电路产生如下多输出逻辑函数的逻辑图（74LS154 的框图如图题 3.9 所示，图中 $\overline{S}_A$、$\overline{S}_B$ 为片选端，当 74LS154 工作时 $\overline{S}_A$ 和 $\overline{S}_B$ 同时为低电平）。

$$Y = \overline{A}\,\overline{B}\,\overline{C}\,\overline{D} + \overline{A}\,\overline{B}C\,\overline{D} + A\,\overline{B}\,\overline{C}\,\overline{D} + \overline{A}B\,\overline{C}D$$
$$Y = \overline{A}BCD + A\,\overline{B}CD + AB\,\overline{C}D + ABC\,\overline{D}$$
$$Y = \overline{A}B$$

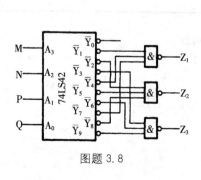

图题 3.8

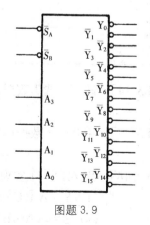

图题 3.9

[**题 3.10**] 由 3 线—8 线译码器构成的组合电路如图题 3.10 所示。

(1) 写出 F_1、F_2 的最简与或与表达式。

(2) 说明输入 A、B、C、D 为何种取值时，函数 $F_1 = F_2 = 1$。

[**题 3.11**] 用 3 线—8 线译码器 74LS138 和门电路设计 1 位二进制全减器电路。输入为被减数、减数和来自低位的借位；输出为两数之差和向高位的借位信号。（提示：仿照全加器的方法）

[**题 3.12**] 试用两片双 4 选 1 数据选择器 74LS153 和 3 线—8 线译码器 74LS138 接成 16 选 1 的数据选择器。（74LS153 的逻辑图见图 3-31）

[**题 3.13**] 分析图题 3.13 电路，写出输出 Z 的逻辑函数式。CC4512 为 8 选 1 数据选择器，它的逻辑功能表如表题 3.13 所示。

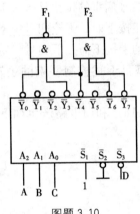

图题 3.10

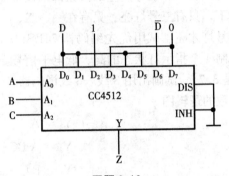

图题 3.13

表题 3.13   **CC4512 的功能表**

DIS	INH	A_2	A_1	A_0	Y
0	0	0	0	0	D_0
0	0	0	0	1	D_1
0	0	0	1	0	D_2
0	0	0	1	1	D_3
0	0	1	0	0	D_4
0	0	1	0	1	D_5
0	0	1	1	0	D_6
0	0	1	1	1	D_7
0	1	×	×	×	0
1	×	×	×	×	高阻

[**题 3.14**] 试用 4 选 1 数据选择器产生逻辑函数
$$Y = A\overline{B}\,\overline{C} + \overline{A}\,\overline{C} + BC$$

[**题 3.15**] 用 8 选 1 数据选择器 CC4512（参见题 3.13）产生逻辑函数
$$Y = A\overline{C}D + \overline{A}\,\overline{B}CD + BC + B\overline{C}\,\overline{D}$$

[**题 3.16**] 用 74LS151 实现下列逻辑功能

(1) $Y = A\,\overline{B}\,\overline{C} + A\,\overline{B}C + \overline{A}\,\overline{B}C$

(2) $Y = (A \odot B) \odot C$

[**题 3.17**] 试用 3 线—8 线译码器和双 4 选 1 数据选择器实现一个可控加、减运算电路。X＝0 时进行一位二进制加法运算；X＝1 时进行减法运算。

[**题 3.18**] 用 4 选 1 数据选择器和 3 线—8 线译码器，组成 20 选 1 数据选择器和 32 选 1 数据选择器。

[**题 3.19**] 若使用 4 位数值比较器 74LS283 组成十位数值比较器，需要用几片？各片之间应如何连接？

[**题 3.20**]* 判断下列函数是否存在冒险现象？若有，试消除之。

(1) $Y = AB + \overline{A}C + \overline{B}\,\overline{C}$

(2) $Y = A\,\overline{B} + \overline{A}C + B\,\overline{C}$

(3) $Y = (A + \overline{B} + C)(\overline{A} + \overline{B} + C)(A + B + C)$

第 **4** 章 触发器

本章按照基本触发器、同步触发器、主从触发器及边沿触发器的顺序，循着不断改进的思路，就各类触发器的电路结构、工作原理和工作特点作了介绍；并以此为切入点自然地导出了具有不同逻辑功能的触发器：RS 触发器，D 触发器，JK 触发器及 T、T′触发器。另外还介绍了触发器逻辑功能的不同表示方法及其相互转换。最后扼要介绍了触发器的动态特性。各类触发器的触发方式、优缺点、触发功能等是本章学习的重点。

4.1 概述

在各种复杂的数字电路中不仅需要对二值信号进行算术运算和逻辑运算，而且还常常需要将这些信号和运算结果保存起来。为此，电路中需要使用具有记忆功能的基本逻辑单元。人们把能够存储一位二值信号的基本逻辑单元电路统称为触发器（Flip-Flop，FF）。

为了实现这种存储功能，触发器必须满足以下两个基本要求。

（1）应该具有两个稳定状态——0 状态和 1 状态，以正确表征其存储的内容。

（2）能够接收、保存和输出信号。

触发器接收输入信号之前的状态叫做现态，用 Q^n 表示；触发器接收输入信号之后的状态叫做次态，用 Q^{n+1} 表示。现态和次态描述的是在两个相邻离散时间段里触发器输出端的对应状态，用 Q 加上 n、$n+1$ 两个上标来表示时间上的相邻，犹如今天和明天，是个相对的概念。

触发器次态输出 Q^{n+1} 与现态 Q^n 及输入信号之间的逻辑关系，是贯穿本章始终的基本问题，如何获得、描述和理解这种逻辑关系，是本章学习的中心任务。

为了对全章内容有个整体的把握，先了解一下触发器的分类是很有必要的。主要有如下两种分类方法。

（1）按照电路结构和工作特点不同，触发器可分为基本触发器、同步触发器、主从触发器和边沿触发器。

基本触发器是构成其他类型触发器的基础，它是触发器的基本电路结构形式。本章就是在介绍基本触发器的基础上，针对各种类型触发器存在的缺陷进行改进，从而引出新的类型的触发器，直至引出边沿触发器的。按照这一思路进行介绍，既有利于学生对本章内容的理解与掌握，又有利于他们的学习兴趣与创新能力的培养与提高。

（2）根据触发器逻辑功能的不同，可分为 RS 触发器、D 触发器、JK 触发器、T 触发器和 T′触发器。

4.2 基本触发器

基本 RS 触发器是基本触发器的具体形式，它是各种触发器中结构形式最简单的一种。同时，它又是构成其他类型触发器的一个最基本的组成部分（用作输出级）。

基本 RS 触发器有两种电路结构形式：用或非门构成的基本 RS 触发器和用与非门构成的基本 RS 触发器。

4.2.1 用或非门组成的基本 RS 触发器

1. 电路结构与逻辑符号

（1）电路结构

如图 4-1 所示，将两个或非门的输出信号分别反馈到另一个或非门的输入端，即构成基本 RS 触发器。这是"反馈"在数字电路中的巧妙运用，它把不具有记忆功能的电路（门电路）转化为具有记忆功能的电路（触发器），使电路功能发生了"质"的变化。

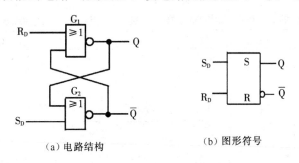

（a）电路结构　　　　　　　　　　（b）图形符号

图 4-1　用或非门组成的基本 RS 触发器

要知道，要是没有了触发器，就根本谈不上各种存储器甚至计算机的发明与应用。

（2）逻辑符号

图 4-1（b）所示为基本 RS 触发器的逻辑符号。Q、$\overline{Q}$ 既表示触发器的状态，又表示为两个互补的信号输出端。S_D 称为置位端或置 1 输入端，R_D 称为复位端或置 0 输入端。

电路本身是完全对称的，但为了便于描述触发器的不同状态，人们定义 $Q=1$、$\overline{Q}=0$ 为触发器的 1 状态；反之，$Q=0$、$\overline{Q}=1$ 称为触发器的 0 状态。

在图形符号上，在一个输出端上加个小圆圈表示 $\overline{Q}$，以与 Q 区别。事实上，在触发器正常工作的情况下，二者的状态是互补的，即一个为低电平，另一个就是高电平，反之亦然。

2. 工作原理

从图 4-1（a）所示电路不难看出，触发器新的状态 Q^{n+1}（次态）不仅与输入信号 S_D、R_D 的逻辑电平有关，而且与触发器原来的状态 Q^n（现态）有关。下边分 4 种情况进行讨论。

（1）当 $S_D=1$、$R_D=0$ 时，无论 Q^n 为 0 态还是 1 态，G_2 门的输出一定为 0 态，并迅速反馈至 G_1 的输入端，从而使 G_1 门的输出为 1 态。也就是说，此时 $Q^{n+1}=1$、$\overline{Q^{n+1}}=0$。这

个过程称为置 1，简记为 $Q^{n+1}=1$。

（2）当 $S_D=0$、$R_D=1$ 时，无论 Q^n 状态如何（0 态或 1 态），$Q^{n+1}=0$、$\overline{Q}^{n+1}=1$。这个过程称为置 0，简记为 $Q^{n+1}=0$。

（3）当 $S_D=R_D=0$ 时，G_1 门和 G_2 门的输出与输入信号无关，仅取决于触发器原来的状态。若 $Q^n=1$，则 $\overline{Q}^{n+1}=0$（G_2 门输出）、$Q^{n+1}=1$（G_1 门输出），即 $Q^{n+1}=Q^n$。同样地，当 $Q^n=0$ 时，也有 $Q^{n+1}=Q^n$。把触发器维持原来的状态不变的过程称为保持，简记为 $Q^{n+1}=Q^n$。

（4）当 $S_D=R_D=1$ 时，$Q^{n+1}=\overline{Q}^{n+1}=0$，这既不是定义的 1 状态，也不是定义的 0 状态。而且，在 S_D 和 R_D 同时回到 0 以后，无法判定触发器将回到 1 状态是 0 状态。

这时的状态称为不确定状态（简称不定），且把这种状态，记作 $Q^{n+1}=0^*$，表示 S_D、R_D 的 1 状态同时消失后触发器的状态不定。

因此，在正常工作时，输入信号应遵守 $S_D R_D=0$ 的约束条件，即不允许 $S_D=R_D=1$（输入同时为 1）的情况出现。

将上述逻辑关系列成真值表，就得到表 4-1。其中，Q^n 也作为一个变量列入了真值表，并将 Q^n 称为状态变量。把这种含有状态变量的真值表叫做触发器的特性表（或功能表）。表 4-2 所示为用或非门组成的基本 RS 触发器的简化特性表。

表 4-1　用或非门组成的基本 RS 触发器的特性表

S_D	R_D	Q^n	Q^{n+1}
0	0	0	0
0	0	1	1
1	0	0	1
1	0	1	1
0	1	0	0
0	1	1	0
1	1	0	0^*
1	1	1	0^*

表 4-2　用或非门组成的基本 RS 触发器的简化特性表

S_D	R_D	Q^{n+1}	注释
0	0	Q^n	保持
0	1	0	置 0
1	0	1	置 1
1	1	0^*	不定

3. 关于不定状态的讨论

对于由或非门构成的基本 RS 触发器，不允许 R_D、S_D 端同时加有信号——即有效（这里 S_D、R_D 为高电平有效）的情况出现，否则会出现不确定的状态。下边分 3 类情况讨论。

（1）信号同时存在时，Q、$\overline{Q}$ 端均为低电平。当 $R_D=S_D=1$ 时，由或非门的逻辑特性可知，Q 端和 $\overline{Q}$ 端将同时为低电平。对于触发器来说，这是一种未定义的状态，没有意义，因为这既不是 0 状态，也不是 1 状态。作为存储单元应用的基本 RS 触发器，显然不允许出现这样的情况。

（2）信号同时撤销时状态不定。当 R_D、S_D 端同时由 1 跳变到 0 时，触发器会出现所谓的竞态现象——0 状态与 1 状态竞争的现象。因为两个或非门动态特性的微小差异，Q 端、$\overline{Q}$ 端负载情况的稍许不同，R_D、S_D 端信号撤销时间的点滴区别，这些不确定的因素都会直接影响到竞态的结果，触发器实际输出状态既可能是 0 态，也可能是 1 态，无法预先确定。

（3）信号分时撤销时，状态决定于后撤销的信号。若 R_D 先撤销（撤销后对应 $R_D=0$、$S_D=1$），触发器将变为"1"态，反之，S_D 先撤销，则变为"0"态。

图 4-2 所示波形图具体地说明了上述 3 种情况。不能预先确定状态的情况用虚线表示。

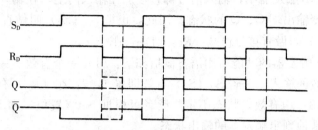

图 4-2 或非门构成的基本 RS 触发器中，S_D、R_D 端同时加有信号时的波形图

4.2.2 用与非门组成的基本 RS 触发器

基本 RS 触发器也可以用与非门构成，其电路及符号如图 4-3 所示。表 4-3 为其特性表，表 4-4 为其简化特性表。这个电路是低电平有效的，所以用 $\overline{S}_D$ 和 $\overline{R}_D$ 分别表示置 1 输入端和置 0 输入端。在图形符号上，用输入端的小圆圈表示用低电平作输入信号，或者称作低电平有效。对于或非门构成的基本的 RS 触发器，输入端无小圆圈，表示高电平有效。

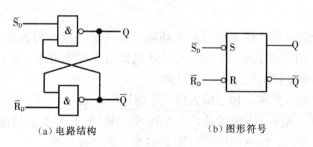

（a）电路结构　　　　　　　（b）图形符号

图 4-3 用与非门组成的基本 RS 触发器

表 4-3　用与非门组成的基本 RS 触发器的特性表

$\overline{S}_D$	$\overline{R}_D$	Q^n	Q^{n+1}
1	1	0	0
1	1	1	1
0	1	0	1
0	1	1	1
1	0	0	0
1	0	1	0
0	0	0	1*
0	0	1	1*

表 4-4　用与非门组成的基本 RS 触发器简化特性表

$\overline{S}_D$	$\overline{R}_D$	Q^{n+1}	注释
1	1	Q^n	保持
1	0	0	置 0
0	1	1	置 1
0	0	1*	不定

类似地，由于 $\overline{S}_D=\overline{R}_D=0$ 时出现非定义的 $Q=\overline{Q}=1$ 状态（记作 1*），而且当 $\overline{S}_D$、$\overline{R}_D$ 同时撤销（由 0 变到 1）时，触发器的状态难以确定，所以在正常工作时应满足 $S_D R_D=0$（或写为 $\overline{S}_D+\overline{R}_D=1$）的约束条件。换言之，即 $\overline{S}_D$、$\overline{R}_D$ 不能同时有效。

4.2.3 基本 RS 触发器的主要特点

前述两种基本 RS 触发器中，输入信号都直接加在输入门上，在输入信号的全部作用时间里，都能直接改变输出端 Q、$\overline{Q}$ 的状态。因此，也把 S_D（$\overline{S}_D$）叫做直接置位端（Set Derectly），把 R_D（$\overline{R}_D$）叫做直接复位端（Reset Derectly）。

这两种基本 RS 触发器的功能可用语言概括如下：（1）一个有效、一个无效，触发器的状态决定于那个有效的输入——若 S_D（$\overline{S}_D$）有效即置1，若 R_D（$\overline{R}_D$）有效即置0；（2）均无效，状态不变；（3）均有效，状态不定。读者可根据 Set（置位）和 Reset（复位）的物理含义即可方便快捷地判定触发器的输出状态。

无论由或非门还是由与非门构成的基本 RS 触发器，它们的特点是一致的。

1. 主要优点

（1）结构简单，只要把两个或非门（或与非门）交叉连接起来即可，为触发器最基本的结构形式。

（2）具有置0、置1及保持功能。

2. 存在的问题

（1）电平直接控制，即在输入信号存在期间，其电平直接控制着触发器输出端的状态。这不仅给触发器的使用带来了不便，而且导致了电路抗干扰能力的下降。明确地讲，在所有触发器中，基本 RS 触发器的抗干扰能力是最差的。

（2）输入信号之间有约束，即二输入信号不能同时有效。

对于或非门构成的基本 RS 触发器，不允许 S_D、R_D 同时为1的情况出现；对于由与非门构成的基本 RS 触发器，则不允许 $\overline{S}_D$、$\overline{R}_D$ 同时为0的情况出现。

这些缺点显然制约了基本 RS 触发器的应用。

[例 4-1] 在图 4-4（a）所示的基本 RS 触发器中，已知 $\overline{S}_D$ 和 $\overline{R}_D$ 的电压波形如图 4-4（b）所示，试画出 Q 和 $\overline{Q}$ 端对应的电压波形。

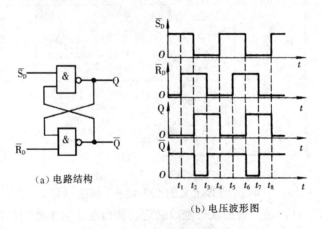

(a) 电路结构　　(b) 电压波形图

图 4-4　例 4-1 的电路和电压波形

解：实际上这是一个已知输入信号 $\overline{R}_D$、$\overline{S}_D$ 的状态，对应地确定输出端 Q、$\overline{Q}$ 状态的问题。只要根据每个时间段里 $\overline{S}_D$、$\overline{R}_D$ 的状态去查触发器的特性表，即可找出 Q、$\overline{Q}$ 的相应状态，从而画出它们的波形图。

当然，对于这类输入信号有明确的物理意义的触发器来说，直接根据谁有效也能直接判定输出端 Q（$\overline{Q}$）的值，而不必去查特性表。

需要指出的是，虽然在 $t_3 \sim t_4$ 和 $t_7 \sim t_8$ 期间输入端出现了 $\overline{S}_D = \overline{R}_D = 0$（同时有效）的状态，但由于 $\overline{S}_D$ 先撤除（即先从 0 回到 1），所以触发器的状态仍是可以确定的。不过 Q、$\overline{Q}$ 不再满足互补的关系，而是同时为 1（即 1*），是一种无意义的状态。

4.3　同步触发器

在数字系统中，为了协调各部分的动作，常常要求某些触发器于同一时刻触发（动作）。为此，必须引入同步信号，使这些触发器只有在同步信号到达时才根据输入信号改变状态。通常把这个用于同步的控制信号叫做时钟脉冲，简称时钟，并用 CP（Clock Pulse）表示。

这种受时钟信号控制的触发器统称为时钟触发器，也称同步触发器。

4.3.1　同步 RS 触发器

1. 电路结构与工作原理

同步 RS 触发器的电路结构及图形符号如图 4-5 所示。该电路由两部分构成：由与非门 G_1、G_2 组成的基本 RS 触发器和由与非门 G_3、G_4 组成的输入控制电路。

输入信号用 S、R 表示有两层含义：一是表明该电路不是直接电平触发方式，二是表示为高电平有效的置位、置零输入端。

其工作过程受时钟信号 CP 的控制。

（1）当 CP＝0 时，门 G_3、G_4 截止，输入信号 S、R 被封锁（即 G_3、G_4 门处于关门状态），无论 S、R 为何值，均有 $\overline{S}_D = \overline{R}_D = 1$，由基本 RS 触发器的特性可知该同步触发器将保持原状态不变。

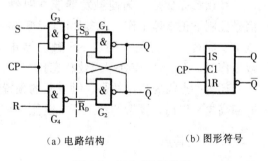

（a）电路结构　　　　（b）图形符号

图 4-5　同步 RS 触发器

（2）当 CP＝1 时，G_3、G_4 门打开，触发器接收输入信号。S、R 信号通过 G_3、G_4 反相后加到由 G_1、G_2 门组成的基本 RS 触发器上，使 Q、$\overline{Q}$ 状态随入状态的变化而改变。它的特性表如表 4-5 所示。很显然，此时的同步 RS 触发器实质上就是一个高电平有效的基本 RS 触发器。其简化特性表如表 4-6 所示。

需要指出的是，在 CP＝1 期间，若输入信号 S、R 出现多次变化，也就会引起触发器输出 Q 的多次变化，出现所谓"空翻"现象。在下节所要介绍的同步 D 触发器中也存在这一现象。

表 4-5　　同步 RS 触发器的特性表

CP	S	R	Q^n	Q^{n+1}
0	×	×	0	0
0	×	×	1	1
1	0	0	0	0
1	0	0	1	1
1	1	0	0	1
1	1	0	1	1
1	0	1	0	0
1	0	1	1	0
1	1	1	0	1*
1	1	1	1	1*

表 4-6　　同步 RS 触发器简化特性表

CP	R	S	Q^{n+1}	注释
0	×	×	Q^n	保持
1	0	0	Q^n	保持
1	0	1	1	置1
1	1	0	0	置0
1	1	1	1*	不定

在一个时钟脉冲作用期间（即 CP=1 期间），输出状态随输入信号翻转多次（两次或以上）的现象，称为空翻。

在使用同步 RS 触发器的过程中，有时还需要在 CP 信号到来之前将触发器预先置成指定的状态，为此在实用的同步 RS 触发器电路上往往还增加了异步置位输入端和异步复位输入端，如图 4-6 所示。这种设置复位端和置位端的方法，在其他类型的触发器中（尤其是集成产品）也被广泛使用。为简明起见，在后续章节中不再对 $\overline{S}_D$、$\overline{R}_D$ 单独介绍。

由图可知，只要 $\overline{S}_D$ 或 $\overline{R}_D$ 加入低电平，就可将触发器立刻置 1 或置 0，而不受时钟信号的控制及输入信号的影响。因此，将 $\overline{S}_D$ 称为异步置位（置 1）端，将 $\overline{R}_D$ 称为异步复位（置 0）端。

在预置完成后，为使触发器能在时钟信号控制下正常地工作，$\overline{S}_D$、$\overline{R}_D$ 应处于高电平。简言之，就是在同步 RS 触发器正常工作时，$\overline{S}_D$、$\overline{R}_D$ 应处于无效状态。

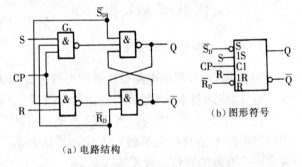

（a）电路结构　　（b）图形符号

图 4-6　带异步置位、复位端的同步 RS 触发器

还有一点需要指出的是，触发器的预置最好在 CP=0 的状态下进行，否则 $\overline{S}_D$ 或 $\overline{R}_D$ 在返回高电平以后，预置的状态不一定能保存下来。

2. 主要特点

（1）时钟电平控制。在 CP=1 期间接收输入信号，在 CP=0 时触发器保持原来状态不变。

多个这样的触发器可以在同一个时钟脉冲控制下同步工作，这给用户的使用带来了方便。另外，这种触发器只在 CP=1 时工作，CP=0 时输入被禁止，所以其抗干扰能力要比基本 RS 触发器强很多。

（2）R、S 之间有约束。在 CP=1 的全部时间里，S 和 R 的变化都将引起输出状态的变化。此时的同步 RS 触发器就可等效为一个高电平有效的基本 RS 触发器。故仍有约束，约束条件为 RS=0。

（3）存在"空翻"现象。要避免出现"空翻"，要求输入信号 S 和 R 的值在 CP=1 期间不发生变化。

[**例 4-2**]　已知同步 RS 触发器的输入信号波形如图 4-7 所示，试画出 Q、Q̄ 的电压波形。设触发器初始状态 Q=0。

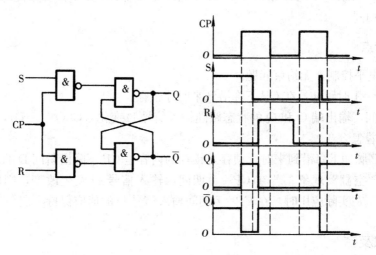

图 4-7　例 4-2 的电压波形图

解：由给定的输入电压波形可见，在第 1 个 CP 高电平期间，先是 S=1、R=0，输出被置成 Q=1、Q̄=0。随后输入变成了 S=R=0，因而输出状态保持不变。最后输入又变为 S=0、R=1，将输出置成 Q=0、Q̄=1，故 CP 回到低电平以后触发器停留在 Q=0、Q̄=1 的状态上。

在第 2 个 CP 高电平期间，若 S=R=0，则触发器的输出状态应当保持不变。但由于在此期间 S 端出现了一个干扰脉冲，因而触发器被置成了 Q=1，出现了错误。

4.3.2　同步 D 触发器

R、S 之间有约束限制了同步 RS 触发器的使用，为了解决该问题便出现了电路的改进形式——同步 D 触发器，又叫做 D 锁存器。

1. 电路结构及工作原理

D 锁存器电路如图 4-8（a）所示，变成了单端输入的形式。对应地，有 S=D、R=D̄，由同步 RS 触发器的特性不难推出：在 CP=1 期间，若 D=1，则 Q=1；若 D=0，则 Q=0。这在需要存储数据的场合很有用，于是这个输入端用 D（Data）表示，称为数据输入端。

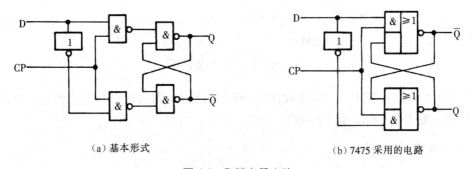

（a）基本形式　　　　　　　　　　（b）7475 采用的电路

图 4-8　D 锁存器电路

读者不妨自己画出 D 锁存器的简化特性表。

图 4-8（b）所示为 4 位 D 锁存器 7475 中每个触发器的逻辑图，它的逻辑功能和图 4-8（a）电路完全相同。

2. 主要特点

（1）时钟电平控制，无约束问题。

（2）在 CP=1 时跟随，在 CP 下降沿到来时才锁存。

CP=1 期间，输出端 Q 和 $\overline{Q}$ 的状态跟随输入信号 D 变化（即 $Q^{n+1}=D$），D 怎么变，Q 端的状态就跟着怎么变。

只有当 CP 脉冲下降沿到来时才锁存，锁存的内容是 CP 下降沿瞬间 D 的值。

（3）存在"空翻"现象。若在 CP=1 期间，输入信号 D 发生改变，则输出就会出现"空翻"。为此，在实际应用时，在 CP=1 期间输入信号 D 的值应保持不变。

4.4 主从触发器

为了提高触发器工作的可靠性，希望在每个 CP 周期里输出端的状态只改变一次。为此，在同步 RS 触发器的基础上又设计出了主从结构的触发器。

4.4.1 主从 RS 触发器

1. 电路结构与逻辑符号

主从结构 RS 触发器（简称主从 RS 触发器）由两个同样的同步 RS 触发器级联组成，但它们的时钟信号是互非的，如图 4-9 所示。其中由与非门 $G_1 \sim G_4$ 组成的同步 RS 触发器称为从触发器，由与非门 $G_5 \sim G_8$ 组成的同步 RS 触发器称为主触发器。

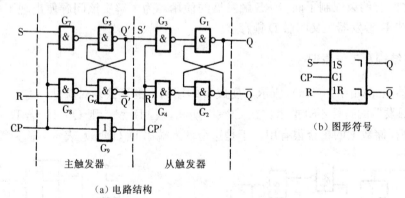

（a）电路结构   （b）图形符号

图 4-9　主从 RS 触发器

图形符号中的"⌐"表示"延迟输出"，即在 CP 回 0 以后输出状态才改变。因此，输出状态的变化发生在 CP 信号的下降沿。

2. 工作原理

在主从 RS 触发器中，接收输入信号和输出信号是分两步进行的。

（1）接收输入信号的过程。在 CP＝1 期间，主触发器接收输入信号，从触发器保持原来的状态不变。

这是因为 CP＝1 时，$\overline{CP}$＝0，主触发器控制门 G_7、G_8 被打开，因此可以顺利地把输入信号 R、S 接收进去。同时从触发器控制门 G_3、G_4 被封锁，其状态自然不会改变。

（2）输出信号过程。当 CP 下降沿到来时，主触发器控制门 G_7、G_8 被封锁，在 CP＝1 期间接收的内容被储存起来。与此同时，从触发器控制门 G_3、G_4 被打开，主触发器将其接收的内容送入从触发器，输出端随之改变状态。

在 CP＝0 期间，由于主触发器保持原来状态不变，因此受其控制的从触发器的状态当然也不可能改变，从而解决了"空翻"的问题。

将上述逻辑关系写成真值表，即得表 4-7 主从 RS 触发器的特性表。

主从 RS 触发器简化特性表，如表 4-8 所示。

表 4-7　　主从 RS 触发器的特性表

CP	S	R	Q^n	Q^{n+1}
×	×	×	×	Q^n
⊓	0	0	0	0
⊓	0	0	1	1
⊓	1	0	0	1
⊓	1	0	1	1
⊓	0	1	0	0
⊓	0	1	1	0
⊓	1	1	0	1*
⊓	1	1	1	1*

表 4-8　　主从 RS 触发器简化特性表

CP	S	R	Q^{n+1}	注释
×	×	×	Q^n	保持
⊓	0	0	Q^n	保持
⊓	0	1	0	置0
⊓	1	0	1	置1
⊓	1	1	1*	不定

［例 4-3］　在图 4-9 所示的主从 RS 触发器电路中，若 CP、S、和 R 的电压波形如图 4-10 所示，试求 Q 和 $\overline{Q}$ 端的电压波形。设触发器的初始状态为 Q＝0。

解：首先根据 CP＝1 期间 S、R 的状态可得到 Q'、$\overline{Q}'$ 的电压波形。然后，根据 CP 下降沿到达时 Q'、$\overline{Q}'$ 的状态即可画出 Q、$\overline{Q}$的电压波形了。

由图可见，在第 6 个 CP 高电平期间，Q' 和 $\overline{Q}'$ 的状态虽然改变了两次，但输出端的状态并不改变。其实质就是主从 RS 触发器状态 Q（即从触发器状态）的改变，仅与 CP 脉冲下降沿时刻对应的主触发器的状态 Q'、$\overline{Q}'$有关，也就是说仅与该时刻的输入信号 S 和 R 有关。这就意味着主从 RS 触发器的抗干扰能力很强。

3. 主要特点

（1）主从控制，时钟脉冲触发。其工作过程可简单概括为：CP＝1 期间接收，CP 下降沿到来时翻转。

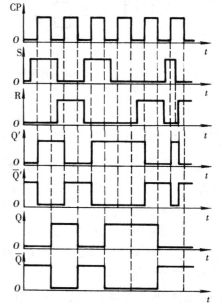

图 4-10　例 4-3 的电压波形图

说得更准确些，就是：在 CP=1 期间，主触发器按照同步 RS 触发器的原理工作，接收输入信号 R、S；当 CP 下降沿到来时，从触发器按照主触发器的内容更新状态——翻转。

（2）消除了"空翻"，进一步提高了抗干扰能力，但 R、S 之间仍有约束。由于主触发器本身是同步 RS 触发器，在 CP=1 期间，R、S 取值的变化都会直接影响主触发器的状态，但只有 CP 下降沿到来时对应的主触发器的内容，才能送入从触发器。换言之，主触发器可能出现"空翻"，但从触发器不存在"空翻"现象，即整个触发器在 CP 的一个周期内输出状态只改变一次，故抗干扰能力很强。

由电路结构不难看出，主从 RS 触发器的输入信号 R、S 之间是有约束的，且约束条件为 RS=0。否则，Q'、$\overline{Q}'$ 状态不定，从触发器状态当然也就无法确定了。

4.4.2 主从 JK 触发器

1. 电路结构及逻辑符号

主从 JK 触发器是为了解决主从 RS 触发器中 R、S 之间有约束这个问题而设计出来的。

改进的措施就是把主从 RS 触发器的输出 Q、$\overline{Q}$（一定是互非的）作为一对附加的控制信号接回到输入端，如图 4-11 所示，就可确保约束条件 RS=0 恒成立。由于这时的 S、R 端已不具备原来的置位、复位功能，故改用 JK 表示，并把图 4-11 所示电路称为主从结构 JK 触发器（简称主从 JK 触发器）。

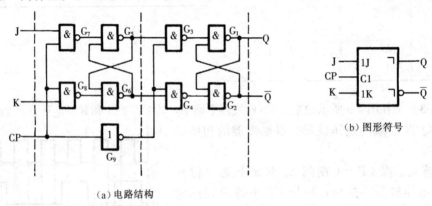

图 4-11　主从 JK 触发器

2. 工作原理

比较主从 JK 触发器和主从 RS 触发器的输入端，很容易知道：$S=J\overline{Q}^n$，$R=KQ^n$。这样根据 J、K 及 Q^n 的取值组合，推出 S 和 R 的值，再根据主从 RS 触发器的特性，进而就可很容易地判定次态 Q^{n+1} 的值。

将上述逻辑关系用真值表表示，即得到表 4-9 所示的主从 JK 触发器的特性表。

当然直接根据 J、K、Q^n 及 CP 的取值情况，由电路进行判定，也可得到其特性表。读者不妨自行分析一下。

主从 JK 触发器简化特性表如表 4-10 所示，从中可以看出主从 JK 触发器除了具备 RS 触发器的保持、置 0、置 1 三大功能外，它还具备翻转功能，这一点十分有用。另外，输入信号 J、K 之间无约束条件，所以 JK 触发器功能最强，在实践中应用也最广泛。

表 4-9		主从 JK 触发器的特性表		
CP	J	K	Q^n	Q^{n+1}
×	×	×	×	Q^n
⊓	0	0	0	0
⊓	0	0	1	1
⊓	1	0	0	1
⊓	1	0	1	1
⊓	0	1	0	0
⊓	0	1	1	0
⊓	1	1	0	1
⊓	1	1	1	0

表 4-10		主从 JK 触发器简化特性表		
CP	J	K	Q^{n+1}	注释
×	×	×	Q^n	保持
⊓	0	0	Q^n	保持
⊓	0	1	0	置 0
⊓	1	0	1	置 1
⊓	1	1	$\overline{Q^n}$	翻转

[例 4-4]　　在图 4-11 所示主从 JK 触发器中，若 CP、J、K 的波形如图 4-12 所示，试画出 Q、$\overline{Q}$ 端对应的电压波形。设其初始状态 Q=0。

解：由于每一时刻 J、K 的状态均已由波形图给出，而且在 CP=1 期间 J、K 的状态不变，所以只要根据 CP 下降沿到达时 J、K 的值去查主从 JK 触发器的特性表，就可逐段画出 Q 和 $\overline{Q}$ 端的电压波形了。

在实际产品中，集成 JK 触发器的输入端 J 和 K 往往不止一个，这是为了方便用户的使用。在这种情况下，J_1 和 J_2、K_1 和 K_2 是与的逻辑关系，如图 4-13 所示。如果用特性表来描述它的逻辑功能，则应以 $J_1 \cdot J_2$ 和 $K_1 \cdot K_2$ 来分别代替原特性表中的 J 和 K。

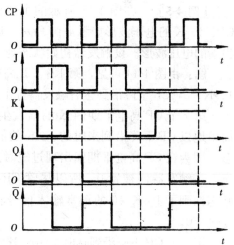

图 4-12　例 4-4 的电压波形图

3. 主要特点

（1）主从控制，时钟脉冲触发。

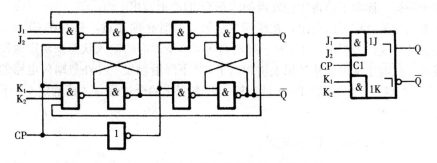

图 4-13　具有多输入端的主从 JK 触发器

（2）功能最强，J、K 之间无约束。使用起来灵活方便。

（3）存在一次变化（翻转）问题，因此抗干扰能力仍需提高。

对于主从 JK 触发器，尽管在 CP＝1 的全部时间里主触发器都可以接收输入信号，但由于 Q、$\overline{Q}$ 经两条反馈线回送到与非门的输入端，使得在 $Q^n＝1$ 时，主触发器只能接收置 0 输入信号（即仅与 K 有关），而在 $Q^n＝0$ 时主触发器只能接收置 1 输入信号（即仅与 J 有关）。这样将会使主触发器在 CP＝1 期间最多只能翻转一次，且状态一旦改变就没有可能再翻回原来的状态。自然地，总输出 Q 在一个 CP 周期也最多只能翻转一次。

人们把主从 JK 触发器的状态在一个时钟周期内能且只能翻转一次的现象，称为一次翻转（也称一次变化）。

如果是干扰信号引起一次变化，则触发器将产生错误的输出。也就是说一次变化现象的存在，使主从 JK 触发器的抗干扰能力仍不够理想。因此，在使用主从 JK 触发器时要求在 CP＝1 期间输入信号（J、K）的取值要保持不变。

[例 4-5] 在图 4-11 所示的主从 JK 触发器中，已知 CP、J、K 的电压波形如图 4-14 所示，试画出与之对应的输出端的电压波形。设触发器初始状态为 0。

解：由图 4-14 可见，第 1 个 CP 高电平期间始终有 J＝1、K＝0，CP 下降沿到达后触发器置 1。

第 2 个 CP 高电平期间 K 的值发生过变化，因而不能简单地以 CP 下降沿到来时的 J、K 的值来决定触发器的次态。因为在 CP 高电平期间出现过短时间的 J＝0、K＝1 状态，主触发器便被置 0，所以尽管 CP 下降沿到达时输入

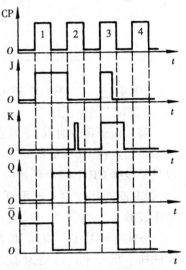

图 4-14　例 4-5 的电压波形图

状态回到了 J＝K＝0 的正常输入信号状态，但从触发器仍按主触发器的状态被置 0，即 $Q^{n+1}＝0$。

第 3 个 CP 下降沿到达时 J＝0、K＝1。若以这时的输入状态决定触发器的次态，应保持 $Q^{n+1}＝0$。但由于 CP 高电平期间曾出现过 J＝K＝1 的状态，CP 下降沿到达之前主触发器已被置 1，所以 CP 下降沿到达后从触发器便被置 1。

为便于理解，读者不妨将主触发器的状态 Q' 的波形画出。

从本节内容的介绍可以看出，在使用主从触发器时必须注意，只有在 CP＝1 期间输入信号始终保持不变的前提下，用 CP 下降沿到达时刻所对应的输入状态来确定触发器的次态才是正确的（此时主从触发从效果上讲相当于 CP 下降沿触发——在忽略门电路的延迟时间的情况下）。否则，必须考虑 CP＝1 期间输入状态变化的全过程，才能确定 CP 下降沿到来时刻触发器的状态。

4.4.3　T 触发器和 T′触发器

在实践中，人们有时将 J、K 两个输入端连在一起作单端输入，并称作 T 触发器，即令 J＝K＝T，由主从 JK 触发器特性表不难得到 T 触发器特性表和简化特性表，如表 4-11 和表 4-12 所示。

表 4-11	T 触发器的特性表	
T	Q^n	Q^{n+1}
0	0	0
0	1	1
1	0	1
1	1	0

表 4-12	T 触发器简化特性表	
T	Q^{n+1}	注释
0	Q^n	保持
1	$\overline{Q^n}$	翻转

有时人们把 T 端接固定的高电平（即 T 恒为 1），则得到 T′ 触发器。实际上，人们只是为了利用主从 JK 触发器的翻转功能。因常用于计数电路的设计中，所以 T′ 触发器也被称作计数型触发器。

显然 T 触发器是主从 JK 触发器的特例，而 T′ 触发器又是 T 触发器的特例，它们都只是主从 JK 触发器在实践中被灵活运用的具体形式而已。

4.5 边沿触发器

为了解决主从 JK 触发器的一次变化问题，进一步增强电路工作的可靠性，人们又研制出了边沿触发器。边沿触发器的最大特点就是它的次态仅取决于 CP 的上升沿或下降沿时刻的输入状态，而与 CP 脉冲有效沿之前和之后的输入信号的状态无关。

1. 电路结构和工作原理

目前已广泛运用于数字集成电路产品中的边沿触发器主要有以下几种：利用 CMOS 传输门的边沿触发器、维持阻塞触发器、利用门电路传输延迟时间的边沿触发器以及利用二极管进行电平配置的边沿触发器等。下边各以一种触发器为例说明它们的设计方法。

（1）利用 CMOS 传输门的边沿触发器

图 4-15 所示为利用 CMOS 传输门构成的一种边沿触发器。虽然在结构形式上也是一种主从结构，但这种电路的触发方式却完全不同于前面讲过的主从触发方式。

从图 4-15 所示这个典型电路可以看到，反相器 G_1、G_2 和传输门 TG_1、TG_2 构成了主触发器，反相器 G_3、G_4 和传输门 TG_3、TG_4 构成了从触发器。TG_1 和 TG_3 分别为主、从触发器的输入控制门。

当 CP=0、$\overline{CP}$=1 时，TG_1 导通、TG_2 截止，D 端的输入信号送入主触发器中，使 Q′=D。但此时主触发器尚未形成反馈连接，不能自行保持，Q′ 跟随 D 端的状态变化。同时，由于 TG_3 截止、TG_4 导通，所以从触发器维持原状态不变，而且它与主触发器之间的联系被 TG_3 切断。

当 CP 的上升沿到达时（即 CP 跳变为 1，$\overline{CP}$ 跳变为 0），TG_1 截止、TG_2 导通。由于 G_1 门的输入电容存储效应，G_1 输入端的电压不会立即消失，于是 Q′ 在 TG_1 切断前的状态被保存下来。同时，由于 TG_3 导通、TG_4 截止，主触

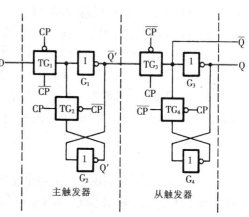

图 4-15 利用 CMOS 传输门的边沿触发器

发器的状态通过 TG_3 和 G_3 送到了输出端，使 $Q=Q'=D$（CP 上升沿到达时 D 的值）。

可见，这种触发器的触发方式为边沿触发，且为上升沿触发。其特性表如表 4-13 所示。

表 4-13　　　　　　　　　　　　CMOS 边沿触发器的特性表

CP	D	Q^n	Q^{n+1}
×	×	×	Q^n
⊓	0	0	0
⊓	0	1	0
⊓	1	0	1
⊓	1	1	1

为实现异步置位、复位功能，只需将图 4-15 中的 4 个反相器改成或非门，即可加入高有效的置位、复位信号 S_D 和 R_D。电路如图 4-16 所示，S_D、R_D 的内部连线在图中用虚线表示。

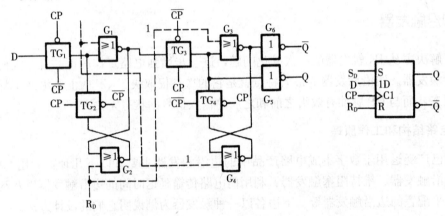

图 4-16　带异步置位、复位端的 CMOS 边沿触发器

边沿触发器的图形符号如图 4-16 右边所示。CP 输入端处的 ">" 表示为上升沿触发方式；若再在 CP 输入端处加个小圆圈，则表示为下降沿触发方式。

（2）维持阻塞触发器

边沿触发器的另一种电路结构形式是维持阻塞结构。在 TTL 电路中，这种结构形式用得较多。

图 4-17 所示为维持阻塞结构 RS 触发器的电路结构图。显然，这个电路是在同步 RS 触发器的基础上演变来的。

若取掉①、②、③、④这 4 根连线，门 $G_1 \sim G_4$ 就是一个普通的同步 RS 触发器。如果能保证 CP 由低电平跳到高电平后无论 $\overline{S}$、$\overline{R}$ 的状态如何改变而 S' 和 R' 始终不变，那么触发器的次态将只取决于 CP 上升沿到来时输入端的状态。

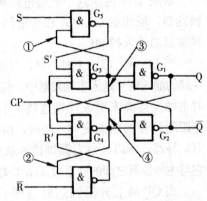

图 4-17　维持阻塞结构的 RS 触发器

人们为了达到这个目的，首先在电路中增加了 G_5、G_6 两个与非门和①、②两根连线，使 G_3 和 G_4 构成了一个基本 RS 触发器，G_4 和 G_6 构成另一个基本 RS 触发器。在没有③、④两根线存在的情况下，当 CP 由低电平跳变到高电平时，$\overline{S}$ 和 $\overline{R}$

端的低电平输入信号将立即被存入这两个基本 RS 触发器中，此后即使 $\overline{S}$ 或 $\overline{R}$ 的低电平信号消失，S' 和 R' 的状态也能维持不变。所以，把①称为置 1 维持线，把②称为置 0 维持线。

由于工作过程中可能遇到在 CP=1 期间，先是 $\overline{S}=0$、$\overline{R}=1$，随后又变为 $\overline{S}=1$、$\overline{R}=0$ 的情况（或反过来变化），就可能会出现 G_3、G_5 和 G_4、G_6 组成的两个基本 RS 触发器被先后置成 $S'=1$ 和 $R'=1$ 的状态。而这对于由 $G_1 \sim G_4$ 组成的同步 RS 触发器来说，S' 和 R' 同时为 1 的情况是不允许出现的。

为避免出现这样的情况，人们又在电路中增加了③、④两根连线。由于这两根线将 G_3 和 G_4 也接成了基本 RS 触发器，所以即使先后出现了 $S'=1$、$R'=1$ 的情况，G_3 和 G_4 组成的基本 RS 触发器也不会改变状态，从而保证了在 CP=1 的全部时间里 G_3 和 G_4 的输出不会改变。例如，当 CP 上升沿到来时 $\overline{S}=0$、$\overline{R}=1$，则 G_3 输出低电平，G_4 输出高电平。G_3 输出的低电平将 G_1、G_2 组成的基本 RS 触发器置 1（即总输出被置 1），同时又通过③线将 G_4 封锁，阻止 G_4 再输出低电平信号，因而也就阻止了总输出被置 0。为此，把③称为置 0 阻塞线。同样地，将④称为置 1 阻塞线，它的作用是输出端被置 0 后，阻止 G_3 再输出低电平的置 1 信号。

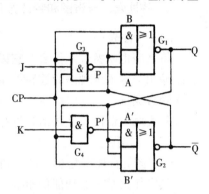

图 4-18 利用传输延迟时间的边沿触发器

（3）利用传输延迟时间的边沿触发器

另一种边沿触发器的电路结构如图 4-18 所示，它是利用门电路的传输延迟时间来实现边沿触发的。

这个电路包含一个由与非门 G_1 和 G_2 组成的基本 RS 触发器和两个输入控制门 G_3 和 G_4。而且，门 G_3、G_4 的传输延迟时间大于基本 RS 触发器的翻转时间。

鉴于篇幅，这里对其工作原理不再讨论。

2. 主要特点

（1）时钟脉冲边沿控制，也称边沿触发。有上升沿触发和下降沿触发两种形式。

（2）抗干扰能力极强，工作可靠性高。

上述电路虽然设计方法不同，但它们具有共同的特点，这就是触发器的次态仅取决于 CP 上升沿或下降沿到达时输入信号的逻辑状态，而与有效边沿之前或之后的输入信号无关。这一特点已最大限度地从电路结构上提高了触发器的抗干扰能力，从而也就大大提高了电路工作的可靠性。边沿触发器是所有触发器中抗干扰能力最强的。

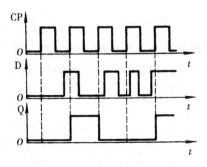

图 4-19 例 4-6 的电压波形图

从以上对不同类型的触发器的介绍可以看出，触发器的逻辑功能和电路结构形式是两个不同的概念。同一种逻辑功能的触发器可以用不同的电路结构实现，反之，用同一种电路结构形式可以做成不同逻辑功能的触发器。因此，二者并无固定的对应关系，更不能混为一谈。

[例 4-6] 在图 4-15 所示的 CMOS 边沿触发器中，已知 D 和 CP 的波形如图 4-19 所示，试画出 Q 端的电压波形。设初始状态 Q=0。

解： 由边沿触发器的特点可知，触发器的次态仅取决于 CP 上升沿到达时刻 D 端的状态。据此便可画出 Q 端的电压波形图。

4.6 触发器逻辑功能表示方法及其相互转换

4.6.1 触发器逻辑功能表示方法

触发器逻辑功能表示方法，常用到的有特性表、卡诺图、特性方程、状态图和时序图（即波形图）5 种。前边在对各种触发器进行介绍时就使用了特性表和时序图这两种表示方法。

1. 特性表、卡诺图和特性方程

（1）特性表

特性表也叫特性真值表，它以表格的形式描述触发器的逻辑功能，能具体而直观地表达次态输出与输入及现态的逻辑关系。CP 可作输入信号列入，也可不列，作为控制信号，可看作隐含变量。

各类触发器的特性表请参见相关章节，这里不再重复。

（2）卡诺图

卡诺图能直观地表达构成次态的各个最小项在逻辑上的相邻性，主要用于推导特性方程。

其实作为某一类功能的触发器，它们的特性表、卡诺图、特性方程形式上是完全相同的，只是触发条件不同而已。如以 RS 触发器为例，就有直接电平触发、同步触发、主从触发及边沿触发（维持阻塞结构）4 类触发方式，大家可以从图形符号或器件型号上判定，从而进行正确的处理即可，这里在表述时不再分类标注。

以下将 RS 触发器、D 触发器、JK 触发器 3 大类型触发器的卡诺图画出，如图 4-20 所示。其中，现态 Q^n 作为状态变量列入；×号表示为约束项。

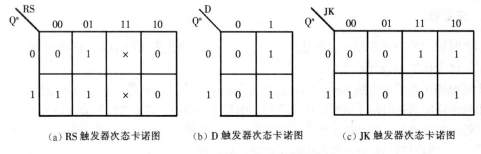

（a）RS 触发器次态卡诺图　　（b）D 触发器次态卡诺图　　（c）JK 触发器次态卡诺图

图 4-20　3 类触发器次态卡诺图

（3）特性方程

特性方程是用逻辑表达式的形式概括而抽象地描述触发器逻辑功能的一种表示方法。书写方便、利于记忆、可用于逻辑运算与变换是这种表示方法最大的优点。但它的时钟作用是隐含的，使用者是根据触发器的具体结构形式或器件型号来确定其触发方式的。

由图 4-20 经卡诺图化简不难得到这 3 类触发器的特性方程。

① RS 触发器的特性方程。

$$\begin{cases} Q^{n+1} = S + \overline{R}Q^n \\ SR = 0 \text{（约束条件）} \end{cases}$$

② D 触发器的特性方程。

$$Q^{n+1} = D$$

③ JK 触发器的特性方程。

$$Q^{n+1} = J\overline{Q}^n + \overline{K}Q^n$$

④ T 触发器、T′ 触发器的特性方程。

作为 JK 触发器的特殊运用形式，它们的特性方程可直接由 JK 触发器特性方程推出。

将 J＝K＝T 代入 JK 触发器的特性方程，即得 T 触发器特性方程：

$$Q^{n+1} = T\overline{Q}^n + \overline{T}Q^n(= T \oplus Q^n)$$

再将 T＝1 代入上式，即得 T′ 触发器的特性方程：

$$Q^{n+1} = \overline{Q}^n$$

2. 状态图和时序图

（1）状态图

状态图具有直观形象的特点，它把触发器的状态转换关系及转换条件用几何图形表示出来，十分清晰，便于查看。在时序电路的设计中非常有用。

上述各类触发器的状态转换图如图 4-21 所示。图中 0 和 1 两个圆圈代表触发器的两个状态，箭头表示转换方向，线上标注的是输入信号的值——即转换条件。"×"表示任意，即该输入信号无论为 0 还是为 1，触发器都会按箭头方向转换状态。

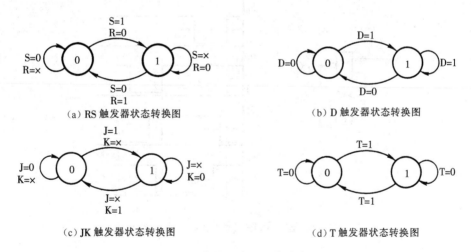

（a）RS 触发器状态转换图　　　　　　（b）D 触发器状态转换图

（c）JK 触发器状态转换图　　　　　　（d）T 触发器状态转换图

图 4-21　各类触发器状态转换图

（2）时序图

反映时钟脉冲 CP、输入信号和触发器状态三者在时间上的对应关系的工作波形图叫做时序图。

时序图的突出优点是：①形象地反映了触发器的动态特性；②十分具体地描述了时钟脉冲 CP 的控制（或触发）作用，而在其他几种表示方法中，CP 的作用都是隐含着的；③现态 Q^n 与次态 Q^{n+1} 时间界限非常明确。缺点是画时序图比较麻烦，要求又严。

因前边章节已做详细介绍，这里不再举例说明。

4.6.2 触发器逻辑功能表示方法之间的转换

触发器逻辑功能的各种表示方法，虽然形式不同且各有特点，但它们本质上是一致的，是可以相互转换的。

读者不妨试着进行转化一下。其实，只要弄清它们的定义和物理含义，转化起来是相当容易的，这里就不展开讨论了。

* 4.7 触发器的动态特性

4.7.1 基本 RS 触发器的动态特性

为了保证触发器在工作时能可靠地翻转，有必要分析一下它们的动态翻转过程，并找出对输入信号、时钟信号以及它们互相配合关系的要求。

1. 输入信号宽度

以前在画时序图时，忽略了门电路传输延迟时间的影响。现予以考虑后，再来重新讨论图 4-22 所示基本 RS 触发器的翻转过程。为方便起见，假定所有门电路的平均传输延迟时间相等，并用 t_{pd} 表示。

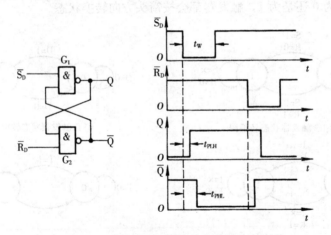

图 4-22 基本 RS 触发器的电路与动态波形

设触发器的初始状态为 $Q=0$、$\overline{Q}=1$，输入信号波形如图 4-22 所示。当 $\overline{S}_D$ 的下降沿到达后，经过门 G_1 的传输延迟时间 t_{pd}，Q 端变为高电平。这个高电平加到门 G_2 的输入端，再经过门 G_2 的传输延迟时间 t_{pd}，使 $\overline{Q}$ 变为低电平。当 $\overline{Q}$ 的低电平反馈到 G_1 的输入端以后，即使 $\overline{S}_D=0$ 的信号消失（即 $\overline{S}_D$ 回到高电平），触发器被置成的 $Q=1$ 的状态也将保持下去。可见，为保证触发器可靠地翻转，必须等到 $\overline{Q}=0$ 的状态反馈到 G_1 的输入以后，$\overline{S}_D=0$ 的信号才可以取消。因此，$\overline{S}_D$ 输入的低电平信号宽度 t_w 应满足

$$t_w \geqslant 2t_{pd}$$

同理，如果从 $\overline{R}_D$ 端输入置 0 信号，其宽度也必须大于等于 $2t_{pd}$。

2. 传输延迟时间

从输入信号到达起，到触发器输出端新状态稳定地建立起来为止，所经过的这段时间称为触发器的传输延迟时间。从上面的分析已经可以看出，输出端从低电平变为高电平的传输延迟时间 $t_{\rm PLH}$ 和从高电平变为低电平的传输延迟时间 $t_{\rm PHL}$ 是不相等的，它们分别为

$$t_{\rm PLH} = t_{\rm pd}$$

$$t_{\rm PHL} = 2t_{\rm pd}$$

若基本 RS 触发器由或非门组成（电路见图 4-1），则其传输延迟时间将为 $t_{\rm PLH} = 2t_{\rm pd}$、$t_{\rm PHL} = t_{\rm pd}$。

4.7.2 同步 RS 触发器的动态特性

1. 输入信号宽度

若同步 RS 触发器全部由与非门构成，如图 4-23 所示，为了保证由门 G_1 和门 G_2 组成的基本 RS 触发器可靠翻转，则要求它的输入信号 $\overline{S}_D$ 和 $\overline{R}_D$ 的宽度必须大于 $2t_{\rm pd}$，而这里 $\overline{S}_D = \overline{S \cdot CP}$、$\overline{R}_D = \overline{R \cdot CP}$，故要求 S（或 R）和 CP 同时为高电平的时间应满足

$$t_{\rm w(S\cdot CP)} \geqslant 2t_{\rm pd}$$

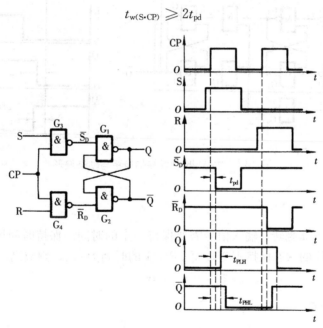

图 4-23　同步 RS 触发器的电路与动态波形

2. 传输延迟时间

从 S 和 CP（或 R 和 CP）同时变为高电平开始，到输出端新状态稳定地建立起来为止，所经过的时间为同步 RS 触发器的传输延迟时间。由图 4-23 所示的电路图和波形图可知

$$t_{\rm PLH} = 2t_{\rm pd}$$

$$t_{\rm PHL} = 3t_{\rm pd}$$

4.7.3 主从触发器的动态特性

在 4.4 节中曾经讲过，主从结构触发器是分两步动作的：CP＝1 期间主触发器按输入信号（S、R 或者 J、K）的状态翻转，待 CP 变为 0 时从触发器再按主触发器的状态翻转，使输出端改变状态。而且，为避免 CP 下降沿到达时主触发器的状态与 J、K 的状态不符，通常应使 J、K 的状态在 CP＝1 期间保持不变。由此不难得出下面的结论。

1. 建立时间

建立时间是指输入信号应先于 CP 信号到达的时间，用 t_{set} 表示。由图 4-24 可知，J、K 信号只要不迟于 CP 信号到达即可，因此有

$$t_{set} = 0$$

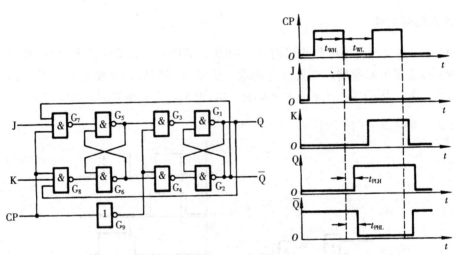

图 4-24　主从 JK 触发器的电路与动态波形

2. 保持时间

为保证触发器可靠翻转，输入信号需要保持一定的时间。保持时间用 t_H 表示。如果要求 CP＝1 期间 J、K 的状态保持不变，而 CP＝1 的时间为 t_{WH}，则应满足

$$t_H \geqslant t_{WH}$$

3. 传输延迟时间

若将从 CP 下降沿开始到输出端新状态稳定地建立起来的这段时间定义为传输延迟时间，则有

$$t_{PLH} = 3t_{pd}$$
$$t_{PHL} = 4t_{pd}$$

4. 最高时钟频率

因为主从触发器是由两个同步 RS 触发器组成的，所以由同步 RS 触发器的动态特性可知，为保证主触发器的可靠翻转，CP 高电平的持续时间 t_{WH} 应大于 $3t_{pd}$。同理，为保证

从触发器能可靠地翻转，CP 低电平的持续时间 t_{WL} 也应大于 $3t_{pd}$。因此，时钟信号的最小周期为

$$T_{C(min)} \geqslant 6t_{pd}$$

最高时钟频率

$$f_{C(max)} \leqslant 1/(6t_{pd})$$

如果把图 4-24 所示的 JK 触发器接成 T' 触发器使用（即将 J 与 K 相连后接至高电平），则最高时钟频率还要低一些。因为从 CP 的下降沿开始到输出端的新状态稳定建立所需时间为 $t_{PHL}=4t_{pd}$，如果 CP 信号的占空比为 50%，那么 CP 信号的最高频率只能达到

$$f_{C(max)} = \frac{1}{2t_{PHL}} = \frac{1}{8t_{pd}}$$

4.7.4 维持阻塞触发器的动态特性

1. 建立时间

由图 4-25 所示的维持阻塞触发器的电路可见，由于 CP 信号是加到门 G_3 和 G_4 上的，因而在 CP 上升沿到达之前门 G_5 和 G_6 输出端的状态必须稳定地建立起来。输入信号到达 D 端以后，要经过一级门电路的传输延迟时间 G_6 的输出状态才能建立起来，而 G_5 的输出状态需要经过两级门电路的传输延迟时间才能建立，因此 D 端的输入信号必须先于 CP 的上升沿到达，而且建立时间应满足

$$t_{set} \geqslant 2t_{pd}$$

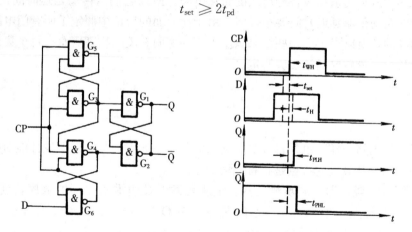

图 4-25 维持阻塞 D 触发器的电路与动态波形

2. 保持时间

由图 4-25 可知，为实现边沿触发，应保证 CP=1 期间门 G_6 的输出始终不变，不受 D 端状态变化的影响。

为此，在 D=0 的情况下，当 CP 上升沿到达以后还要等门 G_4 输出的低电平返回到门 G_6 的输入端以后，D 端的低电平才允许改变。因此输入低电平信号的保持时间为

$$t_{HL} \geqslant t_{pd}$$

在 D＝1 的情况下，由于 CP 上升沿到达后 G_3 的输出将 G_4 封锁，所以不要求输入信号继续保持不变，故输入高电平信号的保持时间 $t_{HH}＝0$。

3. 传输延迟时间

由图 4-25 不难推算出，从 CP 上升沿到达时开始计算，输出由高电平变为低电平的传输延迟时间 t_{PHL} 和由低电平变为高电平的传输延迟时间 t_{PLH} 分别为

$$t_{PHL} = 3t_{pd}$$
$$t_{PLH} = 2t_{pd}$$

4. 最高时钟频率

为保证由门 $G_1 \sim G_4$ 组成的同步 RS 触发器能可靠地翻转，CP 高电平的持续时间应大于 t_{PHL}，所以时钟信号高电平的宽度 t_{WH} 应大于 t_{PHL}。而为了在下一个 CP 上升沿到达之前确保门 G_5 和 G_6 新的输出电平得以稳定地建立，CP 低电平的持续时间不应小于 G_4 的传输延迟时间和 t_{set} 之和，即时钟信号低电平的宽度 $t_{WL} \geqslant t_{set} + t_{pd}$。因此得到

$$f_{C(max)} = \frac{1}{t_{WH} + t_{WL}}$$
$$= \frac{1}{t_{set} + t_{pd} + t_{PHL}} = \frac{1}{6t_{pd}}$$

最后需要强调说明一点，在实际的集成触发器器件中，每个门的传输延迟时间是不同的。由于内部的逻辑门采用了各种形式的简化电路，所以它们的传输延迟时间比标准输入、输出结构门电路的传输延迟时间要小得多。由于在上面的讨论中假定了所有门电路的传输延迟时间是相等的，所以得出的一些结果只用于定性说明有关的物理概念。每个集成触发器产品的动态参数数值最后要通过实验测定。

小　　结

触发器同门电路一样，也是构成数字电路的基本单元，而且它的触发性能对整体电路性能有极大的影响。其最大的特点是具有记忆功能。

本章按照基本触发器、同步触发器、主从触发器及边沿触发器的顺序，就电路结构、工作原理、主要特点作了介绍，中心问题是次态 Q^{n+1} 与现态 Q^n 及输入信号之间的逻辑关系——逻辑功能。根据逻辑功能的不同，可分为 RS、JK、T、T′、D 触发器等几种类型。

介绍电路结构类型的主要目的，是为了说明不同的电路结构会使触发器具有不同的动作特点（也称触发方式）。按照触发方式，触发器可分为直接电平触发、同步（时钟）触发、主从触发及边沿触发 4 种类型。所以，在选用触发器时，不仅要知道它的逻辑功能，而且要知道它的电路结构类型。只有这样，才能把握它的动作特点，做出正确的设计。

用来表示触发器逻辑功能的方法有特性表、卡诺图、特性方程、状态图和时序图。它们形式不同，特点各异，但它们在本质上是一致的，故可以相互转换。

为了保证触发器在动态工作时能可靠地翻转，输入信号、时钟信号以及它们在时间上的

相互配合应满足一定的要求。这些要求表现在对建立时间、保持时间、时钟信号宽度和最高工作频率的限制上。对于具体型号的集成触发器，这些参数均可从手册上查到。参数是器件正确使用的依据。

习　　题

[题 4.1]　画出图题 4.1 所示基本 RS 触发器输出端 Q、$\overline{Q}$ 端对应的电压波形。输入端 $\overline{S}_D$、$\overline{R}_D$ 的电压波形如图所示。

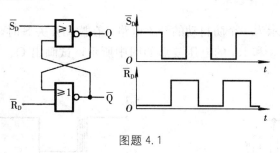

图题 4.1

[题 4.2]　画出图题 4.2 所示基本 RS 触发器输出端 Q、$\overline{Q}$ 端对应的电压波形。输入端 S_D、R_D 的电压波形如图所示。

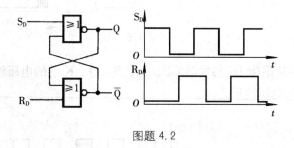

图题 4.2

[题 4.3]　在图题 4.3 电路中，若 CP、S、R 的电压波形如图中所示，试画出 Q、$\overline{Q}$ 端对应的电压波形。设初态为 0。

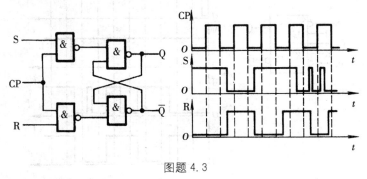

图题 4.3

[题 4.4]　若主从结构 RS 触发器各输入端电压波形如图题 4.4 所示，试画出 Q、$\overline{Q}$ 端对应的电压波形。设初态为 0。

[题 4.5]　试分析图题 4.5 所示电路的逻辑功能，列出特性表，写出特性方程。

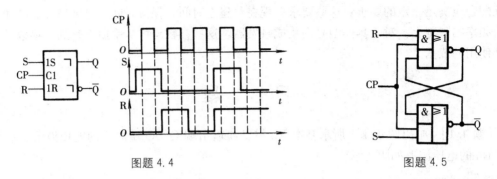

图题 4.4　　　　　　　　　　　　　　　　图题 4.5

[题 4.6]　图题 4.6 所示为一个防抖动的开关电路。在拨动开关 S 时，由于开关触点在接通瞬间发生振颤，对应 $\overline{S}_D$ 和 $\overline{R}_D$ 的电压波形如图中所示，试画出 Q、$\overline{Q}$ 端对应的电压波形，并体会其工作原理。

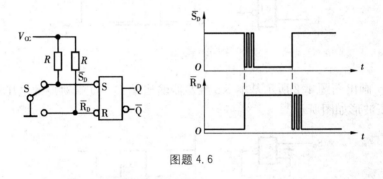

图题 4.6

[题 4.7]　已知主从结构 JK 触发器 CP、$\overline{S}_D$、$\overline{S}_D$、J、K 端的电压波形如图题 4.7 所示，试画出 Q、$\overline{Q}$ 端对应的电压波形。

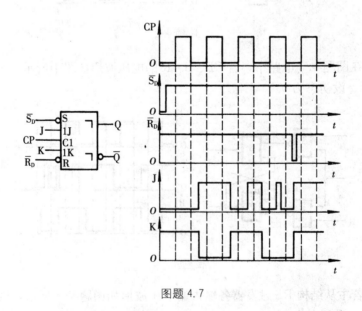

图题 4.7

[题 4.8]　已知主从结构 JK 触发器输入端 J、K 和 CP 的电压波形如图题 4.8 所示，试

画出 Q、$\overline{Q}$ 端对应的电压波形。设初态为 Q=0。

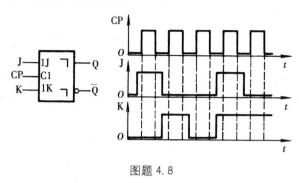

图题 4.8

[**题 4.9**]　已知 CMOS 边沿触发器结构的 JK 触发器各输入端的电压波形如图题 4.9 所示，试画出 Q、$\overline{Q}$ 端对应的电压波形。

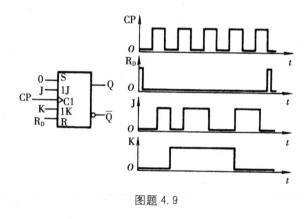

图题 4.9

[**题 4.10**]　已知维持阻塞结构的 D 触发器输入端的电压波形如图题 4.10 所示，试画出 Q、$\overline{Q}$ 端对应的电压波形。

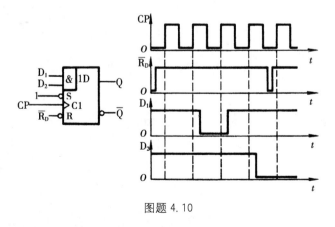

图题 4.10

[**题 4.11**]　简述触发器逻辑功能常用的几种表示方法，并以 T 触发器为例，具体说明之，即用这些方法来分别表示 T 触发器的逻辑功能。

[**题 4.12**]* 试用带异步清零端 $\overline{R}_D$ 的边沿 RS（或 D）触发器和门电路设计一个 3 人（或更多人）抢答器。具体要求如下：

（1）每个参赛者控制一个按钮，按动按钮即发出抢答信号；

（2）竞赛主持人单独一个按钮，用于将电路复位；

（3）竞赛开始后，先按动按钮者可将其对应的一个发光二极管点亮，此后其他人再按动按钮对电路均不起作用。只有等主持人将电路复位后，才可参加下一轮抢答。

第 **5** 章　时序逻辑电路

本章系统介绍了时序逻辑电路的分析方法和设计方法。

首先，讲述了时序逻辑电路的特点；其次介绍了时序逻辑电路分析的方法和步骤；随后重点介绍了时序逻辑电路设计的方法和步骤，并以计数器的设计为例介绍了基于触发器和基于集成计数器的两类设计方法。接着分别简单介绍了寄存器、顺序脉冲发生器等其他常用时序逻辑电路的工作原理和使用方法。最后提示了设计时要考虑时序逻辑电路中的竞争—冒险现象。

5.1　概述

时序逻辑电路（Sequential Logic Circuit）是指在任一时刻，逻辑电路的输出状态不仅取决于该时刻电路的输入状态，而且与电路原来的状态有关。前面介绍的触发器就是最简单的时序逻辑电路。时序逻辑电路简称时序电路，常用的有计数器和寄存器。

图 5-1 为时序逻辑电路的结构框图。与组合逻辑电路相比，时序逻辑电路有两大特点：第一，时序逻辑电路包括组合逻辑电路和存储电路两部分，存储电路具有记忆功能，通常由触发器组成；第二，存储电路的状态反馈到组合逻辑电路的输入端，与外部输入信号共同决定组合逻辑电路的输出。组合逻辑电路的输出除外部输出外，还包括连接到存储电路的内部输出，它将控制存储电路状态的转移。

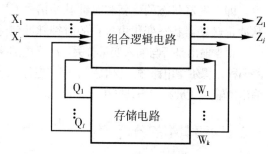

图 5-1　时序逻辑电路的结构图

在图 5-1 时序逻辑电路的结构框图中，X（X_1，X_2，…，X_i）为外部输入信号；Q（Q_1，Q_2，…，Q_l）为存储电路的状态输出，也是组合逻辑电路的内部输入；Z（Z_1，Z_2，…，Z_j）为外部输出信号；W（W_1，W_2，…，W_k）为存储电路的激励信号，也是组合逻辑电路的内部输出。在存储电路中，每一位输出 Q_i（$i=1$，2，…，l）称为一个状态变量，l 个状态变量可以组成 2^l 个不同的状态。通常，时序逻辑电路的状态是由存储电路的状态来记忆和表示的。

以上 4 组信号之间的逻辑关系可用以下 3 个方程组来描述：

$$
\begin{cases}
Z_1 = F_1(X_1, X_2, \cdots, X_i, Q_1, Q_2, \cdots, Q_l) \\
Z_2 = F_2(X_1, X_2, \cdots, X_i, Q_1, Q_2, \cdots, Q_l) \\
\vdots \\
Z_j^n = F_j(X_1, X_2, \cdots, X_i, Q_1, Q_2, \cdots, Q_l)
\end{cases} \tag{5-1}
$$

$$
\begin{cases}
W_1 = G_1(X_1, X_2, \cdots, X_i, Q_1, Q_2, \cdots, Q_l) \\
W_2 = G_2(X_1, X_2, \cdots, X_i, Q_1, Q_2, \cdots, Q_l) \\
\vdots \\
W_k = G_k(X_1, X_2, \cdots, X_i, Q_1, Q_2, \cdots, Q_l)
\end{cases} \tag{5-2}
$$

$$
\begin{cases}
Q_1 = H_1(W_1, W_2, \cdots, W_k, Q_1, Q_2, \cdots, Q_l) \\
Q_2 = H_2(W_1, W_2, \cdots, W_k, Q_1, Q_2, \cdots, Q_l) \\
\vdots \\
Q_l = H_l(W_1, W_2, \cdots, W_k, Q_1, Q_2, \cdots, Q_l)
\end{cases} \tag{5-3}
$$

其中，式（5-1）表示输出变量的表达式称为输出方程；式（5-2）表示输入变量的表达式称为驱动方程（或激励方程）；式（5-3）表示电路次态的表达式称为状态方程。由于次态不仅与该时刻的输入有关，而且与电路原来的状态有关，故必须加上标。方程中的上标 n 和 $n+1$ 表示相邻的两个离散时间（或称相邻的两个节拍），表示时间上的先后顺序。Q_1^n、Q_2^n、$\cdots$、Q_l^n 表示存储电路中每个触发器的当前状态，也是时序电路的当前状态，简称现态或原态（Present state）；Q_1^{n+1}、Q_2^{n+1}、$\cdots$、Q_l^{n+1} 表示存储电路中每个触发器在下一时刻的新状态，也是时序电路的新状态，简称次态或新态（Next state）。

应当指出的是，并不是任何一个时序逻辑电路都具有图 5-1 所示的完整结构。其中存储电路是必不可少的，而组合电路部分则随具体电路而定。许多实际的时序逻辑电路或者没有组合电路或者没有外部输入信号，但他们仍具有时序电路的基本特性。

根据存储电路中触发器状态变化的特点，可以将时序电路分为两大类：同步时序逻辑电路（Synchronous Sequential Logic Circuit）和异步时序逻辑电路（Asynchronous Sequential Logic Circuit）。在同步时序电路中，所有触发器状态变化都在统一时钟脉冲到达时同时发生，即触发器状态的更新和时钟脉冲信号 CP 同步；而在异步时序电路中，没有统一的时钟脉冲，触发器状态变化由各自的时钟脉冲信号或由输入信号决定。

根据输出是否与输入变量有关，时序电路又分为穆尔（Moore）型电路和米利（Mealy）型电路两种。穆尔型电路输入仅取决于存储电路状态（即现态），而与输入变量无关；而米利型电路输出由输入变量和现态共同决定。可见，Moore 型电路只不过是 Mealy 型电路的一种特例而已。

5.2　时序电路的分析

时序电路的种类很多，它们的逻辑功能各异，但只要掌握了基本分析方法，就能比较方便地分析出电路的逻辑功能。

5.2.1　同步时序电路的分析

1. 分析方法

分析一个基于触发器的同步时序电路，是根据给定的逻辑电路图，在输入及时钟作用下，找出电路的状态及输出的变化规律，从而了解其逻辑功能。图 5-2 是分析基于触发器电路的流程图。

图 5-2　时序电路分析流程图

方程在本章时序电路的分析和设计中扮演了重要角色，它实质上就是表达不同逻辑变量的等式。如本章用到的驱动方程、输出方程、时钟方程以及在触发器一章里已用到的状态方程等。

分析的一般步骤如下。

（1）写出 3 个方程

① 写出驱动（激励）方程及时钟方程。根据逻辑电路图，先写出各触发器的驱动方程。触发器的驱动方程是触发器输入变量的逻辑表达式。由于同步时序电路中，每个触发器的时钟端都接同一时钟脉冲 CP，因此无需写出时钟方程。但异步时序电路的结构与同步时序电路不同，异步时序电路需要另外写时钟方程，分析方法稍微复杂一些。

② 求状态方程。将①中得到的驱动方程代入触发器的特性方程中，得出每个触发器的状态方程。状态方程实际上是依据触发器的不同连接，具体化了的触发器特性方程。它反映了触发器次态与现态及外部输入之间的逻辑关系。

③ 写出输出方程。输出方程表达了电路的外部输出与触发器现态及外部输入之间的逻辑关系。需要特别注意的是输出 Z 仅与触发器的现态 Q^n 有关。

（2）列出状态转换表，画出状态转换图

3 个方程能够完全描述时序电路的逻辑功能，但电路状态的转换过程不能直观地得到反映，因此常用状态转换真值表、状态转换图和时序波形图来表示电路的逻辑功能。

① 状态转换真值表。状态转换真值表与真值表基本相同，只不过输入变量是外部输入和各触发器的现态，输出变量是外部输出及各触发器的次态。将电路现态的各种取值代入状态方程和输出方程中进行计算，求出相应的次态和输出，从而列出状态转换真值表（简称状态转换表），即用列表的方式来描述时序电路输出 Z、次态 Q^{n+1} 和外部输入 X、现态 Q^n 之间的逻辑关系。如现态的起始值已给定时，则从给定值开始计算。如没有给定时，则可设定一个现态起始值依次进行计算。

② 画出状态转换图。由状态转换真值表可以画出状态转换图。在状态转换图中以小圆圈表示电路的各个状态。以箭头表示状态转移的方向，箭头旁注明当前状态时的输入变量 X 和输出变量 Z 的值，标明转换的输入条件和相应的电路输出，常以 X/Z 的形式来表示。

③ 时序图。由状态转换真值表或状态转换图可以画出时序图，即工作波形图，它以波形的形式描述时序电路的状态 Q、外部输出 Z 随输入信号 X 及时钟脉冲 CP 的变化规律。

（3）说明逻辑功能

根据状态转换真值表或状态转换图，通过分析，即可获得电路的逻辑功能。

需要指出的是状态转换表、状态转换图及时序图均可体现时序电路的状态转换过程，且可互相转化。将它们一并列出是为了便于初学者对它们有个初步的认识与比较，而在时序电路实际分析中通常只画状态转换图即可。具体画法就是先假定一个初态值（通常取 000，$n=3$ 时），然后代入状态方程和输出方程，得到各个触发器的状态值，即得下一个状态。余类推，直至出现循环为止。

2. 同步时序电路的分析

下面举例说明基于触发器的同步时序逻辑电路的分析过程。

[例 5-1]　分析如图 5-3 所示时序电路的逻辑功能。

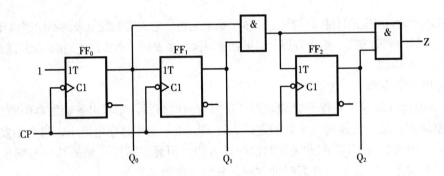

图 5-3　例 5-1 逻辑电路图

解：这个电路的组合电路部分是两个与门。存储电路部分是 3 个 T 触发器，Z 为外部输出，该电路没有外部输入信号 X。3 个触发器由同一时钟 CP 控制，所以是同步时序电路。

分析步骤如下。

（1）写 3 个向量方程

① 驱动方程为

$$T_0 = 1$$
$$T_1 = Q_0$$
$$T_2 = Q_1 Q_0$$

② 求状态方程。将驱动方程代入 T 触发器的特性方程 $Q^{n+1} = T \oplus Q^n$，可得状态方程为

$$Q_0^{n+1} = \overline{Q_0}$$
$$Q_1^{n+1} = Q_0 \oplus Q_1 = Q_1 \overline{Q_0} + \overline{Q_1} Q_0$$
$$Q_2^{n+1} = (Q_0 Q_1) \oplus Q_2 = \overline{Q_2} Q_1 Q_0 + Q_2 \overline{Q_0} + Q_2 \overline{Q_1}$$

③ 输出方程为

$$Z = Q_2 Q_1 Q_0$$

以上方程中的 Q_0、Q_1、Q_2 均表示触发器的现态（即 Q_0^n、Q_1^n、Q_2^n），为简化书写，略去了右上角的 n。

（2）列出状态转换表，画出状态转换图

① 状态转换真值表。在本例的状态转换真值表中，输入变量为 Q_2^n、Q_1^n、Q_0^n，输出变量为 Q_2^{n+1}、Q_1^{n+1}、Q_0^{n+1} 和 Z。完整的状态转换真值表见表 5-1。次态卡诺图见图 5-4（a）。

② 状态转换图。由状态转换真值表可以画出状态转换图，见图 5-4（b）。本例中，3 个触发器共有 8 个状态 000，001，…，111。由于本例中没有外部输入，所以 X/Z 斜线左边没有注字。

表 5-1			例 5-1 的状态转换真值表			
Q_2^n	Q_1^n	Q_0^n	Q_2^{n+1}	Q_1^{n+1}	Q_0^{n+1}	Z
0	0	0	0	0	1	0
0	0	1	0	1	0	0
0	1	0	0	1	1	0
0	1	1	1	0	0	0
1	0	0	1	0	1	0
1	0	1	1	1	0	0
1	1	0	1	1	1	0
1	1	1	0	0	0	1

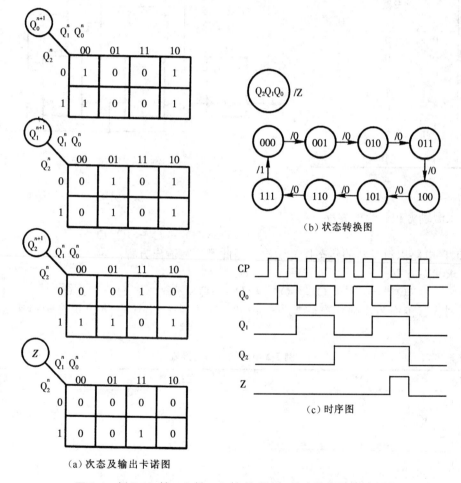

（a）次态及输出卡诺图

（b）状态转换图

（c）时序图

图 5-4 例 5-1 Q_0^{n+1}、Q_1^{n+1}、Q_2^{n+1} 的次态、状态转换图、时序图

③ 画出时序图。此电路的时序图如图 5-4（c）所示。初始状态设为 000。

以上几种同步时序电路功能的描述方法各有特点，但实质相同且可以相互转换，它们都是同步时序逻辑电路分析和设计的主要工具。

（3）说明电路的逻辑功能

随着时钟信号的作用，状态转换的次序为二进制数递增规律，当输入 8 个时钟脉冲时，恢复到初态 000，循环周期为 8。故该电路为同步八进制加法计数器。Z 可以作为进位信号。

为了表示时序电路的状态转换规律，有时采用列态序表的方法。态序表是另外一种形式的状态转换真值表。在态序表中，以时钟脉冲作为状态转换顺序，首先根据某一现态 S_0，得到相应的次态 S_1，再以 S_1 为现态，得到新的次态 S_2。依次排列下去，直至进入到循环状态。在每一行不再单独列出触发器的现态和次态。表 5-2 列出了本例的态序表，电路的初态设为 000。

[**例 5-2**]　分析图 5-5 所示同步时序电路的逻辑功能。

表 5-2　例 5-1 的态序表

态序	触发器状态		
CP	Q_2	Q_1	Q_0
0	0	0	0
1	0	0	1
2	0	1	0
3	0	1	1
4	1	0	0
5	1	0	1
6	1	1	0
7	1	1	1

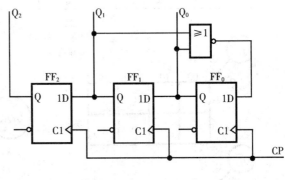

图 5-5　例 5-2 时序逻辑电路

解：

① 求激励方程和输出方程。

$$D_2 = Q_1, \quad D_1 = Q_0, \quad D_0 = \overline{Q_1 + Q_0} = \overline{Q_1}\,\overline{Q_0}$$

该时序电路以触发器的状态作为输出，因此可不写输出方程。

② 求状态方程。

$$Q_2^{n+1} = D_2 = Q_1, \quad Q_1^{n+1} = D_1 = Q_0, \quad Q_0^{n+1} = D_0 = \overline{Q_1}\,\overline{Q_0}$$

③ 列状态转换表，画状态转换图。由状态方程可得出该电路的状态转换表如表 5-3 所示。

表 5-3　　　　　　　　　　　　例 5-2 电路的状态转换表

Q_2^n	Q_1^n	Q_0^n	Q_2^{n+1}	Q_1^{n+1}	Q_0^{n+1}
0	0	0	0	0	1
0	0	1	0	1	0
0	1	0	1	0	0
0	1	1	1	1	0
1	0	0	0	0	1
1	0	1	0	1	0
1	1	0	1	0	0
1	1	1	1	1	0

由状态转换表作出该电路的状态转换图，如图 5-6（a）所示。由状态转换图可见，001、010、100 这 3 个状态构成了闭合回路。电路正常工作时，状态总是按这个序列循环变化，

这 3 个状态称为有效状态，其他各状态称为无效状态。由有效状态构成的循环称为有效循环；有时，无效状态也可构成循环，则称为无效循环。如果在一个时序电路中所有的无效状态（由于误操作等原因而使电路进入这些状态）都能在时钟脉冲作用下回到有效状态序列，则称该时序电路具有自启动能力。简言之就是能由无效状态回到有效循环的电路称为能自启动；否则称为不能自启动。

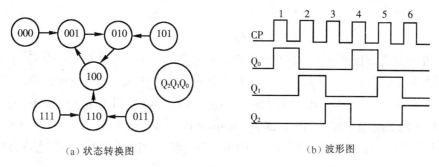

（a）状态转换图　　　　　　　　　　（b）波形图

图 5-6　例 5-2 图

④ 画波形图。根据状态转换图中的有效序列画出波形图，如图 5-6（b）所示。由波形图看出，当电路正常工作时，各输出端依次轮流出现脉冲，其脉冲宽度等于 CP 周期 T，循环周期为 3T。

⑤ 逻辑功能分析。从以上分析可以看出，该电路在 CP 脉冲作用下，把宽度为 T 的脉冲依次分配给 Q_0、Q_1 和 Q_2 各端，因此，该电路是一个脉冲分配器。由状态图和波形图可以看出，该电路每经过 3 个时钟周期循环一次，它又是一个能自启动的 3 位环形计数器。

*5.2.2　异步时序电路的分析

异步时序电路与同步时序电路分析方法的共同之处在于，在异步时序电路中，同样可以先求出 3 个方程，而后作出状态转换真值表等。不过，需要特别注意的是，在异步时序电路中，每个触发器没有使用相同的时钟信号，而触发器翻转的必要条件是时钟端加合适的 CP 信号。所以状态方程所表示的触发器的逻辑功能不是在每一个 CP 到来时都成立，而只是在触发器各自的时钟信号到来时，状态方程才能成立。为了体现这一点，异步时序电路的状态方程中要将时钟信号作为一个逻辑条件，写在状态方程末尾，用（CP_i）来表示在 CP_i 适当边沿状态方程成立。下面通过例子介绍异步时序电路的分析方法。

[例 5-3]　图 5-7 为一异步时序电路逻辑图，试分析该电路的逻辑功能。

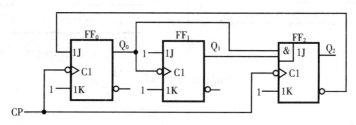

图 5-7　例 5-3 电路图

解：（1）写方程式。

① 写出触发器驱动方程和时钟方程。

$$J_0 = \overline{Q_2}, \qquad K_0 = 1, \qquad CP_0 = CP$$
$$J_1 = K_1 = 1, \qquad CP_1 = Q_0$$
$$J_1 = Q_1 Q_0, \qquad K_2 = 1, \qquad CP_2 = CP$$

② 将驱动方程代入特性方程得状态方程。

$$Q_0^{n+1} = \overline{Q_2}\,\overline{Q_0} \qquad (CP_0)$$
$$Q_1^{n+1} = \overline{Q_1} \qquad (CP_1)$$
$$Q_2^{n+1} = \overline{Q_2}Q_1 Q_0 \qquad (CP_2)$$

（2）根据状态方程列出状态转换真值表。因为 $CP_0 = CP$，所以 $Q_0^{n+1} = \overline{Q_2}\overline{Q_0}$ 在每一个 CP 脉冲下降沿（用 ↓ 表示）时均成立。由此可得到表 5-4 中 Q_0^{n+1} 的一列。同理 $CP_2 = CP$，$Q_2^{n+1} = \overline{Q_2}Q_1 Q_0$ 亦在每一个 CP ↓ 时均成立。由于 $CP_1 = Q_0$，只有在 Q_0 由 1（Q_0^n）变为 0（Q_0^{n+1}）时，CP_1 端才会出现下降沿，即表 5-4 中的第 2、4、6、8 行，$Q_1^{n+1} = \overline{Q_1}$ 才成立。而在第 1、3、5 和 7 行，Q_1 的状态保持不变，因而可得到表 5-4 中 Q_1^{n+1} 的一列。态序表见表 5-5。

表 5-4			例 5-3 的全状态转换表					
Q_2^n	Q_1^n	Q_0^n	Q_2^{n+1}	Q_1^{n+1}	Q_0^{n+1}	CP_2	CP_1	CP_0
0	0	0	0	0	1	↓		↓
0	0	1	0	1	0	↓	↓	↓
0	1	0	0	1	1	↓		↓
0	1	1	1	0	0	↓	↓	↓
1	0	0	0	0	0	↓		↓
1	0	1	0	1	0	↓	↓	↓
1	1	0	0	1	0	↓		↓
1	1	1	0	0	0	↓	↓	↓

表 5-5			例 5-3 的态序表					
CP	Q_2	Q_1	Q_0	CP_2	CP_1	CP_0
0	0	0	0	↓		↓
1	0	0	1	↓		↓
2	0	1	0	↓	↓	↓
3	0	1	1	↓		↓
4	1	0	0	↓	↓	↓
5	0	0	0			↓

（3）由态序表画出状态转换图以及波形图，如图 5-8 所示。从状态转换图可知，该电路是一个异步五进制加法计数器。

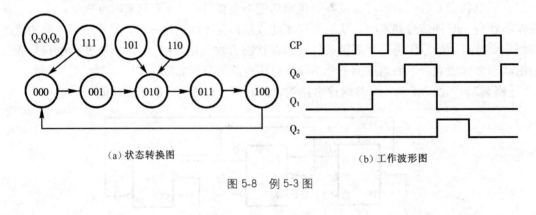

（a）状态转换图 　　　　　　　　　（b）工作波形图

图 5-8　例 5-3 图

5.3　时序电路设计

本节从时序电路设计方法及步骤、计数器及其分类、基于触发器的计数器设计及集成计数器及其应用 4 个方面予以介绍。

5.3.1　时序电路设计方法及步骤

时序电路的设计是时序电路分析的逆过程，就是已知逻辑电路功能设计出完成这一功能的逻辑电路。时序电路设计的关键是根据设计要求确定状态转换的规律和求出各触发器的驱动方程，只要抓住这两点，设计是不难掌握的。另外，设计结果应力求简单，当选用触发器和门电路设计电路时，所用的器件数目和类型应越少越好。同步时序电路设计流程图如图 5-9 所示。

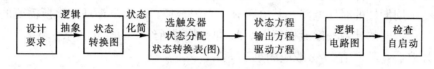

图 5-9　时序电路设计流程图

（1）进行逻辑抽象，画出状态转换图

首先分析设计要求，确定输入变量、输出变量以及电路的状态数。通常都是取原因（或条件）作为输入逻辑变量，取结果作输出逻辑变量。其次定义输入、输出逻辑变量和每个电路状态的含义，根据设计要求画出电路的状态转换图（或表）。对于较复杂的逻辑问题，一般需要经过逻辑抽象，先画出原始状态转换图，再分析该转换图有无多余的状态，是否可以进行状态化简，力求获得最简状态转换图。

（2）选择触发器，并进行状态分配

① 选触发器类型和数量。每个触发器有两个状态 0 和 1，n 个触发器能表示 2^n 个状态。如果用 N 表示该时序电路的状态数，则有

$$Z^{n-1} < N \leqslant Z^n$$

② 状态分配。所谓状态分配是指对状态图中的每个状态 S_0、S_1、…、S_{N-1} 进行状态编码。所选代码的位数与 n 相同。状态分配不同，所得到的电路也不同。例如可选择 $S_0 = 0000$，$S_1 = 0001$，…为二进制自然序列，则无需进行状态分配。若状态数 $N < 2^n$，多余状态（无效状态）可作为任意项处理。

③ 列状态转换真值表，画出编码后的状态转换图。根据状态分配的结果可以列出状态转换真值表，由状态转换真值表可以画出编码后的状态转换图。

（3）写出 3 个方程

① 求状态方程和输出方程。由状态转换真值表，画出次态卡诺图，从次态卡诺图可求得状态方程。如设计要求的输出量不是触发器的输出 Q^n，还需写出输出 Z 与触发器的状态 Q^n 相关的输出方程。

② 写出驱动方程和时钟方程。将①中得到状态方程与触发器的特性方程相比较，可求得驱动方程。对于异步时序电路还需写出时钟方程。

（4）画逻辑电路图。根据驱动方程和输出方程，可以画出基于触发器的逻辑电路图。

（5）检查能否自启动。如设计的电路存在无效状态，应检查电路进入无效状态后，能否在时钟脉冲作用下自动返回到有效状态工作。如能回到有效状态，则电路有自启动能力；如不能，则需修改设计，使电路具有自启动能力。判断一个电路是否能够自启动，实际上是在

某些特定状态下，对电路进行分析的过程。

同步时序电路中，时钟脉冲同时加到各触发器的时钟端，所以只需求出各触发器控制输入端的驱动方程。异步时序电路的设计，除了确定各触发器控制输入端的驱动方程外，还需求出它们的时钟方程。

5.3.2　计数器及其分类

计数器的主要功能是累计输入脉冲的个数。计数器不仅可以用来计数、分频，还可以对系统进行定时、顺序控制以及数字运算等，是数字系统中应用最广泛的时序逻辑器件之一。计数器是一个周期性的时序电路，其电路有一个闭合环，闭合环循环一次所需要的时钟脉冲的个数称为计数器的计数长度或模值 M（M 即计数器所经历的独立状态个数）。由 n 个触发器构成的计数器，其模值 M 一般应满足 $M \leqslant 2^n$。

计数器种类繁多，特点各异。

如果按计数器中的触发器的时钟脉冲输入方式分类，可以分为同步计数器（Synchronous Counter）和异步计数器（Asynchronous Counter）两种。在同步计数器中，计数脉冲同时加到所有触发器的时钟脉冲输入端，使应翻转的触发器同步翻转。而在异步计数器中，计数脉冲只加到部分触发器的时钟脉冲输入端，其他触发器的时钟触发信号则由电路内部提供，使触发器状态的更新有先有后。显然，同步计数器的计数速度要比异步计数器快。

如果按计数方法分类，又可以把计数器分为加法计数器（Up counter）、减法计数器（Down counter）和加/减法计数器（Up / Down counter）。随着计数脉冲的输入作递增计数的叫加法计数器；作递减计数的叫减法计数器；既可作递增计数又可作递减计数的叫加/减计数器，又称可逆计数器。可逆计数器又可分为双时钟加/减计数器和单时钟加/减计数器。双时钟加/减计数器适用于加法计数脉冲和减法计数脉冲分别来自两个不同脉冲源的情况。单时钟加/减计数器只有一个时钟输入端，电路做加法计数还是减法计数，将由加/减控制端的状态来决定。

如果按计数器中数字的编码方式分类，可以把计数器分成二进制计数器、二—十进制计数器、循环码计数器等。

另外，也常按计数器的模值对计数器分类，可分为二进制计数器（$M=2^n$，n 为位数）、十进制计数器（$M=10$）和任意进制计数器（如 $M=7$ 的七进制计数器、$M=60$ 的六十进制计数器等）。其中前者为全部计数，后两者为部分计数（有无效状态）。

5.4　计数器设计

5.4.1　基于触发器的计数器设计

实践中，计数器的设计分为基于触发器的计数器设计和在现有集成计数器的基础上通过改造或级联以实现所需进制计数器两大类。其中前者是基础，有利于初学者理解和掌握计数器的工作原理、设计方法及步骤，而后者在实际应用时更便捷、实用。

下边分别举例介绍二进制、十进制及其他进制计数器基于触发器的基本设计方法。

1. 二进制计数器的设计

从触发器一章的学习中，我们知道触发器完成触发是在输入信号及时钟信号的共同作用下完成的。不妨分别称为触发器完成翻转的驱动条件和时钟条件。为此人们不难想到：只要始终满足其中一个条件，而去全力控制另一个条件，就不难实现让触发器"该翻转时就翻转"的目标，从而也就完成了相应计数器的设计。

时钟条件确定（即共用一个 CP），驱动条件不定（各触发器的驱动条件不同，需分别控制），所得到的计数器为同步计数器；相反，驱动条件确定（如 T＝1），而时钟条件不定（即各触发器所用的时钟触发信号不同），所设计出来的计数器为异步计数器。

下边分别举例介绍同步二进制加（减）法计数器及异步二进制加（减）法计数器的设计步骤及设计方法。

（1）同步二进制加法计数器

[**例 5-4**] 试设计一 4 位二进制同步加法计数器。

解： ① 由题意可画出状态转换图和时序图，如图 5-10 所示。时序图在实际设计时可不画。

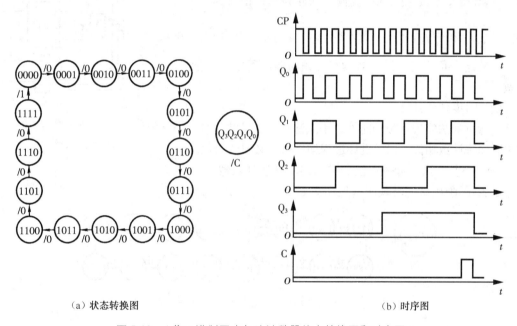

（a）状态转换图   （b）时序图

图 5-10 4 位二进制同步加法计数器状态转换图和时序图

② 选触发器。由于 JK 触发器功能齐全、使用灵活，这里选用 4 个下降沿触发（上升沿也可，二者仅时序图有所不同）的边沿 JK 触发器（注：实际接成了 T 触发器）。

③ 驱动方程。规范的做法是要写出各个触发器的状态方程（写成标准式），再与 JK 触发器的特征方程相比较，从而确定各个触发器的 J、K 值，即得所谓的驱动方程。

如对于 FF_0，由于每来一个计数脉冲它都要翻转，故有 $Q_0^{n+1}=\overline{Q_0^n}=1 \cdot \overline{Q_0^n}+\overline{1} \cdot Q_0^n$，即得 $J_0=K_0=1$。余类推。

实际上这个繁琐过程可以简化，即只要仔细观察状态转换图中每个触发器在什么条件下发生翻转，把这些翻转条件相或即可。

需要指出的是，必须保证每个触发器该翻转时才翻转，不该翻转的绝不能让它翻转。为此在实际设计时，有时要附加一些限制条件（与某些项与），即有针对性地排斥某些状态发生错误翻转。

对于本题，观察状态转换图，可知 FF_0、FF_1、FF_2 和 FF_3 发生翻转的驱动条件（即驱动方程）为

$$T_0 = 1$$
$$T_1 = Q_0$$
$$T_2 = Q_1 Q_0$$
$$T_3 = Q_2 Q_1 Q_0$$

④ 写出输出方程。在 $Q_3 Q_2 Q_1 Q_0$ 为 1111 之后，再来一个计数脉冲即出现进位，故有 $C = Q_3 Q_2 Q_1 Q_0$。

⑤ 画出逻辑图，如图 5-11 所示。

另外从图 5-10（b）时序图可以看出，若计数脉冲频率为 f_0，则 Q_0、Q_1、Q_2、Q_3 端输出脉冲频率将依次为 $\frac{1}{2} f_0$、$\frac{1}{4} f_0$、$\frac{1}{8} f_0$ 和 $\frac{1}{16} f_0$，分别称为 2 分频、4 分频、8 分频、16 分频。从这个角度讲，计数器具有分频功能，所以也可把它叫做分频器。

（2）同步减法计数器

除通过加法实现计数功能外，用减法计数方式也可实现。方法同加法计数相似，以下设计过程均进行了必要的简化。

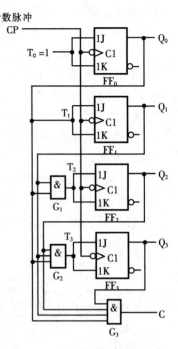

图 5-11 用 T 触发器构成的同步二进制加法计数器

[例 5-5] 试设计一 4 位二进制同步减法计数器。

解：① 画出状态转换图（见图 5-12）。

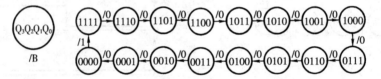

图 5-12 用 T 触发器构成的同步二进制减法计数器

② 选触发器。选用 4 个下降沿触发的 T 触发器。

③ 写出驱动方程。

$$T_0 = 1$$
$$T_1 = \overline{Q_0}$$
$$T_2 = \overline{Q_1} \, \overline{Q_0}$$
$$T_3 = \overline{Q_2} \, \overline{Q_1} \, \overline{Q_0}$$

④ 写出输出方程。

$$B = \overline{Q_3} \, \overline{Q_2} \, \overline{Q_1} \, \overline{Q_0}$$

⑤ 画出逻辑图（见图 5-13）。可见同步二进制加法（减法）计数器有明显的连线规律，二者只是接线方法不同而已。

（3）异步二进制计数器

异步二进制计数器同样可分为加法计数和减法计数两种计数方式。现在是每个触发器的

驱动条件始终满足（即令所有 T＝1），控制它们的时钟条件即可。

[**例 5-6**] 试设计一个 4 位二进制异步加法计数器。

解： ① 画出状态转换图（见图 5-14）。

② 选择触发器。选 4 个上升沿触发的 T′触发器。

③ 写出时钟方程。为保证该触发时才触发，必须控制每个触发器的时钟条件。结合状态转换图不难写出：

$$CP_0 = CP$$
$$CP_1 = Q_0 CP$$
$$CP_2 = Q_1 Q_0 CP$$
$$CP_3 = Q_2 Q_1 Q_0 CP$$

④ 写出输出方程。

$$C = Q_3 Q_2 Q_1 Q_0$$

⑤ 画出逻辑图，如图 5-15 所示。

2. 十进制计数器及其他进制计数器的设计

设计方法及设计过程同二进制计数器完全相同，只是它们均为部分进制计数器，在写驱动条件（或时钟条件）时要附加条件（用与及或）来进行必要的约束，才能保证触发器的正常翻转。

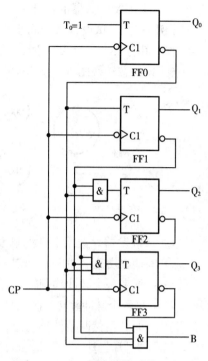

图 5-13 用 T 触发器构成的同步二进制减法计数器

下边分别以同步加法计数器的设计为例来说明它们的设计过程及设计方法。异步、减法计数器的设计可类比二进制的设计。

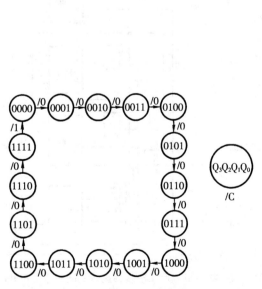

图 5-14 4 位二进制异步加法计数器状态转换图

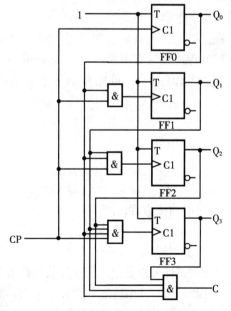

图 5-15 用 T′触发器构成的异步二进制加法计数器

（1）十进制计数器的设计

[**例 5-7**]　试设计一个同步十进制加法计数器。

解：由于 $2^3 < 10 < 2^4$，所以取 $n=4$，即要用 4 个触发器。

① 画状态转换图（见图 5-16）。

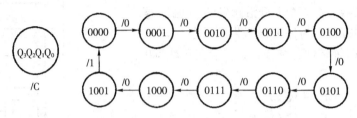

图 5-16　十进制加法计数器状态转换图

② 选触发器。选用上升沿触发的 T 触发器。

③ 写驱动方程。通过分析其状态转换图可以发现以下现象。

Q_0：每来一个脉冲均翻转，即一个脉冲周期翻转一次。

Q_1：每两个脉冲翻转一次，且其翻转的驱动条件是 $Q_0=1$，但有例外，即当状态由 1001 变为 0000 时，虽然两条件都满足，但却不允许 Q_1 的状态发生翻转。为此采用"排除异己"法，简称"排斥"法——即附加限制条件，以做到不该翻转的绝不允许翻转。这里 1001 与其他状态的不同之处是 Q_3、Q_0 同时为 1，故可取限制条件为 $\overline{Q_3}Q_0$，即可实现在现态为 1001 时，下一个时钟到来后 Q_1 的状态不会翻转，又不影响前边其他状态下 Q_1 的正常翻转。

Q_2：每 4 个时钟周期翻转一次，且翻转的驱动条件均为 $Q_1Q_0=11$。

Q_3：同 Q_1 一样也比较特殊，不过它是在两种情况下均翻转，是"或"的关系，而前者（Q_1）是"与"的关系。"或"是放松条件，"与"是增加限制条件。观察状态转换图可以发现，Q_3 发生翻转的驱动条件一是 Q_2、Q_1、Q_0 同时为 1；一是 Q_3、Q_0 同时为 1。

经过以上分析（注：实际设计时完全可以不写分析过程，设计者可根据经验及分析结果直接写出驱动方程即可），可以写出各触发器的驱动方程：

$$T_0 = 1$$
$$T_1 = \overline{Q_3}Q_0$$
$$T_2 = Q_1Q_0$$
$$T_3 = Q_3Q_0 + Q_2Q_1Q_0$$

④ 写出输出方程。

$$C = Q_3Q_0$$

⑤ 画出逻辑图（见图 5-17）。

从该例设计可以看出：部分计数计数器的设计比全部计数计数器（二进制计数器）复杂，要更加细心。另外这里未讨论无效状态及自启动的问题。

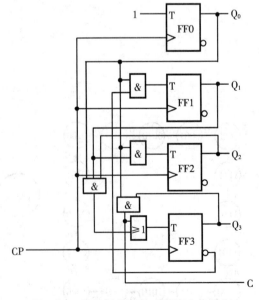

图 5-17　用 T 触发器构成的同步十进制加法计数器

（2）任意进制计数器的设计

任意进制（不含 2^n 进制）中，十进制用得最多。理论上我们可以设计出任何进制的计数器，下边就举例予以说明。其实它们的设计方法及设计步骤都是一致的，只是要具体问题具体处理罢了。

[**例 5-8**]　试设计一个五进制同步加法计数器。

解： 由于 $2^2 < 5 < 2^3$，所以取 $n=3$。

① 画状态转换图（见图 5-18）。

② 选触发器。选用下降沿触发的 T 触发器。

③ 写驱动方程。经过对状态图的观察及分析可以写出：

$$T_0 = \overline{Q_2}$$
$$T_1 = Q_0$$
$$T_2 = Q_1 Q_0$$

④ 写输出方程。

$$C = Q_2$$

⑤ 画出逻辑图（见图 5-19）。

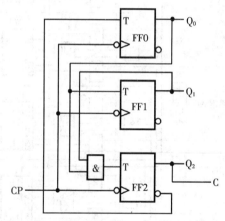

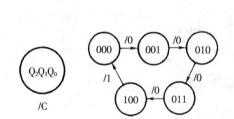

图 5-18　五进制加法计数器状态转换图　　图 5-19　用 T 触发器构成的同步五进制加法计数器

通过以上两例的设计过程可以看出，部分进制计数器的逻辑图不同于二进制计数器，其连接关系没有规律可循；触发器的翻转条件有时需要用"与"、"或"关系进行限定。

5.4.2　基于集成计数器的计数器设计——集成计数器及其应用

在基本计数器逻辑图的基础上，增加一些功能端，通过集成工艺即可做成集成计数器。

目前，TTL 和 CMOS 集成计数器的种类很多，并且具有功能完善、通用性强、功耗低、工作速率高和便于扩展等许多优点，在实践中得到了广泛的应用。下边重点对集成计数器的功能和应用进行介绍。

集成计数器按触发方式也分为同步计数器和异步计数器两大类。

1. 同步计数器

由前边基于触发器的二进制计数器的设计可知，当计数器用 T 触发器构成时，第 i 位触发器的驱动方程为

$$T_i = Q_{i-1} \cdot Q_{i-2} \cdot \cdots \cdot Q_1 Q_0 = \prod_{j=0}^{i-1} Q_j \qquad (i = 1,2,\cdots,n-1) \tag{5-4}$$

只有最低位例外，按照计数规则，每来一个脉冲，它都要翻转，故 $T_0=1$。

(1) 同步二进制计数器

① 加法计数器

图 5-20 为中规模集成 4 位二进制加法计数器 74LS161 的逻辑图。这个电路除了具有二进制加法计数功能外，还具有预置数、保持和异步置零等附加功能。图中$\overline{LD}$为同步预置数控制端，$D_0 \sim D_3$ 为并行数据输入端，$Q_0 \sim Q_3$ 为计数状态输出端，C 为进位输出端，$\overline{R_D}$为异步置零（复位）端，EP 和 ET 为计数（使能）控制端。74LS161 计数翻转是在时钟信号的上升沿完成的。

表 5-6 是 74LS161 的功能表，下面根据功能表进一步说明其各项功能。

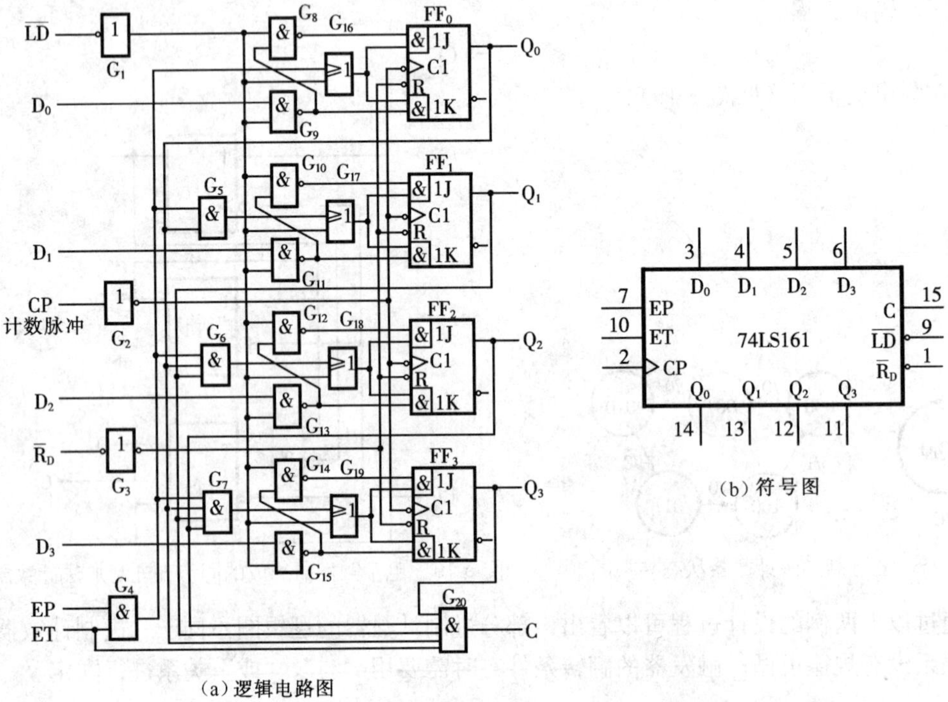

图 5-20　4 位同步二进制加法计数器 74LS161 的逻辑电路图和符号图

表 5-6　　4 位二进制同步计数器 74LS161 的功能表

CP	$\overline{R}_D$	$\overline{LD}$	EP	ET	工作状态
×	0	×	×	×	置零
↑	1	0	×	×	预置数
×	1	1	0	1	保持
×	1	1	×	0	保持（但 C=0）
↑	1	1	1	1	计数

a. 异步置零：当 $\overline{R}_D=0$ 时，无论有无时钟脉冲 CP 和其他输入信号，计数器被立即置 0，即 $Q_3Q_2Q_1Q_0=0000$。不清零时应使 $\overline{R}_D=1$。

b. 同步并行预置数：当 $\overline{R}_D=1$ 时，若 $\overline{LD}=0$，则数据输入端 $D_3D_2D_1D_0$ 上的二进制数据在时钟脉冲 CP 上升沿的作用下，被同时（并行）置入 $Q_3Q_2Q_1Q_0$，即 $Q_3Q_2Q_1Q_0=D_3D_2D_1D_0$。计数控制端 EP、ET 的状态不影响置数操作。

c. 保持：当 $\overline{R}_D=\overline{LD}=1$，若 EP 或 ET 为 0，则计数器各 Q 端保持原来的状态不变。不过，EP＝0、ET＝1 时，进位输出信号 C 不变。但如果 ET＝0，EP 无论为何种状态，C＝0。

d. 计数：当 $\overline{R}_D=\overline{LD}=1$、EP＝ET＝1 时，在时钟脉冲 CP 的上升沿到来时，计数器进行加法计数。电路的工作状态同图 5-10 (a) 一致，当计数到 $Q_3Q_2Q_1Q_0=1111$ 时，进位输出 C＝1。再输入一个计数脉冲，计数器输出从 1111 返回到 0000 状态，C 由 1 变 0，故 C 为进位输出信号。可以利用 C 端输出的高电平或下降沿作为进位输出信号。

74161 在内部电路结构形式上与 74LS161 有些区别，但外部引线的配置、引脚排列以及功能表都和 74LS161 相同。编号相同类型不同的芯片，其逻辑功能完全一样。因此，本章在讨论或使用 74LS161 和 74161 时有时不加以区分。其他芯片也是这样。

此外，有些同步计数器（如 74LS162、74LS163）是采用同步置零方式的，应注意与 74LS161 这种异步置零方式的区别。在同步置零的计数器电路中，$\overline{R}_D$ 出现低电平后要等 CP 信号到达时才能将触发器置零。而在异步置零的计数器电路中，只要 $\overline{R}_D$ 出现低电平，触发器立即被置零，不受 CP 的控制。

图 5-21 给出了一个用 T′触发器组成的同步十六进制加法计数器的实例——CC4520。它是 CMOS 集成电路，将 D 触发器接成 T′触发器（令 D＝$\overline{Q}$）使用。对于除 FF₀ 以外的每位触发器，只有在低位触发器全部为 1（即 $\overline{Q}=0$）时，计数脉冲才能通过门 G₁～G₃ 送到这些触发器的时钟输入端而使之翻转。每个触发器的时钟信号可以表示为

$$
\begin{cases}
CP_i = CP\prod_{j=0}^{i-1}Q_j & (i=1,2,\cdots,n-1)\\
CP_0 = CP
\end{cases}
\tag{5-5}
$$

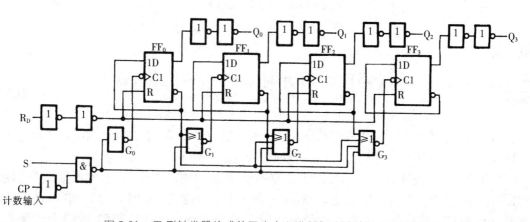

图 5-21 用 T′触发器构成的同步十六进制加法计数器 CC4520

这里 CP_i 表示一个完整的时钟脉冲,既不表示高电平也不表示低电平。式中的 CP 表示计数器的计数输入脉冲。

② 减法计数器

根据二进制减法计数规则,在 n 位二进制减法计数器中,只有当第 i 位以下各位触发器同时为 0 时,再减 1 才能使第 i 位触发器翻转。因此,由 T 触发器组成同步二进制减法计数器时,第 i 位触发器输入端 T_i 的逻辑式应为

$$\begin{cases} T_i = \overline{Q_{i-1}} \cdot \overline{Q_{i-2}} \cdots \overline{Q_1} \cdot \overline{Q_0} = \prod_{j=0}^{i-1} \overline{Q_j} & (i = 1, 2, \cdots, n-1) \\ T_0 = 1 \end{cases} \tag{5-6}$$

同理,由 T' 触发器组成的同步二进制减法计数器时,各触发器的时钟信号可写成

$$\begin{cases} CP_i = CP \prod_{j=0}^{i-1} \overline{Q_j} & (i = 1, 2, \cdots, n-1) \\ CP_0 = CP \end{cases} \tag{5-7}$$

根据式 (5-6) 和式 (5-7) 很容易组成同步二进制减法计数器电路。

CMOS 集成电路 CC14526 就是按式 (5-6) 的基本原理设计的 4 位二进制同步减法计数器。它除了具有减法计数功能外,还具有预置数和异步置零等附加功能。这里不再细述。

③ 加/减计数器

在有些应用场合要求计数器既能进行递增计数又能进行递减计数,这就需要做成加/减计数器(或称为可逆计数器)。

将加法计数器和减法计数器的控制电路合并,再通过一根加/减控制线选择加法计数器还是减法计数器,就构成了加/减计数器。图 5-22 给出的 4 位同步二进制加/减计数器 74LS191 就是基于这种原理设计的。由图可知,当电路处在计数状态时(这时应使 $\overline{S} = 0$、$\overline{LD} = 1$),各个触发器输入端的逻辑式为

$$\begin{align} T_0 &= 1 \\ T_1 &= \overline{U/D} Q_0 + \overline{U/D}\, \overline{Q_0} \\ T_2 &= \overline{U/D}(Q_0 Q_1) + \overline{U/D}(\overline{Q_0}\, \overline{Q_1}) \\ T_3 &= \overline{U/D}(Q_0 Q_1 Q_2) + \overline{U/D}(\overline{Q_0}\, \overline{Q_1}\, \overline{Q_2}) \end{align} \tag{5-8}$$

或写成

$$\begin{cases} T_i = \overline{U/D} \prod_{j=0}^{i-1} Q_j + \overline{U/D} \prod_{j=0}^{i-1} \overline{Q_j} & (i = 1, 2, \cdots, n-1) \\ T_0 = 1 \end{cases} \tag{5-9}$$

不难看出,当控制端 $\overline{U/D} = 0$($\overline{U/D} = 1$)时,式 (5-9) 与式 (5-4) 相同,计数器作加法计数;当 $\overline{U/D} = 1$ 时上式与式 (5-6) 相同,计数器作减法计数。

除了能作加/减计数外,74LS191 还有一些附加功能。图中的 $\overline{LD}$ 为预置数控制端。当 $\overline{LD} = 0$ 时电路处于预置数状态,$D_0 \sim D_3$ 的数据立刻被置入 $FF_0 \sim FF_3$ 中,而不受时钟输入信号 CP_1 的控制。因此,它的预置数是异步式的,与 74LS161 的同步式预置数不同。

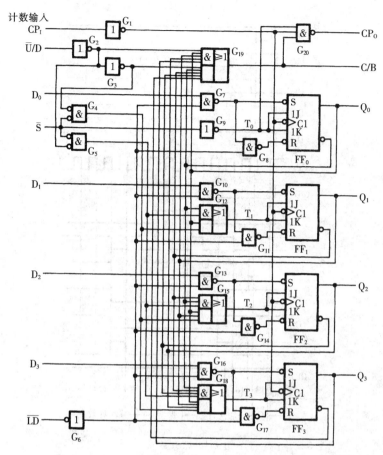

图 5-22 单时钟同步十六进制加/减计数器 74LS191

$\overline{S}$是使能控制端，当$\overline{S}=1$时，$T_0 \sim T_3$ 全部为 0，故 $FF_0 \sim FF_1$ 保持不变。C/B 是进位/借位信号输出端（也称最大/最小输出端）。当计数器作加法计数（$\overline{U}/D=0$），且$Q_3 Q_2 Q_1 Q_0 = 1111$时，C/B = 1 有进位输出；当计数器作减法计数（$\overline{U}/D=1$），且$Q_3 Q_2 Q_1 Q_0 = 0000$ 时，C/B = 1 有借位输出。CP_O 是串行时钟输出端。当 C/B = 1 的情况下，在下一个 CP_I 上升沿到达前 CP_O 端有一个负脉冲输出。

74LS191（74HC191）的功能表如表 5-7 所示，图 5-23 是它的时序图。由时序图可以比较清楚的看到 CP_O 和 CP_I 的关系。

表 5-7   同步十六进制加/减计数器 74LS191 的功能表

CP_I	$\overline{S}$	$\overline{LD}$	$\overline{U}/D$	工 作 状 态
×	1	1	×	保持
×	×	0	×	预置数
⊓	0	1	0	加法计数
⊓	0	1	1	减法计数

由于图 5-22 电路只有一个时钟信号（也就是计数输入脉冲）输入端，电路的加、减由$\overline{U}/D$的电平决定，所以称这种电路结构为单时钟结构。

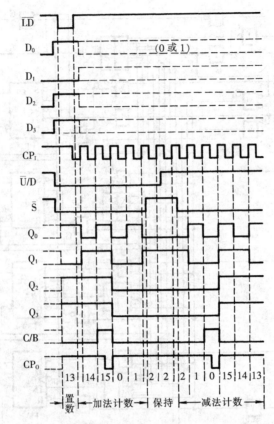

图 5-23 同步十六进制加/减计数器 74LS191 的时序图

倘若加法计数脉冲和减法计数脉冲来自两个不同的脉冲源，则需要使用双时钟结构的加/减计数器计数。

由 T′ 触发器构成二进制加/减计数器时，可根据式（5-5）和式（5-7），使

$$
\begin{cases}
CP_0 = CP_U + CP_D \\
CP_i = CP_U \displaystyle\prod_{j=0}^{i-1} Q_j + CP_D \displaystyle\prod_{j=0}^{i-1} \overline{Q_j} \qquad (i = 1, 2, \cdots, n-1)
\end{cases}
\tag{5-10}
$$

按此逻辑连接，将两个时钟信号加到 T′ 触发器上。CP_U 端有计数脉冲输入时，计数器作加法计数；CP_D 端有计数脉冲输入时，计数器作减法计数。加到 CP_U 和 CP_D 上的计数脉冲在时间上应该错开。

双时钟同步十六进制加/减计数器 74LS193 就是按此原理设计的。其逻辑符号如图5-24所示，功能表见表5-8。

74LS193 的主要功能简述如下。

a. 当 $R_D=1$ 时，计数器异步置 0，不置 0 时 $R_D=0$。

b. 当 $R_D=0$、$\overline{LD}=0$ 时，计数器异步预置数。计数时 $R_D=0$、$\overline{LD}=1$。

c. $CP_D=1$、CP_U 端输入计数脉冲时，作加法计数。进位输出 $\overline{CO} = \overline{Q_3 Q_2 Q_1 Q_0 \ \overline{CP_U}}$，即计数器输出状态为 1111，$\overline{CO}$ 输出一个负脉冲信号。

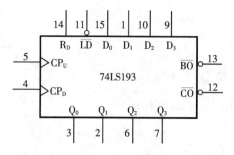

图 5-24 74LS193 逻辑符号图

表 5-8 74LS193 功能表

CP_U	CP_D	R_D	$\overline{LD}$	工作状态
$\times$	$\times$	1	$\times$	清 0
$\times$	$\times$	0	0	预置数
⊓	1	0	1	加法计数
1	⊓	0	1	减法计数

d. $CP_U=1$，CP_D 端输入计数脉冲时，作减法计数。借位输出 $\overline{BO} = \overline{\overline{Q_3}\,\overline{Q_2}\,\overline{Q_1}\,\overline{Q_0}\,\overline{CP_O}}$，即计数器输出状态为 0000，$\overline{BO}$ 输出一个负脉冲信号。

图 5-25 所示时序图进一步展示了 74LS193 的功能。

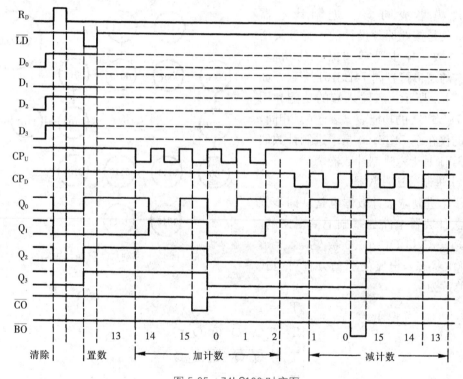

图 5-25 74LS193 时序图

（2）同步十进制计数器

① 十进制加法计数器

将同步二进制加法计数器电路略加修改即可得到由 T 触发器组成的同步十进制加法计数器电路。如果从 0000 开始计数，则直到输入第 9 个计数脉冲为止，十进制计数器工作过程与二进制计数器相同。计入第 9 个计数脉冲后电路进入 1001 状态，为了使第 10 个计数脉冲输入后电路不按二进制计数规律进入 1010 状态，而返回 0000 状态，这时 Q_3 的高电平应使 $T_1=0$，使 Q_1 状态保持 0 不变，同时 Q_0 和 Q_3 的高电平使 $T_3=1$，使 Q_3 的状态由 1 翻转为 0。因此其驱动方程为

$$\begin{cases} T_0 = 1 \\ T_1 = Q_0\,\overline{Q_3} \\ T_2 = Q_0 Q_1 \\ T_3 = Q_0 Q_1 Q_2 + Q_0 Q_3 \end{cases} \tag{5-11}$$

将式（5-11）代入 T 触发器的特性方程即得到电路的状态方程：

$$\begin{cases} Q_0^{n+1} = \overline{Q_0} \\ Q_1^{n+1} = Q_0\,\overline{Q_3}\,\overline{Q_1} + \overline{Q_0\,\overline{Q_3}}\,Q_1 \\ Q_2^{n+1} = Q_0 Q_1\,\overline{Q_2} + \overline{Q_0 Q_1}\,Q_2 \\ Q_3^{n+1} = (Q_0 Q_1 Q_2 + Q_0 Q_3)\,\overline{Q_3} + \overline{(Q_0 Q_1 Q_2 + Q_0 Q_3)}\,Q_3 \end{cases} \tag{5-12}$$

根据式（5-12）还可以画出如图 5-26 所示的电路状态转换图。由状态转换图可知，这个电路是能够自启动的。（电路图略）

中规模集成同步十进制计数器 74LS160 就是按此原理设计的。另外又增加了预置数、异步置零和保持的功能。74LS160 的逻辑符号同 74LS161 一致，如图 5-20（b）所示。各输入端的功能和用法也与 74LS161 的功能表（表 5-6）相同，所不同的仅在于 74LS160 是十进制计数器而 74LS161 是十六进制计数器。

② 十进制减法计数器

同步十进制减法计数器也是从同步二进制减法计数器电路的基础上演变来的。为了实现 $Q_3 Q_2 Q_1 Q_0 = 0000$ 状态减 1 后跳变成 1001 状态，电路的驱动方程可由式（5-6）修改为

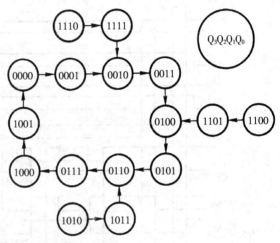

图 5-26　同步十进制加法计数器电路的状态转换图

$$\begin{cases} T_0 = 1 \\ T_1 = \overline{Q_0}\,(\overline{\overline{Q_1}\,\overline{Q_2}\,\overline{Q_3}}) \\ T_2 = \overline{Q_0}\,\overline{Q_1}\,(\overline{\overline{Q_1}\,\overline{Q_2}\,\overline{Q_3}}) \\ T_3 = \overline{Q_0}\,\overline{Q_1}\,\overline{Q_2} \end{cases} \tag{5-13}$$

状态方程和电路图略。

根据此原理制成的同步十进制减法计数器芯片有 CC14522 等。同样，这类集成电路一般还附加有预置数、异步清零等功能。

③ 十进制加/减计数器

同二进制加/减计数器一样，将同步十进制加法计数器和减法计数器的控制电路合并，并由一个加/减控制信号进行控制，即可得到同步十进制加/减计数器电路。

同步十进制加/减集成计数器 74LS190 的功能、用法和逻辑符号与同步十六进制加/减计数器 74LS191 完全类同。

同步十进制加/减计数器也有单时钟和双时钟两种结构形式，并各有定型的集成电路产品。属于单时钟类型的除 74LS190 以外，还有 74LS168、CC4510 等，属于双时钟类型的有 74LS192、CC40192 等。

2. 异步计数器

（1）异步二进制计数器

异步计数器在作"加 1"或"减 1"计数时是采取从低位到高位逐位进位的方式工作的。由于各触发器之间前浪后浪地逐位翻转，因此这类计数器常称为行波计数器。用 T′ 触发器实现异步计数器电路最为简单，只需对各个触发器接入不同的翻转脉冲即可。

① 异步二进制加法计数器

以 3 位二进制加法计数器为例，按照二进制加法计数规则，先画出其时序图，如图 5-27（a）所示。从图中可以看出，如果低位触发器 Q 端已经是 1，则在输入计数脉冲时应变为 0，同时向高位输出进位信号，使高位翻转。若使用下降沿动作的 T′ 触发器组成计数器，则只要将低位触发器的 Q 端接至高位触发器的时钟输入端就行了。当低位由 1 变为 0 时，Q 端的下降沿正好可以作为高位的时钟信号。其电路图如图 5-27（b）所示。其中 T′ 触发器是令 JK 触发器的 J＝K＝1 而得到的，最低位触发器的时钟信号 CP_0 即为计数输入脉冲。

另外，如图 5-27（a）所示，触发器输出端新状态的建立要比 CP 下降沿滞后一个传输延迟时间 t_{pd}。

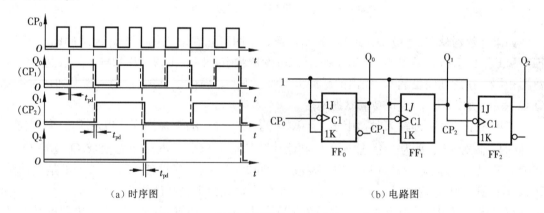

（a）时序图　　　　　　　　　　　　　（b）电路图

图 5-27　下降沿动作的异步二进制加法计数器

从时序图出发还可以列出电路的状态转换表，画出状态转换图。这些都和同步二进制计数器相同，不再重复。用上升沿触发的 T′ 触发器同样可以组成异步二进制加法计数器，但每一级触发器的进位脉冲应改由 $\overline{Q}$ 端输出。

② 异步二进制减法计数器

如将 T′ 触发器之间按二进制减法计数规则连接，就得到二进制减法计数器。按照二进制减法计数规则，若低位触发器已经为 0，则再输入一个减法计数脉冲后应翻转成 1，同时向高位发出借位信号，使高位翻转。读者很容易画出其时序图，从而找出规律，画出电路图。

表 5-9 列出了异步二进制计数器的连接规律。

表 5-9 2^n 进制异步计数器的连接规律

计数方式	激励输入	上升沿触发时钟	下降沿触发时钟
加法计数器	全部连接为 T' 触发器:	$CP_0 = CP$, 其他 $CP_i = \overline{Q}_{i-1}$	$CP_0 = CP$, 其他 $CP_i = Q_{i-1}$
减法计数器	$J_i = K_i = 1$, $T_i = 1$, $D_i = \overline{Q}_i$	$CP_0 = CP$, 其他 $CP_i = Q_{i-1}$	$CP_0 = CP$, 其他 $CP_i = \overline{Q}_{i-1}$

目前常见的异步二进制加法计数器产品有 4 位的（如 74LS293、74LS393、74HC393 等）、7 位的（如 CC4024 等）、12 位的（如 CC4040 等）和 14 位的（如 CC4060 等）几种类型。

（2）异步十进制计数器

异步十进制加法计数器是在 4 位异步二进制加法计数器的基础上加以修改而得到的。修改时要解决的问题是如何使 4 位二进制计数器在计数过程中跳过从 1010 到 1111 这 6 个状态。图 5-28 所示电路是异步十进制加法计数器的典型电路。假如所用的触发器为 TTL 电路，J、K 端悬空时相当于接逻辑 1 电平。

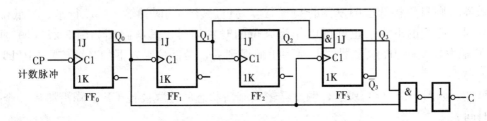

图 5-28   异步十进制加法器的典型电路

如果计数器从 $Q_3 Q_2 Q_1 Q_0 = 0000$ 开始计数，由图可知在输入第 8 个计数脉冲以前 FF_0、FF_1 和 FF_2 的 J 和 K 始终为 1，即工作在 T' 触发器状态，因而工作过程和异步二进制加法计数器相同。在此期间虽然 Q_0 输出的脉冲也送给了 FF_3，但由于每次 Q_0 的下降沿到达时 $J_3 = Q_1 Q_2 = 0$，所以 FF_3 一直保持 0 状态不变。

当第 8 个计数脉冲输入时，由于 $J_3 = K_3 = 1$，所以 Q_0 的下降沿到达以后 FF_3 由 0 变为 1。同时，J_1 也随 $\overline{Q}_3$ 变为 0 状态。第 9 个计数脉冲输入以后，电路状态变成 $Q_3 Q_2 Q_1 Q_0 = 1001$。第 10 个计数脉冲输入后，FF_0 翻成 0，同时 Q_0 的下降沿使 FF_3 置 0，于是电路从 1001 返回到 0000，跳过了 1010～1111 这 6 个状态，成为十进制计数器。

将上述过程用电压波形表示，即得图5-29的时序图。根据时序图又可列出电路的状态转换表，如表 5-10 所示；画出电路的状态转换图，如图 5-30 所示。

通过这个例子可以看到，在分析一些比较简单的异步时序电路时，可以采取从物理概念出发直接画波形图的方法分析它的功能，而不一定要按前面介绍的异步时序电路的分析方法去写方程式。

74LS90 就是按照图 5-28 电路的原理制成的异步十进制加法计数器，它的逻辑图如图 5-31（a），逻辑符号如图 5-31（b）所示。为了增加使用的灵活性，FF_1 和 FF_3 的 CP 端没有与 Q_0 端连在一起，而从 CP_1 端引出。它实际上包含了两个独立的下降沿触发的计数器，即模 2（二进制）和模 5（五进制）计数器，因此 74LS90 又称为二—五—十进制异步计数器。异步清 0 端 R_{01}、R_{02} 和异步置 9 端 S_{91}、S_{92} 均为高电平有效，图 5-31（c）为 74LS90 的简化结构。采用这种结构可以增加使用的灵活性。74LS196、74LS293 等异步计数器多采用这种结构。

表 5-10　图 5-28 电路的状态转换表

CP 的顺序	触发器状态				输出
	Q_3	Q_2	Q_1	Q_0	C
0	0	0	0	0	0
1	0	0	0	1	0
2	0	0	1	0	0
3	0	0	1	1	0
4	0	1	0	0	0
5	0	1	0	1	0
6	0	1	1	0	0
7	0	1	1	1	0
8	1	0	0	0	0
9	1	0	0	1	1
10	0	0	0	0	0

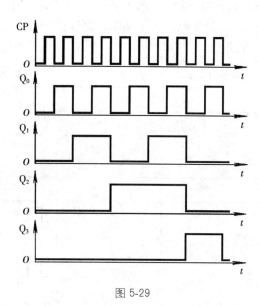

图 5-29

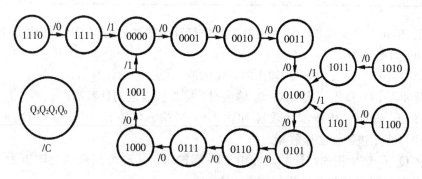

图 5-30　图 5-28 电路的状态转换图

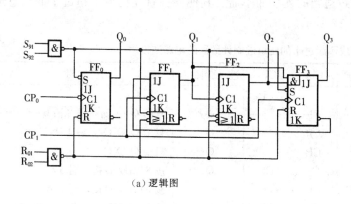

（a）逻辑图

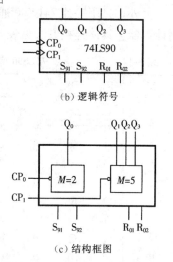

（b）逻辑符号

（c）结构框图

图 5-31　74LS90 计数器

74LS90 的功能表如表 5-11 所示。从表中看出，$R_{01}R_{02}＝1$、$S_{91}S_{92}＝0$ 时，无论时钟如何，输出全部清 0；而当 $S_{91}S_{92}＝1$，无论时钟和清 0 信号 R_{01}、R_{02} 如何，输出就置 9。这说明清 0、置 9 都是异步操作，而且置 9 是优先的。称 R_{01}、R_{02} 为异步清 0 端，S_{91}、S_{92} 为异步置 9 端。

表 5-11   74LS90 功能表

输　　入				输　出 $Q_3 Q_2 Q_1 Q_0$	功　　能
R_{01}　R_{02}	S_{91}　S_{92}	CP_0	CP_1		
1　1	0　$\times$	$\times$	$\times$	0　0　0　0	异步清 0
1　1	$\times$　0	$\times$	$\times$	0　0　0　0	
$\times$　$\times$	1　1	$\times$	$\times$	1　0　0　1	异步置 9
$R_{01}R_{02}＝0$	$S_{91}S_{92}＝0$	⊓	$\times$	二进制（Q_0）	计　数
		$\times$	⊓	五进制（$Q_3 Q_2 Q_1$）	
		⊓	Q_0	8421BCD 码（$Q_3 Q_2 Q_1 Q_0$）	
		Q_3	⊓	5421BCD 码（$Q_0 Q_3 Q_2 Q_1$）	

当满足 $R_{01}R_{02}＝0$、$S_{91}S_{92}＝0$ 时电路才能执行计数操作，根据 CP_1、CP_2 的各种接法可以实现不同的计数功能。

计数脉冲由 CP_0 输入，从 Q_0 输出时，则构成一位二进制计数器。

计数脉冲由 CP_1 输入，从 $Q_3 Q_2 Q_1$ 输出时，则构成五进制计数器。

如果将 Q_0 和 CP_1 相连，计数脉冲由 CP_0 端输入，输出为 $Q_3 Q_2 Q_1 Q_0$ 时，则构成 8421BCD 码异步十进制加法计数器。

如果将 Q_3 和 CP_0 相连，计数脉冲由 CP_1 端输入，从高位到低位的输出为 $Q_0 Q_3 Q_2 Q_1$ 时，则构成 5421BCD 码异步十进制加法计数器。

另外，只用一片 74LS90 通过适当的连接而不需要其他器件就能构成不超过十的任意进制计数器。具体连接方法见表 5-12 所示。

表 5-12   74LS90 构成不超过十的任意进制计数器的电路连接表

M	R_{01}	R_{02}	S_{91}	S_{92}	CP_1	CP_0	进位输出	说　　明
2	0	0	0	0		CP	Q_0	只用 Q_0
3	Q_2	Q_1	0	0	CP		Q_2	只用 $Q_3 Q_2 Q_1$，遇 3 清 0
4	1	Q_3	0	0	CP		Q_2	只用 $Q_3 Q_2 Q_1$，遇 4 清 0
5	0	0	0	0	CP		Q_3	只用 $Q_3 Q_2 Q_1$
6	Q_2	Q_1	0	0	Q_0	CP	Q_2	按 8421BCD 接，遇 6 清 0
7	Q_2	Q_0	0	0	CP	Q_3	Q_0	按 5421BCD 接，遇 7 清 0
8	1	Q_1	0	0	Q_0	CP	Q_2	按 8421BCD 接，遇 8 清 0
9	Q_3	Q_0	0	0	Q_0	CP	Q_3	按 8421BCD 接，遇 9 清 0
10	0	0	0	0	Q_0	CP	Q_3	按 8421BCD 接
10	0	0	0	0	CP	Q_3	Q_0	按 5421BCD 接

3. 任意进制计数器的构成

出于成本方面的考虑，厂家一般只生产应用较广的十进制、十六进制、7 位二进制、12 位二进制、14 位二进制等几种产品，市场上很容易买到。需要其他任意进制计数器时，只能在现有中规模集成计数器基础上进行级联或改造来实现。这类技巧在实践中经常用到，故必须熟练掌握。

（1）多片集成计数器的级联

前面介绍的各种集成计数器多是 4 位的，只能实现 $M \leqslant 16$ 的计数。在实际应用中，经常会遇到多片集成计数器级联以扩大计数范围的情况。下面分别以 74LS161（160）和 74LS90 为例，介绍计数器的级联方法。若不外接反馈电路，几片计数器级联后计数器的模 $M = M_1 \cdot M_2 \cdot \cdots \cdot M_n$，其中 M_1、M_2、$\cdots$、M_n 为各片集成计数器的模值。

① 异步级联（串行进位方式）

异步级联即用前一级计数器的输出作为后一级计数器的时钟信号。这种信号可以取自前一级的进位（或借位）输出，也可直接取自高位触发器的输出。此时若后一级计数器有计数允许控制端，则应使它处于允许计数状态。

图 5-32 是两片 74LS90 按异步级联方式组成的 $10 \times 10 = 100$ 进制计数器。图中每片 74LS90 接成 8421BCD 码计数器，第二级的时钟由第一级输出 Q_3 提供。第一级每经过 10 个状态向第二级提供一个时钟有效沿，使第二级改变一次状态。

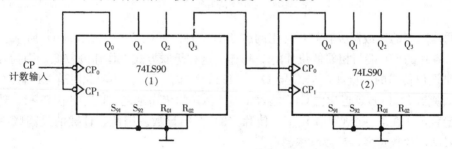

图 5-32　74LS90 的级联扩展

图 5-33 所示电路是两片 74LS161 的串行进位方式的连接方法。两片 74LS161 的 EP 和 ET 恒为 1，都工作在允许计数状态。第（1）片每计数到 15（1111）时 C 端输出高电平，经反相器后使第（2）片的 CP 端为低电平。下一个计数输入脉冲到达后，第（1）片计成 0（0000）状态，C 端跳回低电平，经反相器使第（2）片的输入端产生一个正跳变，于是第（2）片计入 1。在这种接法下能实现 $16 \times 16 = 256$ 进制计数。

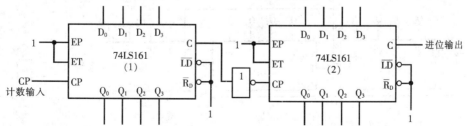

图 5-33　74LS161 的串行进位方式级联

② 同步级联（并行进位方式）

同步级联时，外加时钟信号同时接到各片的时钟输入端，用前一级的进位（借位）输出信号作为下一级的工作状态控制信号（计数允许或使能信号）。只有当进位（借位）信号有效时，时钟才能对后级计数器起作用。

图 5-34 所示电路是并行进位方式的接法。以第（1）片的进位输出 C 作为第（2）片的 EP 和 ET 输入，当第（1）片计数状态从 0（0000）至 14（1110）时，C＝0，所以第（2）片一直处于保持状态。只有当第（1）片计成 15（1111）时，C 变为 1，下一个 CP 信号到达时第（2）片为计数工作状态，第（2）片的计数状态端进行加 1 计数，而同时第（1）片计成 0（0000），它的 C 端回到低电平。第（1）片的 EP 和 ET 恒为 1，始终处于计数状态。

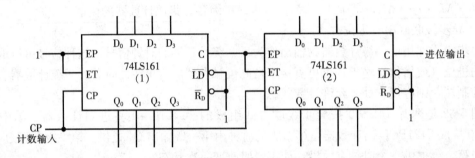

图 5-34　74161 的并行进位方式

若两片以上的计数器级联时，常用的方法有两种。如图 5-35（a）、（b）所示。图 5-35（a）中，各片的 ET 端与相邻低位片的 C 相连。这种级联方式工作速度较低，因为片间进位信号 C 是逐位传递的。例如，当 $Q_7 \sim Q_0 = 11111110$ 时，$ET_3 = 0$，此时若 CP 有效，使 Q_0 由 0→1，则经片（1）延迟建立 C1，再经 ET_2 到 C_2 的传递延迟，ET_3 才由 0→1，待片（3）内部稳定后，才在下一个 CP 作用下，使片（3）开始计数。因此，计数的最高频率将受到片数的限制，片数越多，计数频率越低。

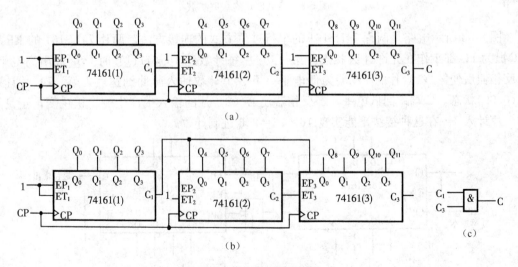

图 5-35　常用的两种级联方式

图 5-35（b）中，最低位片的 C_1 并行接到其他各片的 EP 端，只有 ET_2 接到 "1"，其他高位片的 ET 端均与相邻低位片 C 相连。这种连接 C 的传递比图 5-35（a）快多了。例如，$Q_7 \sim Q_0 = 11111110$ 时，ET_3 已经为 1，虽然 $EP_3 = 0$，但只要有 CP 作用，Q_0 由 0→1，只需经片（1）延迟，就可以使 $EP_3 = C_1 = 1$，片（3）稳定后，在 CP 作用下便可开始计数。因此这种连接速度较快，而且级数越多，优越性越明显。但这种连接法其最高位片的进位 $C_3 = 1$ 时并不表示计数器已计到最大值，只有将最高位片 C_3 和片（1）的 C_1 相与，其输出才能作为多个计数器的进位输出，见图 5-35（c）所示。

（2）任意进制计数器的实现方法

一定进制的集成计数器加上适当反馈电路后可以构成任意进制计数器。

现以 N 表示已有中规模集成计数器的进制（或模值），以 M 表示待实现计数器的进制，若 $M < N$，则只需一片集成计数器；若 $M > N$，则需多片集成计数器实现。现介绍具体实现方法。

先讨论 $M < N$ 的情况。若要得到一个模值为 M（$< N$）的计数器，则要在 N 进制计数器的顺序计数过程中，设法使之跳过（$N - M$）个状态，只在 M 个状态中循环就可以了。通常 MSI 计数器都有清 0、置数等多个控制，因此实现模值 M 计数器的基本方法有反馈清 0 法（或称复位法、置 0 法）和反馈置数法（或称置数法）。

① 清 0 法

清 0 法适用于有清 0 输入端的计数器。这种方法的基本思想是：计数器从全 0 状态 S_0 开始计数，计满 M 个状态后产生清 0 信号，使计数器恢复到初态 S_0，然后再重复上述过程。具体做法又分两种情况。

a. 异步清 0 法。计数器在 $S_0 \sim S_{M-1}$ 共 M 个状态中工作，当计数器进入 S_M 状态时，利用 S_M 状态进行译码，产生清 0 信号并反馈到异步清 0 端，使计数器立即返回全 0 状态 S_0。其示意图如图 5-36（a）中虚线所示。此方法适用于具有异步清 0 端的中规模集成计数器。由于是异步清 0，只要 S_M 状态一出现便被立即置成 S_0 状态，因此 S_M 状态只在极短的瞬间出现，通常称它为"过渡态"。在计数器的稳定计数状态循环中不包含 S_M 状态。

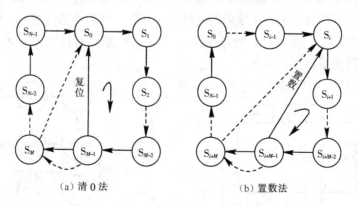

　　　　（a）清 0 法　　　　　　　　（b）置数法

图 5-36　实现任意模值计数器的示意图

能产生清 0 信号的反馈逻辑为

$$F = \begin{cases} \overline{\Pi Q^1} & \text{清 0 端低电平有效} \\ \Pi Q^1 & \text{清 0 端高电平有效} \end{cases}$$

其中，ΠQ^1 为 S_M 状态编码中值为 1 的各 Q 之"与"。

b. 同步清 0 法。计数器在 $S_0 \sim S_{M-1}$ 共 M 个状态中工作，当计数器进入 S_{M-1} 状态时，利用 S_{M-1} 状态进行译码，产生清 0 信号并反馈到同步清 0 端，要等下一拍时钟来到时，才完成清 0 动作，使计数器返回 S_0。可见，同步清 0 没有过渡状态，其示意图如图 5-36（a）中实线所示。此方法适用于具有同步清 0 端的中规模集成计数器。

② 置数法

置数法与清 0 法不同，它是通过给计数器重复置入某个数值的方法跳越多余状态，从而获得 M 进制计数器。

由于置数操作可以在任意状态下进行，因此计数器不一定从全 0 状态 S_0 开始计数。它可以通过预置数功能使计数器从某个预置状态 S_i 开始计数，计满 M 个状态后产生置数信号，使计数器又进入预置状态 S_i，然后再重复上述过程，其示意图如图 5-36（b）所示。这种方法适用于有预置数功能的计数器。对于同步预置数的计数器，使置数（LD）有效的信号应从 S_{i+M-1} 状态译出，等下一个 CP 到来时，才将预置数置入计数器，计数器在 S_i、S_{i+1}、…、S_{i+M-1} 共 M 个状态中循环，如图 5-36（b）中实线所示；对于异步预置数的计数器，使置数（LD）有效的信号应从 S_{i+M} 状态译出，当 S_{i+M} 状态一出现，即置数信号一有效，立即就将预置数置入计数器，它不受 CP 控制，所以 S_{i+M} 状态只在极短的瞬间出现，稳定计数状态循环中不包含 S_{i+M} 状态，如图 5-36（b）中虚线所示。

综上所述，采用清 0 法或置数法设计任意模值计数器都需要经过以下 3 个步骤。

① 选择模 M 计数器的计数范围，确定初态和末态；

② 确定产生清 0 或置数信号的译码状态，然后根据译码状态设计译码反馈电路；

③ 画出模 M 计数器的逻辑电路。

[**例 5-9**] 试用同步十进制计数器 74160 接成六进制计数器。74160 的状态转换图见图 5-26，它的功能表与 74LS161 的功能表（见表 5-6）相同。

解： 因为 74160 兼有异步置零和同步预置数功能，所以清 0 法和置数法均可采用。图 5-37 所示电路是采用异步清 0 法接成的六进制计数器。当计数器计成 0110（即 S_M）状态时，担任译码器的门 G（全译码）输出低电平信号给 $\overline{R}_D$ 端，将计数器置零，回到 0000 状态。电路的状态转换图如图 5-38 所示。

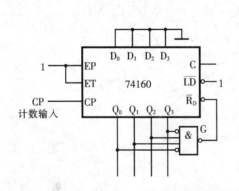

图 5-37 用置零法将 74160 接成六进制计数器

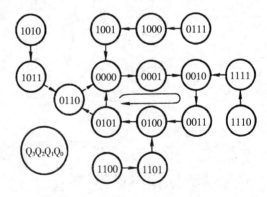

图 5-38 图 5-37 电路的状态转换图

由于清 0 信号随着计数器被置零而立即消失，所以清 0 信号持续时间极短，如果触发器的复位速度有快有慢，则可能动作慢的触发器还未来得及复位，清 0 信号已经消失，导致电路误动作。因此，这种接法的电路可靠性不高。

为了克服这个缺点，时常采用图 5-39 所示的改进电路。图中的与非门 G_1 起译码器的作用，当电路进入 0110 状态时，它输出低电平信号。与非门 G_2 和 G_3 组成了基本 RS 触发器，以它 $\overline{Q}$ 端输出的低电平作为计数器的清 0 信号。

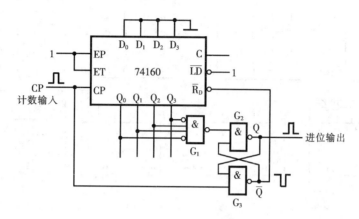

图 5-39　图 5-37 电路的改进

若计数器从 0000 状态开始计数，则第 6 个计数输入脉冲上升沿到达时计数器进入 0110 状态，G_1 输出低电平，将基本 RS 触发器置 1，$\overline{Q}$ 端的低电平立刻将计数器置零。这时虽然 G_1 输出的低电平信号随之消失了，但基本 RS 触发器的状态仍保持不变，因而计数器的清 0 信号得以维持。直到计数脉冲回到低电平以后，基本 RS 触发器被置零，$\overline{Q}$ 端的低电平信号才消失。可见，加到计数器 $\overline{R}_D$ 端的清 0 信号宽度与输入计数脉冲高电平持续时间相等。

同时，进位输出脉冲也可以从基本 RS 触发器的 Q 端引出。这个脉冲宽度与计数脉冲高电平宽度相等。

在有的计数器产品中，将 G_1、G_2、G_3 组成的附加电路直接制作在计数器芯片上，这样在使用时就不用外接附加电路了。

[例 5-10]　用 74161 实现模 7 计数器。

解：74161 同样可以采用异步清 0 法和同步置数法实现任意模值计数器。

采用异步清 0 法同例 5-9。请读者自己完成。

置数法是通过控制同步置数端 $\overline{LD}$ 和预置数输入端 $D_3D_2D_1D_0$ 的不同数值来实现模 M 计数器的。由于置数状态可在 N 个状态中任选，因此实现的方案很多，常用方法有 4 种：

① 同步置 0 法（前 M 个状态计数）

选用 $S_0 \sim S_{M-1}$ 共 M 个状态计数，计到 S_{M-1} 时使 $\overline{LD}=0$，等下一个 CP 来到时置 0，即返回 S_0 状态。这种方法和同步清 0 相似，但必须设置预置数输入 $D_3D_2D_1D_0=0000$。本例中 $M=7$，故选用 0000～0110 共 7 个状态，计到 0110 时同步置 0，$\overline{LD}=\overline{Q_2Q_1}$，其态序表见表 5-13（a），逻辑图见图 5-40（a）。由于该电路所取的 7 个循环状态中没有 1111 这个状态。因为进位信号 C 是由 1111 状态译码产生的，所以计数过程中 C 端始终没有输出信号。这时电路要考虑引出进位输出信号。

② 进位 C 置数法（后 M 个状态计数）

表 5-13　例 5-10 态序表

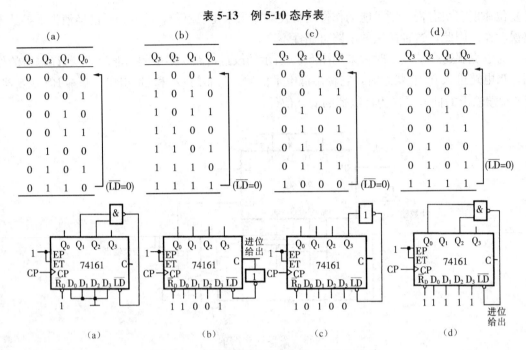

图 5-40　例 5-10 模 7 计数器的 4 种实现方法

选用 $S_i \sim S_{N-1}$ 共 M 个状态，当计到 S_{N-1} 状态并产生进位信号时，利用进位信号置数，使计数器返回初态 S_i。同步置数时预置输入数的设置为 $N-M$。本例要求 $M=7$，预置数为 $16-M=9$，即 $D_3 D_2 D_1 D_0 = 1001$，故选用 $1001 \sim 1111$ 共 7 个状态，计到 1111 时利用进位信号 C 同步置数，所以 $\overline{LD} = \overline{C}$，其态序表见表 5-12 (b)，逻辑图见图 5-40 (b)。

③ 中间任意 M 个状态计数

随意选用 N 个状态中的中间 $S_i \sim S_{i+M-1}$ 共 M 个状态，计到 S_{i+M-1} 时译码使 $\overline{LD}=0$，等下一个 CP 来到时返回 S_i 状态。本例选用 $0010 \sim 1000$ 共 7 个状态，计到 1000 时同步置数，故 $\overline{LD} = \overline{Q_3}$，预置数 $D_3 D_2 D_1 D_0 = 0010$，态序表见表 5-13 (c)，逻辑图见图 5-40 (c)。

④ 去掉中间 $(N-M)$ 个多余状态

计数从 S_0 状态开始顺序计数至 S_{M-2} 共 $M-1$ 个状态，计到 S_{M-2} 时使 $\overline{LD}=0$，下个 CP 信号到来时置入 1111，再来一个 CP 信号时回到 S_0。循环状态中包含了 1111 这个状态，和前面 $M-1$ 个状态合起来完成 M 个状态的计数，并且每个计数循环都会在 C 端给出一个进位脉冲。本例选用 $0000 \sim 0101$、1111 7 个状态，计到 0101 时同步置数，故 $\overline{LD} = \overline{Q_2 Q_0}$，预置数 $D_3 D_2 D_1 D_0 = 1111$。其态序表见表 5-13 (d)，逻辑图见图 5-40 (d)。由于 74161 的预置数是同步式的，即 $\overline{LD}=0$ 以后，还要等下一个 CP 信号到来时才置入数据，而这时 $\overline{LD}=0$ 的信号已稳定地建立了，所以不存在异步置零法中因清 0 信号持续时间过短而可靠性不高的问题。

[例 5-11]　用 74LS90 实现模 7 计数器。

解：因为 74LS90 有异步清 0 和异步置 9 功能，并有 8421BCD 码和 5421BCD 码两种接法，因此可以用 4 种方案设计。其方法见表 5-14、图 5-41 和表 5-15、图 5-42，这里不再细述。另外，若不采用反馈电路时还可由表 5-11 中所示方法实现，请读者自行完成。

表 5-14 例 5-11 清 0 法的态序表

（a）清 0 法 8421BCD 码态序表

CP	Q_3	Q_2	Q_1	Q_0	
1	0	0	0	0	
2	0	0	0	1	
3	0	0	1	0	
4	0	0	1	1	$M=7$
5	0	1	0	0	
6	0	1	0	1	
7	0	1	1	0	
8	0	1	1	1	过渡态

（b）清 0 法 5421BCD 码态序表

CP	Q_0	Q_3	Q_2	Q_1	
1	0	0	0	0	
2	0	0	0	1	
3	0	0	1	0	
4	0	0	1	1	$M=7$
5	0	1	0	0	
6	1	0	0	0	
7	1	0	0	1	
8	1	0	1	0	过渡态

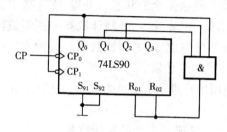

（a）8421BCD 码接法

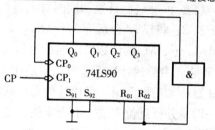

（b）5421BCD 码接法

图 5-41 例 5-11 清 0 法逻辑图

表 5-15 例 5-11 置 9 法的态序表

（a）置 9 法 8421BCD 码态序表

CP	Q_3	Q_2	Q_1	Q_0	
1	0	0	0	0	
2	0	0	0	1	
3	0	0	1	0	
4	0	0	1	1	$M=7$
5	0	1	0	0	
6	0	1	0	1	
7	0	1	1	0	
8	0	1	1	1	过渡态

（b）置 9 法 5421BCD 码态序表

CP	Q_0	Q_3	Q_2	Q_1	
1	0	0	0	0	
2	0	0	0	1	
3	0	0	1	0	
4	0	0	1	1	$M=7$
5	0	1	0	0	
6	1	0	0	1	
7	1	0	0	1	
8	1	0	1	0	过渡态

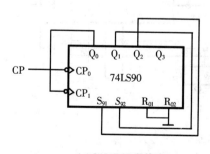

（a）8421BCD 码接法

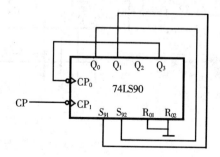

（b）5421BCD 码接法

图 5-42 例 5-11 置 9 法逻辑图

以上举例分析了用 1 片计数器实现 $M<N$ 的任意进制计数器的方法。如果要求实现 $M>N$ 的任意进制计数器时，则必须将多片 N 进制计数器组合起来，才能实现 M 进制计数器。常用的方法有两种。

方法 1：先将 n 片 N 进制计数器级联组成 N^n（$N^n>M$）进制计数器，然后采用整体清 0 法或整体置数法实现模 M 计数器。

所谓整体清 0 法方式，是首先将多片 N 进制计数器级联接成一个大于 M 进制的计数器（如 N^n 进制），然后在计数器计为 S_M（或 S_{M-1}）的状态译出异步（或同步）清 0 信号，将多片 N 进制计数器同时清 0。这种方式的基本原理和 $M<N$ 时的清 0 法是一样的。

而整体置数方式的原理也与 $M<N$ 时的置数法类似，是在选定的某一状态下译出置数信号，将多个 N 进制计数器同时置入适当的数据，跳过多余的状态，获得 M 进制计数器。

方法 2：将模 M 分解为 $M=M_1\times M_2\times\cdots\times M_n$，用 n 片 N 进制计数器分别组成模值为 M_1、M_2、$\cdots$、M_n 的计数器，然后再将它们级联即可组成 M 进制计数器。这种方法适用于模值 M 为非素数的计数器。方法 1 适用于任意模值的计数器。

注意：如前面介绍，多片计数器级联时可采用串行进位方式或并行进位方式，但常用的方法一般是并行进位方式。下面举例说明。

[例 5-12] 试用两片同步十进制计数器 74160 接成二十九进制计数器。

解：因为 $M=29$ 是一个素数，所以必须用整体置零法或整体置数法构成二十九进制计数器。

图 5-43 是整体置零方式的接法。首先将两片 74160 以并行进位方式连成一个百进制计数器。计数器从全 0 状态开始计数，计入 29 个脉冲时，经门 G_1 译码产生低电平信号立刻将两片 74160 同时置零，于是便得到二十九进制计数器。需要注意的是计数过程中第（2）片 74160 不出现 1001 状态，因而它的 C 端不能给出进位信号。而且，门 G_1 输出的脉冲持续时间极短，也不宜作进位输出信号。如果要求进位输出信号持续时间为一个时钟信号周期，则应从电路的 28 状态译出。当电路计入 28 个脉冲后门 G_2 输出变为低电平，第 29 个计数脉冲到达后门 G_2 的输出跳变为高电平。

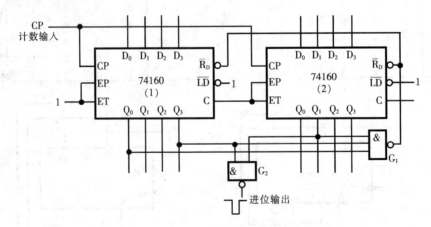

图 5-43 例 5-12 电路的整体置零方式

通过这个例子可以看到，整体置零法不仅可靠性较差，而且往往还要另加译码电路才能得到需要的进位输出信号。

采用整体置数方式可以避免置零法的缺点。图 5-44 所示电路是采用整体置数法接成的二十九进制计数器。首先仍需将两片 74160 接成百进制计数器。然后由电路的 28 状态译码产生 $\overline{LD}=0$ 信号，同时加到两片 74160 上，在下个计数脉冲（第 29 个输入脉冲）到达时，将 0000 同时置入两片 74160 中，从而得到二十九进制计数器。进位信号可以直接由门 G 的输出端引出。

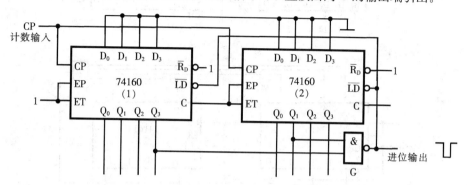

图 5-44　例 5-12 电路的整体置数方式

[例 5-13]　试用 74LS90 实现模 54 计数器。

解： 一片 74LS90 为十进制计数器，故实现模 54 计数器需要用两片 74LS90。

① 大模分解法

可将 M 分解为 $54=6\times9$，用两片 74LS90 分别组成 8421BCD 码模 6、模 9 计数器，然后级联组成 $M=54$ 计数器，其逻辑图如图 5-45（a）所示。图中，模 6 计数器的进位信号应从 Q_2 输出。

② 整体清 0 法

先将两片 74LS90 用 8421BCD 码接法构成模 100 计数器，然后加译码反馈电路构成模 54 计数器。过渡态 $Q_3' Q_2' Q_1' Q_0' Q_3 Q_2 Q_1 Q_0 = 01010100$，所以译码逻辑方程为 $R_{01} R_{02} = R_{01}' R_{02}' = Q_2' Q_0' Q_2$。模 54 的逻辑图如图 5-45（b）所示。

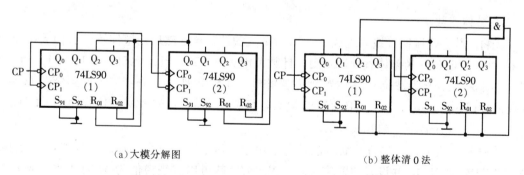

（a）大模分解图　　　　　　　　　　　　　　　　　（b）整体清 0 法

图 5-45　例 5-13 用 74LS90 实现模 54 计数器逻辑图

[例 5-14]　试用 74161 实现模 60 计数器。

解： 因一片 74161 为 16 进制计数器，故实现模 60 计数器必须用两片 74161。

① 大模分解法

可将 M 分解为 $60=6\times10$，用两片 74161 分别组成模 6、模 10 计数器，然后级联组成模 60 计数器，逻辑电路如图 5-46（a）所示。注意，两片 74161 间的连接方式也可采用并行连接，同时模值分解也有多种方法。

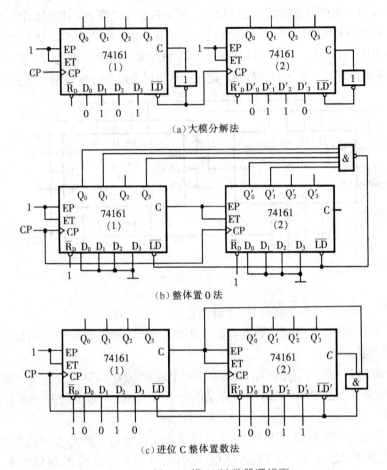

(a) 大模分解法

(b) 整体置0法

(c) 进位 C 整体置数法

图 5-46　例 5-14 模 60 计数器逻辑图

② 整体置数法

先将两片 74161 同步级联组成 $N=16^2=256$ 的计数器，然后用整体置数法构成模 60 计数器。图 5-46 (b) 为整体置 0 逻辑图，计数范围为 0~59，当计到 59 (00111011) 时同步置 0。图 5-46 (c) 为进位 C 整体置数法逻辑图，计数范围为 196~255，计到 255 (C=1) 时使两片 $\overline{LD}$ 均为 0，下一个 CP 来到时置数，预置输入数 $=256-M=196$，故 $D_3'D_2'D_1'D_0'$ $D_3D_2D_1D_0=(196)_{10}=(11000100)_2$。

从例 5-14 可看出，进位 C 置数法具有通用性，对于同步置数的加法计数器，只要用进位 C 控制置数端 $\overline{LD}$，并设置预置输入数 $=N-M$，就可以实现模值为 M 的计数 (或分频) 器。若要改变模值 M，只需改变预置输入数即可，因此这种方法可以用来实现可编程分频器。

通常，凡是具有预置功能的加 (减) 计数器都可以实现可编程分频器，只要用进位 (或借位) 输出去控制置数端，当加计数计到 S_{N-1} 状态，或减计数计到 S_0 状态时置数控制端有效，使计数器又进入 S_i 预置状态。这样计数器总是在 $S_i \sim S_{N-1}$ (或 S_0) 共 M 个状态中循环，从而构成模 M 计数器。表 5-16 列出了在不同工作条件下预置输入数的设置方式。表中 N 为已有计数器的模值，M 为要求实现的计数器模值。对于同步置数加法计数器，预置值＝$N-M=[M]_\text{补}$，$M=N-预=[预]_\text{补}$，即如果已知 M，只要求出 $[M]_\text{补}$（M 的各位求反，末位加1），即可求得预置数；同理，若已知预置数值，只要求出 $[预]_\text{补}$ 即可求得模 M 的值。可见用这种方法设计可编程分频器是很简便的。

表 5-16 可编程计数器预置输入的设置

	异 步 预 置	同 步 预 置
加法计数	预置值＝$N-M-1$	预置值＝$N-M$
减法计数	预置值＝M	预置值＝$M-1$

5.5　寄存器

寄存器（Register）按其功能特点分为数码寄存器和移位寄存器两类。触发器是最简单的一位寄存器。数码寄存器用来存放一组二值代码，而移位寄存器除了存储二值代码之外，还具有移位功能，就是在移位脉冲作用下，将二值代码左移或右移。移位寄存器分为左移、右移和双向移位寄存器 3 种。

5.5.1　数码寄存器

数码寄存器有双拍和单拍两种工作方式。双拍工作方式是指接收数码的过程分二步进行，第一步清零，第二步接收数码。单拍工作方式是指只需一个接收脉冲就可以完成接收数码的工作方式。

由于双拍工作方式每次接收数码都必须依次给出清零、接收两个脉冲，不仅操作不便，而且还限制了工作速度。因此，集成数码寄存器几乎都采用单拍工作方式。

一个触发器只能存储一位二值代码。N 个触发器构成的数码寄存器可以存储一组 N 位的二值代码。由于数码寄存器是将输入代码存在数码寄存器中，所以要求数码寄存器所存的代码一定和输入代码相同。因此，构成数码寄存器的触发器必定是 D 触发器。其他逻辑类型的触发器可转换为 D 触发器，并且也可采用不同结构类型的触发器，它们只是动作特点不同而已。

由于数码寄存器由 D 触发器构成，所以集成数码寄存器常称做 N 位 D 触发器。图 5-47 列出了 4 位上升沿触发的 D 型触发器 74LS175 的逻辑图。74LS175 内部有 4 个 D 触发器。在时钟脉冲 CP 上升沿到来时，实现数据的并行输入—并行输出。

为了增加使用的灵活性，在有些寄存器电路中还附加了一些控制电路，使寄存器又增添了异步置 0、输出三态控制和"保持"等功能。这里所说的"保持"，是指 CP 信号到达时触发器不随 D 端的输入信号而改变状态，保持原来的状态不变。例如 CMOS 电路 CC4076 就属于这样一种寄存器。但限于篇幅，这里不再介绍。

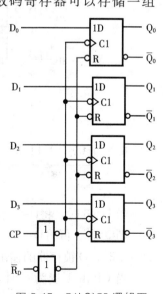

图 5-47　74LS175 逻辑图

5.5.2 锁存器

锁存器也是一种存放数码的部件。它有如下特点：锁存信号没到来时，锁存器的输出状态随输入信号变化而变化（相当于输出直接接到输入端，即所谓"透明"），当锁存信号到达时，锁存器输出状态保持锁存信号跳变时的状态。常用的锁存器有双二位锁存器、四位锁存器、双四位锁存器、八位透明锁存器、八位可寻址锁存器和多模式缓冲锁存器等。

八位 D 锁存器 74LS373 的逻辑图、引脚图和其中一位 D 锁存器的逻辑图分别如图5-48（a）、（b）和（c）所示。

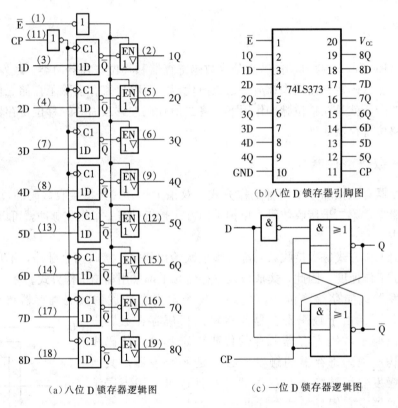

图 5-48　74LS373 锁存器

由图 5-48（c）可知，当 CP=1 时，两个与或非门构成基本 RS 触发器，其输出

$$Q = \overline{\overline{D} + \overline{Q}}$$
$$\overline{Q} = \overline{D + Q}$$

当 D=0 时，将 $\overline{D}$=1 代入 Q 的表达式中，则 Q=0；若 D=1，将 D=1 代入 $\overline{Q}$ 表达式中，则 $\overline{Q}$=0。再将 $\overline{D}$=0、$\overline{Q}$=0 代入 Q 表达式中，得 D=1。这说明锁存信号没到来，即 CP=1 时，D 锁存器的输出信号和输入信号一致，即 Q=D。

当 CP 由 1 变为 0 时，由于 CP=0，将 $\overline{D}$ 和 D 信号封锁住，基本触发器 RS 的输出状态不会改变，则将 CP 下降沿到来时的 Q 状态（即 D 的状态）保持下来，实现了锁存功能。

所以，在 CP＝1、$\overline{E}$＝0 时，Q＝D。当 CP 由 1 变 0 时，即锁存信号到达时，Q 的状态被锁存，保持 CP 下降沿到来时输入信号的状态。

74LS373 的输出级为三态门。只有输出使能信号 $\overline{E}$＝0 时，才有信号输出；而 $\overline{E}$＝1 时，输出为高阻态。

5.5.3 移位寄存器

移位寄存器除了具有存储代码的功能以外，还具有移位功能。所谓移位功能，是指寄存器里存储的代码能在移位脉冲的作用下依次左移或右移。因此，移位寄存器不但可以用来寄存代码，还可以用来实现数据的串行—并行转换、数值的运算以及数据处理等。移位寄存器又分为单向移位寄存器（左移或右移）和双向移位寄存器。

图 5-49 所示电路是由边沿触发结构的 D 触发器组成的 4 位右移移位寄存器。其中第一个触发器 FF_0 的输入端接收输入信号，其余的每个触发器输入端均与前边一个触发器的 Q 端相连。

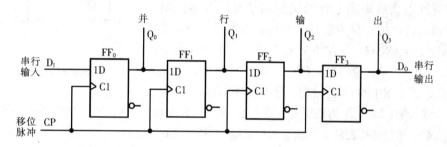

图 5-49 用 D 触发器构成的移位寄存器

因为从 CP 上升沿到达开始到输出端新状态的建立需要经过一段传输延迟时间，所以当 CP 的上升沿同时作用于所有的触发器时，它们输入端（D 端）的状态还没有改变。于是 FF_1 按 Q_0 原来的状态翻转，FF_2 按 Q_1 原来的状态翻转，FF_3 按 Q_2 原来的状态翻转。同时，加到寄存器输入端 D_I 的代码存入 FF_0。总的效果相当于移位寄存器里的原有代码依次右移一位。

例如，在 4 个时钟周期内输入代码依次为 1011，而移位寄存器的初始状态为 $Q_0Q_1Q_2Q_3$＝0000，那么在移位脉冲（也就是触发器的时钟脉冲）的作用下，移位寄存器里代码的移位情况如表 5-17 所示。图 5-50 给出了各触发器输出端在移位过程中的电压波形图。

表 5-17　　　　　　　　　　　移位寄存器中代码的移动状况

CP 的顺序	输入 D_I	Q_0	Q_1	Q_2	Q_3
0	0	0	0	0	0
1	1	1	0	0	0
2	0	0	1	0	0
3	1	1	0	1	0
4	1	1	1	0	1

可以看到，经过 4 个 CP 信号以后，串行输入的 4 位代码全部移入了移位寄存器中，同时在 4 个触发器的输出端得到了并行输出的代码。这种输入输出方式称为串行输入—并行输

出方式。因此，利用移位寄存器可以实现代码的串行－并行转换。如果继续加入 4 个时钟脉冲，移位寄存器中的 4 位代码就依次从串行输出端送出。数据从串行输入端送入，从串行输出端送出的工作方式称作串行输入－串行输出方式。

如果首先将 4 位数据并行地置入移位寄存器的 4 个触发器中，然后连续加入 4 个移位脉冲，则移位寄存器里的 4 位代码将从串行输出端 D_O 依次送出，从而实现数据的并行－串行转换。

若将图 5-49 中各触发器的 D_i 和 Q_i 的连接方式以及串行输入端和串行输出端的位置略作修改，即可构成 4 位左移寄存器。请读者自行完成。

为便于扩展逻辑功能和增加使用的灵活性，在定型生产的移位寄存器集成电路上有的又附加了左、右移控制，数据并行输入，保持，异步置零（复位）等功能。图 5-51 给出的 74LS194 4 位双向移位寄存器就是一个典型的例子。

74LS194 由 4 个触发器 FF_0、FF_1、FF_2、FF_3 和各自的输入控制电路组成。图中的 D_{IR} 为数据右移串行输入端，D_{IL} 为数据左移串行输入端，$D_0 \sim D_3$ 为数据并行输入端，$Q_0 \sim Q_3$ 为数据并行输出端。移位寄存器的工作状态由控制端 S_1 和 S_0 的状态指定。

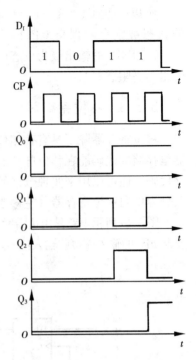

图 5-50 图 5-49 电路的电压波形

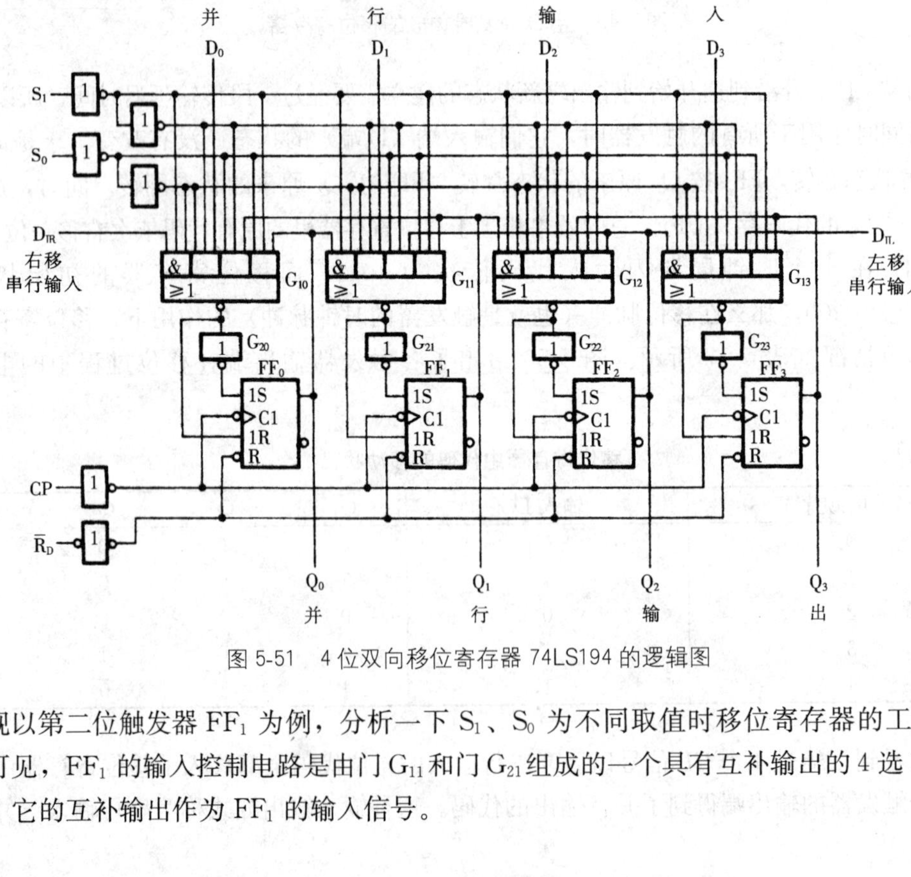

图 5-51 4 位双向移位寄存器 74LS194 的逻辑图

现以第二位触发器 FF_1 为例，分析一下 S_1、S_0 为不同取值时移位寄存器的工作状态。由图可见，FF_1 的输入控制电路是由门 G_{11} 和门 G_{21} 组成的一个具有互补输出的 4 选 1 数据选择器。它的互补输出作为 FF_1 的输入信号。

当 $S_1=S_0=0$ 时，G_{11} 最右边的输入信号 Q_1^n 被选中，使触发器 FF_1 的输入为 $S=Q_1^n$、$R=\overline{Q_1^n}$，故 CP 上升沿到达时 FF_1 被置为 $Q_1^{n+1}=Q_1^n$。因此，移位寄存器工作在保持状态。

当 $S_1=S_0=1$ 时，G_{11} 左边的第二个输入信号 D_1 被选中，使触发器 FF_1 的输入为 $S=D_1$、$R=\overline{D_1}$，故 CP 上升沿到达时 FF_1 被置为 $Q_1^{n+1}=D_1$。移位寄存器处于数据并行输入状态。

当 $S_1=0$、$S_0=1$ 时，G_{11} 最左边的输入信号 Q_0^n 被选中，使触发器 FF_1 的输入为 $S=Q_0^n$、$R=\overline{Q_0^n}$，故 CP 上升沿到达时 FF_1 被置成 $Q_1^{n+1}=Q_0^n$。移位寄存器工作在右移状态。

当 $S_1=1$、$S_0=0$ 时，G_{11} 右边的第二个输入信号 Q_2^n 被选中，使触发器 FF_1 的输入为 $S=Q_2^n$、$R=\overline{Q_2^n}$，故 CP 上升沿到达时触发器被置成 $Q_1^{n+1}=Q_2^n$。这时移位寄存器工作在左移状态。

此外，$\overline{R_D}=0$ 时 $FF_0 \sim FF_3$ 将同时被置成 $Q=0$，所以正常工作时应使 $\overline{R_D}$ 处于高电平。

其他 3 个触发器的工作原理与 FF_1 基本相同，不再赘述。根据上面的分析可以列出 74LS194 的功能表，如表 5-18 所示。

表 5-18　　　　　　　　　　双向移位寄存器 74LS194 的功能表

$\overline{R_D}$	S_1	S_0	工 作 状 态
0	$\times$	$\times$	置零
1	0	0	保持
1	0	1	右移
1	1	0	左移
1	1	1	并行输入

用 74LS194 接成多位双向移位寄存器的接法十分简单。图 5-52 是用两片 74LS194 接成 8 位双向移位寄存器的连接图。这时只需要将其中一片的 Q_3 接至另一片的 D_{IR} 端，而将另一片的 Q_0 接到这一片的 D_{IL}，同时把两片的 S_1、S_0、CP 和 $\overline{R_D}$ 分别并联就行了。

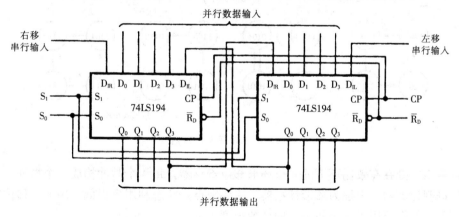

图 5-52　用两片 74LS194 接成 8 位双向移位寄存器

5.5.4　移位寄存器的应用

移位寄存器作为一种重要的逻辑器件，应用是多方面的，现介绍其在数字电路中的典型应用。

如果不限制编码类型，移位寄存器也可以用来构成计数器。用移位寄存器构成的计数器称为移位型计数器。通常可分为环形计数器（Ring Counter）、扭环形计数器（Twinsted

Counter）和变形扭环形计数器。

1. 环形计数器

将移位寄存器的末级数据输出端反馈连接到首级数据输入端（或串行数据输入端）构成的计数器称为环形计数器。例如将图 5-49 中的 Q_3 和 D_1 相连，即可构成 4 进制环形计数器。请读者自行分析。下面介绍由集成移位寄存器 74LS194 构成的计数器。

将移位寄存器 74LS194 输出 Q_3 端直接反馈到串行数据输入端 D_{IR}，使寄存器工作在右移状态，如图 5-53（a）所示。这种逻辑电路能够把寄存器的数码循环右移。例如，原寄存器 $Q_0 \sim Q_3$ 寄存的数码为 1000，在时钟脉冲作用下，寄存器中的数码依次变为 0100、0010、0001，然后又回到 1000。如此周而复始，故又可称为循环移位型计数器。以上循环的工作波形如图 5-53（b）所示，状态转换图如图 5-53（c）所示，这 4 个状态称为有效状态，其他 12 个状态是无效状态和死态（如 0000 和 1111），如图 5-53（d）所示。这个电路非常简单，但是不能自启动。一般在启动时，需要在 S_1 端加置初态脉冲和初始数据，如图 5-53（a）所示。以确保电路工作在有效循环状态。

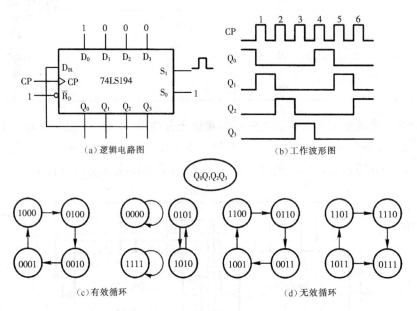

（a）逻辑电路图　　　　　　　　（b）工作波形图

（c）有效循环　　　　　　　　　　（d）无效循环

图 5-53　4 位环形计数器

可以看出，处在有效循环下的 4 位环形移位寄存器，每 4 个脉冲构成一个循环。所以它是一个四进制计数器，也称为环形计数器。主要缺点是状态利用率很低，用 n 位移位寄存器组成的环形计数器只用了 n 个状态，即计数长度为 n。

2. 扭环形计数器（也称为约翰逊计数器）

将移位寄存器的末级输出取反后反馈连接到首级数据输入端（或串行数据输入端）构成的计数器称为扭环形计数器。n 位移位寄存器可以构成模 $2n$ 的偶数进制扭环形计数器。

将移位寄存器 74LS194 的最高位输出 Q_3 取反后再反馈到串行数据输入端 D_{IR}，如

图 5-54（a）所示，就可构成 4 位扭环形计数器。如果它的初态是 0000，则在时钟脉冲作用下，寄存器中的数码依次变为 1000、1100、……，然后又回到 0000。它的 8 个有效循环的工作波形如图 5-54（b）所示，状态转换图如图 5-54（c）所示。其余 8 个是无效循环，如图 5-54（d）所示。电路不能自启动。

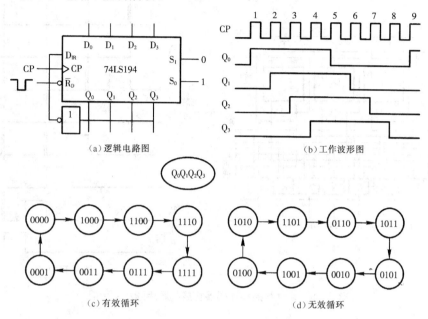

图 5-54　4 位扭环形计数器

从状态图可以看出，该电路有两个 8 状态的循环，可以任意选取其中一个为主计数循环，另一个则为无效循环。为了保证电路加电后进入主计数循环，应采取一定的措施，如首先清 0，或将无效循环中的某一状态产生清 0 信号，使电路能够自启动。这样则选择含有 0000 的状态循环为主计数循环。

不难看出，用 n 位移位寄存器构成的扭环形计数器可以得到含 $2n$ 个有效状态的循环，即计数长度为 $2n$，状态利用率比环形计数器提高了一倍。

还有一种最大长度型环形计数器，其计数长度为 2^n-1，这里不作介绍。

5.6　顺序脉冲发生器

在一些数字系统中，有时需要系统按照事先规定的顺序进行一系列的操作。这就要求系统的控制部分能给出一组在时间上有一定先后顺序的脉冲信号，再用这组脉冲形成所需要的各种控制信号。顺序脉冲发生器就是用来产生这样一组顺序脉冲的电路。

顺序脉冲发生器可以用移位寄存器构成。当环形计数器工作在每个状态中只有一个 1 或 0 的循环状态时，它就是一个顺序脉冲发生器，如图 5-53 和图 5-54 所示。这种方案的优点是不必附加译码电路，结构比较简单。缺点是使用的触发器数目比较多，同时还必须采用能自启动的反馈逻辑电路。

在顺序脉冲数较多时，可以用计数器和译码器组合成顺序脉冲发生器。图 5-55（a）所示电路是有 8 个顺序脉冲输出的顺序脉冲发生器的例子。图中的 3 个触发器 FF_0、FF_1 和

FF$_2$ 组成 3 位二进制计数器，8 个与门组成 3 线—8 线译码器。只要在计数器的输入 CP 端加入固定频率的脉冲，便可在 P$_0$～P$_7$ 端依次得到输出脉冲信号，如图 5-55（b）所示。

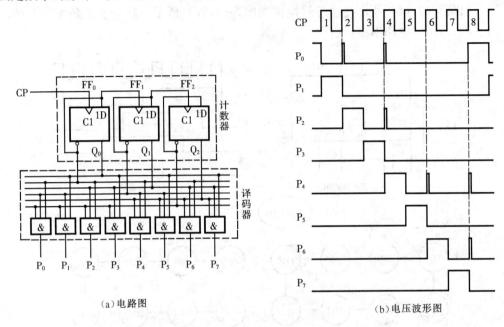

(a) 电路图   (b) 电压波形图

图 5-55　用计数器和译码器构成的顺序脉冲发生器

由于使用了异步计数器，在电路状态转换时 3 个触发器在翻转时有先有后，因此当两个以上触发器同时改变状态时将发生竞争—冒险现象，有可能在译码器的输出端出现尖峰脉冲，如图 5-55（b）表示的那样。

例如当计数器的状态 Q$_2$Q$_1$Q$_0$ 由 001 变为 010 的过程中，因 FF$_0$ 先翻转为 0 而 FF$_1$ 后翻转为 1，因此在 FF$_0$ 已经翻转而 FF$_1$ 尚未翻转的瞬间计数器将出现 000 状态，使 P$_0$ 端出现尖峰脉冲。其他类似的情况请读者自行分析。

为了消除输出端的尖峰脉冲，可以采用第 3 章组合电路中介绍的几种方法。在使用中规模集成的译码器时，由于电路上大多数均设有控制输入端，可以作为选通脉冲的输入端使用，所以采用选通的方法极易实现。图 5-56（a）所示电路是用 4 位同步二进制计数器74LS161 和 3 线—8 线译码器 74LS138 构成的顺序脉冲发生器电路。图中以 74LS161 的低 3位输出 Q$_0$、Q$_1$、Q$_2$ 作为 74LS138 的 3 位输入信号。

由 74LS161 的功能表（表 5-6）可知，为使电路工作在计数状态，$\overline{R_D}$、$\overline{LD}$、EP 和 ET均应接高电平。由于它的低 3 位触发器是按八进制计数器连接的，所以在连续输入 CP 信号的情况下，Q$_2$Q$_1$Q$_0$ 的状态将按 000 一直到 111 的顺序反复循环，并在译码器输出端依次输出 $\overline{P_0}$～$\overline{P_7}$ 的顺序脉冲。

虽然 74LS161 中的触发器是在同一时钟信号操作下工作的，但由于各个触发器的传输延迟时间不可能完全相同，所以在将计数器的状态译码时仍然存在竞争—冒险现象。为消除竞争—冒险现象，可以在 74LS138 的 S$_1$ 端加入选通脉冲。选通脉冲的有效时间应与触发器的翻转时间错开。例如图中选取 $\overline{CP}$ 作为 74LS138 的选通脉冲，即得到图 5-56（b）所示的输出电压波形。

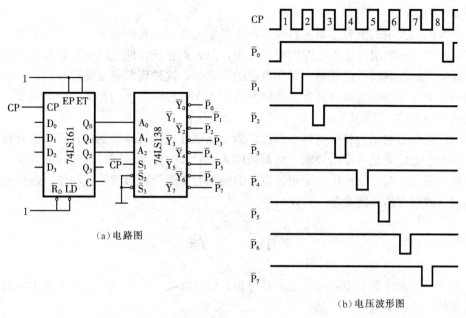

(a)电路图

(b)电压波形图

图 5-56 用中规模集成电路构成的顺序脉冲发生器

如果将图 5-56（a）电路中的计数器改成 4 位的扭环形计数器（约翰逊计数器），并取图 5-54（c）所示的有效循环，组成如图 5-57 的顺序脉冲发生器电路，则可以从根本上消除竞争—冒险现象。因为扭环形计数器在计数循环过程中任何两个相邻状态之间仅有一个触发器状态不同，因而在状态转换过程中任何一个译码器的门电路都不会有两个输入端同时改变状态，亦即不存在竞争现象。

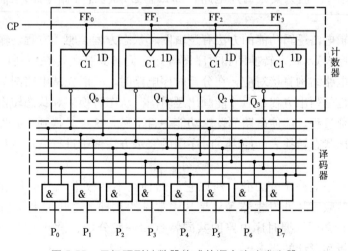

图 5-57 用扭环形计数器构成的顺序脉冲发生器

*5.7 时序逻辑电路中的竞争—冒险现象

因为时序逻辑电路通常都包含组合逻辑电路和存储电路两个组成部分，所以它的竞争—

冒险现象也包含两个方面。

　　一个方面是其中的组合逻辑电路部分可能发生的竞争—冒险现象。这种由于竞争而产生的尖峰脉冲并不影响组合逻辑电路的稳态输出，但如果它被存储电路中的触发器接收，就可能引起触发器的误翻转，造成整个时序电路的误动作，这种现象必须绝对避免。

　　另一个方面是存储电路（或者说是触发器）工作过程中发生的竞争—冒险现象，这也是时序电路所特有的一个问题。

　　在讨论触发器的动态特性时曾经指出，为了保证触发器可靠地翻转，输入信号和时钟信号在时间配合上应满足一定的要求。然而当输入信号和时钟信号同时改变，而且途经不同路径到达同一触发器时，便产生了竞争。竞争的结果有可能导致触发器误动作，这种现象称为存储电路（或触发器）的竞争—冒险现象。

小　　结

　　本章介绍了时序逻辑电路的特点及其分析、设计方法，并介绍了数字系统中常用的时序电路及几种中规模集成电路产品。

　　时序逻辑电路由存储电路和组合电路组成。组合电路的基本单元是门电路，存储电路的基本单元是触发器。时序电路的输出不仅取决于当前时刻的输入，而且与电路原来的状态有关。

　　为了保持电路原来的状态，时序电路必须包含有存储电路（触发器），电路的状态由触发器记忆和表现出来。同时存储电路又和输入逻辑变量一起决定输出的状态，这就是时序电路在电路结构上的特点。虽然实际时序电路并不是每一个都具备这样完整的结构形式（如 Moore 型）。但只要是时序电路，那么它必须包含存储电路，而且输出必须与电路状态相关。

　　描述时序逻辑电路逻辑功能的方法有逻辑图、状态方程、驱动方程、输出方程、状态转换真值表（或态序表）、状态转换图和时序图等。它们各具特色，在不同场合各有应用。其中方程组和具体电路结构直接对应，在分析时序电路时，一般先从电路图写出方程组；在设计时序电路时，也是列出方程组后才能画出逻辑图。状态转换表和状态转换图的特点是给出了电路工作的全部过程，能使电路的逻辑功能一目了然，这也是得到了方程组以后还要画出状态转换图或列出状态转换表的原因。时序图的表示方法便于进行波形观察，因而最宜用在试验调试当中。

　　由于具体的时序电路千变万化，所以它们的种类不胜枚举。本章介绍的计数器、寄存器、移位寄存器、顺序脉冲发生器等只是其中常见的几种。这几种电路基本上都有对应的 MSI 产品，因此，必须掌握时序电路的共同特点和一般分析、设计方法，才能适应对各种时序电路进行分析和设计的要求。

　　计数器的设计及应用是本章的重点。分别介绍了基于触发器和集成计数器两类设计方法。前者是基础，后者在实际使用时更灵活。

　　由于时序电路通常包含组合电路和存储电路两部分，所以时序电路中的竞争—冒险现象也有两个方面。一方面，组合电路因竞争—冒险而产生的尖峰脉冲如果被存储电路接收，引起触发器翻转，则电路将发生误动作。另一方面，存储电路本身也存在竞争—冒险问题。存储电路中竞争—冒险现象的实质是由于触发器的输入信号和时钟信号同时改变而在时间上配合不当，从而可能导致触发器误动作。因为这种现象一般只发生在异步时序电路中，所以在较大的时序系统设计时，大多数都采用同步时序电路结构。

习　　题

[**题 5.1**]　试说出计数器不同的分类方法及常用的计数器类型。

[**题 5.2**]　时序电路同组合电路相比有什么特点或区别？它可分几类？

[**题 5.3**]　分析图题 5.3 时序电路的逻辑功能，写出电路的驱动方程、状态方程和输出方程，画出电路的状态转换图，说明电路能否自启动。

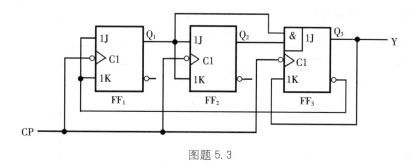

图题 5.3

[**题 5.4**]　试分析图题 5.4 时序电路的逻辑功能，写出电路的驱动方程、状态方程和输出方程，画出电路的状态转换图。A 为输入逻辑变量。

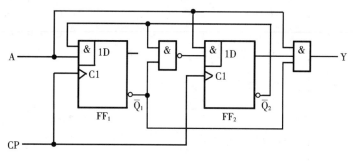

图题 5.4

[**题 5.5**]　分析图题 5.5 给出的时序电路，画出电路的状态转换图，检查电路能否自启动，说明电路实现的功能。A 为输入变量。

[**题 5.6**]　用 JK 触发器和门电路设计一个 4 位循环码计数器，它的状态转换表应如表题 5.6 所示。

[**题 5.7**]　用 D 触发器和门电路设计一个十一进制计数器，并检查设计的电路能否自启动。

[**题 5.8**]　试设计一个六进制同步加法计数器。

[**题 5.9**]　试设计一个五进制异步减法计数器。

[**题 5.10**]　试用 74LS90 分别构成模 3、4、6、8、9 计数器。实现以上每种模值计数器有几种方案？试画出相应的逻辑图。

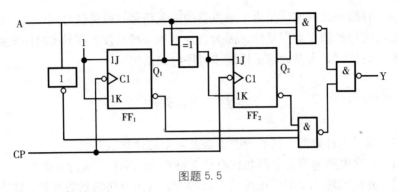

图题 5.5

[题 5.11] 分析图题 5.11 的计数器电路，说明这是多少进制的计数器。十进制计数器 74LS160 的功能表参见表 5-6。

表题 5.6

计 数 顺 序	电 路 状 态				进位输出 C
	Q_3	Q_2	Q_1	Q_0	
0	0	0	0	0	0
1	0	0	0	1	0
2	0	0	1	1	0
3	0	0	1	0	0
4	0	1	1	0	0
5	0	1	1	1	0
6	0	1	0	1	0
7	0	1	0	0	0
8	1	1	0	0	0
9	1	1	0	1	0
10	1	1	1	1	0
11	1	1	1	0	0
12	1	0	0	1	0
13	1	0	1	1	0
14	1	0	0	1	0
15	1	0	0	0	1
16	0	0	0	0	0

[题 5.12] 分析图题 5.12 的计数器电路，画出电路的状态转换图，说明这是多少进制的计数器。十六进制计数器 74LS161 的功能表如表 5-6 所示。

[题 5.13] 试分析图题 5.13 的计数器在 M=1 和 M=0 时各为几进制。74LS160 的功能表参见表 5-6。

[题 5.14] 图题 5.14 电路是可变进制计数器。试分析当控制变量 A 为 1 和 0 时电路各为几进制计数器。74LS161 的功能表见表 5-6。

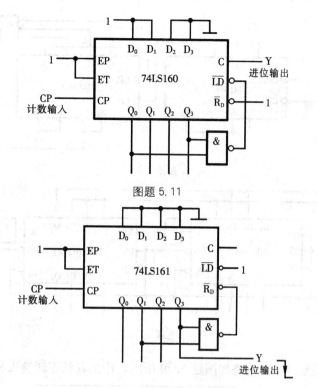

图题 5.11

图题 5.12

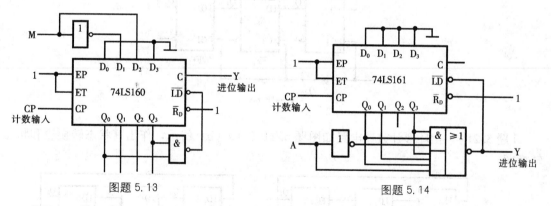

图题 5.13

图题 5.14

[题 5.15] 试用 4 位同步二进制计数器 74LS161 接成十三进制计数器，要求用 3 种方案实现，并画出相应的逻辑图，标出输入、输出端，可以附加必要的门电路。74LS161 的功能表见表 5-6。

[题 5.16] 设计一个可控进制的计数器，当输入控制变量 X=0 时工作在五进制，X=1 时工作在十五进制。请标出计数输入端和进位输出端。

[题 5.17] 试分析图题 5.17 计数器，指出计数器的模值 $M=?$

[题 5.18] 图题 5.18 电路是由两片同步十进制计数器 74160 组成的计数器，试分析这是多少进制的计数器，两片之间是几进制。74160 的功能表参见表 5-6。

[题 5.19]* 用同步十进制计数器 74LS160 设计一个三百六十五进制的计数器。要求各位间为十进制关系。允许附加必要的门电路。74LS160 的功能表参见表 5-6。

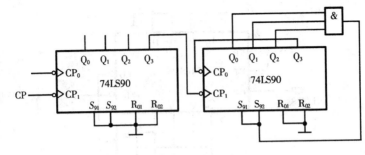

图题 5.17

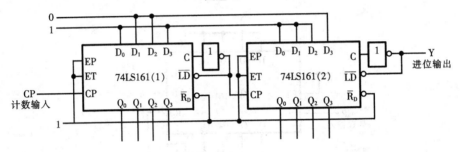

图题 5.18

[题 5.20] 环形计数器电路如图题 5.20 所示,作出其状态转换表和状态转换图。

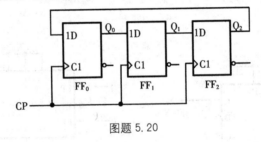

图题 5.20

[题 5.21]* 扭环形计数器电路如图题 5.21 (a)、(b) 所示,作出其状态转换表和状态转换图。

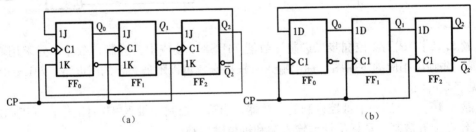

(a)   (b)

图题 5.21

第6章 脉冲信号的产生和变换

本章主要介绍脉冲信号的产生和变换电路。在脉冲信号的产生电路中介绍了多谐振荡器，在脉冲信号的变换电路中介绍了施密特触发器和单稳态触发器。此外，还重点介绍了典型应用电路 555 定时器以及由它构成的多谐振荡器、单稳态触发器和施密特触发器。

6.1 多谐振荡器

多谐振荡器（Astable Multivibrator）是一种自激振荡电路，它不需要外加触发信号，在电源接通后就能自动地产生矩形脉冲。由于在矩形脉冲中含有丰富的谐波分量，所以习惯上将矩形脉冲振荡电路称为多谐振荡器。多谐振荡器仅有两个暂稳态，不存在稳定状态，故又称之为无稳态电路。利用集成逻辑门本身的"开关"作用，再加上适当的延时和反馈网络，可以构成多种形式的多谐振荡器。在本节中，主要介绍常用的环形振荡器和石英晶体振荡器。

6.1.1 环形振荡器

1. 简单的环形振荡器

环形振荡器是利用门电路的传输延迟时间将奇数个反相器首尾相接而构成的。图 6-1 所示电路是一个最简单的环形振荡器，它由 3 个反相器首尾相连而组成。不难看出，这个电路是没有稳定状态的。因为在静态（假定没有振荡时）下任何一个反相器的输入和输出都不可能稳定在高电平或低电平，而只能处于高、低电平之间，所以处于放大状态，而这种状态

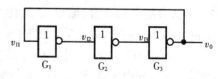

图 6-1 环形振荡器

是不稳定的，只要任何一个非门的输入电压有微小的扰动，就会引起电路的振荡。

假定由于某种原因（如电源的波动）v_{I1} 产生了微小的正跳变，则经过 G_1 的传输延迟时间 t_{pd} 之后，v_{I2} 产生一个幅度更大的负跳变，再经过 G_2 的传输延迟时间 t_{pd} 后，使 v_{I3} 产生大的正跳变。然后又经过 G_3 的传输延迟时间 t_{pd}，在输出端（v_0）产生一个更大的负跳变，并反馈到 G_1 的输入端。因此，经过 $3t_{pd}$ 的时间后，v_{I1}（v_0）又自动跳变为低电平。可以推想，再经过 $3t_{pd}$ 以后 v_{I1}（v_0）又将跳变为高电平。如此周而复始，就产生了自激振荡。

图 6-2 为图 6-1 所示电路的工作波形，不难得出其振荡周期 $T = 6t_{pd}$。同理，由 N 个

（N 为不小于 3 的奇数）非门首尾依次相连构成的环形电路都能产生自激振荡，若忽略各个门之间传输时延的差别，则其振荡周期为

$$T = 2Nt_{pd} \tag{6-1}$$

2. RC 环形振荡器

简单的的环形振荡器电路虽然简单，但并不实用，因为集成逻辑门的传输延迟时间很短，CMOS 门最多不过 200ns，TTL 门一般只有几十纳秒，所以很难获得较低一些的振荡频率，而且振荡频率不易调节。为了克服这些缺点，可以在图 6-1 所示电路的基础上加上 RC 延迟电路，构成带 RC 延迟电路的环形振荡器，如图 6-3 所示。RC 延迟电路的加入不仅增大了传输延迟时间，降低了振荡频率，而且可以通过改变 R、C 的大小实现对振荡频率的调节。由于 RC 延迟电路的延迟时间远大于门电路的传输时延 t_{pd}，所以在分析电路时通常不考虑 t_{pd} 的影响。另外，为了防止 v_4 为负电平时流过 G_3 门输入端钳位二极管的电流过大（不超过 20mA），通常在 G_3 门的输入端串联一个 100Ω 左右的限流电阻 R_S。

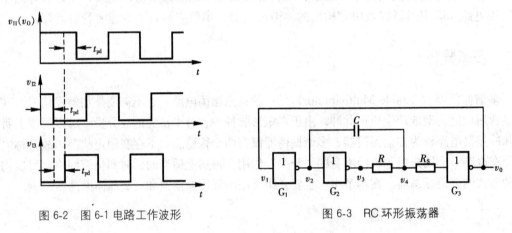

图 6-2　图 6-1 电路工作波形　　　　图 6-3　RC 环形振荡器

（1）工作原理

假设在 $t = 0$ 时接通电源，电路的初始状态为 $v_1 = v_0 = V_{OH}$，则 G_1 门的输出 $v_2 = V_{OL}$，由于此时电容尚未充电，而且电容上的电压是不会发生突变的，所以 G_3 门的输入 $v_4 = v_2 = V_{OL}$，从而使得 G_3 门的输出 v_0 维持在高电平。这是电路的第 1 个状态。但这个状态是不稳定的，因为，对于 G_2 而言，其输入 v_2 为低电平，而其输出 v_3 必为高电平，则 v_3 就会通过电阻 R 对电容 C 充电，同时 G_3 门的输入级也会通过电阻 R_S 对电容 C 充电，如图 6-4（a）所示。随着充电的进行，v_4 将按照指数规律逐渐上升，当 v_4 上升到 G_3 门的阈值电平 V_{TH} 时，电路的状态发生翻转：$v_1 = v_0 = V_{OL}$、$v_2 = V_{OH}$、$v_3 = V_{OL}$，由于电容上的电压不会发生突变，则 $v_4 = v_2 = V_{OH}$，其电压幅度升高到 $V_{TH} + (V_{OH} - V_{OL})$，从而使 G_3 门的输出 v_0 维持在低电平。这就是电路的第 2 个状态。

同样，电路的第 2 个状态也是不稳定的，电容 C 将通过电阻 R 放电，如图 6-4（b）所示。随着放电的进行，v_4 将按照指数规律逐渐下降，当 v_4 下降到 G_3 门的阈值电平 V_{TH} 时，电路的状态发生翻转：$v_1 = v_0 = V_{OH}$、$v_2 = V_{OL}$、$v_3 = V_{OH}$，由于电容上的电压不会发生突变，则 $v_4 = v_2 = V_{OL}$，其电压幅度下降到 $V_{TH} = (V_{OH} - V_{OL})$，从而使 G_3 门的输出 v_0 维持在高电平，即电路又返回到第 1 个状态。此后，电路又重复上述过程，不停地在两个暂稳

态之间转换，形成了连续振荡，这样就在 G_3 门的输出端产生了矩形脉冲信号。

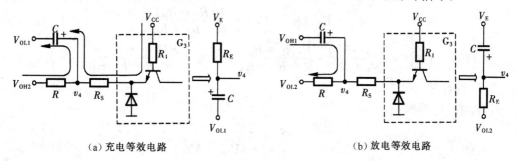

(a) 充电等效电路　　　　　　　　　　(b) 放电等效电路

图 6-4　图 6-3 电路中电容 C 充放电等效电路

（2）振荡周期的计算

图 6-5 是图 6-3 所示电路的工作波形图，波形图中的 T_1 时间段为电容充电的暂稳态过程，T_2 时间段为电容放电的暂稳态过程。在振荡过程中，电路状态的转换主要是通过电容的充放电来实现的，而转换的时刻则取决于 v_4 的数值。我们可以根据电容充放电等效电路和以上分析中得到的 v_4 的几个特征值，计算出 T_1 和 T_2 的值。

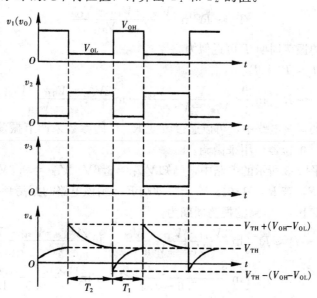

图 6-5　图 6-3 电路的工作波形

① T_1 的计算

因为，在 T_1 时间内

$$\left.\begin{aligned}
\tau_1 &= R_{\mathrm{E}}C \\
v_4(0_+) &= V_{\mathrm{TH}} - (V_{\mathrm{OH}} - V_{\mathrm{OL}}) \\
v_4(\infty) &= V_{\mathrm{E}}
\end{aligned}\right\} \tag{6-2}$$

根据 RC 电路暂态响应的公式，得

$$T_1 = R_{\mathrm{E}}C\ln\frac{V_{\mathrm{E}} - [V_{\mathrm{TH}} - (V_{\mathrm{OH}} - V_{\mathrm{OL}})]}{V_{\mathrm{E}} - V_{\mathrm{TH}}} \tag{6-3}$$

其中，R_E 和 V_E 是根据戴维南定理求得的等效电阻和等效电压源，它们分别为

$$R_E = R//(R_1 + R_S) = \frac{R(R_1 + R_S)}{R + R_1 + R_S} \tag{6-4}$$

$$V_E = \left(\frac{V_{OH}}{R} + \frac{V_{CC} - V_{CE}}{R_1 + R_S} \cdot \frac{R(R_1 + R_S)}{R + R_1 + R_S} = V_{OH} + \frac{R(V_{CC} - V_{BE} - V_{OH})}{R + R_1 + R_S} \right) \tag{6-5}$$

② T_2 的计算

因为，在 T_2 时间内

$$\tau_2 = RC$$

$$v_4(0_+) = V_{TH} + (V_{OH} - V_{OL})$$

$$v_4(\infty) = V_{OL} \tag{6-6}$$

根据 RC 电路暂态响应的公式，得

$$T_2 = RC\ln \frac{V_{OL} - [V_{TH} + (V_{OH} - V_{OL})]}{V_{OL} - V_{TH}} \tag{6-7}$$

若 $R_1 + R_S \gg R$，则 $R_E \approx R$、$V_E = V_{OH}$，式（6-3）和式（6-7）就可化简为

$$T_1 \approx RC\ln \frac{2V_{OH} - V_{TH} - V_{OL}}{V_{OH} - V_{TH}} \tag{6-8}$$

$$T_2 \approx RC\ln \frac{2V_{OL} - V_{TH} - V_{OH}}{V_{OL} - V_{TH}} \tag{6-9}$$

则图 6-3 所示电路的振荡周期 T 可近似为

$$T = T_1 + T_2$$

$$\approx RC\left(\ln \frac{2V_{OH} - V_{TH} - V_{OL}}{V_{OH} - V_{TH}} + \ln \frac{2V_{OL} - V_{TH} - V_{OH}}{V_{OL} - V_{TH}} \right) \tag{6-10}$$

在图 6-3 所示的振荡电路中，可以通过改变 R、C 的参数来调节振荡周期，通常电容 C 用来粗调，电阻 R（电位器）用来微调。

[例 6-1] 在图 6-3 所示的电路中，已知 $V_{OH} = 3.6V$，$V_{OL} = 0.3V$，$V_{TH} = 1.4V$，并且满足 $R_1 + R_S \gg R$，若 $R = 180\Omega$，$C = 3\,000pF$，则该电路的振荡频率是多少？

解：根据式（6-10），电路的振荡周期为

$$T = T_1 + T_2 \approx RC\left(\ln \frac{2V_{OH} - V_{TH} - V_{OL}}{V_{OH} - V_{TH}} + \ln \frac{2V_{OL} - V_{TH} - V_{OH}}{V_{OL} - V_{TH}} \right)$$

$$= RC\left(\ln \frac{2 \times 3.6 - 1.4 - 0.3}{3.6 - 1.4} + \ln \frac{2 \times 0.3 - 1.4 - 3.6}{0.3 - 1.4} \right)$$

$$= RC\ln 10$$

可得电路的振荡频率为

$$f = \frac{1}{T} = \frac{1}{180 \times 3\,000 \times 10^{-12} \cdot \ln 10}$$

$$\approx 800kHz$$

6.1.2 对称式多谐振荡器

对称式多谐振荡器的典型电路如图 6-6 所示，它是由两个反相器 G_1、G_2 经耦合电容 C_1、C_2 连接起来的正反馈振荡回路。为了产生自激振荡，电路不能有稳定状态。即 G_1、G_2 将工作在放大状态。只要 G_1 或 G_2 的输入电压有极微小的扰动，就会被正反馈回路放大而

引起振荡，电路的具体工作情况读者可自己分析。

如果 G_1 和 G_2 采用 74LS 系列反相器，若 $V_{OH} = 3.4V$、$V_{TH} = 1.1V$，取 $R_{F1} = R_{F2} = R$、$C_1 = C_2 = C$，则该电路的振荡周期近似为

$$T \approx 1.3RC \qquad\qquad (6\text{-}11)$$

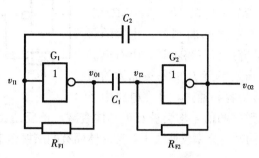

图 6-6 对称式多谐振荡器

6.1.3 石英晶体振荡器

在许多应用场合下，对多谐振荡器振荡频率的稳定性有严格的要求。例如，若将多谐振荡器作为数字钟的脉冲源使用时，它的频率稳定性直接影响着计时的准确性。从式（6-10）可以看出，环形振荡器的振荡周期不仅与时间常数 RC 有关，还取决于集成门电路的输出电平 V_{OH}、V_{OL} 和阈值电平 V_{TH}。且由于门电路的这些参数本身就不够稳定，很容易受到环境温度、电源波动和干扰的影响，所以这种振荡电路的频率稳定性较差，不能适应对频率稳定性要求较高的场合。

为了获得频率稳定性很高的脉冲信号，目前普遍采用的一种稳频方法是在普通的多谐振荡器中加入石英晶体，构成石英晶体振荡器。石英晶体的符号和阻抗频率特性如图 6-7 所示。石英晶体的选频特性非常好，它有一个极为稳定的串联谐振频率 f_0，f_0 的大小是由石英晶体的结构和外形尺寸决定的，其稳定度（$\Delta f_0/f_0$）可达到 $10^{-10} \sim 10^{-11}$，足以满足大多数数字系统对频率稳定度的要求。目前，具有各种谐振频率的石英晶体已经被制成系列化的器件出售。

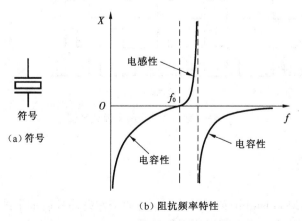

图 6-7 石英晶体的符号和阻抗频率特性

图 6-8 所示电路是在对称式多谐振荡器的耦合电容上串联一个石英晶体而构成的石英晶体振荡器。图中，并联在非门输入、输出端的反馈电阻 R_F 的作用是为了使非门工作在转折区。电阻的阻值，对于 TTL 门电路一般在 $0.5\sim1.9\text{k}\Omega$ 之间，对于 CMOS 门电路一般在 $10\sim100\text{M}\Omega$ 之间。电容 C 用于两个门电路之间的耦合，电容的取值应使其在频率为 f_0 时的容抗可忽略不计。由石英晶体的阻抗频率特性可知，当频率为 f_0 时石英晶体的阻抗最小，频率为 f_0 的信号最容易通过，并在电路中形

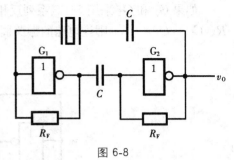

图 6-8

成最强的正反馈，而其他频率的信号均会被石英晶体衰减，正反馈大大减弱，不足以形成振荡。所以石英晶体振荡器的振荡频率仅取决于石英晶体固有的谐振频率，而与电路中的其他参数无关。

另外，为了改善输出信号的波形，增加驱动能力，通常在石英晶体振荡器的输出端再加一级非门。

[例 6-2] 图 6-9 所示为一个双相时钟产生电路的实例，图中 C_1 为耦合电容，C_2 为防止寄生振荡电容。G_3 的作用是为了改善输出波形和增强负载能力。其输出时钟信号波形图如图 6-9（b）所示。

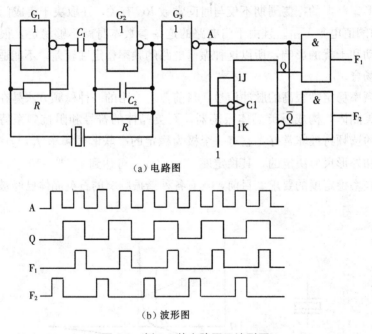

（a）电路图

（b）波形图

图 6-9　例 6-2 的电路图及波形图

6.2　单稳态触发器

单稳态触发器（Monostable Multividrator）的工作特性具有如下的显著特点。

（1）它有稳态和暂稳态两个不同的工作状态。

（2）在外界触发脉冲作用下，能从稳态翻转到暂稳态，在暂稳态维持一段时间以后，再自动返回稳态；

（3）暂稳态维持时间的长短取决于电路本身的参数，与触发脉冲的宽度和幅度无关。

单稳态触发器的这些特点被广泛地应用于脉冲波形的变换电路和延时电路中。

6.2.1 微分型单稳态触发器

1. 电路组成及工作原理

微分型单稳态触发器可由与非门或者或非门电路构成，图 6-10（a）、（b）分别为由与非门和或非门构成的单稳态触发器。与基本 RS 触发器不同，构成单稳态触发器的两个逻辑门是由 RC 耦合的，由于 RC 电路为微分电路的形式，故称为微分型单稳态触发器。

下面以 CMOS 或非门构成的单稳态触发器为例，来说明它的工作原理。

（1）没有触发信号时，电路处于一种稳态。没有触发信号时，v_{I} 为低电平。由于门 G_2 的输入端经电阻 R 接至 V_{DD}，因此 v_{o2} 为低电平；G_1 的两个输入均为 0，故输出 v_{o1} 为高电平，电容两端的电压接近 0V，这是电路的"稳态"。在触发信号到来之前，电路一直处于这个状态：$v_{o1} = V_{\mathrm{OH}}$，$v_{o2} = V_{\mathrm{OL}}$。

（2）加触发信号，电路由稳态翻转到暂稳态。当 v_{I} 正跳变时，G_1 的输出 v_{o1} 由高变低，经电容 C 耦合，使 v_{R} 为低电平，于是 G_2 的输出 v_{o2} 变为高电平。v_{o2} 的高电平接至 G_1 门的输入端，从而在此瞬间有如下正反馈过程：

$$v_{\mathrm{I}} \uparrow \rightarrow v_{o1} \downarrow \rightarrow v_{\mathrm{R}} \downarrow \rightarrow v_{o2} \uparrow$$

这样 G_1 导通、G_2 截止在瞬间完成。此时，即使触发信号 v_{I} 撤除（v_{I} 变为低电平），由于 v_{o2} 的作用，v_{o1} 仍维持低电平。然而，电路的这种状态是不能长久保持的，故称之为暂稳态。暂稳态时 $v_{o1} = V_{\mathrm{OL}}$、$v_{o2} = V_{\mathrm{OH}}$。

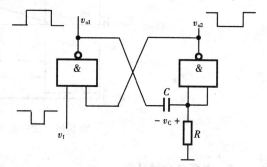

（a）由与非门构成的单稳态发器

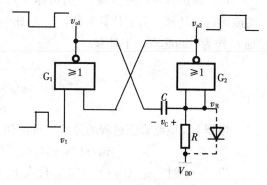

（b）由或非门构成的单稳态触发器

图 6-10　微分型单稳态触发器

（3）电容充电，电路由暂稳态自动返回至稳态。在暂稳态期间，电源经电阻 R 和门 G_1 的导通工作管对电容 C 充电，随着充电时间的增加，v_{C} 增加，使 v_{R} 升高，当 v_{R} 达到阈值电压 V_{TH} 时，电路发生下述正反馈过程（设此时触发器脉冲已消失）：

$$C充电 \rightarrow v_{\mathrm{R}} \uparrow \rightarrow v_{o2} \downarrow \rightarrow v_{o1} \uparrow$$

于是 G_1 门迅速截止，G_2 门很快导通，最后使电路由暂稳态返回至稳态。

暂稳态结束后，电容将通过电阻 R 放电，使 C 上的电压恢复到稳定状态时的初始值。在整个过程中，电路各点工作波形如图 6-11 所示。

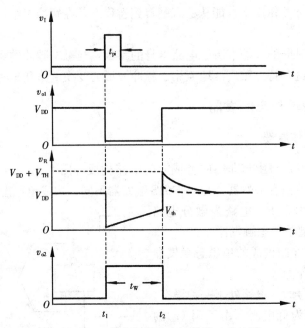

图 6-11　微分型单稳态触发器工作波形

2. 主要参数的计算

（1）输出脉冲宽度（t_W）。输出脉冲宽度 t_W，也就是暂稳态的维持时间，可以根据 v_R 的波形进行计算。为了计算方便，对于图 6-11 所示的 v_R 的波形，将触发脉冲作用的起始时刻 t_1 作为时间起点，于是有

$$\left.\begin{array}{l} v_R(0_+) = 0 \\ v_R(\infty) = V_{DD} \\ \tau = RC \end{array}\right\} \tag{6-12}$$

根据 RC 电路瞬态过程的分析，可得到

$$v_R(t) = v_R(\infty) + \left[v_R(0_+) - v_R(\infty)\right]e^{-t/\tau} \tag{6-13}$$

当 $t = t_W$ 时，$v_R(t_W) = V_{TH}$，代入上式可得

$$v_R(t_W) = V_{TH} = V_{DD}(1 - e^{-t_W/RC}) \tag{6-14}$$

所以

$$t_W = RC\ln\frac{V_{DD}}{V_{DD} - V_{TH}} \tag{6-15}$$

当 $V_{TH} = \dfrac{1}{2}V_{DD}$ 时，

$$t_W \approx 0.7RC \tag{6-16}$$

（2）恢复时间（t_{re}）。暂稳态结束后，还需要一段恢复时间，以便电容 C 在暂稳态期间所充的电荷释放完，使电路恢复到初始状态。一般要经过（3~5）τ_d 的时间（τ_d 为放电时间常数），放电才基本结束，故 t_{re} 约为（3~5）τ_d。

（3）分辨时间（t_d）。分辨时间 t_d 是指在保证电路能正常工作的前提下，允许两个相邻

触发脉冲之间的最小时间间隔，故有

$$t_{\mathrm{d}} = t_{\mathrm{w}} + t_{\mathrm{re}} \tag{6-17}$$

（4）最高工作频率（$f_{\max}$）。设触发信号 v_{I} 的时间间隔为 T，为了使单稳电路能正常工作，由式（6-17）可知，触发信号的时间间隔应满足 $T > t_{\mathrm{w}} + t_{\mathrm{re}}$ 的条件，即最小时间间隔为 $T_{\min} = t_{\mathrm{w}} + t_{\mathrm{re}}$。因此，单稳态触发器的最高工作频率为

$$f_{\max} = \frac{1}{T_{\min}} < \frac{1}{t_{\mathrm{w}} + t_{\mathrm{re}}} \tag{6-18}$$

（5）输出脉冲的幅度（V_{m}）。输出脉冲的幅度为

$$V_{\mathrm{m}} = V_{\mathrm{OH}} - V_{\mathrm{OL}} \approx V_{\mathrm{DD}} \tag{6-19}$$

6.2.2　集成单稳态触发器

用门电路组成的单稳态触发器虽然电路简单，但输出脉宽的稳定性差，调节范围小，且触发方式单一。为适应数字系统中的广泛应用，现已生产出单片集成单稳态触发器。集成单稳态触发器根据电路及工作状态不同分为可重复触发和不可重复触发两种。

两种不同触发特性的单稳态触发器的主要区别是：不可重复触发单稳态触发器，在进入暂稳态期间，如有触发脉冲作用，电路的工作过程不受其影响，只有当电路的暂稳态结束后，输入触发脉冲才会影响电路状态。电路输出脉宽由 R、C 参数确定。

可重复触发单稳态触发器在暂稳态期间，如有触发脉冲作用，电路会重新被触发，使暂稳态继续延迟一个 t_{p} 时间，直至触发脉冲的间隔超过单稳输出脉宽，电路才返回稳态。

两种单稳态触发器的工作波形分别如图 6-12（a）、（b）所示。

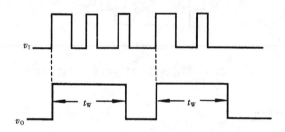

（a）不可重复触发单稳态触发器工作波形

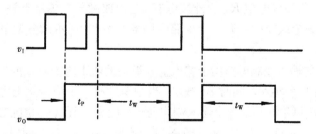

（b）可重复触发单稳态触发器工作波形

图 6-12　两种单稳态电路工作波形

下面以不可重复触发的集成单稳态触发器为例讨论其工作原理。

TTL 集成器件 74121 是一种不可重复触发集成单稳态触发器，其逻辑图和引脚图分别如图 6-13（a）、（b）所示。

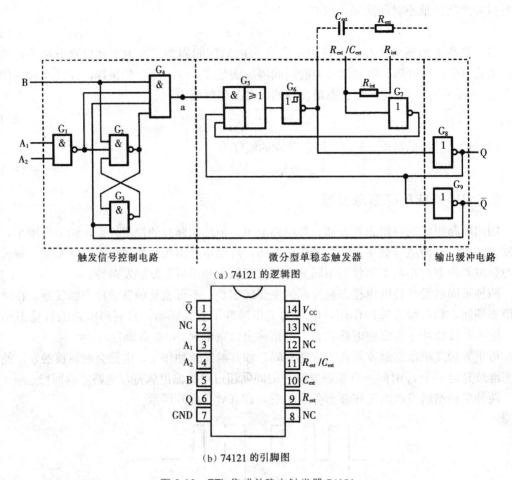

（a）74121 的逻辑图

（b）74121 的引脚图

图 6-13　TTL 集成单稳态触发器 74121

1. 电路组成及工作原理

74121 集成单稳态触发器，由触发信号控制电路、微分型单稳态触发器和输出缓冲电路组成。

门 G_5、G_6、G_7 和外接电阻 R_{ext}、外接电容 C_{ext} 组成微分型单稳态触发器。如果把 G_5 和 G_6 合在一起看成是一个或非门，则这个电路与图 6-10（a）所示微分型单稳态触发器基本相同，电路有一个稳态 $Q=0$、$\overline{Q}=1$。

门 $G_1 \sim G_4$ 组成的输入控制电路用于实现上升沿触发或下降沿触发的控制。需要用上升沿触发时，触发脉冲由 B 端输入，同时 A_1 或 A_2 当中至少有一个应接至低电平。当触发脉冲的上升沿到达时，因为门 G_4 的其他 3 个输入端均处于高电平，所以 v_a 也随之跳变为高电平，并触发单稳态电路使之进入暂稳态，输出端跳变为 $Q=1$、$\overline{Q}=0$。与此同时，$\overline{Q}$ 的低电平立即将门 G_2 和 G_3 组成的 RS 触发器置零，使 v_a 返回低电平。可见，v_a 的高电平持续时间极短，与触发脉冲的宽度无关。这就可以保证在触发脉冲宽度大于输出脉冲宽度时输出脉冲的下降沿仍然很陡。因此，74121 具有边沿触发的性质。输出脉冲的宽度只由 R_{ext} 和 C_{ext} 的大小决定。同时，由于 RS 触发器被置零，G_2 门输出低电平，将 G_4 门封锁。这样即使有触发信号输入，在 a 点也不会产生微分型单稳态触发器的触发信号，只有等到电路返回稳态后，电路才会在输入触发信号作用下被再次触发，据上述分析，电路属于不可重复触发单稳态触发器。

在需要用下降沿触发时，触发脉冲则应由 A_1 或 A_2 输入（另一个应接高电平），同时将 B 端接高电平。触发后电路的工作过程和上升沿触发时相同。

输出缓冲电路由反相器 G_8 和 G_9 组成，用于提高电路的带负载能力。

74121 集成单稳态触发器的功能表如表 6-1 所示，工作波形图如图 6-14 所示。

表 6-1 74121 集成单稳态触发器的功能表

输 入				输 出	
A_1	A_2	B	Q		$\overline{Q}$
0	×	1	0		1
×	0	1	0		1
×	×	0	0		1
1	1	×	0		1
1	⌐_	1	⎍		⎍‾
⌐_	1	1	⎍		⎍‾
⌐_	⌐_	1	⎍		⎍‾
0	×	_⌐	⎍		⎍‾
×	0	_⌐	⎍		⎍‾

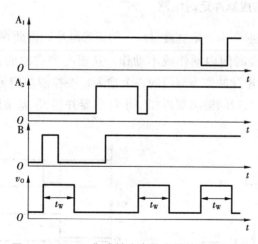

图 6-14 74121 集成单稳态触发器的工作波形图

2. 定时

74121 集成单稳态触发器的定时取决于定时电容的数值。定时电容连接在芯片的 10、11 引脚之间。若采用电解电容，电容 C 的正极接在 10 脚。对于定时电阻，可以有两种选择，一是利用内部定时电阻（$2\text{k}\Omega$），此时将 9 号引脚（R_{int}）接至电源 V_{CC}（14 脚），如图 6-15 (a) 所示；如果要获得较宽的输出脉冲可采用外接定时电阻（阻值在 $2\sim30\text{k}\Omega$），此时 9 脚应悬空，电阻接在 11、14 脚之间，如图 6-15（b）所示。

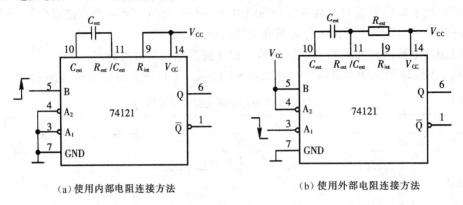

（a）使用内部电阻连接方法　　　　　　　　　（b）使用外部电阻连接方法

图 6-15　74121 的外部连接方法

输出脉冲宽度可由下式计算

$$t_{\mathrm{W}} \approx 0.7RC \tag{6-20}$$

若 R_{ext} 的取值在（2～30kΩ）之间，C_{ext} 的取值在（10pF～10μF）之间，则 t_{W} 的的取值范围可达 20ns～300ms。

有关可重复触发的集成单稳态触发器的内容，读者可参阅有关参考书。

6.2.3　单稳态触发器的应用

1. 用单稳态触发器构成脉冲定时电路

由于单稳态触发器能够产生一定宽度（t_{W}）的矩形脉冲，因此在数字系统中常用它来控制其他一些电路在 t_{W} 这段时间内动作或不动作，从而起到定时的作用。例如，在图 6-16 中，将单稳态触发器的输出脉冲作为与门的一个输入，去控制与门另一个输入端的信号 clk 能否从与门输出。如果在与门的输出端再加一个计数器并将 t_{W} 调整到 1s，就可以测出信号 clk 的频率。

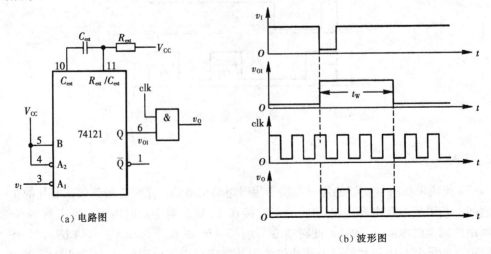

（a）电路图　　　　　　　　　　　　　　　　（b）波形图

图 6-16　74121 用于定时控制

2. 用单稳态触发器构成脉冲延时电路

在数字系统中，有时要求将某个脉冲宽度为 T_0 的信号延迟一段时间 T_1 后再输出。利用单稳态触发器可以很方便地实现这种脉冲延时，其实现电路和波形图如图 6-17 所示。图中，$T_1 = T_{W_1} \approx 0.7R_1C_1$，$T_0 = T_{W_2} \approx 0.7R_2C_2$。

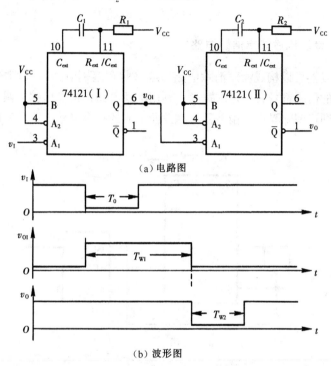

(a) 电路图

(b) 波形图

图 6-17　74121 用于脉冲延时

3. 用单稳态触发器构成多谐振荡器

用两片 74121 集成单稳态触发器组成的多谐振荡器如图 6-18 所示，图中开关 S 为振荡

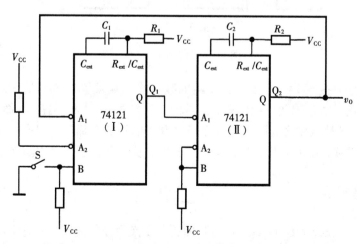

图 6-18　用 74121 集成单稳态触发器构成的多谐振荡器

器控制开关。

设当电路处于 $Q_1=0$、$Q_2=0$ 时，将开关 S 打开，电路开始振荡，其工作过程如下：在起始时，单稳态触发器 I 的 A_1 为低电平，开关 S 打开瞬间，B 端产生正跳变，单稳态触发器 I 被触发，Q_1 输出正脉冲，其脉冲宽度为 $0.7R_1C_1$，当单稳 I 暂稳结束时，Q_1 的下降沿触发单稳 II，Q_2 端输出正脉冲。此后，Q_2 的下跳沿又触发单稳态 I，如此周而复始地产生振荡，其振荡周期为

$$T = 0.7(R_1C_1 + R_2C_2) \tag{6-21}$$

4. 用单稳态触发器构成噪声消除电路

利用单稳态触发器可以构成噪声消除电路（或称脉宽鉴别电路）。通常噪声多表现为脉冲宽度较窄，而有用的信号都具有一定的宽度。利用单稳电路，将输出脉宽调节到大于噪声宽度而小于信号脉宽，即可消除噪声。由单稳态触发器组成的噪声消除电路及波形如图 6-19 所示。

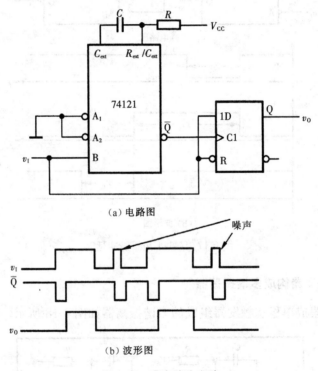

（a）电路图

（b）波形图

图 6-19　噪声消除电路

图中，输入信号接至 74121 和 D 触发器的数据输入端及置 0 控制端。由于有用信号的脉宽大于单稳输出脉宽，因此单稳 $\overline{Q}$ 输出信号的上升沿使 D 触发器置 1，而当信号消失后，D 触发器被清 0。若输入中含有噪声，其噪声前沿使单稳触发翻转，但由于单稳输出脉宽大于噪声脉宽，故单稳 $\overline{Q}$ 输出上升沿时，噪声已消失，从而在输出信号中消除了噪声成分。

6.3　施密特触发器

施密特触发器（Schmitt Trigger）是脉冲波形变换中经常使用的一种电路，利用它可以将正弦波、三角波以及其他一些周期性的脉冲波形变换成边沿陡峭的矩形波。另外，它还可

以用作脉冲鉴幅电路、比较器等。

施密特触发器不同于前述的各类触发器，它在性能上有两个重要特点。

（1）施密特触发器属于电平触发，对于缓慢变化的信号仍然适用，当输入信号达到某一电压值时，输出电压会发生突变。

（2）输入信号增加和减少时，电路有不同的阈值电压。

在模拟电路中，曾讨论过由集成运放构成的施密特触发器（带正反馈的迟滞比较器），这里将介绍数字技术中常用的施密特触发器。

6.3.1　门电路组成的施密特触发器

由 CMOS 门组成的施密特触发器如图 6-20 所示。电路中两个 CMOS 反相器串接，R_1、R_2 为分压电阻。输出端的电压经 R_2 反馈到输入端，对电路产生影响。

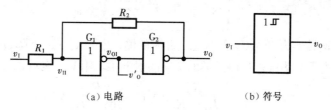

（a）电路　　　　　　　　（b）符号

图 6-20　用 CMOS 反相器组成的施密特触发器

假定电路中 CMOS 反相器的阈值电压 $V_{TH} = V_{DD}/2, R_1 < R_2$ 且输入信号 v_I 为三角波，如图 6-21（a）所示。下面分析电路的工作过程。

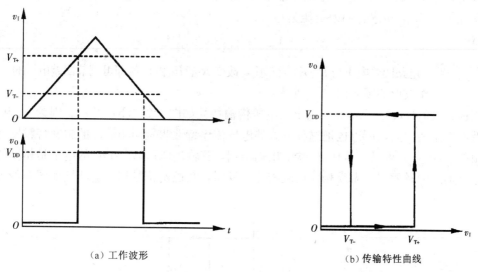

（a）工作波形　　　　　　　　（b）传输特性曲线

图 6-21　施密特触发器工作波形和传输特性曲线

由电路不难看出，G_1 门的输入电平 v_{I1} 决定着电路的状态，根据叠加原理有

$$v_{I1} = \frac{R_2}{R_1 + R_2} \cdot v_I + \frac{R_1}{R_1 + R_2} \cdot v_O \tag{6-22}$$

当 $v_I = 0V$ 时，G_1 门截止，G_2 门导通，输出端 $v_O = 0V$。此时 $v_{I1} = 0V$。输入从 0V 电压逐渐增加，只要 $v_{I1} < V_{TH}$，则电路保持 $v_O = 0V$ 不变。

当 v_{I} 上升使得 $v_{\mathrm{I1}} = V_{\mathrm{TH}}$ 时，使电路产生如下正反馈过程：

$$v_{\mathrm{I1}} \uparrow \longrightarrow v_{\mathrm{O1}} \downarrow \longrightarrow v_{\mathrm{O}} \uparrow$$

这样，电路状态很快转换为 $v_{\mathrm{O}} \approx V_{\mathrm{DD}}$，此时的 v_{I} 值（v_{I} 上升过程中电路状态发生转换时对应的输入电平）为施密特触发器的正向阈值电压，用 $V_{\mathrm{T+}}$ 表示。由式（6-22）得

$$v_{\mathrm{I1}} = V_{\mathrm{TH}} \approx \frac{R_2}{R_1 + R_2} \cdot V_{\mathrm{T+}} \tag{6-23}$$

所以

$$V_{\mathrm{T+}} = \left(1 + \frac{R_1}{R_2}\right) V_{\mathrm{TH}} \tag{6-24}$$

当 $v_{\mathrm{I1}} > V_{\mathrm{TH}}$ 时，电路状态维持 $v_{\mathrm{O}} = V_{\mathrm{DD}}$ 不变。

v_{I} 继续上升至最大值后开始下降，当 $v_{\mathrm{I1}} = V_{\mathrm{TH}}$ 时，电路产生如下正反馈过程：

$$v_{\mathrm{I1}} \downarrow \longrightarrow v_{\mathrm{O1}} \uparrow \longrightarrow v_{\mathrm{O}} \downarrow$$

这样电路又迅速转换为 $v_{\mathrm{O}} \approx 0\mathrm{V}$ 的状态，此时的输入电平 v_{I}（v_{I} 下降过程中电路状态发生转换时对应的输入电平）为施密特触发器的负向阈值电压，用 $V_{\mathrm{T-}}$ 表示。根据式（6-22）得

$$v_{\mathrm{I1}} = V_{\mathrm{TH}} = \frac{R_2}{R_1 + R_2} \cdot V_{\mathrm{T-}} + \frac{R_1}{R_1 + R_2} \cdot V_{\mathrm{DD}} \tag{6-25}$$

将 $V_{\mathrm{DD}} = 2V_{\mathrm{TH}}$ 代入可得

$$V_{\mathrm{T-}} \approx \left(1 - \frac{R_1}{R_2}\right) V_{\mathrm{TH}} \tag{6-26}$$

只要满足 $v_{\mathrm{I}} < V_{\mathrm{T-}}$，施密特电路就稳定在 $v_{\mathrm{O}} = 0\mathrm{V}$ 的状态（回到初始状态）。由式（6-26）和式（6-24）可求得回差电压为

$$\Delta V_{\mathrm{T}} = V_{\mathrm{T+}} - V_{\mathrm{T-}} \approx 2\frac{R_1}{R_2} V_{\mathrm{TH}} \tag{6-27}$$

上式表明，电路回差电压与 R_1/R_2 成正比，改变 R_1、R_2 的比值即可调节回差电压的大小。电路的工作波形如图 6-21（a）所示。

根据式（6-24）、式（6-26）画出的电压传输特性如图 6-21（b）所示。因为 v_{O} 和 v_{I} 的高、低电平是相同的，所以也把这种形式的电压传输特性叫做同相输出的施密特触发特性。

由图 6-20（a）可见，若从 v_{O1} 端引出输出端，其输出电压 v_{O}' 和 v_{O} 的电平是相反的，所以把这种形式的触发器叫做反相输出施密特触发器，其逻辑符号和传输特性如图 6-22 所示。

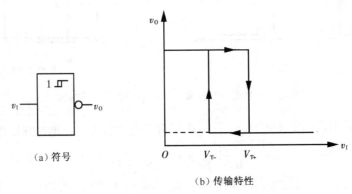

（a）符号　　　　　　　　（b）传输特性

图 6-22　反相输出施密特触发器的符号及传输特性

6.3.2 集成施密特触发器

由于施密特触发器的性能稳定，应用广泛，所以无论是在 TTL 电路中还是在 CMOS 电路中，都有单片集成的施密特触发器产品。下面以 CMOS 集成施密特触发器 CC40106 为例介绍其工作原理，其电路如图 6-23 所示。

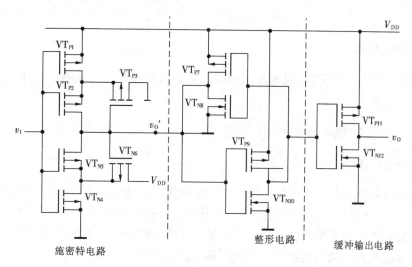

图 6-23 CMOS 集成施密特触发器

由图 6-23 可见，电路由施密特电路、整形电路和缓冲输出电路组成。

1. 施密特电路

施密特电路由 P 沟道 MOS 管 $VT_{P1} \sim VT_{P3}$、N 沟道 MOS 管 $VT_{N4} \sim VT_{N6}$ 组成，设 P 沟道 MOS 管的开启电压为 V_{TP}，N 沟道 MOS 管开启电压为 V_{TN}，输入信号 v_I 为三角波。

当 $v_I = 0$ 时，VT_{P1}、VT_{P2} 导通，VT_{N4}、VT_{N5} 截止，电路中 v_O' 为高电平（$v_O' \approx V_{DD}$），$v_O = V_{OH}$。v_O' 的高电平同时使 VT_{P3} 截止，VT_{N6} 导通，且工作于源极输出状态。VT_{N5} 的源极电位 $v_{S5} = V_{DD} - V_{TN}$，该电位较高。

v_I 电位逐渐升高，当 $v_I > V_{TN}$ 时，VT_{N4} 先导通，由于 VT_{N5} 其源极电压 v_{S5} 较大，即使 $v_I > V_{DD}/2$，VT_{N5} 仍不能导通，直至 V_I 继续升高直至 VT_{P1}、VT_{P2} 趋于截止时，随着其内阻增大，v_O' 和 v_{S5} 才开始相应降低。

当 $v_I - v_{S5} \geqslant V_{TN}$ 时，VT_{N5} 导通，并引起如下正反馈过程：

$$v_O' \downarrow \rightarrow v_{S5} \downarrow \rightarrow v_{GS5} \uparrow \rightarrow R_{ONS} \downarrow (VT_{N5} \text{ 导通电阻})$$

于是 VT_{P1}、VT_{P2} 迅速截止，v_O' 为低电平，电路输出状态转换为 $v_O = V_{OL}$。v_O' 的低电平使 VT_{N6} 截止，VT_{P3} 导通，且工作于源极输出器状态，VT_{P2} 的源极电压 $v_{S2} \approx 0 - V_{TP}$。

同理，当 v_I 逐渐下降时，电路工作过程与 v_I 上升过程类似，只有当 $|v_I - v_{S2}| > V_{TP}$ 时，电路又转换为 v_O' 为高电平，$v_O = V_{OH}$ 的状态。

在 $V_{DD} \gg V_{TN} + |V_{TP}|$ 的条件下，电路的正向阈值电压 V_{T+} 远大于 $V_{DD}/2$，且 V_{DD} 越大，V_{T+} 也随之增高。在 v_I 下降过程中的负向阈值电压 V_{T-} 也要比 $V_{DD}/2$ 低得多。

由上述分析可知，电路在上升和下降的过程中分别有不同的两个阈值电压，具有施密特电压传输特性，其传输特性同图 6-22（b）。

2. 整形电路

整形电路由 VT_{P7}、VT_{P9}、VT_{N8}、VT_{N10} 组成，电路为两个首尾相连的反相器。在 v_0' 上升和下降过程中，利用两级反相器的正反馈作用可使输出波形有陡直的上升沿和下降沿。

3. 缓冲输出电路

输出电路为 VT_{P11} 和 VT_{N12} 组成的反相器，它不仅能起到与负载隔离的作用，而且提高了电路带负载的能力。

6.3.3 施密特触发器的应用

1. 波形变换电路

利用施密特触发器在状态转换过程中的正反馈作用，可以将边沿变化缓慢的周期性信号（如正弦波、三角波等）变换成边沿陡峭的矩形脉冲。在图 6-24 中，施密特触发器的输入是一个直流分量和正弦分量相叠加的信号，只要输入信号的幅度大于施密特触发器的正向阈值电压 V_{T+}，在触发器的输出端就可得到相同频率的矩形波。

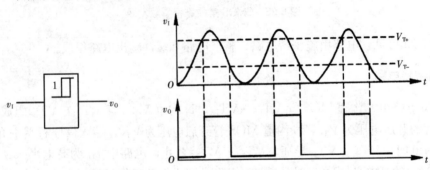

图 6-24　用施密特触发器实现波形变换

2. 用施密特触发器构成脉冲整形电路

矩形波经过传输后波形往往会发生畸变，其中比较常见的有图 6-25 所示的几种情况：（a）矩形波的边沿变缓；（b）在矩形波的边沿处产生振荡；（c）矩形波被叠加上干扰。无论哪一种情况，只要设置好合适的 V_{T+} 和 V_{T-}，均能获得满意的整形效果。

3. 用施密特触发器构成多谐振荡电路

利用施密特触发器也可以构成多谐振荡器。其电路如图 6-26（a）所示。接通电源的瞬间，电容 C 上的电压为 0V，输出 v_0 为高电平。v_0 通过电阻 R 对电容 C 充电，当 v_I 达到 V_{T+} 时，施密特触发器翻转，输出为低电平，此后电容 C 又开始放电，v_I 下降，当 v_I 下降到 V_{T-} 时，电路又发生翻转，如此周而复始地形成振荡。其输入、输出波形如图 6-26（b）所示。

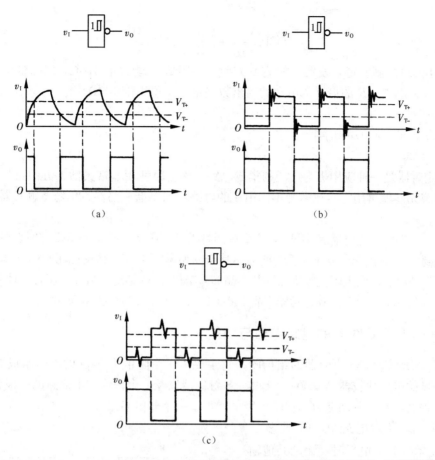

图 6-25　用施密特触发器实现脉冲整形

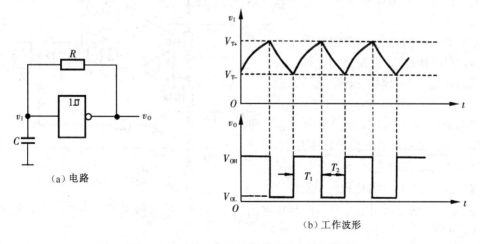

图 6-26　用施密特触发器构成的多谐振荡器

若在图 6-26 中采用的是 CMOS 施密特触发器，且 $V_{OH} \approx V_{DD}$、$V_{OL} \approx 0$，根据图 6-26（b）所示的电压波形得到的振荡周期为

$$T = T_1 + T_2$$

$$= RC\ln\frac{V_{DD} - V_{T-}}{V_{DD} - V_{T+}} + RC\ln\frac{V_{T+}}{V_{T-}} \tag{6-28}$$

当采用 TTL 施密特触发器（如 7414）时，电阻 R 不能大于 470Ω，以保证输入端能够达到负向阈值电平。R 的最小值由门的扇出数确定（不得小于 100Ω）。

6.4 555 定时器及其应用

555 定时器是一种应用极为广泛的集成电路。该电路使用非常灵活、方便，只需要外接少量的阻容元件就可用它构成多种不同用途的电路，如多谐振荡器、单稳态触发器、施密特触发器等。

目前生产的 555 定时器有 TTL 和 CMOS 两种类型。通常，TTL 型 555 定时器的输出电流最高可达到 200mA，具有很强的驱动能力，其产品型号都以 555 结尾；而 CMOS 型 555 定时器则具有低功耗、高输入阻抗等优点，其产品型号都以 7555 结尾。另外，还有一种将两个 555 定时器集成到一个芯片上的双定时器产品 556（TTL 型）和 7556（CMOS 型）。

6.4.1 555 定时器的电路结构与功能

图 6-27 所示为 555 定时器的结构图，它主要由 3 个阻值为 $5k\Omega$ 的电阻组成的分压器，两个高精度的电压比较器 A_1、A_2 和基本 RS 触发器以及一个作为放电通路的三极管 VT_D 组成。为了提高电路的驱动能力，在输出级又增加了一个非门 G_4。

在图 6-27 所示电路中，$\overline{R}_D$ 是复位输入端。当 $\overline{R}_D$ 为低电平时，无论其他输入端状态如何，电路的输出 v_O 立即变为低电平。因此，在电路正常工作时应将其接高电平。

电路中 3 个阻值为 $5k\Omega$ 的电阻组成分压器，以形成比较器 A_1 和 A_2 的参考电压 V_{R1} 和 V_{R2}。当控制电压输入端 V_{CO} 悬空时，$V_{R1} = (2/3)V_{CC}$，$V_{R2} = (1/3)V_{CC}$；如果 V_{CO} 外接固定电压，则 $V_{R1} = V_{CO}$，$V_{R2} = V_{CO}/2$。当不需要外接控制电压时，一般是在 V_{CO} 端和地之间接一个 $0.01\mu F$ 的滤波电容，以提高参考电压的稳定性。

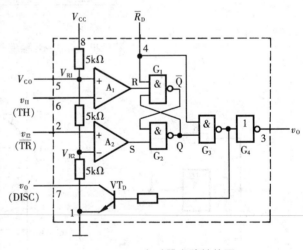

图 6-27　555 定时器电路结构图

v_{I1} 和 v_{I2} 分别是阈值电平输入端和触发信号输入端。在电路正常工作时，电路的状态就取决于这两个输入端的电平。

当 $v_{I1} > V_{R1}$、$v_{I2} > V_{R2}$ 时，比较器 A_1 的输出端（R）$= 0$，比较器 A_2 的输出端（S）$= 1$，基本 RS 触发器被置 0，放电管 VT_D 导通，输出 v_O 为低电平。

当 $v_{I1} < V_{R1}$、$v_{I2} < V_{R2}$ 时，比较器 A_1 的输出端（R）$= 1$，比较器 A_2 的输出端（S）$= 0$，基本 RS 触发器被置 1，放电管 VT_D 截止，输出 v_O 为高电平。

当 $v_{I1} > V_{R1}$、$v_{I2} < V_{R2}$ 时，比较器 A_1 的输出端（R）＝0，比较器 A_2 的输出端（S）＝0，基本 RS 触发器 $Q = \overline{Q} = 1$，放电管 VT_D 截止，输出 v_O 为高电平。

当 $v_{I1} < V_{R1}$、$v_{I2} > V_{R2}$ 时，比较器 A_1 的输出端（R）＝1，比较器 A_2 的输出端（S）＝1，基本 RS 触发器的状态保持不变，因而放电三极管 VT_D 的状态和输出也保持不变。

根据以上的分析，我们可以得到 555 定时器的功能表，如表 6-2 所示。

表 6-2   555 定时器的功能表

输 入			输 出	
$\overline{R}_D$	v_{I1}	v_{I2}	v_O	VT_D 状态
0	×	×	低	导通
1	$> \frac{2}{3}V_{CC}$	$> \frac{1}{3}V_{CC}$	低	导通
1	$< \frac{2}{3}V_{CC}$	$> \frac{1}{3}V_{CC}$	不变	不变
1	$< \frac{2}{3}V_{CC}$	$< \frac{1}{3}V_{CC}$	高	截止
1	$> \frac{2}{3}V_{CC}$	$< \frac{1}{3}V_{CC}$	高	截止

555 定时器能在很宽的电源电压范围内工作，并可承受较大的负载电流。双极型 555 定时器的电源电压范围为 5～16V，最大的负载电流达 200mA。CMOS 型 7555 定时器的电源电压范围为 3～18V，但最大的负载电流在 4mA 以下。

6.4.2   555 定时器的应用

1. 用 555 定时器组成多谐振荡器

用 555 定时器组成的多谐振荡器如图 6-28（a）所示，参考电压 $V_{R1} = (2/3)V_{CC}$、$V_{R2} = (1/3)V_{CC}$。其中 R_1、R_2 和 C 为外接定时元件，0.01μF 电容为滤波电容。该电路不需要外加触发信号，加电后就能产生周期性的矩形脉冲或方波。其工作波形图如图 6-28（b）所示。

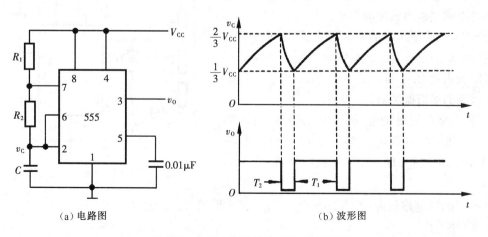

（a）电路图   （b）波形图

图 6-28   用 555 定时器构成的多谐振荡器

多谐振荡器有两个暂稳态。假设当电源接通后，电路处于某一暂稳态，电容 C 上电压 v_C 略低于 $\frac{1}{3}V_{CC}$。v_O 输出高电平，VT_D 截止，电源 V_{CC} 通过 R_1、R_2 给电容 C 充电。随着充电的进行，v_C 逐渐增高，但只要 $\frac{1}{3}V_{CC} < v_C < \frac{2}{3}V_{CC}$，输出电压 v_O 就一直保持高电平不变，这就是第 1 个暂稳态。

当电容 C 上的电压 v_C 略超过 $\frac{2}{3}V_{CC}$ 时，RS 触发器置 0，使输出电压 v_O 从原来的高电平翻转到低电平，$v_O=0$，VT_D 饱和导通，此时电容 C 通过 R_2 和 VT_D 放电。随着电容 C 的放电，v_C 下降，但只要 $\frac{2}{3}V_{CC} > v_C > \frac{1}{3}V_{CC}$，$v_O$ 就一直保持低电平不变，这就是第 2 个暂稳态。

当 v_C 下降到略低于 $\frac{1}{3}V_{CC}$ 时，RS 触发器置 1，v_O 又变为高电平，$v_O=1$，VT_D 截止，电容 C 再次充电，又重复上述过程，电路输出便得到周期性的矩形脉冲。

根据以上分析和电路的工作波形，我们可以知道该多谐振荡器输出脉冲的周期 T 就等于电容的充电时间 T_1 和放电时间 T_2（两个暂稳态的持续时间）之和，即

$$\left.\begin{aligned}
T_1 &= (R_1 + R_2)C\ln\frac{V_{CC} - V_{R2}}{V_{CC} - V_{R1}} = (R_1 + R_2)C\ln 2 \\
T_2 &= R_2 C\ln\frac{0 - V_{R2}}{0 - V_{R1}} = R_2 C\ln 2 \\
T &= T_1 + T_2 = (R_1 + 2R_2)C\ln 2 = 0.7(R_1 + 2R_2)C
\end{aligned}\right\} \tag{6-29}$$

振荡频率为

$$f = \frac{1}{T} = \frac{1}{(R_1 + 2R_2)C\ln 2} \tag{6-30}$$

根据式（6-29），还可以求出输出脉冲的占空比（输出脉冲的宽度与周期之比）

$$q = \frac{T_1}{T} = \frac{R_1 + R_2}{R_1 + 2R_2} \tag{6-31}$$

可见，通过改变电阻 R_1、R_2 和电容 C 的参数，可以调整输出脉冲的频率和占空比。另外，如果参考电压由外接电压控制，通过改变 V_{CO} 的数值还可以调整输出脉冲的频率。

图 6-28（a）所示多谐振荡器的 T_1 不等于 T_2，而且占空 q 是固定不变的。在实际应用中常常需要频率固定而占空比可调，图 6-29 所示的电路就是占空比可调的多谐振荡器。

电容 C 的充放电通路分别用二极管 VD_1 和 VD_2 分开。R_W 为可调电位器。电容 C 的充电路径为 $V_{CC} \rightarrow R_A \rightarrow VD_1 \rightarrow C \rightarrow$ 地，因而 $T_1 = 0.7R_A C$。

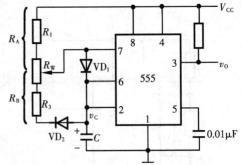

图 6-29　占空比可调的多谐振荡器

电容 C 的放电路径为 $C \rightarrow VD_2 \rightarrow R_B \rightarrow T_D \rightarrow$ 地，因而 $T_2 = 0.7R_B C$。

振荡周期为

$$T = T_A + T_B = 0.7(R_A + R_B)C \tag{6-32}$$

占空比为

$$q = \frac{R_A}{R_A + R_B} \tag{6-33}$$

若取 $R_A = R_B$，则 $q = 50\%$。

应用举例：用两个多谐振荡器可以组成如图 6-30（a）所示的模拟声响电路。适当选择定时元件，使振荡器 A 的振荡频率 $f_A = 1\text{Hz}$，振荡器 B 的振荡频率 $f_B = 1\text{kHz}$。由于低频振荡器 A 的输出接至高频振荡器 B 的复位端（4 脚），当 v_{O1} 输出高电平时，B 振荡器才能振荡，v_{O1} 输出低电平时，B 振荡器被复位，停止振荡，因此使扬声器发出 1kHz 的间歇声响。其工作波形如图6-30（b）所示。

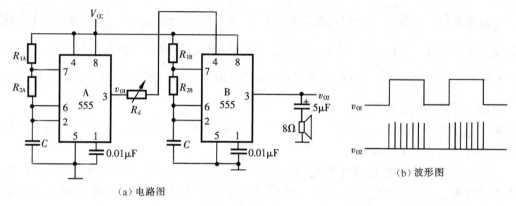

（a）电路图

（b）波形图

图 6-30　用 555 定时器构成的模拟声响发生器

2. 用 555 定时器组成单稳态触发器

由 555 构成的单稳态触发器的电路如图 6-31 所示。参考电压 $V_{R1} = (2/3)V_{CC}$、$V_{R2} = (1/3)V_{CC}$。图中，R、C 为外接定时元件。触发信号加在触发输入端（2 脚），所以该电路是脉冲下降沿触发，5 脚通过 $0.01\mu\text{F}$ 滤波电容接地。工作波形如图 6-31（b）所示。

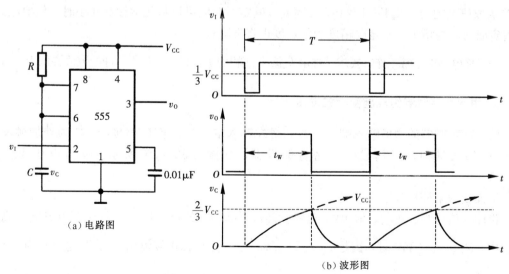

（a）电路图

（b）波形图

图 6-31　用 555 定时器构成的单稳态触发器

触发信号没有到来前，v_2 为高电平。电源刚接通时，电路有一个暂态过程，即电源通过电阻 R 向电容 C 充电，当 v_C 升到 $\frac{2}{3}V_{CC}$ 时，RS 触发器置 0，$v_O = 0$，VT_D 导通，因此电容 C 又迅速放电直到 $v_C = 0$，电路进入稳态。这时如果 v_I 一直没有触发信号来到，电路就一直处于 $v_O = 0$ 的稳定状态。

当外加触发信号 v_I 的下降沿到达时，由于 $v_2 < \frac{1}{3}V_{CC}$，而 $v_6 = v_C = 0$，RS 触发器被置 1，Q=1，因此，$v_O = 1$，VT_D 截止，V_{CC} 开始通过电阻 R 向电容 C 充电。随着电容 C 充电的进行，v_C 不断上升，趋向值 $v_C(\infty) = V_{CC}$。

v_I 触发负脉冲消失后，v_2 回到高电平，在 $v_2 > \frac{1}{3}V_{CC}$、$v_6(v_C) < \frac{2}{3}V_{CC}$ 期间，RS 触发器的状态保持不变，因此，v_O 一直保持高电平不变，电路维持在暂稳态。但当电容 C 上的电压上升到 $v_C \geqslant \frac{2}{3}V_{CC}$ 时，RS 触发器置 0，电路输出 $v_O = 0$，VT_D 导通，此时暂稳态便结束，电路将返回到初始的稳态。

VT_D 导通后，电容 C 通过 VT_D 迅速放电，使 $v_C = 0$，电路又恢复到稳态，第 2 个触发信号到来时，又重复上述过程。

电路输出脉冲的宽度 t_W 等于暂稳态持续的时间，如果不考虑三极管的饱和压降，也就是在电容充电过程中电容电压 v_C 从 0 上升到 $(2/3)V_{CC}$ 所用的时间。根据电容 C 的充电过程可知 $v_C(0_+) = 0$、$v_C(\infty) = V_{CC}$、$\tau = RC$，当 $t = t_W$ 时，$v_C(t_W) = \frac{2}{3}V_{CC} = V_T$，因而可得输出脉冲的宽度为

$$t_W = RC\ln\frac{v_C(\infty) - v_C(0_+)}{v_C(\infty) - V_T}$$
$$= RC\ln 3 = 1.1RC \tag{6-34}$$

555 定时器接成单稳态触发器时，一般外接电阻 R 的取值范围为 $2\text{k}\Omega \sim 20\text{M}\Omega$，外接电容 C 的取值范围为 $100\text{pF} \sim 1\,000\mu\text{F}$。因此，其定时时间可以从几微秒到几小时。但要注意，随着定时时间的增大，其定时精度和稳定度也将下降。

为了使电路能正常工作，要求外加触发脉冲的宽度应小于 t_W，且负脉冲的数值要低于 $\frac{1}{3}V_{CC}$。

3. 用 555 定时器组成施密特触发器

将 555 定时器的阈值输入端（v_{I1}）和触发输入端（v_{I2}）连在一起，并作为外加触发信号 v_I 的输入端时，就构成了施密特触发器，如图 6-32（a）所示，参考电压 $V_{R1} = (2/3)V_{CC}$、$V_{R2} = (1/3)V_{CC}$。

下面我们来分析其工作过程。

设输入信号为三角波，输出端可得到方波，如图 6-32（b）所示。在 v_I 从 0 开始升高的过程中，当 $v_I < \frac{1}{3}V_{CC}$ 时，满足 $v_{I1} < V_{R1}$、$v_{I2} < V_{R2}$，所以电路输出 v_O 为高电平；当 $\frac{1}{3}V_{CC} < v_I < \frac{2}{3}V_{CC}$ 时，满足 $v_{I1} < V_{R1}$、$v_{I2} > V_{R2}$，555 定时器的状态保持不变，v_O 仍为高电平；

当 $v_I > \frac{2}{3}V_{CC}$ 后，满足 $v_{I1} > V_{R1}$、$v_{I2} > V_{R2}$，v_O 才跳变到低电平。

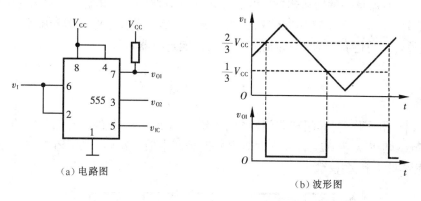

（a）电路图　　　　　　　　　　（b）波形图

图 6-32　用 555 定时器构成的施密特触发器

在 v_I 从高于 $\frac{2}{3}V_{CC}$ 的电压开始下降的过程中，当 $\frac{1}{3}V_{CC} < v_I < \frac{2}{3}V_{CC}$ 时，满足 $v_{I1} < V_{R1}$、$v_{I2} > V_{R2}$，v_O 仍保持低电平不变；只有当 $v_I < \frac{1}{3}V_{CC}$ 后，满足 $v_{I1} < V_{R1}$、$v_{I2} < V_{R2}$，v_O 才又跳变到高电平。

通过以上的分析，显然可以得到该施密特触发器的正向阈值电压 $V_{T+} = V_{R1} = \frac{2}{3}V_{CC}$，负向阈值电压 $V_{T-} = V_{R2} = \frac{1}{3}V_{CC}$，则回差电压 $\Delta V_T = V_{R1} - V_{R2} = \frac{1}{3}V_{CC}$。可见这种用 555 定时器构成的施密特触发器的传输特性取决于两个参考电压。当然，我们也可以用外接控制电压 V_{CO} 来控制参考电压 V_{R1}、V_{R2}，这样通过改变控制电压 V_{CO} 的大小即可对施密特触发器的传输特性进行调整。

小　结

本章主要介绍了矩形脉冲产生电路和实践中常用的 555 定时器。

（1）多谐振荡器有门电路构成的环形振荡器、石英晶体振荡器和 555 定时器构成的多谐振荡器等，目前应用较为广泛的多谐振荡器是石英晶体振荡器和 555 定时器构成的多谐振荡器。多谐振荡器可以直接产生矩形脉冲信号，它是一种自激振荡电路，不需要外加输入信号。在工作过程中多谐振荡器仅有两个暂稳态交替出现，不存在稳定状态，故又称之为无稳态电路。

（2）单稳态触发器有门电路构成的单稳态触发器（微分型、积分型）、555 定时器构成的单稳态触发器和集成单稳态触发器（可重复触发单稳态触发器、不可重复触发单稳态触发器）。单稳态触发器和施密特触发器虽然不能直接产生矩形脉冲信号，但它们能够将其他形状的周期性信号变换成所需要的矩形脉冲信号，从而达到整形的目的。

单稳态触发器的工作状态包括一个稳态和一个暂稳态。输出矩形脉冲信号的宽度是由电路本身的参数决定的，与输入信号无关；输入信号只起一个触发作用，以决定脉冲产生的时间。

（3）常见的施密特触发器有门电路构成的施密特触发器、555 定时器构成的施密特触发器和集成施密特触发器。施密特触发器有两个稳定的状态。输出矩形脉冲信号受输入信号电平直接控制，呈现一种"滞后"传输特性，主要参数包括正向阈值电压 V_{T+}、负向阈值电压

V_{T-} 和回差电压 ΔV_T。施密特触发器主要用于脉冲整形、波形变换和幅度鉴别。

（4）555 定时器是一种用途非常广泛、使用非常方便的集成电路，可以构成很多种应用电路。本章主要介绍了用 555 定时器构成的多谐振荡器、单稳态触发器和施密特触发器。除 555 定时器外，目前还有 556（双定时器）、558（四定时器）等。

习　题

[题 6.1]　用 TTL 与非门和非门构成如图题 6.1 所示的电路，若每个门的平均传输时延 $t_{pd} = 50ns$，则在 $v_I = 0$ 或 $v_I = 1$ 时，电路能否产生振荡？如果能产生振荡，试计算出该电路的振荡周期 T 和频率 f。

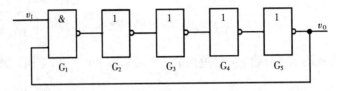

图题 6.1

[题 6.2]　在图 6-20 的施密特触发器电路中，若 G_1 和 G_2 为 74LS 系列与非门和反相器，它们的阈值电压 $V_{TH} = 1.1V$，$R_1 = 1k\Omega$，$R_2 = 2k\Omega$，试计算电路的正向阈值电压 V_{T+}、负向阈值电压 V_{T-} 和回差电压 ΔV_T。

[题 6.3]　在图题 6.3（a）所示的施密特触发器电路中，已知 $R_1 = 10k\Omega$，$R_2 = 30k\Omega$。G_1 和 G_2 为 CMOS 反相器，$V_{DD} = 15V$。

（1）试计算电路的正向阈值电压 V_{T+}、负向阈值电压 V_{T-} 和回差电压 ΔV_T。

（2）若将图题 6.3（b）给出的电压信号加到图题 6.3（a）电路的输入端，试画出输出电压的波形。

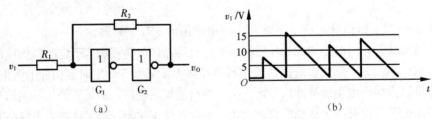

图题 6.3

[题 6.4]　图题 6.4 是具有电平偏移二极管的施密特触发器电路，试分析它的工作原理，并画出电压传输特性。G_1、G_2、G_3 均为 TTL 电路。

[题 6.5]　在图 6-28 所示的由 555 定时器构成的多谐振荡器电路中，$V_{CC} = 12V$，$C = 0.01\mu F$，$R_1 = R_2 = 5.1k\Omega$。求电路的振荡周期和输出脉冲的占空比。

[题 6.6]　由 555 构成的单稳态触发器如图 6-31 所示，若 $V_{CC} = 10V$，$C = 300pF$，$R = 10k\Omega$。求输出脉冲宽度 t_W。

[题 6.7]　图题 6.7 是用 555 定时器构成的压控振荡器，试求输入控制电压 v_I 和振荡频率之间的关系式。当 v_I 升高时频率是升高还是降低？

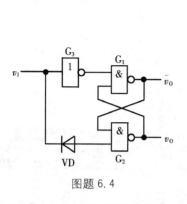

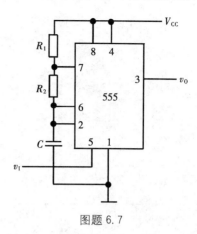

图题 6.4   图题 6.7

[**题 6.8**]　试用 555 定时器构成一个施密持触发器,以实现图题 6.8 所示的鉴幅功能。画出芯片的接线图,并标明有关的参数值。

[**题 6.9**]*　用 555 定时器构成发出"叮—咚"声响的门铃电路,如图题 6.9 所示。试分析其工作原理。

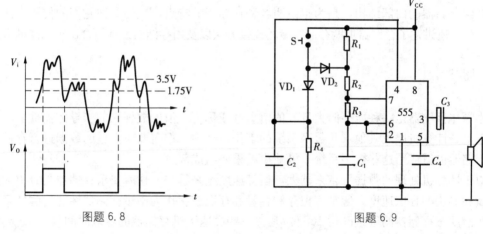

图题 6.8   图题 6.9

[**题 6.10**]　图题 6.10 所示为救护车扬声器发音电路,在图中给出的电路参数下,试计算扬声器发出声音的高、低音频率以及高、低音的持续时间(当 $V_{CC}=12V$ 时,555 定时器输出的高、低电平分别为 11V 和 0.2V,输出电阻小于 100Ω)。

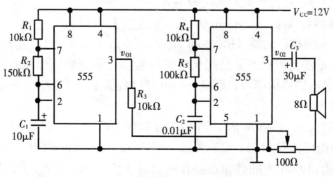

图题 6.10

本章将系统地介绍各种半导体存储器的工作原理和使用方法。

在只读存储器（ROM）中，逐一介绍掩膜 ROM、PROM、EPROM 和快闪存储器等不同类型 ROM 的工作原理和特点。在随机存储器（RAM）中，介绍了两种类型：静态随机存储器（SRAM）和动态随机存储器（DRAM）。

介绍存储器的内部结构，是为了说明各种存储器的特点，从而掌握它们的使用方法。

此外，还讲述了存储器扩展存储容量的连接方法以及用存储器设计组合逻辑电路的方法。

7.1　概述

半导体存储器是一种能存储大量二值信息（或称为二值的数据）的半导体器件。

在电子计算机以及其他一些数字系统的工作过程中，都需要对大量的数据进行存储。因此，存储器也就成了这些数字系统不可缺少的重要组成部分。

由于计算机处理的数据量越来越大，运算速度越来越快，这就要求存储器具有更大的存储容量和更快的存取速度。通常都把存储容量和存取速度作为衡量存储器性能优劣的重要指标。目前动态存储器的容量已达 10^9 位/片。一些高速随机存储器的存取时间仅 10ns 左右。

因为半导体存储器的存储单元数目极其庞大，而器件的引脚数目有限，所以在电路结构上就不可能像寄存器那样把每个存储单元的输入和输出直接引出。为了解决这个矛盾，在存储器中给每个存储单元编了一个地址，只有被输入地址代码指定的那些存储单元才能与公共的输入/输出引脚接通，进行数据的读出或写入。

半导体存储器的种类很多，首先从存、取功能上可以分为只读存储器（Read Only Memory，ROM）和随机存储器（Random Access Memory，RAM）两大类。

只读存储器在正常工作状态下只能从中读取数据，不能快速地随时修改或重新写入数据。ROM 的优点是电路结构简单，而且在断电以后数据不会丢失。它的缺点是只适用于存储那些固定数据的场合。

只读存储器中又有掩膜 ROM、可编程 ROM（Programmable Read Only Memory，PROM）和可擦除的可编程 ROM（Erasable Programmable Read Only Memory，EPROM）几种不同类型。掩膜 ROM 中的数据在制作时已经确定，无法更改。PROM 中的数据可以由用户根据自己的需要写入，但一经写入以后就不能再修改了。EPROM 里的数据不但可以由用户根据自己的需要写入，而且还能擦除重写，所以具有更大的使用灵活性。

随机存储器与只读存储器的根本区别在于，在正常工作状态下就可以随时向存储器里写入数据或从中读出数据。根据所采用的存储单元工作原理的不同，又将随机存储器分为静态随机存储器（Static Random Memory，SRAM）和动态随机存储器（Dynamic Random Access Memory，DRAM）。由于动态存储器存储单元的结构非常简单，所以它所能达到的集成度远高于静态存储器，但是动态存储器的存取速度不如静态存储器快。

另外，从制造工艺上又可以把存储器分为双极型和 MOS 型。鉴于 MOS 电路（尤其是 CMOS 电路）具有功耗低、集成度高的优点，所以目前大容量的存储器都是采用 MOS 工艺制作的。

7.2 只读存储器

7.2.1 ROM 的结构及工作原理

1. ROM 的结构示意图

（1）基本结构

图 7-1 所示是只读存储器（ROM）的基本结构示意图。$A_0 A_1 \cdots A_{n-1}$ 是输入的 n 位地址，A_{n-1} 是最高位，A_0 是最低位。$D_0 D_1 \cdots D_{b-1}$ 是输出的 b 位数据，D_{b-1} 是最高位，D_0 是最低位。

（2）内部结构示意图

图 7-2 所示是 ROM 的内部结构示意图，输入的 n 位地址码 $A_{n-1} A_{n-2} \cdots A_0$ 经地址译码器译码后，产生 2^n 个输出信号 W_{2^n-1}、W_{2^n-2}、$\cdots$、W_0，可看成是一个个具体的地址。ROM 有 2^n 个存储单元，每一个单元都有一个相应的地址，例如 0 单元的地址就是 W_0，1 单元的地址就是 W_1，$\cdots$，i 单元的地址就是 W_i，$\cdots$，2^n-1 单元

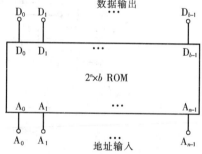

图 7-1 ROM 的基本结构示意图

的地址就是 W_{2^n-1}。W_0、$\cdots$、W_{2^n-1} 线又叫做字线。每个地址中储存的二进制数据是 $D_{b-1} D_{b-2} \cdots D_0$。到底是哪一个存储单元中的内容会出现在输出端，则完全由输入的地址码决定。例如，若要把 2 单元储存的 b 位二进制数据读取出来，则只需要令地址码 $A_{n-1} A_{n-2} \cdots A_2 A_1 A_0 = 00 \cdots 010$ 即可，因这时地址译码器输出的地址是 $W_2 = 1$，选中的是 2 单元。

2. ROM 的基本工作原理

（1）电路组成

图 7-3 所示是用二极管与门和或门构成的最简单的只读存储器，输入地址码是 $A_1 A_0$，输出数据是 $D_3 D_2 D_1 D_0$。输出缓冲器用的是三态门，它有两个作用，一是提高只读存储器的带负载能力；二是可以实现对输出端状态的控制，以便于和系统总线连接。

在图 7-3（a）中，二极管门电路都排成了矩阵形式。4 个二极管与门构成它的地址译码器。与门阵列中的 4 个与门，其结构与图 7-3（b）所示与门电路是相同的。二极或门阵列，构成存储矩阵，实际上就是由 4 个二极管构成的编码器。当 $W_0 \sim W_3$ 每根线上给出高电平信号时，都会在 $D_3 \sim D_0$ 4 根线上输出一个 4 位二进制数据。通常将二进制数的每一位称为

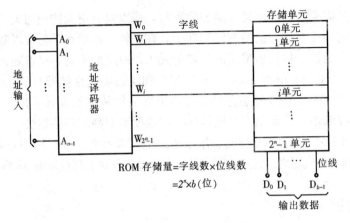

图 7-2 ROM 内部结构示意图

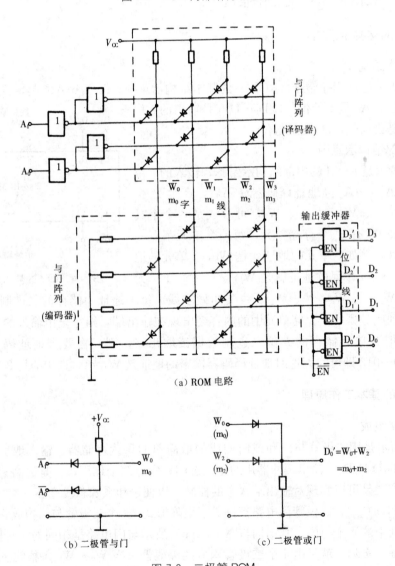

图 7-3 二极管 ROM

一个比特（bit）。本例输出数据为 4 位，有 4 个比特（即 4bit）。而把每个地址（对应一组二进制数）称为一个字节（byte）或一个字，并简记为 B。这里有 00、01、10、11 4 个地址，故字数为 4byte，可简记为 4B。因此，把 $W_0 \sim W_3$ 叫做字线，把 $D_0 \sim D_3$ 叫做位线（也称数据线），而 A_1、A_0 称为地址线。

不难看出，字线和位线的每个交叉点都是一个存储单元。习惯上用存储单元的数目表示存储器的存储量（又称容量），并写成"字数×位数"的形式。故该电路的存储量可以表示为"4×4 位"。也就是说，此存储器的存储矩阵共有 4×4 位＝16 个存储单元。

由于存储器容量很大，为了表示方便，一般都将 1 024（2^{10}）B 作为一个单位，并用 1K 表示。如 1 024×8 位即可记为 1K×8 位，表示字数为 1KB，位数为 8bit，共有 8 192 个存储单元。若存储容量特别大，还可用 MB、GB 等单位来表示。它们之间的变换关系如下：

$$1KB = 2^{10}B$$
$$1MB = 2^{10}KB = 2^{20}B$$
$$1GB = 2^{10}MB = 2^{30}B$$

（2）工作原理

① 输出信号的逻辑表达式

由图 7-3（a）所示电路可得

$$W_0 = m_0 = \overline{A_1}\,\overline{A_0} \qquad\qquad W_1 = m_1 = \overline{A_1}A_0$$
$$W_2 = m_2 = A_1\overline{A_0} \qquad\qquad W_3 = m_3 = A_1 A_0$$
$$D_0 = W_0 + W_2 = m_0 + m_2 = \overline{A_1}\,\overline{A_0} + A_1\overline{A_0} = \overline{A_0}$$
$$D_1 = W_1 + W_2 + W_3 = m_1 + m_2 + m_3 = \overline{A_1}A_0 + A_1\overline{A_0} + A_1 A_0 = A_0 + A_1$$
$$D_2 = W_0 + W_2 + W_3 = m_0 + m_2 + m_3 = \overline{A_1}\,\overline{A_0} + A_1\overline{A_0} + A_1 A_0 = \overline{A_0} + A_1$$
$$D_3 = W_1 + W_3 = m_1 + m_3 = \overline{A_1}A_0 + A_1 A_0 = A_0$$

② 输出信号的真值表

根据上述表达式可列出如表 7-1 所示的真值表。

表 7-1　　　　　　　　　　　　　　　　ROM 输出信号的真值表

A_1	A_0	D_3	D_2	D_1	D_0
0	0	0	1	0	1
0	1	1	0	1	0
1	0	0	1	1	1
1	1	1	1	1	0

③ 功能说明

真值表 7-1 的物理意义既可从存储器和函数发生器角度去理解，也可以从译码、编码角度去认识。

从存储器角度看。$A_1 A_0$ 是地址码，$D_3 D_2 D_1 D_0$ 是数据。表 7-1 说明：在 00 地址中存放的数据是 0101；01 地址中存放的数据是 1010；10 地址中存放的是 0111；11 地址中存放的是 1110。

从函数发生器角度看。A_1、A_0 是两个输入变量，D_3、D_2、D_1、D_0 是 4 个输出函数。表 7-1 说明：当变量 $A_1 A_0$ 取值为 00 时，函数 $D_3 = 0$、$D_2 = 1$、$D_1 = 0$、$D_0 = 1$；当 $A_1 A_0$ 为 01、10、11 时，对应 D_3、D_2、D_1、D_0 的值也同样可以写出。

从译码编码角度认识。由与门阵列先对输入的二进制代码 A_1A_0 进行译码，得到 4 个输出信号 W_0、W_1、W_2、W_3，再由或门阵列对 $W_0 \sim W_3$ 4 个信号进行编码。表 7-1 实际上告诉我们，W_0 的编码是 0101；W_1 的编码是 1010；W_2 的编码是 0111；W_3 的编码是 1110。

其实电路并没有变，还是图 7-3（a）给出的 ROM 电路，但是从不同角度去理解认识，物理意义差别很大，它涉及许多基本概念。

7.2.2 ROM 的不同类型

ROM 可分为掩膜 ROM、可编程 ROM 和可擦除的可编程 ROM 等几种类型。下边分别予以介绍。

1. 掩膜只读存储器

在采用掩膜工艺制作 ROM 时，其中存储的数据是由制作过程中使用的掩膜板决定的。这种掩膜板是按照用户的要求而专门设计的。因此，掩膜 ROM 在出厂时内部存储的数据就已经"固化"在里边了。

上一节在介绍 ROM 的基本工作原理时所引用的电路（图 7-3）就是掩膜 ROM 电路的一种形式。当然除了用二极管构成存储矩阵外，也可以用 MOS 管来构成，如图 7-4 所示。在大规模集成电路中 MOS 管多做成对称结构，同时也为了画图的方便，一般都采用图中所用的简化画法。

图 7-4 中以 N 沟道增强型 MOS 管代替了图 7-3 中的二极管。字线与位线的交叉点上接有 MOS 管时相当于存 1，没有接 MOS 管时相当于存 0。

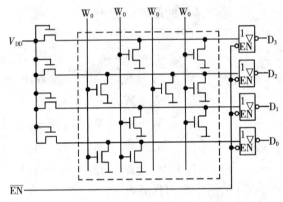

图 7-4　用 MOS 管构成的存储矩阵

当给定地址代码后，经译码器译成 $W_0 \sim W_3$ 中某一根字线上的高电平，使接在这根字线上的 MOS 管导通，并使与这些 MOS 管漏极相连的位线为低电平，经输出缓冲器反相后，在数据输出端得到高电平，输出为 1。图 7-4 存储矩阵中所存的数据与表 7-1 中的数据相同。

2. 可编程只读存储器（PROM）

在开发数字电路新产品的工作过程中，设计人员经常需要按照自己的设想迅速得到存有所需内容的 ROM。这时可以通过将所需内容自行写入 PROM 而得到要求的 ROM。

PROM 的总体结构与掩膜 ROM 一样，同样由存储矩阵、地址译码器和输出电路组成。不过在出厂时已经在存储矩阵的所有交叉点上全部制作了存储元件，即相当于在所有存储单元中都存入了 1。

图 7-5 是熔丝型 PROM 存储单元的原理图。它由一只三极管和串在发射极的快速熔断丝组成。三极管的 be 结相当于接在字线与位线之间的二极管。熔丝用很细的低熔点合金丝或多晶硅导线制成。在写入数据时只要设法将需要存入 0 的那些存储单元上的熔丝烧断就行了。

图 7-6 是一个 16×8 位 PROM 的结构原理图。编程时首先应输入地址代码，找出要写入 0 的单元地址。然后使 V_{CC} 和选中的字线提高到编程所要求的高电平，同时在编程单元的位线上加入编程脉冲（幅度约 20V，持续时间约十几微秒）。这时写入放大器 A_W 的输出为低电平、低内阻状态，有较大的脉冲电流流过熔丝，将其熔断。正常工作的读出放大器 A_R 输出的高电平不足以使 D_Z 导通，A_W 不工作。

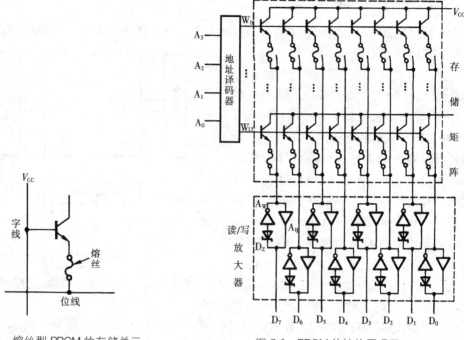

图 7-5 熔丝型 PROM 的存储单元　　　　图 7-6 PROM 的结构原理图

可见，PROM 的内容一经写入以后，就不可能修改了，所以它只能写入一次。因此，PROM 仍不能满足研制过程中经常修改存储内容的需要，这就要求生产一种可以擦除重写的 ROM。

3. 可擦除的可编程只读存储器（EPROM）

由于可擦除的可编程 ROM（EPROM）中存储的数据可以擦除重写，因而在需要经常修改 ROM 中内容的场合它便成为一种比较理想的器件。

最早研究成功并投入使用的 EPROM 是用紫外线照射进行擦除的，并被称之为 EPROM。因此，现在一提到 EPROM 就是指的这种用紫外线擦除的可编程 ROM（Ultra Violet Erasable Programmable Read Only Memory，UVEPROM）。

不久又出现了用电信号可擦除的可编程 ROM（Electricall Erasable Programmable Read Only Memory，E^2PROM）。后来研制成功的快闪存储器（FLash Memory）也是一种用电信号擦除的可编程 ROM。

7.3　随机存储器

随机存储器（RAM）也叫随机读/写存储器，简称 RAM。在 RAM 工作时可以随时从任何一个指定地址读出数据，也可以随时将数据写入任何一个指定的存储单元中去。它的最大优点是读、写方便，使用灵活。但是，它也存在数据易失性的缺点（即一旦停电以后所存储的数据将随之丢失）。RAM 可分为静态随机存储器（SRAM）和动态随机存储器（DRAM）两大类。

7.3.1 静态随机存储器

1. SRAM 的结构和工作原理

静态随机存储器（SRAM）电路通常由存储矩阵、地址译码器和读/写控制电路（也叫输入/输出电路）3 部分组成，如图 7-7 所示。

存储矩阵由许多存储单元排列而成，每个存储单元能存储 1 位二值数据（1 或 0），在译码器和读/写电路的控制下，既可以写入 1 或 0，又可以将存储的数据读出。

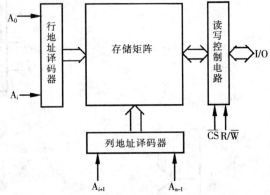

图 7-7 SRAM 的结构框图

地址译码器一般都分成行地址译码器和列地址译码器两部分。行地址译码器将输入地址代码的若干位译成某一条字线的输出高、低电平信号，从存储矩阵中选中一行存储单元；列地址译码器将输入地址代码的其余几位译成某一根输出线上的高、低电平信号，从字线选中的一行存储单元中再选 1 位（或几位），使这些被选中的单元经读/写控制电路与输入/输出端接通，以便对这些单元进行读、写操作。

读/写控制电路用于对电路的工作状态进行控制。当读/写控制信号 $R/\overline{W}=1$ 时，执行读操作，将存储单元里的数据送到输入/输出端上。当 $R/\overline{W}=0$ 时，执行写操作，加到输入/输出端上的数据被写入存储单元中。图中的双向箭头表示一组可双向传送数据的导线，它所包含的导线数目等于并行输入/输出数据的位数。多数 RAM 集成电路是用一根读/写控制线来控制读/写操作的，但也有少数的 RAM 集成电路是用两个输入端分别进行读和写控制的。

在读/写控制电路上都另设有片选输入端 $\overline{CS}$。当 $\overline{CS}=0$ 时，RAM 为正常工作状态；当 $\overline{CS}=1$ 时，所有的输入/输出端均为高阻态，不能对 RAM 进行读/写操作。

图 7-8 是一个 $1\,024\times4$ 位 RAM 的实例——2114 的结构框图。其中 4\,096 个存储单元排列成 64 行$\times$64 列的矩阵。10 位输入地址代码分成两组译码。$A_3\sim A_8$ 6 位地址码加到行地址译码器上，用它的输出信号从 64 行存储单元中选出指定的一行。另外 4 位地址码加到列地址译码器上，利用它的输出信号再从已选中的一行里挑出要进行读/写操作的 4 个存储单元。

$I/O_1\sim I/O_4$ 既是数据输入端又是数据输出端。读/写操作在 $R/\overline{W}$ 和 $\overline{CS}$ 信号的控制下进行。当 $\overline{CS}=0$，且 $R/\overline{W}=1$ 时，读/写控制电路工作在读出状态。这时由地址译码器选中的 4 个存储单元中的数据被送到 $I/O_1\sim I/O_4$ 4 根读/写线上并被读出。

当 $\overline{CS}=0$，且 $R/\overline{W}=0$ 时，执行写入操作。这时读/写控制电路工作在写入工作状态，加到 $I/O_1\sim I/O_4$ 端的输入数据便被写入指定的 4 个存储单元中去。

2114 采用高速 NMOS 工艺制作，使用单一的 +5V 电源，全部输入、输出逻辑电平均与 TTL 电路兼容，完成一次读或写操作的时间为 $100\sim200$ns。

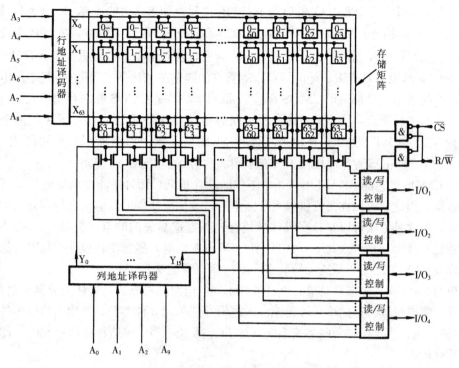

图 7-8 1 024×4 位 RAM（2114）的结构框图

若令 $\overline{CS}=1$，则所有的 I/O 端均处于禁止态，即将存储器内部电路与外部连线隔离。因此，可以直接把 I/O$_1$～I/O$_4$ 与系统总线相连，或将多片 2114 的输入/输出端并联运用。

2. SRAM 的静态存储单元

静态存储单元是在静态触发器的基础上附加门控管而构成的。因此，它是靠触发器的保持功能存储数据的。

图 7-9 是用 6 只 N 沟道增强型 MOS 管组成的静态存储单元。其中的 VT$_1$～VT$_4$ 组成基本 RS 触发器，用于记忆 1 位二值代码。VT$_5$ 和 VT$_6$ 是门控管，作模拟开关使用，以控制触发器的 Q、$\overline{Q}$ 和位线 B$_j$、$\overline{B}_j$ 之间的联系。VT$_5$、VT$_6$ 的开关状态由字线 X$_i$ 的状态决定。X$_i$＝1 时，VT$_5$、VT$_6$ 导通，触

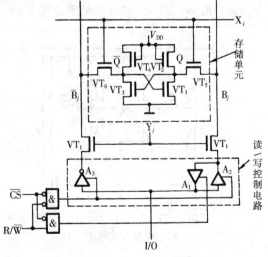

图 7-9 六管 NMOS 静态存储单元

发器的 Q 和 $\overline{Q}$ 端与位线 B$_j$、$\overline{B}_j$ 接通；X$_i$＝0 时，VT$_5$、VT$_6$ 截止，触发器与位线之间的联系被切断。VT$_7$、VT$_8$ 是每一列存储单元公用的两个门控管，用于和读/写缓冲放大器之间的连接。VT$_7$、VT$_8$ 的开关状态由列地址译码器的输出 Y$_j$ 来控制，Y$_j$＝1 时导通，Y$_j$＝0 时截止。

存储单元所在的一行和所在的一列同时被选中以后，X$_i$＝1、Y$_j$＝1，VT$_5$、VT$_6$、

VT_7、VT_8 均处于导通状态。Q 和 $\overline{Q}$ 与 B_j 和 $\overline{B}_j$ 接通。如果这时 $\overline{CS}=0$、$R/\overline{W}=1$，则读/写缓冲放大器的 A_1 接通，A_2 和 A_3 截止，Q 端的状态经 A_1 送到 I/O 端，实现数据读出。若此时 $\overline{CS}=0$、$R/\overline{W}=0$，则 A_1 截止，A_2 和 A_3 导通，加到 I/O 端的数据被写入存储单元中。

由于 CMOS 电路具有微功耗的特点，尽管它的制造工艺比 NMOS 电路复杂，但在大容量的静态存储器中几乎都采用 CMOS 存储单元。图 7-10 是 CMOS 静态存储单元的电路。它的结构形式与工作原理与图 7-9 相仿，所不同的是在 CMOS 静态存储单元中，两个反相器的负载管 VT_2 和 VT_4 改用了 P 沟道增强型 MOS 管。图中用栅极上的小圆圈表示 VT_2、VT_4 的为 P 沟道 MOS 管，而栅极上没有小圆圈的为 N 沟道 MOS 管。

采用 CMOS 工艺的 SRAM 不仅正常工作时功耗很低，而且还能在电源电压降低的情况下保存数据，因此它可以在交流供电系统断电后，改用电池供电以继续保持存储器中的数据不致丢失，用这种方法可以弥补半导体随机存储器数据易失的缺点。例如，Intel 公司生产的超低功耗 CMOS 工艺的 SRAM5101L 用 +5V 电源供电，静态功耗仅 $1\sim2\mu W$。如果将电源电压降至 +2V 使之处于低压保持状态，则功耗可降至 $0.28\mu W$。

双极型 SRAM 的静态存储单元也有各种不同的电路结构形式，大体上分属于射极读/写存储单元、集电极读写存储单元和集成注入逻辑存储单元 3 种类型。其中用得较多的是射极读/写存储单元，主要用在一些高速系统（如 ECL 系统）当中。这种存储单元的工作速度很快，但功耗较大。

图 7-11 是射极读/写存储单元的一个典型电路，它是由两个双极型多发射极三极管 VT_1、VT_2 和两个集电极负载电阻 R_1、R_2 组成的触发器。一对发射极 e_{11}、e_{21} 与行地址译码器的输出线（字线）X 相连，另一对发射极 e_{12}、e_{22} 接到互补的位线 B 和 $\overline{B}$ 上。电源电压 V_{CC} 通常取 $3\sim3.5V$，位线的偏置电压 V_{BB} 约 1.4V。

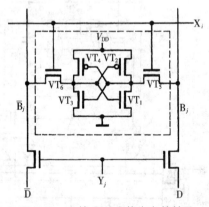

图 7-10 六管 CMOS 静态存储单元

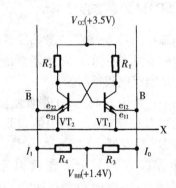

图 7-11 双极型 RAM 的静态存储单元

在保持状态下，字线 X 为低电平，低于 0.3V，而位线 B 和 $\overline{B}$ 为 1.4V 左右，因此导通管的发射极电流由字线流出，而与位线相连的两个发射极 e_{12} 和 e_{22} 处于反向偏置状态，将存储单元与位线隔离。存储单元的状态可以是 VT_1 截止、VT_2 导通（定义为 1 状态），也可以是 VT_1 导通、VT_2 截止（定义为 0 状态）。

进行读出时，字线被提高至 +3V，高于位线的 1.4V，因而导通管的电流转而从位线流出。这时只需检测其中一根位线（B 或 $\overline{B}$）上是否有电流流出，便能判断存储单元原来的状态是 1 还是 0。例如对位线 $\overline{B}$ 的电流进行检测，如果存储单元为 1 状态，则 VT_2 导通，$\overline{B}$ 线在读出时有电流 I_1 流出。如果存储单元是 0 状态，则 VT_1 导通，$\overline{B}$ 线在读出时没有电流流出，$I_1=0$。将 $\overline{B}$ 线上检测到的电流经读出放大器加以放大，就变成了高、低电平的输出电压信号了。

这种读出方式为非破坏性读出，即读出数据以后并不破坏存储单元原来的状态。假定存储单元原为 1 状态，则 VT_2 导通、VT_1 截止。因此，当字线上升为 3V 时 e_{11} 和 e_{21} 必然截止，而 e_{22} 的电流流入位线 $\overline{B}$。若 VT_2 导通后 c-e 间的压降小于 0.3V，那么 c_2 的电位（也就是 b_1 的电位）将低于 1.7V，不足以使 e_{12} 导通，故 VT_1 保持原来的截止状态。当字线回到低电平以后，流经 e_{22} 的电流转向字线 X，并使 c_2 的电位跟随字线下降，触发器继续保持 1 状态不变。

进行写入时首先也使字线变为 +3V，如果要求写入 1，则加到存储器输入/输出端的信号经写入放大器转换后给出 B=1、$\overline{B}=0$ 的电压信号，使 VT_1 截止、VT_2 导通，触发器被置 1。反之，如果要求写入 0，则给出 B=0、$\overline{B}=1$，将触发器置 0。

*7.3.2　动态随机存储器

RAM 的动态存储单元是利用 MOS 管栅极电容可以存储电荷的原理制成的。由于存储单元的结构能做得非常简单，所以在大容量、高集成度的 RAM 中得到了普遍的应用。但由于栅极电容的容量很小（通常仅为几皮法），而漏电流又不可能绝对等于零，所以电荷保存的时间有限。为了及时补充漏掉的电荷以避免存储的信号丢失，必须定时地给栅极电容补充电荷，通常把这种操作叫做刷新或再生。因此，DRAM 工作时必须辅以必要的刷新控制电路（有的控制电路是做在 DRAM 芯片内部的），同时也使操作复杂化了。尽管如此，DRAM 仍然是目前大容量 RAM 的主流产品。

早期采用的动态存储单元为四管电路或三管电路。这两种电路的优点是外围控制电路比较简单，读出信号也比较大，而缺点是电路结构仍不够简单，不利于提高集成度。

图 7-12 是四管动态存储单元的电路结构图。鉴于动态随机存储器的工作原理较复杂，这里不再讨论。

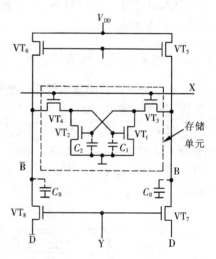

图 7-12　四管动态存储单元电路结构图

7.4　存储器容量的扩展

当使用一片 ROM 或 RAM 器件不能满足对存储容量的要求时，就需要将若干片 ROM 或 RAM 组合起来，形成一个容量更大的存储器。

7.4.1　位扩展方式

如果每一片 ROM 或 RAM 中的字数已经够用而每个字的位数不够用时，应采用位扩展的连接方式，将多片 ROM 或 RAM 组合成位数更多的存储器。

RAM 的位扩展连接方法如图 7-13 所示。在这个例子中，用 8 片 $1\,024\times1$ 位的 RAM 接成了一个 $1\,024\times8$ 位的 RAM。

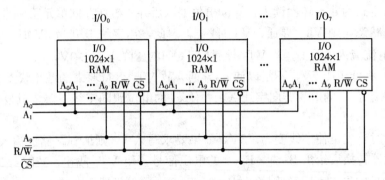

图 7-13　RAM 的位扩展接法

连接的方法十分简单，只需把 8 片 $1\,024$ 的所有地址线、$R/\overline{W}$、$\overline{CS}$ 分别并联起来就行了。每一片的 I/O 端作为整个 RAM 输入/输出数据端的一位。总的存储容量为每一片存储容量的 8 倍。

ROM 芯片上只是没有读/写控制端 $R/\overline{W}$，在进行位扩展时其余引出端的连接方法和 RAM 完全相同。

7.4.2　字扩展方式

如果每一片存储器的数据位数够用而字数不够用时，则需要采用字扩展方式，将多片存储器（RAM 或 ROM）芯片接成一个字数更多的存储器。

图 7-14 是用字扩展方式将 4 片 256×8 位的 RAM 接成一个 $1\,024\times8$ 位 RAM 的例子。因为 4 片中共有 $1\,024$ 个字，所以必须给它们编成 $1\,024$ 个不同的地址。然而每片集成电路上的地址输入端只有 8 位（$A_0\sim A_7$），给出的地址范围全都是 $0\sim255$，无法区分 4 片中同样的地址单元。

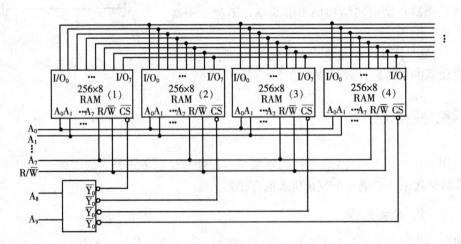

图 7-14　RAM 的字扩展接法

因此，必须增加两位地址代码 A_8、A_9，使地址代码增加到 10 位，才能得到 $2^{10} = 1\,024$ 个地址。如果取第 1 片的 $A_9 A_8 = 00$，第 2 片 $A_9 A_8 = 01$，第 3 片的 $A_9 A_8 = 10$，第 4 片 $A_9 A_8 = 11$，那么 4 片的地址分配将如表 7-2 所示。

表 7-2　　　　　　　　　　　**图 7-14 中各片 RAM 芯片的地址分配**

器件编号	$A_9 A_8$	$\overline{Y}_0$	$\overline{Y}_1$	$\overline{Y}_2$	$\overline{Y}_3$	地址范围 $A_9 A_8 A_7 A_6 A_5 A_4 A_3 A_2 A_1 A_0$ （等效十六进制数）
RAM (1)	00	0	1	1	1	00 00000000～00 11111111 (000H) 　　　　 (0FFH)
RAM (2)	01	1	0	1	1	01 00000000～01 11111111 (100H) 　　　　 (1FFH)
RAM (3)	10	1	1	0	1	10 00000000～10 11111111 (200H) 　　　　 (2FFH)
RAM (4)	11	1	1	1	0	11 00000000～11 11111111 (300H) 　　　　 (3FFH)

由表 7-2 可见，4 片 RAM 的低 8 位地址是相同的，所以接线时把它们分别并联起来就行了。由于每片 RAM 上只有 8 个地址输入端，所以 A_9、A_8 的输入端只好借用 $\overline{CS}$ 端。图中使用 2 线－4 线译码器将 $A_9 A_8$ 的 4 种编码 00、01、10、11 分别译成 $\overline{Y}_0$、$\overline{Y}_1$、$\overline{Y}_2$、$\overline{Y}_3$ 4 个低电平输出信号，然后用它们分别去控制 4 片 RAM 的 $\overline{CS}$ 端。

此外，由于每一片 RAM 的数据端 $I/O_1 \sim I/O_8$ 都设置了由 CS 控制的三态输出缓冲器，而现在它们的 $\overline{CS}$ 任何时候只有一个处于低电平，故可将它们的数据端并联起来，作为整个 RAM 的 8 位数据输入/输出端。

上述字扩展接法也同样适用于 ROM 电路。

如果一片 RAM 或 ROM 的位数和字数都不够用，就需要同时采用位扩展和字扩展的方法，用多片器件组成一个大的存储器系统，以满足对存储容量的要求。

7.5　用存储器实现组合逻辑函数

表 7-3 是一个 ROM 的数据表。如果把输入地址 A_1 和 A_0 视为两个输入逻辑变量，同时把输出数据 D_0、D_1、D_2 和 D_3 视为一组输出逻辑变量，则 D_0、D_1、D_2 和 D_3 就是一组 A_0、A_1 的组合逻辑函数，表 7-3 也就是这一组多输出组合逻辑函数的真值表。

表 7-3　　　　　　　　　　　　　　　　**一个 ROM 的数据表**

A_1	A_0	D_0	D_1	D_2	D_3	A_1	A_0	D_0	D_1	D_2	D_3
0	0	0	1	0	1	1	0	0	1	1	0
0	1	1	0	1	1	1	1	1	1	0	0

另外，由图 7-2ROM 的内部结构示意图上也可以看到，译码器的输出包含了输入变量全部的最小项，而每一位数据输出又都是若干个最小项之和，因而任何形式的组合逻辑函数

均能通过向 ROM 中写入相应的数据来实现。

不难推想，用具有 n 位输入地址、m 位数据输出的 ROM 可以获得一组（最多为 m 个）任何形式的 n 变量组合逻辑函数，只要根据函数的形式向 ROM 中写入相应的数据即可。这个原理也适用于 RAM。

［例 7-1］ 试用 ROM 设计一个八段字符显示的译码器，其真值表由表 7-4 给出。

解： 由给定的真值表可见，应取输入地址为 4 位、输出数据为 8 位的（16×8 位）ROM 来实现这个译码电路。以地址输入端 A_3、A_2、A_1、A_0 作为 BCD 代码的 D、C、B、A 4 位的输入端，以数据输出端 $D_0 \sim D_7$ 作 a～h 的输出端，如图 7-15 所示，就得到了所要求的译码器。

如果制成掩膜 ROM，则可依照表 7-4 画出存储矩阵的连接电路，如图 7-15 中所示。图中以结点上接入二极管表示存入 0，未接入二极管表示存入 1。由表 7-4 可以看出，由于数据中 0 的数目比 1 的数目少得多，所以用接入二极管表示存入 0 比用接入二极管表示存入 1 要节省器件。

如果使用 EPROM 实现这个译码器，则只要把表 7-4 中左边的 DCBA 当作输入地址代码，右边的 abcdefg 当作数据，依次对应地写入 EPROM 就行了。

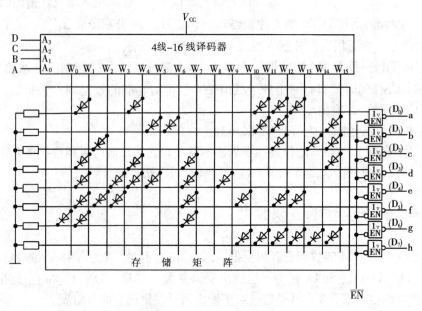

图 7-15　例 7-1 的电路

［例 7-2］ 试用 ROM 产生下列一组多输出逻辑函数。

$$\begin{cases} Y_1 = \overline{A}BC + \overline{A}\,\overline{B}C \\ Y_2 = A\overline{B}C\overline{D} + BC\overline{D} + \overline{A}BCD \\ Y_3 = ABC\overline{D} + \overline{A}B\overline{C}\,\overline{D} \\ Y_4 = \overline{A}\,\overline{B}C\overline{D} + ABCD \end{cases} \tag{7-1}$$

表 7-4 例 7-1 的真值表

D	C	B	A	a	b	c	d	e	f	g	h	字　形
0	0	0	0	1	1	1	1	1	1	0	1	
0	0	1	0	0	1	1	0	0	0	0	1	
0	0	1	0	1	1	0	1	1	0	1	1	
0	0	1	1	1	1	1	1	0	0	1	1	
0	1	0	0	0	1	1	0	0	1	1	1	
0	1	0	1	1	0	1	1	0	1	1	1	
0	1	1	0	1	0	1	1	1	1	1	1	
0	1	1	1	1	1	1	0	0	0	0	1	
1	0	0	0	1	1	1	1	1	1	1	1	
1	0	0	1	1	1	1	1	0	1	1	1	
1	0	1	0	1	1	1	1	1	0	1	0	
1	0	1	1	0	0	1	1	1	1	1	0	
1	1	0	0	0	0	0	1	1	0	1	0	
1	1	0	1	0	1	1	1	1	0	1	0	
1	1	1	0	1	1	0	1	1	1	1	0	
1	1	1	1	1	0	0	0	1	1	1	0	

解： 将式（7-1）化为最小项之和的形式，则

$$\begin{cases} Y_1 = \overline{A}BC\overline{D} + \overline{A}BCD + \overline{A}\,\overline{B}C\overline{D} + \overline{A}\,\overline{B}CD \\ Y_2 = A\overline{B}C\overline{D} + \overline{A}BC\overline{D} + ABC\overline{D} + \overline{A}BCD \\ Y_3 = ABC\overline{D} + \overline{A}B\overline{C}\,\overline{D} \\ Y_4 = \overline{A}\,\overline{B}C\overline{D} + ABCD \end{cases} \tag{7-2}$$

或写成

$$\begin{cases} Y_1 = m_2 + m_3 + m_6 + m_7 \\ Y_2 = m_6 + m_7 + m_{10} + m_{14} \\ Y_3 = m_4 + m_{14} \\ Y_4 = m_2 + m_{15} \end{cases} \tag{7-3}$$

取有 4 位地址输入、4 位数据输出的 16×4 位 ROM，将 A、B、C、D 4 个输入变量分别接至地址输入端 A_3、A_2、A_1、A_0，按照逻辑函数的要求存入相应的数据，即可在数据输出端 D_3、D_2、D_1、D_0 得到 Y_1、Y_2、Y_3、Y_4。

因为每个输入地址对应一个 A、B、C、D 的最小项，并使地址译码器的一条输出线（字线）为 1，而每一位数据输出都是若干字线输出的逻辑或，故可按照式（7-3）列出 ROM 存储矩阵内应存入的数据表，如表 7-5 所示。

如果使用 EPROM 实现上述一组逻辑函数，则只要按表 7-5 将所有的数据写入对应的地址单元即可。

表 7-5　　　　　　　　　　　　　例 7-2 中 ROM 的数据表

最小项 \ 函数	Y_1	Y_2	Y_3	Y_4	
$\overline{A}\,\overline{B}\,\overline{C}\,\overline{D}$　m_0	0	0	0	0	W_0 0000
$\overline{A}\,\overline{B}\,\overline{C}\,D$　m_1	0	0	0	0	W_1 0001
$\overline{A}\,\overline{B}\,C\,\overline{D}$　m_2	1	0	0	1	W_2 0010
$\overline{A}\,\overline{B}\,C\,D$　m_3	1	0	0	0	W_3 0011
$\overline{A}\,B\,\overline{C}\,\overline{D}$　m_4	0	0	1	0	W_4 0100
$\overline{A}\,B\,\overline{C}\,D$　m_5	0	0	0	0	W_5 0101
$\overline{A}\,B\,C\,\overline{D}$　m_6	1	1	0	0	W_6 0110
$\overline{A}\,B\,C\,D$　m_7	1	1	0	0	W_7 0111
$A\,\overline{B}\,\overline{C}\,\overline{D}$　m_8	0	0	0	0	W_8 1000
$A\,\overline{B}\,\overline{C}\,D$　m_9	0	0	0	0	W_9 1001
$A\,\overline{B}\,C\,\overline{D}$　m_{10}	0	1	0	0	W_{10} 1010
$A\,\overline{B}\,C\,D$　m_{11}	0	0	0	0	W_{11} 1011
$A\,B\,\overline{C}\,\overline{D}$　m_{12}	0	0	0	0	W_{12} 1100
$A\,B\,\overline{C}\,D$　m_{13}	0	0	0	0	W_{13} 1101
$A\,B\,C\,\overline{D}$　m_{14}	0	1	1	0	W_{14} 1110
$A\,B\,C\,D$　m_{15}	0	0	0	1	W_{15} 1111
	D_3	D_2	D_1	D_0	地址 \ 数据

在使用 PROM 或掩模 ROM 时，还可以根据表 7-5 画出存储矩阵的结点连接图，如图 7-16所示。为了简化作图，在接入存储器件的矩阵交叉点上画一个圆点，以代替存储器件。图中以接入存储器件表示存 1，以不接入存储器件表示存 0。

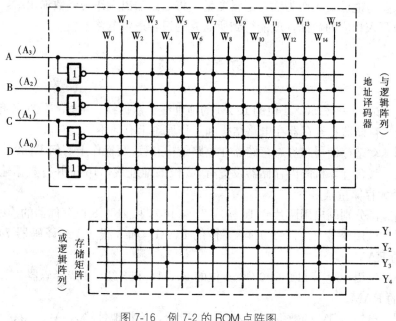

图 7-16 例 7-2 的 ROM 点阵图

小 结

半导体存储器是一种能存储大量数据或信号的半导体器件。由于要求存储的数据量往往很大而器件的引脚数目不可能无限制地增加，因而不可能将每个存储单元电路的输入和输出端都固定地各接到一个引脚上。因此，存储器的电路结构形式与前面章节所讲的寄存器不同。

在半导体存储器中采用了按地址存放数据的方法，只有那些被输入地址代码指定的存储单元才能与输入/输出端接通，可以对这些被指定的单元进行读/写操作。而输入/输出端是公用的。为此，存储器的电路结构中必须包含地址译码器、存储矩阵和输入/输出电路（或读/写控制电路）这 3 个组成部分。

半导体存储器有许多不同的类型。首先从读、写的功能上分为只读存储器（ROM）和随机存储器（RAM）两大类。其次，根据存储单元电路结构和工作原理的不同，又将 ROM 分为掩膜 ROM、PROM、EPROM、E^2PROM、快闪存储器等几种类型；将 RAM 分为静态 RAM 和动态 RAM 两类。掌握各种类型半导体存储器在电路结构和性能上的不同特点，将为我们合理选用这些器件提供理论依据。

在一片存储器芯片的存储量不够用时，可以将多片存储器芯片组合起来，构成一个更大容量的存储器。当每片存储器的字数够用而每个字的位数不够用时，应采用位扩展的连接方式；当每片的字数不够用而每个字的位数够用时，应采用字扩展的连接方式；当每片的字数和位数都不够用时，则需同时采用位扩展和字扩展的连接方式。

存储器的应用领域极为广阔，凡是需要记录数据或各种信号的场合都离不开它。尤其在电子计算机中，存储器是必不可少的一个重要组成部分。此外，还可以用存储器来设计组合逻辑电路。只要将地址输入作为输入逻辑变量，将数据输出端作为函数输出端，并根据要产生的逻辑函数写入相应的数据，就能得到所需要的组合逻辑电路了。

习　题

[题 7.1]　试问一个 256×4 位的 ROM 的地址线、数据线、字线和位线各有多少根？

[题 7.2]　存储器和寄存器在电路结构和工作原理上有何不同？

[题 7.3]　动态存储器和静态存储器在电路结构和读/写操作上有何不同？

[题 7.4]　某台计算机的内存储器设置有 32 位的地址线，16 位并行数据输入/输出端，试计算它的最大存储量是多少？

[题 7.5]　试分别画出用两片 6116 构成 2K×16 位和 4K×8 位存储器的连线图。

[题 7.6]　试用 4 片 2114（1 024×4 位的 RAM）和 3 线－8 线译码器 74LS138 组成 4 096×4 位的 RAM。

[题 7.7]　试用 16 片 2114（1 024×4 位的 RAM）和 3 线－8 线译码器 74LS138 接成一个 8K×8 位的 RAM。

[题 7.8]　已知 ROM 的数据表如表题 7.8 所示，若将地址输入 A_3、A_2、A_1、A_0 作为 4 个输入逻辑变量，将数据输出 D_3、D_2、D_1、D_0 作为函数输出，试写出输出与输入间的逻辑函数式，并化为最简与或形式。

表题 7.8

地　址　输　入				数　据　输　出			
A_3	A_2	A_1	A_0	D_3	D_2	D_1	D_0
0	0	0	0	1	0	0	1
0	0	0	1	0	0	1	0
0	0	1	0	0	1	1	0
0	0	1	1	0	1	0	1
0	1	0	0	0	0	1	0
0	1	0	1	0	1	0	1
0	1	1	0	0	1	0	0
0	1	1	1	0	1	0	1
1	0	0	0	0	0	1	0
1	0	0	1	0	0	0	1
1	0	1	0	0	1	0	0
1	0	1	1	1	0	0	0
1	1	0	0	0	1	0	0
1	1	0	1	1	0	0	0
1	1	1	0	1	0	0	0
1	1	1	1	1	0	0	1

[题 7.9]　图题 7.9 是一个 16×4 位的 ROM，$A_3A_2A_1A_0$ 为地址输入，$D_3D_2D_1D_0$ 是数

据输出。若将 D_3、D_2、D_1、D_0 视为 A_3、A_2、A_1、A_0 的逻辑函数，试写出 D_3、D_2、D_1、D_0 的逻辑函数式。

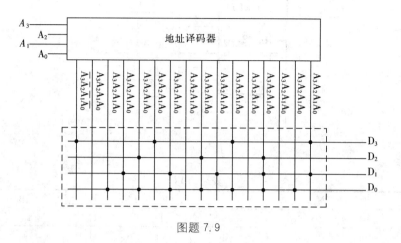

图题 7.9

[**题 7.10**]　用 16×4 位的 ROM 设计一个将两个 2 位二进制数相乘的乘法器电路，列出 ROM 数据表，画出存储矩阵的点阵图。

[**题 7.11**]　用 ROM 设计一个组合逻辑电路，用来产生下列一组逻辑函数。列出 ROM 应有的数据表，画出存储矩阵的点阵图。

$$\begin{cases} Y_1 = \overline{A}\,\overline{B}\,\overline{C}\,\overline{D} + \overline{A}BCD + AB\overline{C}\overline{D} + ABCD \\ Y_2 = \overline{A}\,BCD + \overline{A}BC\overline{D} + AB\,\overline{C}\,\overline{D} + AB\overline{C}D \\ Y_3 = ABD + \overline{B}C\overline{D} \\ Y_4 = BD + \overline{B}\,\overline{C} \end{cases}$$

[**题 7.12**]　用一片 256×8 位的 RAM 产生下列一组组合逻辑函数。列出 RAM 的数据表，画出电路的连接图，标明各输入变量与输出函数的接线端。

$$\begin{cases} Y_1 = AB + BC + CD + AD \\ Y_2 = \overline{A}\,\overline{B} + BC + \overline{C}\,\overline{D} + AD \\ Y_3 = AB\overline{C} + BC\overline{D} + AB\overline{D} + AC\overline{D} \\ Y_4 = \overline{A}\,\overline{B}\,\overline{C} + \overline{B}\,\overline{C}\,\overline{D} + \overline{A}\,\overline{B}\,\overline{D} + \overline{A}\,\overline{C}\,\overline{D} \\ Y_5 = AB\overline{C}D \\ Y_6 = \overline{A}\,\overline{B}\,\overline{C}\,\overline{D} + AB \end{cases}$$

[**题 7.13**]　用两片 $1\,024 \times 8$ 位的 EPROM 接成一个数码转换器，将 10 位二进制数转换成等值的 4 位二—十进制数。

（1）试画出电路接线图，标明输入和输出。

（2）当地址输入 $A_9 A_8 A_7 A_6 A_5 A_4 A_3 A_2 A_1 A_0$ 分别为 0000000000、1000000000、1111111111 时，两片 EPROM 中对应地址中的数据各为何值？

[**题 7.14**]　图题 7.14 是用 16×4 位 ROM 和同步十六进制加法计数器 74LS161 组成的脉冲分频电路，ROM 的数据表如表题 7.14 所示。试画出在 CP 信号连续作用下 D_3、D_2、D_1 和 D_0 输出的电压波形，并说明它们和 CP 信号的频率之比。

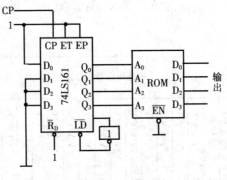

图题 7.14

表题 7.14

地 址 输 入				数 据 输 出			
A_3	A_2	A_1	A_0	D_3	D_2	D_1	D_0
0	0	0	0	1	1	1	1
0	0	0	1	0	0	0	0
0	0	1	0	0	0	1	1
0	0	1	1	0	1	0	0
0	1	0	1	0	1	1	0
0	1	1	0	1	0	0	1
0	1	1	1	1	0	0	0
1	0	0	0	1	1	1	1
1	0	0	1	1	1	0	0
1	0	1	0	0	0	0	1
1	1	0	0	0	0	0	1
1	1	0	1	0	1	1	0
1	1	1	0	0	1	1	1
1	1	1	1	0	0	0	0

[题 7.15] 试问在数字系统和数控装置中，采用总线结构有什么优点？连接到一根总线上的各个三态门能同时处于工作状态吗？为什么？

第 8 章 数—模转换和模—数转换

本章系统地介绍了 D/A 转换器和 A/D 转换器的基本概念、工作原理以及一些常用电路。在 D/A 转换器中，分别介绍了权电阻网络、倒 T 形电阻网络和权电流网络等 D/A 转换器。在 A/D 转换器中，在介绍 A/D 转换的一般步骤后，分别讲述了并联比较型、逐次逼近型、双积分型等 A/D 转换器。最后介绍几种常用的 DAC、ADC 集成芯片及其应用。

8.1 概述

随着计算机（单片机）的广泛普及和应用，一方面经过传感器采集的模拟信号需转化为数字量，计算机才能识别与处理；另一方面计算机发出各种控制信号需转化为模拟量，才能实现对电动机等被控对象的控制。因此，模拟信号与数字信号的相互转换就成为电子技术应用中不可缺少的重要组成部分。

将模拟信号转换成数字信号的过程称为模—数转换（Analog to Digital），或称 A/D 转换。能够完成这种转换的电路称为模数转换器（Analog Digital Converter），简称 ADC。

将数字信号转换成模拟信号的过程称为数—模转换（Digital to Analog），或称 D/A 转换。能够完成这种转换的电路称为数模转换器（Digital Analog Converter），简称 DAC。

图 8-1 是一个数字控制系统框图，用以说明 A/D、D/A 转换器的作用。

首先被控对象提供的非电量信号经传感器转换成模拟电信号，再通过 A/D 转换器转换成相应的数字信号。将此数字信号送入数字系

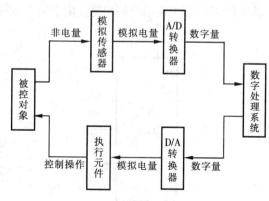

图 8-1 典型数字控制系统框图

统进行计算处理，得出的数字信号再经过 D/A 转换器转换成模拟信号去驱动执行机构工作，才能实现对模拟系统的自动控制。

从以上控制过程可看出，A/D、D/A 转换器在电子系统中是重要的器件，它的性能参数的高低，直接影响到整个系统工作的质量。为了保证数据处理结果的准确性，A/D 转换器和 D/A 转换器必须有足够的转换精度。同时，为了适应快速过程控制和检测的需要，

A/D转换器和D/A转换器还必须有足够快的转换速度。因此，转换精度和转换速度是衡量A/D转换器和D/A转换器性能优劣的两大技术指标。

由于D/A转换器的工作原理相对简单，而且在有些A/D转换器中也需要利用D/A转换器作为内部反馈电路，因此首先介绍D/A转换器。

8.2 D/A转换器

8.2.1 D/A转换器的基本原理

在D/A转换过程中，输入的数字量是一种二进制代码。通过转换，将该代码按每位权的大小换算成相应的模拟量，然后将代表各位数字的模拟量相加，得到的和就是与输入的数字量成正比的模拟量。

一个n位的二进制数可以用按权展开的形式表示：

$$d_{n-1}2^{n-1} + d_{n-2}2^{n-2} + \cdots + d_1 2^1 + d_0 2^0$$

其中，d_{n-1}，d_{n-2}，$\cdots$，d_1，d_0为二进制数各位的系数，而最高位（Most Significant Bit，MSB）到最低位（Least Significant Bit，LSB）的权依次为2^{n-1}，2^{n-2}，$\cdots$，2^1，2^0。为了表示方便，常用$D_n = d_{n-1}d_{n-2}\cdots d_1 d_0$表示一个$n$位的二进制数。

电压输出型D/A转换器的功能框图如图8-2所示。它可以把二进制数转换成与之成比例的输出电压。当一个n位的二进制数D_n接到DAC的输入端时，D/A转换器的输出电压值

$$v_o = KV_{REF}(d_{n-1}2^{n-1} + d_{n-2}2^{n-2} + \cdots + d_1 2^1 + d_0 2^0) = KV_{REF}D_n \tag{8-1}$$

其中，K为比例系数，它与电路参数有关。V_{REF}为实现D/A转换所必需的参考电压（也称基准电压）。

一般常见的D/A转换器多是电流输出型，为了得到模拟电压输出，可在它的后面接一个电流-电压（I/V）转换电路。这种DAC的功能框图如图8-3所示。运算放大器A的反相输入端与DAC模拟电流输出端相连。由于流入运算放大器A输入端的电流可以忽略不计，则有

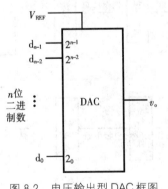

图8-2 电压输出型DAC框图

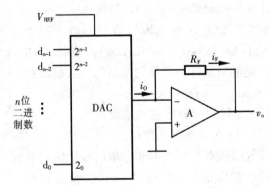

图8-3 电流输出型DAC框图

$$i_F \approx i_o$$

所以电路的输出电压的表达式为

$$v_o = -i_o R_F$$

这里需要指出的是：n位二进制代码有2^n种不同的组合，从而对应有2^n个模拟电压（或

电流）值，所以严格地讲 DAC 的输出并非真正的模拟信号，而是时间连续、幅度离散的信号。

一个 n 位 D/A 转换电路的组成框图如图 8-4 所示。输入的数字信号可以串行或并行方式输入；数字信号输入后首先存储在输入寄存器内，寄存器并行输出的每一位数字量驱动一个数控模拟开关，使电阻解码网络（或称译码网络）将每一位数码翻译成相应大小的模拟量，并送给求和电路；求和电路将各位数码所代表的模拟量相加便得到与数字量相对应的模拟量。DAC 的核心电路是电阻解码网络，下面介绍的 D/A 转换电路主要指这部分内容。

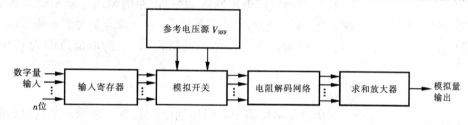

图 8-4 n 位 D/A 转换电路的组成框图

8.2.2 常用 D/A 转换电路

1. 权电阻网络 D/A 转换器（Weighted resistance DAC）

图 8-5 所示是 4 位权电阻网络 D/A 转换器的原理图。它主要由参考电压源 V_{REF}、模拟开关 $S_0 \sim S_3$、权电阻网络和求和运算放大器 4 部分组成。

S_3、S_2、S_1 和 S_0 是 4 个电子开关，它们的状态分别受输入代码 d_3、d_2、d_1 和 d_0 的取值控制，代码为 1 时开关接到参考电压 V_{REF} 上，代码为 0 时开关接地。故 $d_i = 1$ 时有支路电流 I_i 流向求和放大器，$d_i = 0$ 时支路电流为零。

求和放大器是一个接成负反馈的运算放大器。为了简化分析计算，可以把运算放大器近似地看成是理想放大器——即它的开环放大倍数为无穷大，输入电流为零（输入电阻为无穷

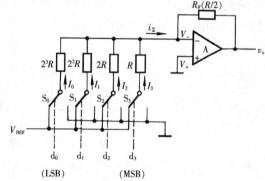

图 8-5 4 位权电阻网络 D/A 转换器原理图

大），输出电阻为零。当同相输入端 V_+ 的电位高于反相输入端 V_- 的电位时，输出端对地的电压 v_o 为正；当 V_- 高于 V_+ 时，v_o 为负。

当参考电压经电阻网络加到 V_- 时，只要 V_- 稍高于 V_+，便在 v_o 产生很负的输出电压。v_o 经 R_F 反馈到 V_- 端使 V_- 降低，其结果必然是 $V_- \approx V_+ = 0$。

由理想运算放大器的的上述性质可以得到

$$v_o = -R_F I_\Sigma$$

$$= -R_F (I_3 + I_2 + I_1 + I_0)$$

$$= -R_F \left(d_3 \frac{V_{REF}}{R} + d_2 \frac{V_{REF}}{2R} + d_2 \frac{V_{REF}}{2^2 R} + d_0 \frac{V_{REF}}{2^3 R} \right) \qquad (8\text{-}2)$$

$$= -R_F \frac{V_{REF}}{2^3 R} (2^3 d_3 + 2^2 d_2 + 2^1 d_1 + 2^0 d_0)$$

设求和放大器的反馈电阻 $R_F = R/2$，则输出电压 v_o 为

$$v_o = -\frac{V_{REF}}{2^4}(2^3 d_3 + 2^2 d_2 + 2^1 d_1 + 2^0 d_0) \tag{8-3}$$

推广到 n 位权电阻网络 DAC 电路，可得

$$v_o = -\frac{V_{REF}}{2^n}(2^{n-1} d_{n-1} + 2^{n-2} d_{n-2} + \cdots + 2^1 d_1 + 2^0 d_0) = -\frac{V_{REF}}{2^n} D_n \tag{8-4}$$

由式（8-3）和式（8-4）可以看出，权电阻网络 DAC 电路的输出电压和输入数字量之间的关系与式（8-1）的描述完全一致。这里的比例系数 $K = -1/2^n$，负号表示输出电压与基准电压的极性相反。由（8-4）式可知，输入 n 位二进制代码 D_n 的取值范围为：$\underbrace{00\cdots 0}_{n} \sim$

$\underbrace{11\cdots 1}_{n}$，相应输出电压的取值范围为：$0 \sim -\frac{2^n - 1}{2^n} V_{REF}$

权电阻网络 D/A 转换器的优点是结构简单，所用的电阻数量比较少；各位数码同时进行转换，速度较快。它的缺点是随着输入信号位数的增多，电阻网络中电阻取值差距增大。例如当输入数字量的位数为 12 位时，最大电阻是最小电阻的 2 048 倍，要在如此大的范围内保证电阻的精度，对于集成 DAC 的制造是十分困难的。

2. 倒 T 形电阻网络 D/A 转换器（Inverted T Type DAC）

为了克服权电阻网络 D/A 转换器中电阻阻值相差较大的缺点，又设计出了如图 8-6 所示的倒 T 形电阻网络 D/A 转换器。由图可见，电阻网络中只有 R、$2R$ 两种阻值的电阻，这就给集成电路的设计和制作带来了很大的方便。

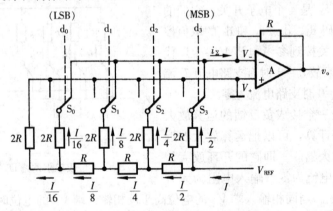

图 8-6　4 位倒 T 形电阻网络 D/A 转换器原理图

倒 T 形电阻网络 D/A 转换器的特点在于：

① 电阻网络呈倒 T 形分布。

② 模拟开关位于电阻网络和求和放大器之间，并在求和放大器的虚地和地之间切换。当 $D_i = 1$ 时，S_i 接虚地；当 $D_i = 0$ 时，S_i 接地。

分析图 8-6 倒 T 形电阻网络，不难看出：不管输入代码 d_i 的状态如何，各节点对地的等效电阻均为 R，所以从参考电压源 V_{REF} 流入倒 T 形电阻网络的电流为 $I = \frac{V_{REF}}{R}$，每个支路的电流分别为

$$I_3 = \frac{I}{2^1}, I_2 = \frac{I}{2^2}, I_1 = \frac{I}{2^3}, I_0 = \frac{I}{2^4}$$

根据叠加原理，对于任意输入的一个二进制数 $d_3 d_2 d_1 d_0$，流向求和放大器的电流 I_Σ 应为

$$I_\Sigma = \frac{I}{2^1}d_3 + \frac{I}{2^2}d_2 + \frac{I}{2^3}d_1 + \frac{I}{2^4}d_0$$

$$= \frac{1}{2^4}\frac{V_{REF}}{R}(d_3 2^3 + d_2 2^2 + d_1 2^1 + d_0 2^0) \tag{8-5}$$

设求和放大器的反馈电阻 $R_F = R$，则输出电压 v_o 为

$$v_o = -I_\Sigma R_F = -\frac{V_{REF}}{2^4}(d_3 2^3 + d_2 2^2 + d_1 2^1 + d_0 2^0) \tag{8-6}$$

推广到 n 位倒 T 形电阻网络 D/A 转换器，可得

$$v_o = -\frac{V_{REF}}{2^n}(d_{n-1} 2^{n-1} + d_{n-2} 2^{n-2} + \cdots + d_1 2^1 + d_0 2^0) = -\frac{V_{REF}}{2^n}D_n \tag{8-7}$$

倒 T 形电阻网络 D/A 转换器的突出优点在于：无论输入信号如何变化，流过基准电压源、模拟开关以及各电阻支路的电流均保持恒定，电路中各节点的电压也保持不变，有效消除了由于寄生电容的充放电而在电路输出端产生的尖峰效应，有利于提高 DAC 的转换速度。再加上倒 T 形电阻网络 D/A 转换器只有两种电阻值 R 和 $2R$，便于集成，因此使其成为目前集成 DAC 中应用最多的转换电路。例如 DAC0832（8 位）、AD7520 等（10 位）。

3. 权电流网络 D/A 转换器（Weighted Current DAC）

在上面讨论的倒 T 形电阻网络中，我们计算各支路的权电流时，把模拟开关当作是理想开关。而实际的电子开关总存在一定的导通电阻，而且每个开关的导通电阻不可能完全相同，这些电子开关与倒 T 形电阻网络的各 $2R$ 支路连接时，就不可避免地会引入转换误差，影响转换精度。

解决这个问题的方法之一是把倒 T 形电阻网络中各支路的权电流变为恒流源，这样就构成了权电流网络 D/A 转换器。

4 位权电流网络 D/A 转换器如图 8-7 所示。它由权电流网络、模拟开关和 I/V

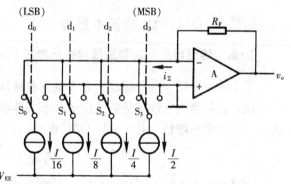

图 8-7 4 位权电流型 D/A 转换器原理图

转换电路组成。权电流网络由倒 T 形电阻网络和若干晶体管恒流源组成。由于恒流源的输出电阻极大，模拟开关导通电阻的变化对权电流的影响极小，这样就大大提高了转换精度。

4 位权电流网络 DAC 输出电压表达式为

$$v_o = i_\Sigma R_F = R_F\left(\frac{I}{2^1}d_3 + \frac{I}{2^2}d_2 + \frac{I}{2^3}d_1 + \frac{I}{2^4}d_0\right)$$

$$= \frac{R_F I}{2^4}(d_3 2^3 + d_2 2^2 + d_1 2^1 + d_0 2^1) \tag{8-8}$$

集成 DAC0808 是一种常用的 8 位权电流网络 D/A 转换器，AD7524 是 10 位权电流网络 D/A 转换器。除上面介绍的几种 DAC 电路之外，常见的 DAC 电路还包括权电容网络

DAC（Weighted Capacitive DAC）、开关树形 DAC（Switch tree Type DAC）等。

上面的几种 DAC 电路中都用到了模拟开关，下面介绍一种集成 DAC 中常用的电子模拟开关。

4. 电子模拟开关

图 8-8 是一个 CMOS 电子模拟开关电路，它由两级 CMOS 反相器产生两路反相信号，各自控制一个 NMOS 开关管，实现模拟单刀双掷的开关功能。图中 $VT_1 \sim VT_3$ 是一个电平转移电路，使输入信号能与 TTL 电平兼容，VT_4、VT_5 和 VT_6、VT_7 为两级 CMOS 反相器，用于控制开关管 VT_9 和 VT_8，其工作原理如下：

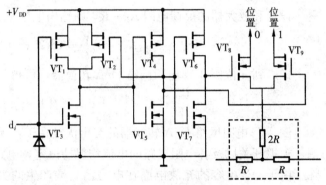

图 8-8　CMOS 电子模拟开关原理图

当输入数字量 $d_i = 1$ 时，VT_1 截止，VT_3 导通，VT_3 输出为低电平 0，经 VT_4、VT_5 组成的第一级反相器后输出高电平，使 VT_9 管导通；同时第一级反相器输出的高电平再经 VT_6、VT_7 组成的第二级反相器后输出低电平，使 VT_8 管截止。此种情况下，$2R$ 支路经导通管 VT_9 接向位置 1。反之当输入数字量 $d_i = 0$ 时，VT_8 管导通，VT_9 管截止，$2R$ 支路被连接到位置 0。由此实现单刀双掷开关的作用，符合 D/A 转换器的要求。

8.2.3　DAC 的主要技术指标

1. 最小输出电压 V_{LSB} 和满量程输出电压 V_{FSR}

最小输出电压 V_{LSB} 是指输入数字量只有最低位为 1 时，DAC 所输出的模拟电压的幅度。或者说，就是当输入数字量最低位的状态发生变化时（由 0 变成 1 或由 1 变成 0），所引起的最小输出电压增量。对于 n 位 DAC 电路，最小输出电压 V_{LSB} 为

$$V_{LSB} = \frac{|V_{REF}|}{2^n} \tag{8-9}$$

满量程输出电压 V_{FSR} 定义为：输入数字量的所有位均为 1 时，DAC 输出模拟电压的幅度。有时也把 V_{FSR} 称为最大输出电压 V_m。对于 n 位 DAC 电路，满量程输出电压 V_{FSR} 为

$$V_{FSR} = \frac{2^n - 1}{2^n} |V_{REF}| \tag{8-10}$$

对于电流输出的 DAC，则有 I_{LSB} 和 I_{FSR} 两个概念，其含义与 V_{LSB} 和 V_{FSR} 相对应。有时也将 V_{LSB} 和 I_{LSB} 简称为 LSB（Least Significant Bit），将 V_{FSR} 和 I_{FSR} 简称为 FSR（Full Scale Range）。

2. 转换精度

DAC 转换器的转换精度通常用分辨率和转换误差来描述。

（1）分辨率

DAC 的分辨率通常用输入二进制数码的位数 n 表示。在 n 位 DAC 中，输入的数字代码

从 $00\cdots0$ 到 $11\cdots1$，共有 2^n 个不同的状态，DAC 的输出应具有 2^n 个不同的等级。因此 n 位分辨率表示 DAC 在理论上可以达到的精度。

另外，DAC 的分辨率也可定义为可分辨的最小输出电压增量 V_{LSB} 与满量程输出电压 V_{FSR} 之比，即

$$分辨率 = \frac{V_{LSB}}{V_{FSR}} = \frac{1}{2^n - 1} \tag{8-11}$$

所以，DAC 的位数 n 越大，上述比值越小，分辨率越大，分辨能力越强。

（2）转换误差

由于 DAC 的各个环节在参数和性能上与理论值之间不可避免地存在着差异，所以它在实际工作中并不能达到理论上的精度。转换误差就是用来描述 DAC 输出模拟信号的理论值和实际值之间差别的一个综合性指标。

DAC 的转换误差一般有两种表示方式：绝对误差和相对误差。

所谓绝对误差，就是实际值与理论值之间的最大差值，通常用最小输出值 LSB 的倍数来表示。例如，转换误差为 0.5LSB，表明输出信号的实际值与理论值之间的最大差值不超过最小输出值的一半。相对误差是指绝对误差与 DAC 满量程输出值 FSR 的比值，以 FSR 的百分比来表示。例如，转换误差为 0.02%FSR，表示输出信号的实际值与理论值之间的最大差值是满量程输出值的 0.02%。由于转换误差的存在，转换精度只讲位数就是片面的，因为转换误差大于 1LSB 时，理论精度就没有意义了。造成 DAC 转换误差的原因有多种，如参考电压 V_{REF} 的波动、运算放大器的零点漂移、模拟开关的导通内阻和导通压降、电阻网络中电阻阻值的偏差等。转换误差一般包括以下几种误差。

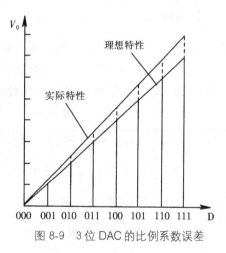

图 8-9　3 位 DAC 的比例系数误差

① 比例系数误差。是指由于 DAC 实际的比例系数与理想的比例系数之间存在的偏差而引起的输出模拟信号的误差，也称为增益误差或斜率误差，如图 8-9 所示。这种误差使得 DAC 的每一个模拟输出值都与相应的理论值相差同一百分比，即输入的数字量越大，输出模拟信号的误差也就越大。根据以上几种 DAC 电路的分析可知，参考电压 V_{REF} 的波动和运算放大器的闭环增益偏离理论值是引起这种误差的主要原因。

② 失调误差。也称为零点误差或半移误差，它是指当输入数字量的所有位都为 0 时，DAC 的输出电压与理想情况下的输出电压之差。造成这种误差的原因是运算放大器的零点漂移，它与输入的数字量无关。这种误差使得 DAC 实际的转换特性曲线相对于理想的转换特性曲线发生了平移（向上或向下），如图 8-10 所示。

③ 非线性误差。是指一种没有一定变化规律的误差，它既不是常数也不与输入数字量成比例，通常用偏离理想转换特性的最大值来表示。这种误差使得 DAC 理想的线性转换特性变为非线性，如图 8-11 所示。造成这种误差的原因有很多，如模拟开关的导通电阻和导通压降不可能绝对为零，而且各个模拟开关的导通电阻也未必相同；再如电阻网络中的电阻阻值存在偏差，各个电阻支路的电阻偏差以及对输出电压的影响也不一定相同等，这些都会

导致输出模拟电压的非线性误差。

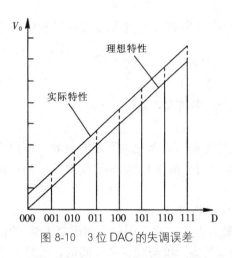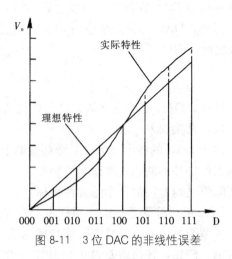

图 8-10　3位DAC的失调误差　　　　图 8-11　3位DAC的非线性误差

以上分析说明,为了获得高精度的DAC,除了正确选用DAC的位数外,还必须有高稳定度的参考电压源 V_{REF} 和低漂移的运算放大器与之配合使用,才可能获得较高的转换精度。

3. 转换速度

通常用建立时间(t_{set})或转换速率来描述DAC的转换速度。

当DAC输入的数字量发生变化后,输出的模拟量并不能立即达到所对应的数值,它需要一段时间,我们将这段时间称为建立时间 t_{set}。由于数字量的变化量越大,DAC所需要的建立时间越长,所以在集成DAC产品的性能表中,建立时间通常是指输入数字量从全0突变到全1或从全1突变到全0开始,到输出模拟量进入与稳态值相差 $\pm\dfrac{1}{2}$ LSB范围以内所用的时间。

建立时间的倒数即为转换速率,也就是每秒钟DAC至少可进行的转换次数。

8.2.4　常用集成DAC及应用举例

1. DAC芯片的选择原则

目前,集成DAC技术发展很快,国内外市场上的集成DAC产品有几百种之多,性能各不相同,可以满足不同要求的应用场合。

在选择DAC芯片时,主要从以下几个方面考虑。

(1)DAC的转换精度。这是DAC最重要的技术指标,如前所述,应该从DAC的位数(理论精度)和转换误差两个方面综合考虑。

(2)DAC的转换速度。按照建立时间 t_{set} 的大小,DAC可以分成若干类。建立时间大于 $300\mu s$ 的属于低速型,目前已较少见;建立时间为 $10\sim300\mu s$ 的属于中速型;建立时间在 $0.01\sim10\mu s$ 的为高速型;建立时间小于 $0.01\mu s$ 的为超高速型。

(3)输入数字量的特征。指数字量的编码方式(自然二进制码、补码、偏移二进制码、BCD码等)、数字量的输入方式(串行输入或并行输入)以及逻辑电平的类型(TTL电平、CMOS电平或ECL电平等)。

（4）输出模拟量的特征。指 DAC 是电压输出还是电流输出，以及输出模拟量的范围。

（5）工作环境要求。主要是指 DAC 的工作电压、参考电源、工作温度、功耗、封装以及可靠性等性能应与应用系统相适应。

2. 常用集成 DAC

（1）AD7520

国外产品 AD7520 与国产 D/A 转换器 G7520、CB7520 通用，是 10 位 CMOS 电流输出型 D/A 转换器，转换时间 500ns，电源电压 +5～+15V。其电路结构简单，内部由 CMOS 开关、倒 T 形电阻网络及内部反馈电阻 R_F 组成，$R_F = R = 10\text{k}\Omega$。应用时需外接运算放大器和基准电压，反馈电阻 R_F 可外接也可用内部电阻。

图 8-12 为 AD7520 的单极性输出的典型应用电路之一，输出电压从 0V 到满刻度。由倒 T 形权电阻网络 D/A 转换器原理及式（8-7）可以得出：

$$v_o = -\frac{V_{REF}}{2^{10}}(2^9 D_9 + 2^8 D_8 + \cdots + 2^1 D_1 + 2^0 D_0)$$

注意：v_o 和 V_{REF} 的极性相反，若要输出正电压，可使 V_{REF} 为负，或者在输出端再加一反相比例放大器。

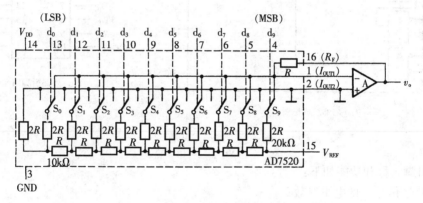

图 8-12 AD7520 单极性输出的应用电路

（2）DAC0832

DAC0832 是由美国国家半导体公司（NSC）生产的 8 位 D/A 转换器，芯片内采用倒 T 形电阻网络，CMOS 工艺。该器件可以直接与 Z80、8085、MCS51 等微处理器接口相连，是目前微机控制系统中常用的 D/A 转换芯片。

① DAC0832 的性能

DAC0832 的主要性能参数如下：

- 并行 8 位 DAC；
- TTL 标准逻辑电平；
- 可单缓冲、双缓冲或直通数据输入；
- 单一电源供电 5～15V；
- 参考电压源 −10～+10V；
- 转换时间 ≤1μs；

- 线性误差≤0.2%FSR；

- 功耗 20mW；

- 工作温度 0～70℃。

② DAC0832 的内部结构和引脚说明

图 8-13（a）、(b) 是 DAC0832 的内部结构框图和外部引脚图。从图上可以看出，电路由 8 位输入寄存器、8 位 DAC 寄存器、8 位 D/A 转换器、逻辑控制电路以及输出电路的辅助元件 R_{fb}（15kΩ）构成。由于 DAC0832 有两个可以分别控制的数据寄存器，所以，在使用时有较大的灵活性，可根据需要接成不同的工作方式。

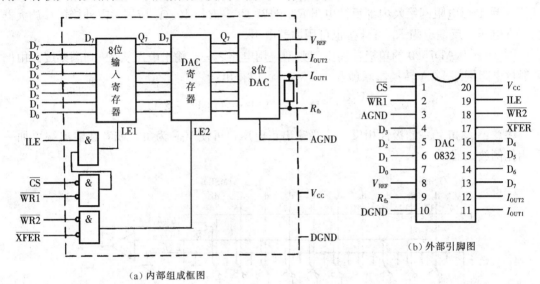

（a）内部组成框图   (b) 外部引脚图

图 8-13 集成 DAC0832

器件引脚名称和功能如下：

$\overline{CS}$：片选信号，低电平有效。

ILE：输入锁存允许信号，高电平有效。

$\overline{WR1}$：输入数据选通信号，低电平有效。

$\overline{XFER}$：数据传送选通信号，低电平有效。

$\overline{WR2}$：DAC 寄存器的写信号，低电平有效。

D_0～D_7：8 位数字量输入，其中，D_0 为最低位，D_7 为最高位。

I_{OUT1}：DAC 输出电流 1。此信号一般作为运算放大器的一个差分输入信号。当 DAC 寄存器中的数据全为 1 时，I_{OUT1} 最大（满量程输出）；全为 0 时，$I_{OUT1}=0$。

I_{OUT2}：DAC 输出电流 2。I_{OUT2} 作为运算放大器的另一个差分输入信号（一般接地）。$I_{OUT1}+I_{OUT2}=$ 满量程输出电流。

R_{fb}：反馈电阻连线端。DAC0832 为电流输出型 D/A 转换器，所以要获得模拟电压输出时，需要外接运算放大器。芯片中已设置了运算放大器的反馈电阻 R_{fb}，只要将 9 脚接到运算放大器的输出端即可。若运算放大器增益不够，还须外加反馈电阻。

V_{REF}：参考电压源。DAC0832 需要外接基准电压，在−10～+10V 范围内取值。

V_{CC}：工作电压源。工作电压的范围为+5～+15V。

DGND、AGND：数字电路地和模拟电路地。所有数字电路的地线均接到 DGND，所有模拟电路的地线均接到 AGND，并且就近将 DGND 和 AGND 在一点且只能在一点短接，以减少干扰。

从 DAC0832 的内部控制逻辑分析可知，当 ILE、$\overline{CS}$ 和 $\overline{WR1}$ 同时有效时，LE1 为高电平。在此期间，输入数据 $D_7 \sim D_0$ 进入输入寄存器。当 $\overline{WR2}$ 和 $\overline{XFER}$ 同时有效时，LE2 为高电平。在此期间，输入寄存器的数据进入 DAC 寄存器。8 位 D/A 转换电路随时将 DAC 寄存器的数据转换为模拟信号（I_{OUT1}、I_{OUT2}）输出。

DAC0832 的使用有双缓冲器型、单缓冲器型和直通型等 3 种工作方式。

由于 DAC0832 芯片中有两个数据寄存器。可以通过控制信号将数据先锁存在输入寄存器中，当需要 D/A 转换时，再将此数据装入 DAC 寄存器中并进行 D/A 转换，从而达到两级缓冲方式工作，如图 8-14（a）所示。

如果令两个寄存器中的一个处于常通状态，则只控制一个寄存器的锁存；亦可以使两个寄存器同时选通及锁存，这就是单缓冲方式，如图 8-14（b）所示。

如果使两个寄存器都处于常通状态，这时两个寄存器的输出跟随数字输入而变化，D/A 转换器的输出也同时跟着变化，这就是直通型工作方式，如图 8-14（c）所示。图中的电位器用于满量程调整。

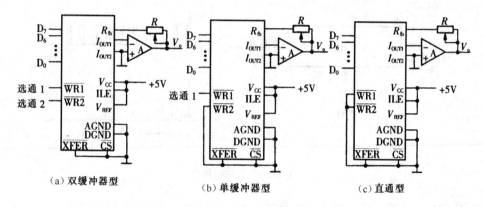

图 8-14　DAC0832 的 3 种工作方式

实际使用时，选用哪种工作方式应根据控制系统的要求来选择。

8.3 A/D 转换器

8.3.1 A/D 转换器的基本原理

1. ADC 的组成及其作用

A/D 转换是将模拟信号转换为数字信号，转换过程通过取样、保持、量化和编码 4 个步骤完成，如图 8-15 所示。一般这 4 个步骤并不是由 4 个电路来完成，例如取样和保持两步就由取样—保持电路完成，而量化与编码又常常在转换过程中同时完成。

2. 取样和保持

取样（也称采样）是将时间上连续变化的信号转换为时间上离散的信号，即将时间上连续变化的模拟量转换为一系列等间隔的脉冲，脉冲的幅度取决于输入模拟量。其过程如图 8-16 所示。图中 $v_1(t)$ 为输入模拟信号，$S(t)$ 为取样脉冲，$v_o'(t)$ 为取样后的输出信号。

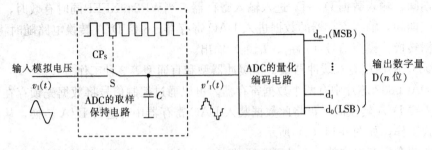

图 8-15　ADC 的组成框图

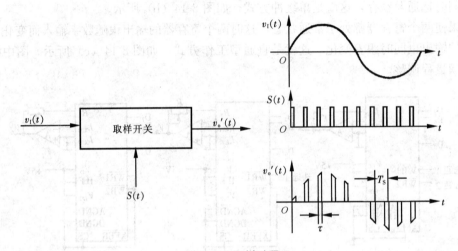

图 8-16　取样过程

在取样脉冲作用期 τ 内，取样开关接通，使 $v_o'(t) = v_1(t)$，在其他时间（$T_S - \tau$）内，输出 $v_o'(t) = 0$。因此，每经过一个取样周期，对输入信号取样一次，在输出端便得到输入信号的一个取样值。为了不失真地恢复原来的输入信号，根据取样定理，一个频率有限的模拟信号，其取样频率 f_S 必须大于等于输入模拟信号中包含的最高频率 f_{max} 的两倍，即

$$f_S \geqslant 2f_{max} \tag{8-12}$$

模拟信号经取样后，得到一系列样值脉冲。取样脉冲宽度 τ 一般是很短暂的，在下一个取样脉冲到来之前，应暂时保持所取得的样值脉冲幅度，以便进行转换（量化和编码）。因此，在取样电路之后须加保持电路。取样与保持过程通常是通过取样—保持电路一起实现。图 8-17（a）是一种常见的取样保持电路，场效应管 VT 为取样门，电容 C 为保持电容，运算放大器为跟随器，起缓冲隔离作用。在取样脉冲 $S(t)$ 到来的时间 τ 内，场效应管 VT 导通，输入模拟量 $v_1(t)$ 向电容 C 充电；假定充电时间常数远小于 τ，那么 C 上的充电电压能及时跟上 $v_1(t)$ 的取样值。取样结束，VT 迅速截止，电容 C 上的充电电压就保持了前一取样时间 τ 的输入 $v_1(t)$ 的值，一直保持到下一个取样脉冲到来为止。当下一个取样脉冲到来，电容 C 上的电压 $v_o'(t)$ 再按输入 $v_1(t)$ 变化。在输入一连串取样脉冲序列后，取样保持电路

的缓冲放大器输出电压 $v_o(t)$，便得到如图 8-17（b）所示的波形。

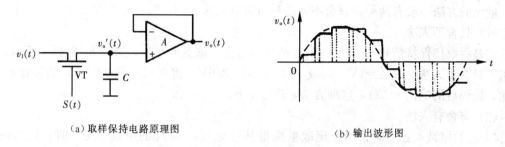

（a）取样保持电路原理图　　　　　　　　　　　（b）输出波形图

图 8-17　取样保持电路

常用的集成取样—保持电路，有些内部包括保持电容，有些则需要外接。如 LF398 是采用 Bi-FET 工艺制成的单片集成取样—保持电路，它具有超高直流精度、高速采样和低下降率等特点。它的单位增益精度为 0.002%，获得时间为 $6\mu s$。LF398 需要外接保持电容 C，它的典型接法如图 8-18 所示。

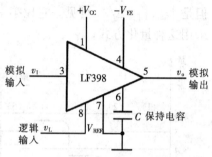

LF398 的电源电压 V_{CC} 和 V_{EE} 最大可以达到 $\pm 18V$，模拟输入电压 v_I 不得超过电源电压，第 8 脚的逻辑输入 v_L 为 TTL 逻辑电平。当 $v_L = 1$ 时电路处于取样工作状态，$v_o = v_C = v_I$；$v_L = 0$ 时电路进入保持状态，$v_o = v_C$，电容 C 上的电压基本保持不变，因而 v_o 也得以维

图 8-18　LF398 的典型接法

持原来的数值。为了在保持阶段获得低下降率，保持电容 C 应选择低泄漏电流的高质量电容器，如聚苯乙烯电容或者四氟乙烯电容等。电容量的选择应综合考虑精度、下降误差、采样保持偏差及采样频率等参数的影响。

3. 量化和编码

输入的模拟电压经过取样保持后，得到的是阶梯波。由于阶梯的幅度是任意的，将会有无限个数值，因此该阶梯波仍是一个模拟量。另一方面，由于数字量的位数有限，只能表示有限个数值（n 位数字量只能表示 2^n 个数值）。因此，用数字量来表示连续变化的模拟量时就有一个类似于四舍五入的近似问题。必须将取样后的样值电平归化到与之接近的、只限于在某些规定个数的离散电平上，这种将取样电压幅值按某种近似进行取整、归并到相应的离散值上的转化过程称为"量化"。

将量化后的有限个离散电平用 n 位的某种数字代码（如二进制码、BCD 码或 Gray 码等）对应描述以形成数字量，这种用数字代码表示各个量化电平的过程称作"编码"。对于单极性模拟信号，一般采用自然二进制编码；对于双极性模拟信号，则通常采用二进制补码。经过编码后得到的代码就是 A/D 转换器输出的数字量。

在量化过程中，量化结果（离散电平）都是其中一个最小离散电平的整数倍，我们将这个最小离散电平值称为量化单位（也是两个相邻量化电平之间的差值，可称为量化间隔、量化当量），记作 Δ。它也是数字量的最低有效位 LSB 为 1 时所代表的模拟电压值。数字量位数越多，量化等级越细，Δ 就越小。取样保持后未量化的 V_o 值与量化电平 V_q 值通常是不相等的, 其差值称为量化误差 ε, 即 $\varepsilon = V_o - V_q$。

量化的方法一般有两种: 只舍不入法和有舍有入法。

(1) 只舍不入法

它是将取样保持信号 v_o 不足一个 Δ 的尾数舍去, 取其原整数, 如图 8-19 (a) 所示, 就采用了只舍不入法。取 $\Delta = 1V$, 区域 (3) 中 $v_o = 3.6V$, 将它归并到 $3\Delta = 3V$ 的量化电平, 因此, 编码后的输出为 011。这种方法 ε 总为正值, $\varepsilon_{max} = \Delta$。

(2) 有舍有入法

当 v_o 的尾数 $< \Delta/2$ 时, 用舍尾取整法得其量化值; 当 v_o 的尾数 $\geqslant \Delta/2$ 时, 用舍尾入整法得其量化值, 如图 8-19 (b) 就采用了有舍有入法。区域 (3) 中 $v_o = 3.6V$, 尾数 $0.6V \geqslant \Delta/2 = 0.5V$, 因此, 归化到 $4\Delta = 4V$, 编码后为 100。区域 (5) 中 $v_o = 4.1V$, 尾数 $0.1V \leqslant \Delta/2 = 0.5V$, 因此归化到 $4V$, 编码后为 100。这种方法 ε 可为正, 也可为负, 但是 $|\varepsilon_{max}| = \Delta/2$。可见, 它比第一种方法误差要小。所以, 目前大多数的 A/D 转换器都采用这种量化方式。

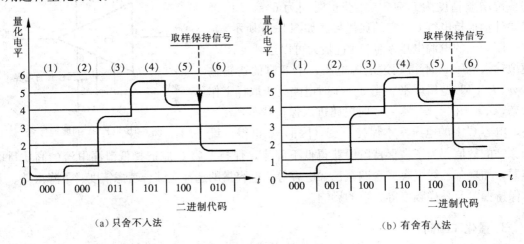

图 8-19　两种量化方法的比较

由于量化误差 ε 与量化单位 Δ 的选取有关, 若要减小量化误差 ε, 应减小量化单位 Δ, 即减小 n 位数字量的最低有效位 LSB 为 1 时所代表的量化值。当输入模拟电压最大值 v_{imax} 一定时, 二进制位数 n 越大, 取样电平之间的差值即 Δ 越小, 量化误差 ε 越小。

一般 A/D 转换器的量化单位 Δ 取决于输入模拟电压的最大值 v_{imax}、输出二进制的位数 n 及量化方式。

只舍不入量化方式的 Δ 选取

$$\Delta = \frac{v_{imax}}{2^n} \tag{8-13}$$

有舍有入量化方式的 Δ 选取

$$\Delta = \frac{2v_{imax}}{2^{n+1} - 1} \tag{8-14}$$

[例 8-1]　设输入的模拟信号 v_i 电压的变化范围为 $0 \sim 1V$, 采用有舍有入法量化, A/D 转换器输出的数字量用 3 位二进制数表示。

解： 由式（8-12）可得量化单位：

$$\Delta = \frac{2\mathrm{V}}{2^{3+1}-1} = \frac{2}{15}\mathrm{V},$$

量化与编码过程中将不足半个量化单位的部分舍弃，将等于或大于半个量化单位的部分按一个量化单位处理。

若输入的模拟信号电压在 $0 \sim \frac{1}{15}\mathrm{V}$，量化后当作 0Δ，编码为二进制数 000；

若 v_i 在 $\frac{1}{15} \sim \frac{3}{15}\mathrm{V}$，量化后当作 1Δ，编码为二进制数 001；

若 v_i 在 $\frac{3}{15} \sim \frac{5}{15}\mathrm{V}$，量化后当作 2Δ，编码为二进制数 010；依次类推，若 v_i 在 $\frac{13}{15} \sim 1\mathrm{V}$，量化后当作 7Δ，编码为二进制数 111。

量化误差 $|\varepsilon_{\max}| = \frac{\Delta}{2} = \frac{1}{15}\mathrm{V}$。

量化误差是 A/D 转换的固有误差，只能减小，不能完全消除。减小量化误差的主要措施就是减小量化单位。但是当输入模拟电压的变化范围一定时，量化单位越小就意味着量化电平的个数越多，编码的位数越大，电路也就越复杂。

前面介绍了 A/D 转换的 4 个基本过程，对各种类型的 ADC 而言，取样与保持电路的基本原理都是一样的，它们之间的差别主要反映在 ADC 的核心部分——量化和编码电路上。所以下面介绍 A/D 转换电路时，将主要介绍这部分电路。

8.3.2 常用 A/D 转换电路

实现 A/D 转换的方法很多，按照工作原理不同可以分成直接 A/D 转换和间接 A/D 转换两类。直接 A/D 转换是将模拟信号直接转换成数字信号，其特点是工作速度高，转换精度容易保证，调准也比较方便。比较典型的有并联比较型 A/D 转换和逐次渐近型 A/D 转换。间接 A/D 转换是先将模拟信号转换成某一中间变量（时间 T 或频率 f），然后再将中间变量转换成数字量。其特点是工作速度较低，但转换精度可以做得较高，且抗干扰性强，一般在测试仪表中用得较多。比较典型的有双积分型 A/D 转换（V-T 型）和电压—频率转换型 A/D 转换（V-F 型）。

1. 并联比较型 A/D 转换器（Parallel Comparator ADC）

3 位二进制数码输出的并联比较型 A/D 转换器的结构图如图 8-20 所示，它由电阻分压器、电压比较器、数码寄存器和代码转换器（编码器）4 部分构成。

如图所示，电阻分压器将基准电压 V_{REF} 分为 $2^n - 1$ 个量化比较电平，即从 $(1/15) V_{\mathrm{REF}}$ 到 $(13/15) V_{\mathrm{REF}}$ 之间 7 个量化电平（量化单位 $\Delta = (2/15) V_{\mathrm{REF}}$，其量化采用有舍有入法），分别加到各自电压比较器的反相输入端。经取样保持电路输出的模拟电压 v_i 并行加到比较器同相输入端，对于每个比较器来说，如模拟输入电压 v_i 小于其量化电平，则比较器输出为 0，反之为 1。经比较器输出的信号被送到数码寄存器存放，然后送入编码器编码，得到 n 位二进制数字信号输出。

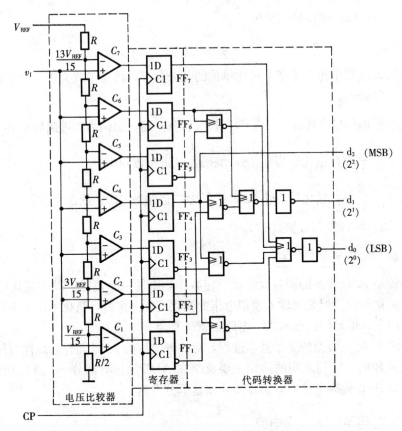

图 8-20 并联比较型 A/D 转换器原理图

根据以上原理可列出 v_I 为不同电压时寄存器的状态和输出的数字量，如表 8-1 所示。

表 8-1				图 8-20 电路的代码转换表						
输入模拟电压	寄存器状态 （代码转换器输入）							数字量输出 （代码转换器输出）		
v_I	Q_7	Q_6	Q_5	Q_4	Q_3	Q_2	Q_1	d_2	d_1	d_0
$\left(0\sim\dfrac{1}{15}\right)V_{REF}$	0	0	0	0	0	0	0	0	0	0
$\left(\dfrac{1}{15}\sim\dfrac{3}{15}\right)V_{REF}$	0	0	0	0	0	0	1	0	0	1
$\left(\dfrac{3}{15}\sim\dfrac{5}{15}\right)V_{REF}$	0	0	0	0	0	1	1	0	1	0
$\left(\dfrac{5}{15}\sim\dfrac{7}{15}\right)V_{REF}$	0	0	0	0	1	1	1	0	1	1
$\left(\dfrac{7}{15}\sim\dfrac{9}{15}\right)V_{REF}$	0	0	0	1	1	1	1	1	0	0
$\left(\dfrac{9}{15}\sim\dfrac{11}{15}\right)V_{REF}$	0	0	1	1	1	1	1	1	0	1
$\left(\dfrac{11}{15}\sim\dfrac{13}{15}\right)V_{REF}$	0	1	1	1	1	1	1	1	1	0
$\left(\dfrac{13}{15}\sim1\right)V_{REF}$	1	1	1	1	1	1	1	1	1	1

其中寄存器输出的是一组 7 位的二值代码，还不是所要求的二进制编码，因此必须进行代码转换。代码转换器是一个组合逻辑电路，根据表 8-1 可以写出代码转换电路输出与输入间的逻辑函数式

$$\begin{cases} d_2 = Q_4 \\ d_1 = Q_6 + \overline{Q_4}Q_2 \\ d_0 = Q_7 + \overline{Q_6}Q_5 + \overline{Q_4}Q_3 + \overline{Q_2}Q_1 \end{cases}$$

按照上式即可得到图 8-20 中的代码转换电路。

这种 A/D 转换器的最大优点是转换速度快。如果从 CP 信号的上升沿算起，图 8-20 电路完成一次转换所需要的时间只包括一级触发器的翻转时间和三级门电路的传输延迟时间。目前，输出为 8 位的并联比较型 A/D 转换器转换时间可以达到 50ns 以下，这是其他类型 A/D 转换器都无法做到的。

另外，使用图 8-20 这种含有寄存器的 A/D 转换器时可以不用附加取样—保持电路，因为比较器和寄存器这两部分也兼有取样—保持功能。这也是图 8-20 电路的又一个优点。

并联比较型 A/D 转换器的转换精度主要取决于量化电平的划分，分得越细（亦即 Δ 取得越小），精度越高。不过分得越细使用的比较器和触发器数目就越大，电路也就更加复杂。从图 8-20 电路不难得知，输出为 n 位二进制代码的转换器中应当有 2^n-1 个电压比较器和 2^n-1 个触发器。电路的规模随着输出代码位数的增加而急剧膨胀。如果输出为 10 位二进制代码，则需要用 $2^{10}-1=1\,023$ 个比较器和 $1\,023$ 个触发器以及一个规模相当庞大的代码转换电路。此外，这种 A/D 转换器的转换精度还受参考电压的稳定度、分压电阻相对精度以及电压比较器灵敏度的影响。因此，这种转换器适用于高速、精度较低的场合。

2. 反馈比较型 A/D 转换器

反馈比较型 A/D 转换器的构思是这样的：取一个数字量加到 D/A 转换器上，于是得到一个对应的输出模拟电压，将这个模拟电压和输入的模拟电压信号相比较，如果两者不相等，则调整所取的数字量，直到两个模拟电压相等为止。最后所取得的这个数字量就是所求的转换结果。

反馈比较型 ΛDC 电路经常采用的有计数型和逐次渐近型两种方案。

（1）计数型 A/D 转换器

图 8-21（a）是计数型 A/D 转换器的原理框图。转换电路由比较器 C、D/A 转换器、计数器、脉冲源、控制门 G 以及输出寄存器等几部分组成。

转换开始前先用复位信号将计数器置零，而且转换控制信号应停留在 $v_L=0$ 的状态。这时门 G 被封锁，计数器不工作。计数器加给 D/A 转换器的是全 0 数字信号，所以 D/A 转换器输出的模拟电压 $v_o=0$。如果 v_I 为正电压信号，则 $v_I>v_o$，比较器的输出电压 $v_B=1$。

当 v_L 变成高电平时开始转换，脉冲源发出的脉冲经过门 G 加到计数器的时钟脉冲 CP 端，计数器开始作加法计数。随着计数的进行，D/A 转换器输出的模拟电压 v_o 也不断增加。当 v_o 增至 $v_o=v_I$ 时，比较器的输出电压 $v_B=0$，将门 G 封锁，计数器停止计数。这时计数器中所存的数字就是所求的输出数字信号。其转换过程如图 8-21（b）所示。

因为在转换过程中计数器中的数字不停地在变化，所以不宜将计数器的状态直接作为输出信号。为此，在输出端设置了输出寄存器。在每次转换完成以后，用转换控制信

号 v_L 的下降沿将计数器输出的数字信号置入输出寄存器中，以寄存器的状态作为最终的
输出信号。

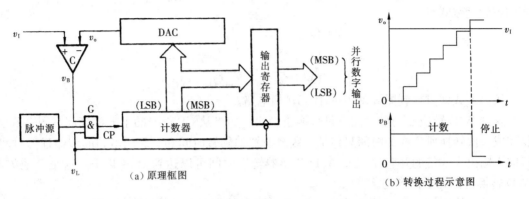

图 8-21 计数型 A/D 转换器

这种方案的缺点是转换时间长。当输出为 n 位二进制数码时。最长的转换时间可达
2^n-1 倍的时钟信号周期。因此，这种方法只能用在对转换速度要求不高的场合。然而由于
它的电路非常简单，所以在对转换速度没有严格要求时仍是一种可取的方案。

为了提高转换速度，在计数型 A/D 转换器的基础上又产生了逐次渐近型 A/D 转换器。
虽然它也是反馈比较型的 A/D 转换器，但是在 D/A 转换器部分输入的数字量的给出方式上
有所改变。

（2）逐次渐近型 A/D 转换器（Successive Approximation ADC）

大家都知道，如果让你来快速推测一个
64 以内的自然数，你当然会这样做：你会问
是否大于 32？如不是，你又会问是否大于
16？如是，你又会问是否大于 24？……这
样，你只需 6 次就可推测出这个自然数。

逐次渐近型 A/D 转换器就是用这一
方法进行推测的，其组成框图如图 8-22 所
示，这种转换器由比较器 C、D/A 转换
器、寄存器、时钟脉冲源和控制逻辑等 5
部分组成。

转换开始前，先将逐次渐近寄存器清
0，开始转换后，控制逻辑将逐次渐近寄

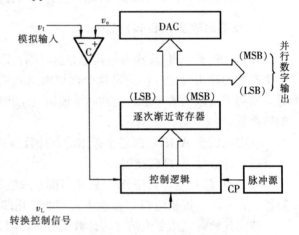

图 8-22 逐次渐近型 ADC 框图

存器的最高位置 1，使其输出为 $100\cdots000$，这个数码被 D/A 转换器转换成相应的模拟电压
v_o，送至比较器与输入 v_I 比较。若 $v_o>v_I$，说明寄存器输出的数码大了，应将最高位改为 0
（去码），同时设次高位为 1；若 $v_o\leqslant v_I$，说明寄存器输出的数码还不够大，因此，需将最高
位设置的 1 保留（加码），同时也设次高位为 1。然后，再按同样的方法进行比较，确定次
高位的 1 是去掉还是保留（即去码还是加码）。这样逐位比较下去，一直到最低位为止，比
较完毕后，寄存器中的状态就是转化后的数字输出。

对于位长为 n 的 A/D 转换器，其 n 位数据寄存器进行 n 次比较需要 n 个 CP 时钟脉冲，

当第 $n+1$ 个时钟脉冲作用时，数据寄存器中的数据送到 A/D 转换器的输出端输出。当第 $n+2$ 个时钟脉冲作用时，逻辑控制电路恢复到初态，同时将 A/D 转换器输出端清 0，为下一次 A/D 转换做好准备。因此，A/D 转换器完成一次转换所需的时间为 $T = (n+2) \cdot T_{CP}$，其中，T_{CP} 为时钟脉冲 CP 的周期。

[例 8-2]　8 位逐次渐近型 A/D 转换器的原理框图如图 8-22 所示。

（1）若已知 8 位 D/A 转换器的满刻度输出电压为 $v_{omax} = 9.945\text{V}$，时钟脉冲频率 $f = 100\text{kHz}$，当 A/D 转换器的模拟输入电压为 $v_I = 6.436\text{V}$ 时，求其输出的数字量，并画出 D/A 转换器转换的波形图 v_o。

（2）完成这次转换的时间是多少？

（3）8 位 A/D 转换器的模拟输入电压 v_I、8 位 D/A 转换器的输出参考电压 v_o 如图 8-23 所示，试写出 8 位 A/D 转换器的输出的数字量。

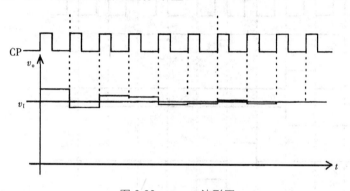

图 8-23　v_I、v_o 波形图

解：（1）8 位 D/A 转换器的最大输出模拟电压为 v_{omax}，则输入数字量的最低位 $d_0 = 1$ 时所对应的输出电压增量为

$$V_{LSB} = v_{omax}/(2^8 - 1) = 9.945/255 = 0.039\text{V}$$

当 $v_I = 6.436\text{V}$ 时，因 $v_I/V_{LSB} = 6.436/0.039 = (165.0256)_{10} \approx (165)_{10} = (10100101)_2$，所以，A/D 转换器输出的数字量为 10100101。

此时，A/D 转换器转换的绝对误差为 0.001V，相对误差为 0.016%。

根据逐次渐近型 A/D 转换器的工作原理可列出表 8-2 所示的 $v_I = 6.436\text{V}$ 的逐次比较过程，同时可画出 A/D 转换器在转换过程中，启动脉冲、时钟脉冲 CP、数据寄存器中的数据、D/A 转换器输出电压的输出波形等见图 8-24。当输入第 9 个 CP 脉冲时，A/D 转换器输出 10100101。

表 8-2　　　　　　　　　　　　$v_I = 6.436\text{V}$ 的逐次比较过程

顺序脉冲序数	寄存器状态 $D_7 \sim D_0$	DAC 模拟电压 v_o/V ($= D_n \times V_{LSB}$)	比较判断	该位数码的留与舍
1	10000000	4.992	$v_I \geqslant v_o$	留
2	11000000	7.488	$v_I < v_o$	去
3	10100000	6.24	$v_I \geqslant v_o$	留
4	10110000	6.864	$v_I < v_o$	去

续表

顺序脉冲序数	寄存器状态 $D_7 \sim D_0$	DAC模拟电压 v_o/V $(= D_n \times V_{LSB})$	比较判断	该位数码的留与舍
5	10101000	6.552	$v_I < v_o$	去
6	10100100	6.396	$v_I \geqslant v_o$	留
7	10100110	6.474	$v_I < v_o$	去
8	10100101	6.435	$v_I \geqslant v_o$	留

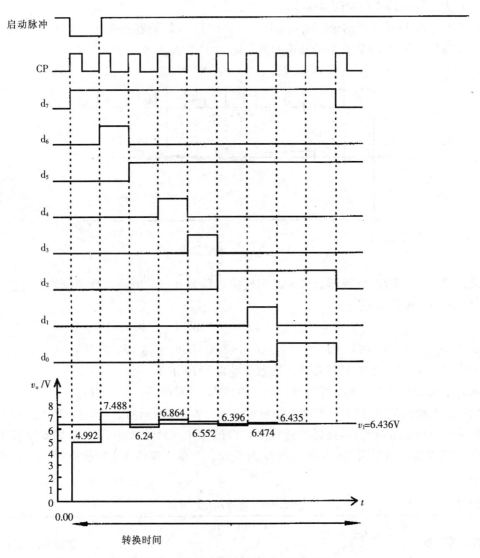

图 8-24　8 位逐次渐进型 A/D 转换器波形图

（2）转换时间

A/D 转换器完成一次转换所需的时间为

$$T = (n+2) \cdot T_{CP} = (8+2) \cdot \frac{1}{100 \times 10^3} = 100(\mu s)$$

（3）由图 8-23 所示的 v_I 和 v_o 的波形可知，当第一个时钟脉冲 CP 作用时，$v_o > v_I$，故数据寄存器最高位的 1 应清除为 0；当第二个时钟脉冲 CP 作用时，$v_o < v_I$，故数据寄存器次高位的 1 应保留；依次分析，可得 A/D 转换器的输出为 01001101。

逐次渐近型 A/D 转换器，因其转换速度快，精度高，转换时间固定，与计算机联接容易而得到广泛地应用。常见的集成 A/D 转换器有——AD7574、AD0809（八位）、AD5770（十位）等。

3. 间接 A/D 转换器

（1）双积分型 A/D 转换器（Dual Slope ADC）

双积分型 A/D 转换器是一种电压—时间变换型间接 ADC。它的转换原理是先把模拟电压转换成与之成正比的时间变量 T，然后在时间 T 内对固定频率的时钟脉冲计数，计数的结果就是正比于模拟电压的数字量。

图 8-25 所示为双积分型 A/D 转换器的原理框图，它主要由积分器、过零比较器、n 位二进制计数器、逻辑控制电路和模拟开关组成。

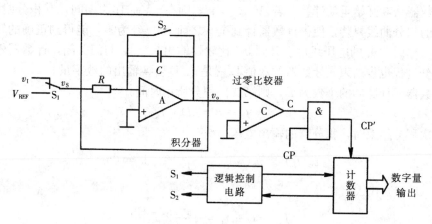

图 8-25　双积分型 ADC 电路框图

积分器是转换器的核心部分，它由运算放大器和 RC 网络构成，积分常数 $\tau = RC$。积分器的输入端接单刀双掷模拟开关 S_1，在逻辑控制电路的作用下，S_1 在不同的阶段分别将极性相反的模拟电压 v_I 和基准电压 V_{REF} 接入积分器进行积分。

过零比较器的反相输入端接积分器的输出 v_o，正相输入端接地，即当 $v_o < 0$ 时，过零比较器的输出 C=1，使时钟脉冲通过与门加到计数器的时钟输入端；当 $v_o > 0$ 时，过零比较器的输出 C=0，计数器的时钟输入端无时钟信号。

下面我们以正极性的直流电压信号为例，说明双积分型 ADC 电路的 A/D 转换过程。在转换开始之前，逻辑控制电路输出控制信号，使计数器清零，同时使开关 S_2 闭合，电容 C 完全放电。当开关 S_2 打开时，就开始进行 A/D 转换，整个转换过程包含两次积分，故称为双积分型 ADC 电路。

第一次积分——对模拟电压 v_I 的固定时间 T_1 积分。

设时间 $t=0$ 时，开关 S_1 将模拟电压 v_1 接入积分器开始积分，积分器输出 v_o 的变化如图 8-26 中 T_1 时间段所示。由于 $v_o<0$，所以过零比较器输出 $C=1$，时钟脉冲 CP 通过与门加到计数器的时钟输入端，计数器从 0 开始计数。在 2^n 个时钟脉冲过后（n 为计数器的位数），计数器又回到 0，这时逻辑控制电路使开关 S_1 切换到基准电压 V_{REF} 上，第一次积分结束。第一次积分所用的时间

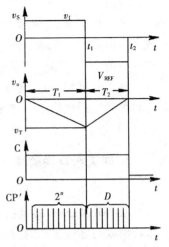

$$T_1 = 2^n T_{CP} \tag{8-15}$$

其中 T_{CP} 是时钟脉冲的周期。当第一次积分结束时，积分器输出的电压为

$$v_o(t_1) = -\frac{1}{RC}\int_0^{T_1} v_1 \mathrm{d}t$$

$$= -\frac{1}{RC}v_1 T_1 = -\frac{1}{RC}v_1 2^n T_{CP} \tag{8-16}$$

第二次积分——对基准电压 V_{REF} 的反向积分。

图 8-26　双积分型 ADC 电路各点的波形

当时间 $t=t_1$ 时，开关 S_1 将极性为负的基准电压 V_{REF} 接入积分器开始反向积分，积分器输出 v_o 的变化如图 8-26 中 T_2 段所示。计数器从 0 开始重新计数。若 $|V_{REF}|>v_1$，则在 $-V_{REF}$ 作用期间，其积分曲线要比 v_1 作用期间的积分曲线要陡，使得计数器计到全 0 之前 v_o 已经为零，能得到正确的转换结果。当时间 $t=t_2$ 时，v_o 的电压线性上升到 0，比较器输出 $C=0$，与门关闭，计数器停止计数，第二次积分过程也告结束，计数器的数值 D 就是 A/D 转换输出的数字量。

若计数器所计脉冲的个数为 D，则第二次积分所用时间

$$T_2 = t_2 - t_1 = D \cdot T_{CP} \tag{8-17}$$

第二次积分结束时，积分器的输出电压

$$v_o(t_2) = v_o(t_1) + \frac{1}{RC}\int_{t_1}^{t_2} V_{REF}\mathrm{d}t = 0$$

将式（8-16）代入上式得

$$T_2 = t_2 - t_1 = \frac{v_1}{V_{REF}}2^n T_{CP} \tag{8-18}$$

根据（8-17）式和（8-18）式，得

$$D = \frac{T_2}{T_{CP}} = \frac{v_1}{V_{REF}}2^n \tag{8-19}$$

由式（8-19）可以看出，数字量 D 与 v_1 的大小成正比。

由上述分析可知，双积分 ADC 完成一次转换所需的时间为

$$T = T_1 + T_2 = (2^n + D)T_{CP} \tag{8-20}$$

[**例 8-3**]　在图 8-25 电路中，设基准电压 $V_{REF}=-10V$，时钟脉冲 CP 的频率为 10kHz，计数器的位数 $n=10$，则完成一次转换最长需要多长时间？若输入的模拟电压 $v_1=5V$，试求转换时间和输出的数字量 D 各为多少？

解： 双积分型 ADC 电路的第一次积分时间 T_1 是固定的，第二次积分时间 T_2 与输入模拟电压的值成正比。当 $T_1=T_2$ 时，完成一次转换的时间最长，由式（8-14）得

$$T_{max} = T_1 + T_{2max} = 2T_1 = 2 \times 2^n \times \frac{1}{f_{CP}} = 2^{11} \times \frac{1}{10^4} = 0.2048\mathrm{s}$$

当 $v_I = 5V$ 时，转换时间由式（8-15）、式（8-18）、式（8-20）可得

$$T = T_1 + T_2 = 2^n T_{CP} + \frac{v_I}{V_{REF}} 2^n T_{CP} = \left(1 + \frac{v_I}{V_{REF}}\right) \times 2^n \times \frac{1}{f_{CP}}$$

$$= \left(1 + \frac{5}{10}\right) \times 2^{10} \times \frac{1}{10^4} = 0.153\,6s$$

输出的数字量 D 由式（8-19）可得

$$D = \frac{v_I}{V_{REF}} 2^n = \frac{5}{10} \times 2^{10} = 0.5 \times 1\,024 = 512 = (1000000000)_2$$

注意双积分 ADC 要求 v_I 与 V_{REF} 极性相反，式（8-18）、（8-19）中的 v_I 和 V_{REF} 表示绝对值。

双积分 ADC 有以下特点。

① 由于双积分式 ADC 转换的是 v_I 的平均值，所以该电路对平均值为零的噪声及交流干扰信号有很强的抑制能力，尤其是对工频干扰。如果转换周期选择得合适（例如 $2^n T_{CP}$ 为工频电压周期的整数倍），从理论上讲可以完全消除工频干扰。

② 工作性能稳定，转换精度高。由上述可知，转换结果的精度仅与基准电压 V_{REF} 有关，只要 V_{REF} 稳定，就能保证转换精度。对积分时间常数（RC）、时钟脉冲的周期都没有严格的要求，只要它们在两次积分过程中保持一致就可以了。另一方面，只要增加计数器的级数，就可以很方便地增加输出数字量的位数，从而减小量化误差。

③ 工作速度低。完成一次转换要用 $(2^n + D)T_{CP}$ 时间，一般为几 ms～几百 ms。

④ 由于转换的是 v_I 的平均值，所以这种 A/D 转换器只适用于对直流或变化缓慢的电压进行转换。

所以双积分型 ADC 电路在低速、高精度集成 ADC 中的应用相当广泛。

（2）V-F 型 A/D 转换器

V-F 型 ADC 的组成框图如图 8-27 所示，它由压控振荡器、寄存器、计数器、时钟控制等部分组成。压控振荡器（Voltage Controlled Oscillator，VCO）是一种频率可控的振荡器，它输出脉冲的频率 f 随输入模拟电压 v_I 的变化而改变，而且在一定的变化范围内 f 与 v_I 有较好的线性关系。

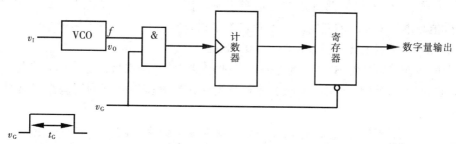

图 8-27　V-F 型 ADC 组成框图

当控制信号 v_G 为高电平时，VCO 输出的频率为 f 的脉冲信号由计数器计数。由于 v_G 脉宽固定为 t_G，所以在 t_G 时间里通过与门控制的脉冲个数与 f 成正比，亦与输入的模拟电压 v_I 成正比。在一个转换过程结束后，对应于 v_G 脉冲信号的下降沿，将计数器中存储的转换结果存入寄存器中。

V-F 型 ADC 的缺点是转换精度较低、转换速度较慢，但优点是抗干扰能力较强，所以

V-F 型 A/D 转换器多用在遥测、遥控系统中。

8.3.3 ADC 的主要技术指标

衡量 A/D 转换器性能的技术指标有很多，其中最主要的是转换精度和转换速度，其次还有转换电压范围等特性参数。

1. 输入电压范围

输入电压范围是指 A/D 转换器能够转换的模拟电压范围。单极性工作的芯片的输入电压范围有 $+5V$、$+10V$ 或 $-5V$、$-10V$ 等，双极性工作的有以 $0V$ 为中心的 $\pm2.5V$、$\pm5V$、$\pm10V$ 等，其值取决于基准电压的值。

2. 转换精度

集成 ADC 的转换精度也采用分辨率和转换误差来描述。

（1）分辨率

分辨率又称为分解度，指 ADC 对输入模拟信号的分辨能力。从理论上讲，一个 n 位二进制数输出的 A/D 转换器应能区分输入模拟电压的 2^n 个不同量级，能区分输入模拟电压的最小变化量为 $\frac{1}{2^n}$FSR（满量程输入的 $1/2^n$）。例如，A/D 转换器的输出为 12 位二进制数，最大输入模拟信号为 10V，则其分辨率为

$$\frac{1}{2^{12}} \times 10V = \frac{10V}{4\ 096} = 2.44mV$$

此值越小，说明分辨率越高。由此可见，在最大输入电压一定时，A/D 转换器输出数字量的位数 n 越大，所能分辨的电压越小，分辨率越高。

（2）转换误差

转换误差是指 ADC 实际输出的数字量与理论上应该输出的数字量之间的差值，通常以最大值的形式给出，常以最低有效位的倍数表示。例如，给出转换误差 $\leqslant \pm LSB/2$，表示 ADC 实际值与理论值之间的差别最大不超过半个最低有效位。有时也用最大输入模拟信号（FSR）的百分数来表示转换误差，如 ±0.05FSR。

ADC 的转换误差是由 A/D 转换电路中各种元器件的非理想特性造成的，它是一个综合性指标，也包括比例系数误差、失调误差和非线性误差等多种类型的误差，其成因与 D/A 转换电路类似。

必须指出，由于转换误差的存在，一味地增加输出数字量的位数并不一定能提高 ADC 的精度，必须根据转换误差小于等于量化误差这一关系，合理地选择输出数字量的位数。

3. 转换速度

ADC 的转换速度用完成一次转换所用的时间来表示。它是指从接收到转换控制信号起，到输出端得到稳定有效的数字信号为止所经历的时间。转换时间越短，说明 ADC 的转换速度越快。有时也用每秒钟能完成转换的最大次数——转换速率来描述 ADC 的转换速度。ADC 的转换速度主要取决于转换电路的类型，不同类型转换电路的转换速度相差甚远。

并行 ADC 转换速度最高，8 位二进制输出的单片 ADC 其转换时间在 50ns 内，逐次逼近型 ADC 转换速度次之，一般在 $10\sim50\mu s$，也有的可达数百纳秒。双积分式 ADC 转换速度最慢，其转换时间约在几十毫秒至几百毫秒间。实际应用中，应从系统总的位数、精度要求、输入模拟信号的范围及输入信号极性等方面综合考虑 ADC 的选用。

8.3.4 常用集成 ADC 及应用举例

1. ADC 芯片的选择原则

目前，集成 ADC 芯片的种类繁多，性能各不相同。我们在选用集成 ADC 时，应该主要考虑以下几点。

（1）输入模拟信号的特征。包括输入模拟信号的范围、输入方式（单端输入或差分输入）和模拟信号的最高有效频率等。

（2）输入模拟通道。是单通道还是多通道。

（3）转换精度和转换速度。这是集成 ADC 最重要的两个性能指标。

（4）输出数字量的特征。包括数字量的编码方式（自然二进制码、补码、偏移二进制码、BCD 码等）、数字量的输出方式（串行输出或并行输出、三态输出、缓冲输出或锁存输出）以及逻辑电平的类型（TTL 电平、CMOS 电平或 ECL 电平等）。

（5）工作环境要求。这里主要是指 ADC 的工作电压、参考电压、工作温度、功耗、封装以及可靠性等性能应与应用系统相适应。

2. 集成 ADC0809 简介

ADC0809 是由美国国家半导体公司（NSC）生产的、双列直插式 8 位逐次渐近型 A/D 转换器，芯片内采用 CMOS 工艺。它具有 8 个模拟量输入通道，可在程序的控制下对任意通道进行 A/D 转换。该器件具有与微处理器兼容的控制逻辑，可以直接与 Z80、MCS8051、8085 等微处理器接口相连。

（1）ADC0809 的性能

- 8 位并行、三态输出；
- 转换时间：$100\mu s$；
- 转换误差：$\pm 1LSB$；
- TTL 标准逻辑电平；
- 8 个单端模拟输入通道，输入模拟电压范围 $0\sim+5V$；
- 单一电源供电 $+5V$；
- 外接参考电压 $0\sim+5V$；
- 功耗 15mW；
- 工作温度 $0\sim70℃$。

（2）ADC0809 的内部结构和引脚说明

ADC0809 的内部结构框图如图 8-28 所示。

$IN_0\sim IN_7$：8 路模拟电压输入，可由 8 路模拟开关选择其中任何一路送至 8 位 A/D 转换电路进行转换。

$D_0\sim D_7$：A/D 转换器输出的 8 位二进制数。其中，D_7 为最高位，D_0 为最低位。

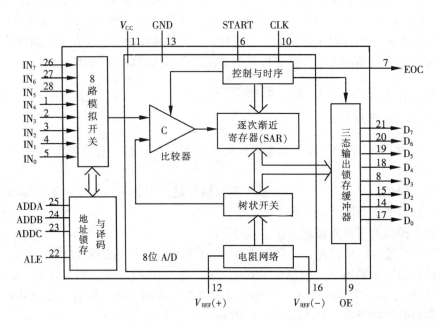

图 8-28　ADC0809 的内部结构框图

ADDC、ADDB、ADDA：3 位地址信号。3 位地址经锁存和译码后，决定选择哪一路模拟电压进行 A/D 转换，对应关系如表 8-3 示。

表 8-3　　　　　　　　　　　　模拟输入信号的选择

地　址			被选通的模拟信号
ADDC	ADDB	ADDA	
0	0	0	IN_0
0	0	1	IN_1
0	1	0	IN_2
0	1	1	IN_3
1	0	0	IN_4
1	0	1	IN_5
1	1	0	IN_6
1	1	1	IN_7

ALE：地址锁存允许信号，它是一个正脉冲信号，在脉冲的上升沿将 3 位地址 ADDC、ADDB 和 ADDA 存入锁存器。

CLK：时钟脉冲输入，频率范围是 10～1 280kHz。

START：A/D 转换的启动信号，它是一个正脉冲信号，在 START 的上升沿，将逐次渐近寄存器清 0，在 START 的下降沿开始转换。

EOC：转换结束标志，高电平有效。在 START 的上升沿到来后，EOC 变成低电平，表示正在进行 A/D 转换；A/D 转换结束后，EOC 跳到高电平。所以 EOC 可以作为通知数据接收设备开始读取 A/D 转换结果的启动信号，或者作为向微处理器发出的中断请求信号 INTR（或$\overline{INTR}$）。

OE：输出允许信号，高电平有效。

V_{CC}为工作电压源。$V_{REF(+)}$、$V_{REF(-)}$为基准电压源的正端和负端。GND 为接地。

（3）ADC0809 的工作过程

ADC0809 的工作过程大致如下。

输入 3 位地址信号，地址信号稳定后，在 ALE 脉冲的上升沿将其锁存，从而选通将进行 A/D 转换的那路模拟信号；发出 A/D 转换的启动信号 START，在 START 的上升沿，将逐次渐近寄存器清零，转换结束标志 EOC 变成低电平，在 START 的下降沿开始转换；转换过程在时钟脉冲 CLK 的控制下进行；转换结束后，转换结束标志 EOC 跳到高电平，在 OE 端输入高电平，转换结果输出。

如果在进行转换的过程中接收到新的转换启动信号（START），则逐次渐近寄存器被清零，正在进行的转换过程被终止，然后重新开始新的转换。若将 START 和 EOC 短接，则可实现连续转换，但第一次转换须用外部启动脉冲。

ADC0809 典型应用中，与微处理器的连接关系如图 8-29 所示。

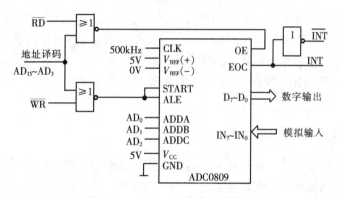

图 8-29　ADC0809 的典型连接图

*8.4　数模接口电路的应用举例

8.4.1　程控增益放大器

根据图 8-30 电路的连接关系和 DAC0832 中倒 T 形电阻网络的工作原理，可以得出：

$$I_{OUT1} = -\frac{v_1}{R_{fb}}$$

又

$$I_{OUT1} = \frac{I}{2^1}d_7 + \frac{I}{2^2}d_6 + \cdots + \frac{I}{2^7}d_1 + \frac{I}{2^8}d_0$$

$$= \frac{I}{2^8}(d_7 2^7 + d_6 2^6 + \cdots + d_1 2^1 + d_0 2^0)$$

$$= \frac{I}{2^8}\frac{v_O}{R}D_n$$

所以

$$-\frac{v_1}{R_{fb}} = \frac{1}{2^8}\frac{v_O}{R}D_n$$

又由于在 DAC0832 中，$R = R_{fb} = 15k\Omega$，所以放大器的电压增益 A_V 为

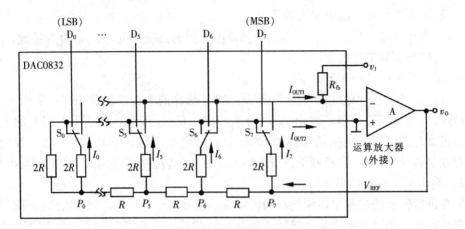

图 8-30 程控增益放大器

$$A_V = \frac{v_O}{v_I} = \frac{-2^8}{D_n}$$

由上式可以看出，放大器处于反相放大状态，增益 A_V 的大小随 DAC0832 输入数字量的变化而改变，与输入数字量的大小成反比。只要调整数字信号 D_n 的数值，即可改变放大器的增益，做到增益可编程。当输入的数字量为 0 时，相当于开环，放大器处于饱和状态。

与普通的放大器相比，这种程控增益放大器具有电路简单、调整方便、使用灵活等突出优点。

8.4.2 数据采集与控制系统

数据采集与控制系统是一种闭环系统，其工作就是实时采集表征受控对象状态的各种物理量，依据这些物理量判断出受控对象当前所处的状态，并根据要求作出相应的反馈控制。

在数据采集与控制系统中，通过传感器或其他方式采集到的物理量多数是模拟量，模拟信号在经过必要的处理（如放大、滤波等）后被转换成数字信号，以供数字系统（如微型计算机等）进行处理，再将处理后的结果转换成相应的模拟信号，送给控制部件，以实现所需要的控制。以上整个过程都是在控制子系统（控制器）的统一管理和调度下完成的。由此看来，在数据采集与控制系统中，ADC 和 DAC 是不可缺少的关键部件。

这里介绍一种典型的数据采集与控制系统实例——加热炉温度控制系统，该系统的框图如图 8-31 所示。在该系统中，受控对象是 8 个加热炉；需要采集并控制的物理量是加热炉的温度；加热炉的燃料是天然气，通过调节阀门的位置，便能改变天然气的流量，从而改变炉内的温度。加热炉的温度由热电偶检测，热电偶的输出信号一般在 100mV 以下，经过信号调理电路变为 0~2V 的信号，再由 ADC 转换成数字信号后，送给控制和处理电路；处理电路根据给定的温度与炉内实际温度的偏差，按照一定的算法计算出输出的数字量；该数字量经 DAC 变为模拟量后加到控制部件上，调节阀门的开度，从而改变炉内的温度。

多路模拟开关用于实现对 8 路模拟信号的分时 A/D 转换，如果 ADC 本身是多通道的，则不再需要外接多路模拟开关；如果 ADC 芯片中没有集成采样/保持电路，则图 8-31 中还需要增加采样/保持电路；图 8-31 中的键盘/开关用于设置温度或系统的工作状态，控制器除了控制温度采集、A/D 和 D/A 以外，还可以将采集到的温度值存入存储器或送到显示器显示或者打印出来。

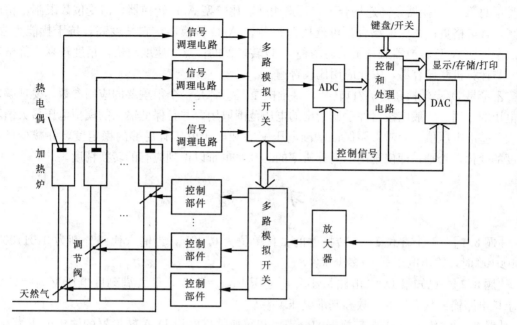

图 8-31 加热炉温度控制系统框图

小 结

随着计算机在各种工业测量、控制和信号处理系统中的广泛应用，A/D 和 D/A 转换技术得到迅速发展。而且，随着计算机精度和速度的不断提高，对 A/D 和 D/A 转换器的转换精度和速度也提出了更高的要求。事实上，在许多计算机测控系统中，系统所能达到的精度和速度最终是由 A/D 和 D/A 转换器的转换精度和转换速度所决定的。因此，转换精度和转换速度是 A/D 和 D/A 转换器两个重要指标。

实际应用中 A/D 和 D/A 转换器种类非常多。在学习时应着重理解和掌握 A/D 和 D/A 转换的基本概念、主要参数及其基本类型。

D/A 转换器将输入的二进制数字量转换成与之成正比的模拟电量。实现数模转换常用的有权电阻网络、倒 T 形电阻网络和权电流网络 D/A 转换器等，其中倒 T 形电阻网络 D/A 转换器速度快、性能好，便于集成制造，因而被广泛采用。而权电流网络 D/A 转换器的转换速度和转换精度都比较高，目前在双极型集成 D/A 转换器中多采用权电流网络 D/A 转换器。D/A 转换器的分辨率和转换精度都与 D/A 转换器的位数有关，位数越多，分辨率和精度越高。

A/D 转换是将输入的模拟电压转换成与之成正比的二进制数字量。A/D 转换要经过取样、保持、量化和编码 4 步实现。在对模拟信号取样时，必须满足取样定理，这样才能做到不失真地恢复出原模拟信号。

A/D 转换分直接转换型和间接转换型。直接转换型速度快，如并联比较型 A/D 转换器。间接转换型速度慢，如双积分型 A/D 转换器。逐次渐近型 A/D 转换器也属于直接转换型，但要进行多次反馈比较，所以速度比并联比较型慢，但比间接转换型 A/D 转换器快。并联比较型、逐次渐近型和双积分型 A/D 转换器各有特点，在不同的应用场合，应选用不同类型的 A/D 转换器。高速场合下，可选用并联比较型 A/D 转换器，但受位数限制，精度不高，且价格贵；在低速场合，可选用双积分型 A/D 转换器，它精度高，抗干扰能力强；逐次渐近型 A/D 转换器兼顾了上述两种 A/D 转换器的优点，速度较快，精度较高，价格适中，与计算机联接容易，因此应用比较普遍。

不论是 D/A 转换还是 A/D 转换，基准电压 V_{REF} 都是一个很重要的应用参数，要理解基准电压的作用。一般应按器件手册给出的电压范围取用，并且保证输入的模拟电压最大值不能大于基准电压值。同时，要保证基准电压 V_{REF} 和电源电压有足够的稳定度，并减少环境温度的变化，否则，即使选用了高分辨率的芯片，也难以得到应有的转换精度。

习　　题

[题 8.1]　一个 8 位 D/A 转换器的量化单位为 0.02V，当输入代码分别为 01011001、10100100 时，输出电压 v_o 为多少伏？

[题 8.2]　已知某 DAC 电路最小分辨电压 $V_{LSB} = 5mV$，最大满刻度电压 $V_{FSR} = 10V$，试求该电路输入数字量的位数和基准电压 V_{REF}？

[题 8.3]　什么是 D/A 转换器的分辨率和转换精度？设 D/A 转换器的输出电压为 0～5V，对于 12 位 D/A 转换器，试求它的分辨率。

[题 8.4]　有一个 DAC 满刻度电压为 20V，需要在输出端分辨出 0.5mV 的电压，试求至少需要多少位二进制数。

[题 8.5]　在图 8-12 所示的 AD7520 D/A转换电路中，给定 $V_{REF} = 5V$，试计算：

（1）输入数字量的 $d_9 \sim d_0$ 每一位为 1 时在输出端产生的电压值。

（2）输入为全 1、全 0 和 1000000000 时对应的输出电压值。

[题 8.6]　图题 8.6 所示电路是用 AD7520 和同步十六进制计数器 74LS161 组成的波形发生器。已知 AD7520 的 $V_{REF} = -10V$，试画出输出电压 v_o 的波形，并标出波形图上各点电压的幅度。AD7520 的电路结构见图 8-12，74LS161 的功能表见表 5-6。

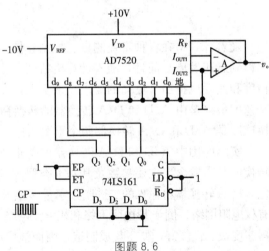

图题 8.6

[题 8.7]　图题 8.7 所示电路是用 AD7520 组成的双极性输出 D/A 转换器。AD7520 的电路结构见图 8-12，其倒 T 形电阻网络中的电阻 $R = 10k\Omega$。为了得到 ±5V 的最大输出模拟电压，在选定 $R_B = 20k\Omega$ 的条件下，V_{REF}、V_B 应各取何值？

[题 8.8]　在图题 8.8 给出的 D/A 转换器中，试求：

（1）1LSB 产生的输出电压增量是多少？

（2）输入为 $d_9 \sim d_0 = 1000000000$ 时的输出电压是多少？

（3）若输入以二进制补码给出，则最大的正数和绝对值最大的负数各为多少？它们对应的输出电压各为多少？

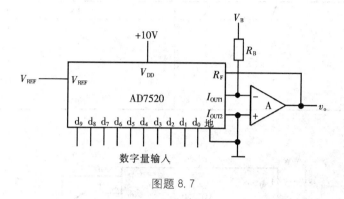

图题 8.7

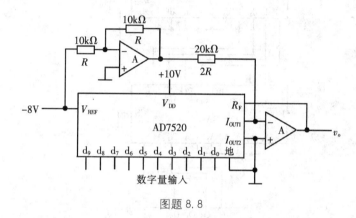

图题 8.8

[**题 8.9**] 试分析图题 8.9 电路的工作原理，画出输出电压 v_o 的波形图。AD7520 的电路图见图 8.2.11。同步十进制计数器 74LS160 的功能表与表 5-6 相同。表题 8.9 给出了 RAM 的 16 个地址单元中所存的数据。高 6 位地址 $A_9 \sim A_4$ 始终为 0，在表中没有列出。RAM 的输出数据只用了低 4 位，作为 AD7520 的输入。因 RAM 的高 4 位数据没有使用，故表中也未列出。

表题 8.9

A_3	A_2	A_1	A_0	D_3	D_2	D_1	D_0
0	0	0	0	0	0	0	0
0	0	0	1	0	0	0	1
0	0	1	0	0	0	1	1
0	0	1	1	0	1	1	1
0	1	0	0	1	1	1	1
0	1	0	1	1	1	1	1
0	1	1	0	0	1	1	1
0	1	1	1	0	0	1	1
1	0	0	0	0	0	0	1
1	0	0	1	0	0	0	0
1	0	1	0	0	0	0	1

A₃	A₂	A₁	A₀	D₃	D₂	D₁	D₀
1	0	1	1	0	0	1	1
1	1	0	0	0	1	0	1
1	1	0	1	0	1	1	1
1	1	1	0	1	0	0	1
1	1	1	1	1	0	1	1

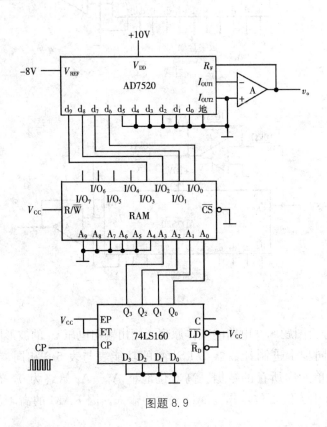

图题 8.9

[**题 8.10**]　如果用图题 8.9 的电路产生图题 8.10 的输出电压波形，应如何修改 RAM 中的数据？请列出修改以后的 RAM 数据表，并计算时钟信号 CP 应有的频率。

[**题 8.11**]　图题 8.11 所示电路是用 D/A 转换器 AD7520 和运算放大器构成的增益可编程放大器，它的电压放大倍数 $A_v = v_o/v_1$ 由输入的数字量 D（$d_9 \sim d_0$）来设定。试写出 A_v 的计算公式，并说明 A_v 的取值范围。

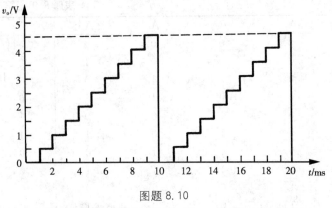

图题 8.10

[**题 8.12**]　有一个 12 位 ADC 电路，它的输入满量程电压是 10V，试计算其分辨率。

[**题8.13**] 某 A/D 转换器要求输入满量程电压为 10V，要达到 1mV 的分辨率，它的位数应是多少？当模拟输入电压为 6.5V 时，输出数字量是多少？

[**题8.14**] 某 8 位 ADC 电路输入模拟电压满量程为 10V，当输入下列电压值时，转换成的数字量是多少？

59.7mV, 3.46V, 7.08V

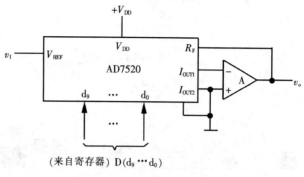

图题 8.11

[**题8.15**] 在图 8-21 (a) 给出的计数型 A/D 转换器中，若输出的数字量为 10 位二进制数。时钟信号频率为 1MHz，则完成一次转换的最长时间是多少？如果要求转换时间不得大于 $100\mu s$，那么时钟信号频率应选多少？

[**题8.16**] 根据逐次渐近型 A/D 转换器的工作原理，一个 10 位的 A/D 转换器，它完成一次转换要几个时钟脉冲？如时钟脉冲频率为 1MHz，则完成一次转换要多少时间？

[**题8.17**] 根据双积分型 A/D 转换器的工作原理，如果内部的二进制计数器是 10 位，外部时钟脉冲的频率为 1MHz，则完成一次转换的最长时间是多少？

[**题8.18**] 在图 8-25 的双积分型 A/D 转换器中，输入电压 v_I 的绝对值可否大于 $-V_{REF}$ 的绝对值？为什么？

[**题8.19**] 如果输入电压的最高次谐波的频率为 100kHz，计算取样频率。应该选择哪种类型的 A/D 转换器？

[**题8.20**] 逐次渐近型 A/D 转换器的输入 v_I 和 D/A 转换器的输出波形 v_o。如图题8.20 (a)、(b) 所示。根据 v_o 的波形，试说明 A/D 转换结束后，电路输出的二进制码是多少？如果 A/D 转换器的分辨率是 1mV，则 v_I 又是多少？

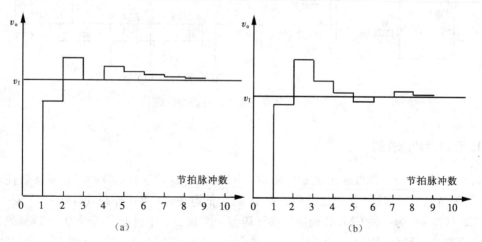

图题 8.20

一种可逆式流水彩灯控制器的设计

可逆式流水彩灯控制电路如附图 1 所示，它主要由脉冲发生器、单时钟二－十进制加/减法计数器、4—10 线译码器和加/减计数反馈控制器（D 触发器）等组成。

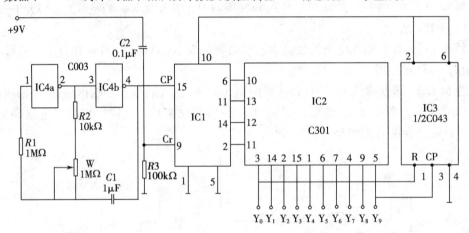

附图 1　可逆式流水彩灯控制电路

1. 元器件功能介绍

IC1（C188）为一种可逆十进制计数器。IC1 的 U/$\overline{\text{D}}$ 端（10 脚）为加/减计数控制端，当 10 脚为高电平时，IC1 作加法计数；当 10 脚为低电平时，IC1 作减法计数。

IC2（C301）为一种 CMOS 码制变换译码器，实现二－十进制译码（即 BCD 译码）。其输出为高有效，可分别用 $Y_0 \sim Y_9$ 表示。4 个输入端 A_3、A_2、A_1、A_0（即 10、13、12、11 脚）分别接 IC1 的输出 Q_3、Q_2、Q_1、Q_0（即 6、11、14、2 脚）。

IC3（1/2C043）是 D 触发器，其 D 端（2 脚）与 $\overline{\text{Q}}$ 端（6 脚）相连，构成计数状态，即 CP 端（3 脚）每有一个脉冲出现，触发器的状态就改变一次。

IC4（C003）为一种 CMOS 与非门（接成了非门），用它构成了脉冲发生器（由 IC4a 和

参 考 文 献

1. 吴蓉. 数字电子技术. 兰州：兰州大学出版社，2005.
2. 阎石. 数字电子技术基础（第四版）. 北京：高等教育出版社，2004.
3. 刘勇，杜德昌. 数字电路. 北京：电子工业出版社，2003.
4. 杨松华，等. 数字电子技术基础. 西安：西安电子科技大学出版社，2003.
5. 张克农. 数字电子技术基础. 北京：高等教育出版社，2003.
6. 郝波. 数字电路. 北京：电子工业出版社，2003.
7. 江晓安，等. 数字电路. 西安：西安电子科技大学出版社，2002.
8. 王小军，李景华. 数字逻辑与数字系统（第二版）. 北京：电子工业出版社，2002.
9. 杨志忠. 数字电子技术. 北京：高等教育出版社，2002.
10. 宋学君. 数字电子技术. 北京：科学出版社，2002.
11. 唐育正. 数字电子技术. 上海：上海交通大学出版社，2001.
12. 余孟尝. 数字电子技术基础简明教程（第二版）. 北京：清华大学出版社，1999.

IC4b 组成），其产生低频信号的频率为 $f \approx 1/(2(R2+W)C1)$，图示参数对应最低值约为 0.5Hz，且输出脉冲信号加至单时钟二—十进制加/减法计数器的 CP 端（15 脚），作为它的计数脉冲。

2. 工作原理

电源电路接通时，微分电路 $C2$、$R3$ 给 IC1 的 Cr 端（9 脚）提供一个正向尖脉冲，使 IC1 清零，相应地译码器 IC2（C301）的"0"端（3 脚）输出高电平，该高电平又加至 IC3 的 R 端（1 脚），使其置 0，相应 6 脚为高电平，IC1 10 脚为高电平，使 IC1 作加法计数。当 C003 向 IC1 送入一个计数脉冲时，IC1 的 $Q_3 \sim Q_0$ 端（6、11、14、2 脚）的 BCD 码经二—十进制译码器 IC2 译码后，在其"0"～"9"十个输出端 $Y_0 \sim Y_9$（3、14、2、15、1、6、7、4、9、5 脚）依次输出高电平。若此十个输出端通过接口电路与继电器或可控硅相连，则可使继电器或可控硅所挂彩灯从"0"～"9"依次点亮。

当 IC2 的"9"端输出高电平时，此电平信号加至 IC3 的 CP 端，使其翻转，IC1 的 U/D 端变成低电平，则 IC1 从下一个时钟脉冲开始作减法计数，这会使所控彩灯从"9"～"0"依次点亮。当 IC2 的"0"端输出高电平时，重复上述过程，使 IC1 又作加法计数。如此下来，不断地重复上述过程，实现了流水彩灯的可逆控制。

另外，电路中调节电位器 W 可改变彩灯的流动速率，且若适当加大电阻 $R2$ 值，可使彩灯流动速率低于 0.5Hz。

3. 电路调试

电路焊接完毕后，就需要对电路进行调试。首先借助于万用表、示波器对各个模块电路进行调试，确定均能正常工作后再进行整体调试。

4. 必要说明

这些器件均为 CMOS 器件，这是由于 CMOS 器件静态功耗小，驱动能力强。

电路中 IC1 也可选用 CC4510，IC2 可选用 CC4028，IC3 可选用 CC4013，但 CC4013 的管脚排列与 C043 不同，IC4 也可选用 C033、C063。可见，在实际搭建电路时，可能有些型号的器件一时没有，就得找替代型号，作变通处理。

在这个设计实例中，综合运用了脉冲信号发生器、触发器、译码器以及计数器的相关知识。因此在解决实际问题时，光有数字电路、模拟电路的知识往往是不够的，还需查找资料或自学在设计时用到的其他知识（如在本设计中就必须学习继电器及可控硅的有关知识及使用方法）。